外国文艺理论丛书

托尔斯泰论文艺

〔俄〕列夫·托尔斯泰 著

陈燊 等 译

人民文学出版社

PEOPLE'S LITERATURE PUBLISHING HOUSE

图书在版编目（CIP）数据

托尔斯泰论文艺／（俄罗斯）列夫·托尔斯泰著；陈燊等译. --北京：
人民文学出版社，2024
（外国文艺理论丛书）
ISBN 978-7-02-018354-8

Ⅰ. ①托… Ⅱ. ①列… ②陈… Ⅲ. ①托尔斯泰（Tolstoy, Leo Nikolayevich
1828-1910）-文艺理论-文集 Ⅳ. ①I0-53

中国国家版本馆 CIP 数据核字（2023）第 228960 号

责任编辑　李丹丹
装帧设计　黄云香
责任印制　王重艺

出版发行　人民文学出版社
社　　址　北京市朝内大街 166 号
邮政编码　100705

印　　刷　三河市延风印装有限公司
经　　销　全国新华书店等

字　　数　299 千字
开　　本　880 毫米×1230 毫米　1/32
印　　张　12　插页 1
印　　数　1—3000
版　　次　2024 年 1 月北京第 1 版
印　　次　2024 年 1 月第 1 次印刷

书　　号　978-7-02-018354-8
定　　价　66.00 元

如有印装质量问题,请与本社图书销售中心调换。电话:010-65233595

出 版 说 明

  "外国文艺理论丛书"的选题为上世纪五十年代末由当时的中国科学院文学研究所组织全国外国文学专家数十人共同研究和制定,所选收的作品,上自古希腊、古罗马和古印度,下至二十世纪初,系各历史时期及流派最具代表性的文艺理论著作,是二十世纪以前文艺理论作品的精华,曾对世界文学的发展产生过重大影响。该丛书曾列入国家"七五""八五"出版计划,受到我国文化界的普遍关注和欢迎。

  进入新世纪以来,随着各学科学术研究的深入发展,为满足文艺理论界的迫切需求,人民文学出版社决定对这套丛书的选题进行调整和充实,并将选收作品的下限移至二十世纪末,予以继续出版。

人民文学出版社编辑部

二〇二二年一月

目　次

《童年》第二稿（片断）

在一部法国小说中,作者(他的姓名是尽人皆知的)在描写贝多芬的一支奏鸣曲给他的印象时说,他看见了长着天蓝色翅膀的天使,金柱的宫殿,大理石的喷泉,辉煌璀璨,一句话,作者尽力发挥法国人的全部想象力来描绘一幅美好事物的幻想画面。不知道别人会怎样想,当我读这位法国人的这段冗长的描写时,想象到的只是他为了想象和描写这些美好事物所做的努力。这段描写既不能使我想起他所说的那支奏鸣曲,就连天使和宫殿也怎么都想象不出来。这是很自然的。因为长着天蓝色翅膀的天使也好,金柱的宫殿也好,我从未见过。即使我见过这一切(这是很难设想的),这画面也不会使我回忆起这支奏鸣曲。此类描写一般说来比比皆是,在法国文学中尤其如此。①

法国人有通过画面来表达自己的印象的奇异癖好。要描写一张美丽的脸庞——说"它活像某座雕像",或者描写大自然——说"它很像某一幅画",描写一群人——说"他们很像芭蕾舞剧或者歌剧中的某个场面"。就连情感,他们也竭力想用画面来表达。十分美丽的脸庞、自然景色、活跃的一群人,始终胜过各种各色的雕像、全景图、绘画和布景。

他们不是提醒读者,不是调动他的想象力,使他理解美的理

---

① 下面删去一段文字:"我记得这段描写在巴尔扎克的长篇小说《赛查·皮罗托盛衰记》里。但是,法国文学中有多少这类描写,熟悉这种文学的人是知道的。"——俄文版编者注

想,而是让他看到模仿的意图。

更为奇怪的是,为了描写某个美的事物,最常用的方法是把所描写的对象和珍贵的东西相比较。伟大的拉马丁,他的高尚的心灵自从《隐衷》(Confidences)出版以来遂为举世周知(这位伟大的天才借这部作品出版而 a fait d'une pierre deux coups①:既向全世界披露了自己伟大心灵深处的秘密,又得到他那么想购置的田庄)。这位伟大的拉马丁曾这样描写他坐在大海中一叶扁舟上,只有船板把他和死亡隔开时的印象:为了描写从双桨上滴落到海里的水珠是如何美丽,他写道:comme des perles tombant dans un bassin d'argent②,读了这句子,我的想象立时神驰于婢女下房。我想象一个侍女卷起袖子,俯身在银盘上洗濯她太太的珍珠项链,无意间弄脱了几颗珠子——des perles tombant dans un bassin d'argent,而海和借诗人之助想象力在瞬间给我描绘出的那幅画面,我却已忘得一干二净了。要是拉马丁,这位天才的拉马丁告诉我说,这些水珠颜色如何,怎样地掉下,怎样沿着湿桨流动,它们落入水中时又漾开了怎样纤小的涟漪,那么我的想象力将会始终追随他的,而关于银盆的暗示却使我的思想倏然远扬。比喻是最自然最有效的描写手段之一,但它必须极其确切和恰到好处,否则就会产生全然相反的作用。——La lune sur un clocher comme un point sur un "i".③——这是比喻不当的一个小小的例子,虽然它也是这位伟大的拉马丁写的。

想象是如此活跃而轻灵的一种能力,所以必须小心翼翼地对待它。只要一个不妥当的暗示,一个费解的形象,数以百计的美妙而确切的描写所产生的全部魅力就全给毁了。对于作者说来,在

① 法语:一箭双雕。
② 法语:宛如珍珠落入银盆。
③ 法语:月亮升在钟楼上,像圆点在字母"i"上。

作品中删去十处美妙的描写,较之保留这样一个暗示要合算得多。依我看,一般地喜好用比喻,特别是喜好用珍贵的东西作比喻,虽然多半是法国人的癖好,但这种癖好我们也有,德国人也有,在英国人那里则最为罕见。碧玉和钻石般的眼珠,金银色的头发,珊瑚般的口唇,黄金般的太阳,白银般的月亮,宝石般的海洋,碧玉似的天宇等等比喻是经常遇到的。请老实说,有没有诸如此类的东西?有人说,月光下落入海中的水滴比落入盘中的珍珠更美丽些,但水滴既不像珍珠,盘子也不像海洋。我并不阻止别人用宝石作比喻,但是比喻必须确切,物品的价值并不能使我把被比喻的物品想象得更美丽或更鲜明。我从未见过珊瑚色的口唇,却见过砖色的;从未见过碧玉般的眼珠,却见过溶化在水中的群青色和书写纸般颜色的。使用比喻,或是把较差的东西和较好的东西相比,以表示所描写的东西的美好,或是把不平常的东西和平常的东西相比,使人得到明确的概念。

(1852)

陈　桑译

〔据《列·尼·托尔斯泰论文学》,1955年,莫斯科版。〕

《童年》第二稿　《致读者》(片断)

我也依照所有作者的共同癖好——跟读者谈谈。

这些谈话多半是为了博取读者的好感和宽容。我也想对您这位读者说几句话,可是抱着怎样的目的呢?我确实不知道,请您自己作出判断吧。

任何一个作者——在这个词的最广泛的意义上——无论当他写什么时,必然设想所写的东西会怎样产生影响。为了对我的作品会产生的印象有一个概念,一定要考虑到某种特定的读者。如果我不考虑到某一类读者,我又怎能知道我的作品是否为人喜爱呢?作品中某处可能使某人喜爱,另一处则为另一个人喜爱,甚至这个人喜欢的地方,别人并不喜欢。任何一种坦率地说出的思想,无论它如何错误,任何一个清晰地表述出的幻想,无论如何荒唐,都不可能不在某个人的心灵里获得同感。既然它们能在某个人的头脑中产生,那就必然会找到与它共鸣的头脑。因此,任何作品都必然有人喜欢。可是,并不是任何作品都能够整个地为一个人喜欢。

如果一部作品整个地为一个人喜欢,那么,依我看来,这样的作品在某方面是完美的。为求达到这样的完美(每个作者都希望达到完美),我认为只有一种方法,那就是对假想的读者的智力、品质和倾向形成一个清楚、明确的概念。

因此,我首先对您这位读者说,我要描写您。如果您发现,您不像我所描写的读者,那您还是不读我的小说为好,您会按自己的性格找到别的作品的。而您如果正是我所设想的那样的读

4

者,那么,我坚信您会满意地阅读我的作品,尤其是在读到每一佳处时,想到您曾经鼓舞了我并且阻止我写蠢话,您会感到愉快。

为了被接受为我所选择的读者,我的要求很简单:只要您多情善感,亦即有时会打心眼儿里怜悯,甚至会为您所爱的虚构人物洒几滴眼泪,由衷地为他高兴,却不会因此感到害臊;只要您热爱自己的回忆;只要您是一个有信仰的人;只要您读我的小说时,寻求的是触动您的心弦而不是让您发笑的地方;只要您不因为妒忌而藐视那上流社会,即使您不属于它,也能心平气和、不偏不倚地看待它——这样我就接受您加入我所选择的读者之列。主要的是,您得是个知音①,亦即这样一种人,当你同他结识时,你就明白,无须吐露自己的情感和倾向,你就明白,他理解我,我心中的任何声音都在他心中得到反响。把人分为聪明的和愚蠢的、善良的和凶恶的是困难的,我甚至认为是不可能的,但是知音和非知音却是我在我认识的所有人中间情不自禁地画下的一道鲜明界线。知音的主要特征是与他们交往愉快,无须对他们作任何解释说明,就可以满怀信心地传达哪怕是说得很含糊的思想。有这么一些微妙而无法捉摸的感情关系,它们是难以言传的,但它们却能被人领会得一清二楚。这些情感和关系可以大胆地用暗示或默契的语言同他们谈话。因此,我的首要要求是理解。现在,我要请您这个特定的读者原谅我的文体中某些地方的粗糙和不流畅,我预先深信,等我把原因向您解释清楚,您就不会见怪了。唱歌有两种方法:用喉咙和用胸腔。难道喉音不是比胸音柔和得多,可它却不能打动心灵吗?反之,胸音虽则粗浊,却能动人心弦。就我来说,哪怕就是在最空洞的旋律里,当我听到胸部深处发出的音时,我也不由得泪珠盈眶。在文学里也是如此,可以用脑来写,也可以用心来写。当你用

---

① 加着重号处原文为斜体,全书同。

脑来写时,那就会文从字顺地落到纸上。而当你用心来写时,脑子里千头万绪,想象中形象云集,心中的回忆纷至沓来,于是词句就不够完满,不够确切,粗糙而不够流畅了。

也许我错了,但是,每当我开始用脑写作时,我总是搁下笔来,力求单单用心来写……

(1852)

陈　桑译

〔据《列夫·托尔斯泰文集》二十卷集,莫斯科版。〕

在俄国文学爱好者协会上的讲话

诸位先生。选举我为协会会员,使我的自尊心得到满足,我由衷地感到高兴。对于这次我不胜荣幸地当选,我与其归功于自己在文学领域所作的微薄尝试,毋宁把它看作对我作过这些尝试的那个文学领域所表示的同情。近两年来,政治的,特别是揭露性的文学,为了自己的目标而采用艺术手段,并且有了一批才智卓越、品德高尚的代表人物,他们热烈而又坚决地回答当前的每一个问题,对任何暂时的社会创伤都作出反应。因此,这种文学似乎吸引了公众的全部注意力,而使美文学失去了它的一切意义。大多数读者开始认为,整个文学的任务只是对邪恶进行揭露、谴责并加以纠正,一言以蔽之,只是发扬社会上的公民感情。近两年来我偶尔读到并听到一种见解,说有趣的小故事和小诗的时代已经一去不复返了,在正要来临的时代里,普希金将被忘记,并束之高阁,纯艺术不可能存在,文学只是促进社会上公民精神发扬的工具云云。的确,在这时候,也可以听见曾被政治的喧嚷所淹没的费特①、屠格涅夫②和奥斯特洛夫斯基③的声音,可以听见在批评界复活的、与我们格格不入的为艺术而艺术的论调,但是,社会还记得它做过的事,仍然只赞同政治的文学,并认为唯有它才是文学。这种追求曾是高尚的、必要的,甚至在短时间内是正确的。我们的社会为了

---

① 阿法纳西·费特(1820—1892),十九世纪俄国诗人,他反对诗歌为社会服务,是当时俄国"纯艺术"派诗歌的代表人物。

② 屠格涅夫(1818—1883),十九世纪俄国著名作家。

③ 指亚·尼·奥斯特洛夫斯基(1823—1886),十九世纪俄国著名剧作家。

拥有力量跨出它近年来所跨出过的前进的巨大步伐,它必须是片面的,它必须醉心于超过目的,以求达到目的,必须只看到眼前这个目的。而且确确实实,当环绕我们周围的邪恶的画面第一次在眼前展开,而摆脱邪恶的可能性又已出现的时候,还能想到诗歌吗?人感到痛苦的时候,又怎么能够想到美的事物呢?我们既享受这种追求的果实,就不应责备这一追求。社会上敬重文学的不自觉的普遍要求,新出现的舆论,我甚至要说,我们政治文学为我们实现的自治,正是这种崇高的追求的成果。然而,不论这种片面性的追求如何崇高,又有如何良好的影响,它像任何的追求一样是不可能持续不衰的。人民的文学是人民的完整的、全面的意识,在这种意识里,不论是人民对于善和真理的爱,还是人民在某一发展时期对于美的直观,都会同样地反映出来。现在,当新近展开的活动的最初刺激已经消失,胜利的欢欣也随之消失,而曾有吞没整个文学之虞的政治激流经过长期沉着地冲击之后而在河床中平息下来的时候,社会也明白了自己的追求的片面性。有这么一些议论,说描绘邪恶的阴暗画面已经令人厌烦,描写人人都知道的事情徒劳无益等等。社会也是对的。这种天真地说出的不满情绪意味着社会已经懂得,不光是从批评论文,而是凭经验弄清楚了,并且体会到了那貌似简单的真理:不论反映社会暂时利益的政治文学意义如何伟大,不论它对人民的发展如何必要,总还存在着另一种文学,它反映永恒的、全人类的利益,反映人民的弥足珍贵的内心意识,为一切民族一切时代所享受,离开它任何一个具有力量和朝气的民族都不能得到发展。

最近出现的这种见解使我倍感高兴。它不仅对于我这个美文学的偏爱者(我真诚地承认自己是这样的爱好者)来说是可喜的,就是作为我们社会和文学的力量和成熟的新的证明一般地来说也是可喜的。对于两种独立的文学的必要性和意义的认识已深入人心,它最好地证明了我们的文学绝对不像许多人仍然认为的那样,是从异国土壤移植过来的儿戏,它有自己的坚实基础,符合自己社会的各方面需要,已经说出而且还将说出许许多多的话,它是严肃的人民的严肃的意识。

在我们文学茁壮成长的当代,较之任何时代更能以俄国作家的称号而自豪,更能因俄国文学爱好者协会的复兴①而喜悦,更应以获选为这个光荣的协会的成员这一荣誉而由衷地表示感谢。

(1859)

陈　燊译

〔据《列夫·托尔斯泰文集》二十卷集,莫斯科版。〕

---

① 俄国文学爱好者协会创立于一八一一年,在一八三七至一八五八年间曾中断活动,一八五九年恢复活动。

《战争与和平》序（草稿）

我虽无数次动手写一八一二年的历史，这段历史对我来说变得越来越清楚，它越来越迫切地要求用清晰而明确的形象把它写在纸上，但我却又无数次搁笔。有时，我觉得我起初采用的手法毫不可取；有时，我想把我所认识到和感觉到的那个时代的一切全都写出来，而我又知道这是不可能的；有时，我觉得长篇小说的简单、平庸的文学语言和文学手法很配不上庄严、深邃而全面的内容；有时，必须用虚构来串联那些在我心中自然而然产生的形象、图景和思想，而我对它们却又觉得十分不满意，以至我多次抛弃我已经开始写下的东西，我失望，觉得没有可能把我所想的和要说的一切都说出来。但时间和我的精力每时每刻都在减少，而且我知道永远不会有人能够说出我所要说的，倒不是因为我要说的对于人类异常重要，而是因为生活的某些方面对于别人说来毫无意义，只有我一个人，由于我的文化修养和性格上的特点（每个个性所固有的特点），才认为是重要的。最使我作难的是传说，既指形式，也指内容。我担心没有用大家用来写作的语言写，担心我的写法不符合任何形式，既非长篇小说，又非中篇小说；既非叙事诗，又非历史。我还担心要描写一八一二年的重要人物这一必要性会迫使我依据历史文献，而不是依据真实。由于这一切疑惧，时间过去了，而我的事情却毫无进展，我对它的热情也开始冷淡下来了。现在，在经历了长时间的折磨以后，我决定抛开这一切疑惧，下决心只写我必须说出的东西，而不去关心这样做会有什么结果，也不求给我的工作以什么名称。

（1867）

尹锡康 译

〔据《列·尼·托尔斯泰论文学》,1955 年,莫斯科版。〕

《战争与和平》序 (初稿)

在发表这部作品的开头部分时,我并不许诺要继续写下去,或者要写完它。我们俄国人一般地是不善于写作欧洲人所理解的那种含义上的长篇小说的。这部作品不是中篇小说,因为它里面并不贯穿着一个思想,也不是要证明什么,也不描写某一事件。它更不能叫做长篇小说,即有开端,有不断复杂起来的趣味以及大团圆的结局或者不幸的收场的那种小说。为了向读者说明这本书是什么,我认为最方便的方法就是把我是怎样开始写的经过叙述出来。

一八五六年,我着手写一部带有某种倾向的中篇小说。它的主人公当是一个携眷回国的十二月党人。我不由自主地从一八五六年转到了一八二五年——我的主人公处于迷惑多难的时代,而把开始写的东西搁置下来了。但即使是在一八二五年,我的主人公也已经是一个成年的有家室的人了。为了了解他,我需要转到他的青年时代。而他的青年时代正值俄国的光荣时代一八一二年。我又一次抛弃了我已经开始写了的,从一八一二年写起。一八一二年的气息和音响我们还能亲切地感觉得到,但它现在离我们毕竟是如此遥远,我们能够平心静气地对它加以思考了。可是甚至在这第三次我也抛弃了已开始了的,但已不是因为我需要描写我的主人公的青年时代的初期,相反,在那个伟大时代的半历史性、半社会性、半虚构的具有伟大性格的人物之间,我的主人公这个人物已退于次要地位,而居于首位的却成了那些使我感到同等兴趣的当时的男男女女老老少少了。我第三次返回到过去,乃是由于一种感情,这种感情也许大多数读者会觉得奇怪,但我希望我珍视其意见的那些人能够了解,我这么做是出于那种类似羞怯,但并非一言可以说尽的感情。如果只描写我们在与波拿巴的法兰西斗争中所获得的胜利,而不先写我们的失败和我们的屈辱,那我觉得问心有愧。在阅读关于一八一二年的爱国主义的著作时,谁不体验到那种隐秘的,但却是不愉快的惭愧和疑惑的感情呢?如果我们取得胜利的原因不是偶然的,而实质上是在于俄罗斯人民和军队的性格,那么,这种性格在我们遭受挫折和失败的时代就应当表现得更为鲜明。

于是,我从一八五六年回溯到一八〇五年,这时我决意已不是让一个人物,而是让我的许许多多男女人物经历一八〇五、一八〇七、一八一二、一八二五和一八五六年的历史事件。我不能在这些时代中的任何一个时代预见到这些人物的关系的结局。无论我如何企图从一开始就构思这部小说的开端和结尾,我确信这是我无法做到的。我决定依从自己的习惯和力量来描写这些人物。我仅仅是竭力使小说的每一部分具有独立的意义。

(1867)

尹锡康 译

〔据《列·尼·托尔斯泰论文学》,1955 年,莫斯科版。〕

就《战争与和平》一书说几句话

在这部作品上我已经花费了最佳生活条件下的五年不间断的、专心致志的劳动。当它付印时,我想在它的序言里谈谈我对它的看法,免得读者产生种种疑问。我希望读者不会在我这本书中看到或者去寻找我不愿或者不能表达的东西,而是把注意力放到正好是我想表达却又不便细叙(由于作品的情况)的地方去。无论是时间还是我的能力都不允许我充分实现我原来的意图,现在我利用专门的刊物的殷殷盛意,在此向那些可能感兴趣的读者谈谈作者对自己的作品的看法,哪怕既不充分又很简短也罢。

(一)《战争与和平》究竟是什么? 这不是长篇小说,更不是叙事诗,更更不是历史演义。《战争与和平》是作者想要而又能够在它借以表现的这种形式中表现出来的东西。作者如此声称,全然不顾艺术散文作品中约定俗成的形式,倘若是故意为之,而又没有先例,那就显得过于自负了。俄罗斯文学史,从普希金时代以来,非但提供了这种背离欧洲形式的许多例子,甚至没有给我们一个相反的例子。从果戈理的《死魂灵》到陀思妥耶夫斯基的《死屋手记》,在近代俄罗斯文学中,没有一部稍稍出色的艺术散文作品是长篇小说、叙事诗或者中篇小说的形式所能完全容纳的。

(二)当本书第一部分发表时,有些读者对我说,在我的作品里,时代的特征不够明确。对此责难我将作如下的答辩。我知道人们在我的小说里找不到的时代特征是什么,那就是农奴制的种种可怕现象,如监禁妻子,鞭打成年的儿子,萨尔蒂契哈①等等。存在于我们观念中的那个时代的这种特征,我并不认为是确实的,也不愿意加以表现。我研究过一些书信、日记和传说,并未发现这种暴行较之目前或任何时候我所看到的更为骇人听闻。在那个时代,大家同样地在爱,在妒忌,在探求真理和美德,同样有种种癖好,同样过着智慧和道德的生活,有时甚至比当代的上流人士更文雅些。如果说在我们的观念里形成了当时的特征是专横和粗暴的见解,那无非是因为通过传说、回忆录、故事和小说流传至今最多的是强力和暴行的突出事件罢了。断言当时的主要特征是暴行,是不公正的,正如一个人从山那边只望见一些树梢就断言这个地方除了树木以外别无其他一样的不正确。那个时代自有它的特征(正像每个时代都有自己的特征一样),它来自上层和其他阶层的异常疏远,来自当时占主导地位的哲学,来自教养的特点,来自使用法语的习惯等等。这种特征正是我尽力加以表现的。

（三）在俄国作品中使用法语的问题。为什么在我的作品里,不仅俄国人,就是法国人也部分地说俄语,部分地说法语呢?责难俄国书中的人物说法语写法文,正像有人看画时,发觉它上面有些黑斑(阴影)是现实中所没有的而加以责难一样。画家画在人脸上的阴影被看成现实中所没有的黑斑,过错不在于画家。只有当这些阴影画得不对或者画得潦草时,他才是错的。在刻画本世纪初那个时代,描绘直接参与当时生活的某一上流社会的俄国人、拿破仑以及法国人时,我情不自禁地过分醉心于这种法国思维方式的表现形式。因此,我不否认我所画的阴影也许画得不对,画得潦草,但愿那些因拿破仑时而说俄语时而说法语觉得十分好笑的人能够知道,他们之所以这样感觉,只因为他们

---

① 萨尔蒂契哈是十八世纪一个俄国女地主的绰号,以残酷虐待农奴而闻名。

就像那个看肖像画的人看到的不是脸上有光和影,而是鼻子底下有黑斑。

(四)人物的名字:博尔孔斯基、德鲁别茨科伊、比利宾、库拉金等等,使人想起某些俄国的姓氏。拿非历史人物同其他历史人物并列时,要是让拉斯托普钦伯爵同普龙斯基公爵、斯特列利斯基,或者同任何其他冠有虚构出来的双姓或单姓的公爵或伯爵说话,我觉得是不顺耳的。博尔孔斯基或德鲁别茨科伊,虽则既非沃尔孔斯基,又非特鲁别茨科伊,在俄国贵族们听起来却颇熟悉和自然。我既不能为所有的人物一一拟出我觉得并不刺耳的姓名,如别祖霍夫、罗斯托夫,又不能用别的方法回避这个困难,只能随手拈来俄国人十分熟悉的几个姓氏,略略改动其中几个字母。如果虚构的名字同真实的名字相似,使人以为我要描写这个或那个真实的人,那我将感到非常遗憾,尤其因为那种只写现时实际存在或过去曾经存在的人物的文学活动同我所从事的文学活动毫无共同之处。

阿赫罗西莫娃和杰尼索夫是仅有的两个人物,我无心地给了他们近似当时上流社会两个特别有代表性的可爱的真人的名字。这是我的过错,原因是这两个人物太有代表性了,不过我只错在安排了这两个人物。读者大概会同意,在这两个人物身上并没有发生过任何同现实相似的事情。其余的人物则全是虚构的,就是对我来说也没有来自传说或现实的明确的原型。

(五)我对历史事件的描述同史学家的叙述的分歧。这不是偶然的,而是无法避免的。史学家和艺术家在描述历史时代时,有两种完全不同的目标。史学家在表现历史人物时,倘若罄尽其完整性及其在生活各方面的关系的全部复杂性,他就做得不对。同样,艺术家在描写人物时,如果总是从其历史意义着眼,他也就不能完成自己的任务。库图佐夫并不总是拿着望远镜指点敌军,驰骑白马。拉斯托普钦也不总是手持火把,①去沃龙佐夫大厦纵火(他甚至从未做过此事),玛丽亚·费奥多罗夫娜皇后也不总是身披银鼠皮斗篷,手扶在法典上站着。而在人民的想象中,他们却是这样的。

对于史学家,就人物为某一目的所起的促进作用而言,是有英雄的。对于艺术家,就人物符合于生活的一切方面来说,不可能也不应该有英雄,应该有的是人。

史学家有时必须稍稍扭曲真实,把一个历史人物的全部行动归结为一种思想,这种思想是他加给这个人物的。艺术家刚好相反,认为思想的单一性不适合于自己的任务,他努力了解并描写的不是著名的活动家,而只是人。

在事件本身的描述上,差异更为明显,更为重要。

史学家所涉及的是事件的后果,艺术家所涉及的是事件的事实本身。史学家在描述战役时说,某军左翼曾向某村挺进,击退了敌人,但被迫撤退,于是骑兵投入战斗,将其击溃,等等。史学家不能有别的说法。而对艺术家说来,这些话毫无意义,甚至没有触及事件本身。艺术家或是凭自己的经验,或是根据书札、回忆录和人们的口述,得出自己对所发生的事件的概念,而史学家能作出的关于某军的行动的论断(以战役为例)常常与艺术家的论断正好相反。由于各自取材的来源不同,所得的结果也就不同。对史学家说来(我们仍以战役为例)主要的来源是个别的将领和统帅。艺术家却不能从这些材料来源得到什么东西,这些材料对于他并没有说出什么,也没有说明什么。不仅如此,艺术家还因为发现其中难免有谎言而避开这些材料。不消说,在每个战役中,敌对双方所作的描述

---

① 拉斯托普钦是《战争与和平》中的人物,当时任莫斯科城防总司令。拿破仑进入莫斯科时,莫斯科发生大火,一说是拉斯托普钦纵火烧的。见《战争与和平》第三卷第三部,第二十六章。

几乎总是全然相反。对每一个战役的描述总免不了有虚假成分,因为要以寥寥数语来描写数以千计的人的活动,而这些人又分布在数里以内,处于恐怖、耻辱和死亡的极其强烈的神经刺激之下。

在战役的描述里,通常写的是某军被调去进攻某据点,后来又奉命撤退等等,仿佛认为,在练兵场上使千万人服从于一个人的意志的那种纪律,在进行生死搏斗的地方也会起同样的作用。任何一个人,只要参加过战争,就会知道这是多么的不正确,①然而这种假设却是作战报告的基础,对战争的描述就是建立在这个基础之上的。会战以后,在作战报告尚未写成之前,如果你立即,甚至是第二、三天去巡视全军,向所有的士兵和上下级军官询问战役的经过,他们会对你讲这些人感受到了什么,看到了什么,在你心中就会形成一种宏伟、复杂、极其多样而又隐晦、模糊的印象,你从任何人,甚至统帅那里都无法打听到全部战役的经过。但是两三天以后,他们开始呈递报告了,夸夸其谈的人开始叙述他们并未看到的事情如何如何,最后形成一份总报告,根据这份总报告又形成全军的共同见解。人人都因抛掉自己的怀疑和问题来换取这种虚假但却明了,而且总是使人感到光荣的看法而轻松愉快。再过一两个月,假如你去询问参加会战的人,你从他的口述里就感觉不到先前有过的原始的生动的材料了,他是根据报告来讲的。许多身经波罗底诺战役而又健在的有头脑的人都是这样向我讲述这次战役的。大家都说得一模一样,大家都是依照米哈伊洛夫斯基-达尼列夫斯基②,依照格林卡③和其他人的不真实的叙述,连细节也是

---

① 在我的第一部分(指《战争与和平》的第一部分——译者注)和申格拉本战役的描述发表后,有人向我转告尼古拉·尼古拉耶维奇·穆拉维约夫-卡尔斯基有关这一段战役描述的意见,他这些话向我证实了我的信念。总司令尼·尼·穆拉维约夫的意见是,他从未读过比这更忠实的战役描写,他根据自己的经验深信,在会战时要执行统帅的命令是不可能的。——作者注
② 指米哈伊洛夫斯基-达尼列夫斯基所著《一八一二年卫国战争记》。
③ 指谢尔盖·格林卡的《一八一二年札记》。

分毫不差,虽则这些叙说者当时彼此相距若干里路。

塞瓦斯托波尔陷落以后,炮兵司令克雷让诺夫斯基把各棱堡的炮兵军官的报告送给我,要我用这二十多个报告编成一份报告。很遗憾,我当时没有把这些报告抄录下来。这是那种天真的、无法避免的军事上的谎言的最好范例,而报告就是根据这些谎言编写的。我认为,当时编写这些报告的我的同事,许多人在读到这些文字,并回忆起他们是如何遵照上级的命令写出他无法了解的事情时,都会为之失笑。经历过战争的人都知道,俄罗斯人在战争中如何胜任自己的工作,却又如何不善于用这种工作中无法避免的夸张的谎言去描述它。大家都知道,在我们的军队中,这种写报告写情报的工作多半是由我们的异族人担任的。

我谈这些是为了指出,战史家用作材料的战争记述中含有谎言是不可避免的,因而艺术家同史学家对历史事件的理解经常有分歧也是不可避免的。然而,在我感兴趣的那个时代的史学家那里,除了历史事件的叙述不可避免地不真实以外,我还碰到(大约是因为我习惯于把事件分门别类,简要地加以表达,并适合于事件的悲剧色彩)特别的夸张的方式,其中虚假和歪曲常常不仅涉及事件,而且涉及对事件意义的理解。在研究有关那个时代的两部重要史籍——梯也尔①和米哈伊洛夫斯基-达尼列夫斯基的著作时,我常感到困惑不解,这些书怎么能够出版而且有人阅读。且不谈他们以严肃认真、意味深长的口吻援引材料来叙述同一事件却彼此全然矛盾,当我在这些史学家的著作里看到这样一些叙述,想到这两部书是那个时代的绝无仅有的文献,拥有千千万万的读者时,真是啼笑皆非。我只从著名史学家梯也尔的书里引用一个例子。当他叙述拿破仑随身带来的假纸币时,他写道:

Relevant l'emploi de ces moyens par un acte de bienfaisance

---

① 路易·阿道尔夫·梯也尔(1797—1877),法国反动的政治活动家和史学家。

digne de lui et de l'armée française, il fit distribuer des secours aux incendiés. Mais les vivres étant trop précieux pour être donnés longtemps à des étrangers, la plupart ennemis, Napoléon aima mieux leur fournir de l'argent, et il leur fit distribuer des roubles papier. ①

这一段抽出来看,令人吃惊,虽不能说不道德到极点,实在是无聊到了极点。可是从全书来看,它却并不令人惊异,因为完全符合于总的夸张、庄严但却没有任何实际含义的语调。

总之,艺术家和史学家的任务截然不同,在我的作品里对于事件和人物的描述与史学家有分歧也是不应该引起读者惊异的。

然而,艺术家不应该忘记,民间形成的有关历史人物和事件的概念,并非根据幻想,而是根据史学家所能收集到的历史文献。因此,艺术家在理解和表现这些人物和事件时虽有所不同,但应该像史学家那样以史料为依据。在我的小说里,凡是历史人物说话或者行动之处,我都不是虚构,而是利用材料,这些材料在我写作小说的期间积成整整一个书库,它们的书目我认为没有必要抄录在这里,但我随时可以引证。

(六)最后一点,也是我认为最重要的想法,涉及所谓的伟大人物在历史事件中所具有的那种依我看来是很小的作用。

在研究如此富于悲剧性、重大事件如此繁多、与我们那么接近而又留下那么多形形色色有关它的传说的这个时代时,我得出一个明确无疑的结论:发生那些历史事件的原因是我们的头脑无法了解的。要是说(这在大家看来是再简单不过的)一八一二年事件发生的原因在于拿破仑的侵略本性和亚历山大·帕夫洛维奇皇

---

① 法语:为了以无愧于他和法国军队的身份的慈善事业的名义来补偿这些费用,他命令给遭受火灾损失者以补助。但由于食品过分昂贵,不可能长期供应异国人,而且大都是怀有敌意的人,因此,拿破仑更乐于分给他们以钱币。于是他就发行了纸卢布。

帝的坚定的爱国主义,那就像说罗马帝国崩溃的原因是某个野蛮人率领自己的各部族西侵和某个罗马皇帝治国昏庸无道,或者说一座被挖倒的大山之所以崩塌是由于最后的一个工人用铁锹挖了一下,都是荒谬的。

一个有数百万人互相厮杀,伤亡人数高达五十万的事件,不可能起因于一个人的意志,正像一个人不可能单独把山挖倒,一个人也不可能迫使五十万人死亡。然而原因究竟是什么呢?一些史学家说,原因是法国人的侵略本性,俄国人的爱国主义。另一些史学家说是拿破仑的大批人马到处散布的民主因素,是俄国同欧洲发生联系的必然性等等。但是,数百万人何以会互相厮杀,又是谁在指使他们这样干呢?仿佛人人都明白,谁也不会因此生活得好些,大家反会因此受苦受难,他们又为什么这样干呢?人们可以而且正在作出多得不可胜数的结论来阐明这一毫无意义的事件的原因。可是,各种说法有这么多而它们又都符合同一目的,只能证明原因太多太多,因此任何一个原因都不能叫做原因了。

为什么数百万人互相厮杀呢,虽则自开天辟地以来大家都知道无论在肉体上还是精神上这都是坏事?

原因是非这样做不可,人们这样做,就是在实现那个自发的动物性的法则,如同蜜蜂在入秋前互相残杀,雄性动物互相残杀都是遵循这个法则。对于这个可怕的问题不可能有别的答案。

这个真理是显而易见的。如果人身上没有另外一种感情和意识使他相信,他在完成任何行动的任何时刻都是不受约束的,那么这个真理对于每一个人说来还是极其合乎天性的,因而无须加以证明。

从一般的观点来观察历史,我们无疑会确信事件所遵循的亘古不变的法则。而从个人的观点来看,我们就会相信相反的东西。

杀害别人的人,下令渡过涅曼河的拿破仑,您和我,在递上申请分派职务的报告、举起手和放下手的时候,我们全都深信不疑地认为,我们的一举一动都是基于合乎情理的原由和我们的随心所欲,我们这样或那样做全由我们决定,而且这种信念是如此牢固地为我们每个人所秉有,为我们每个人所珍视,以致我们不顾历史的根据和罪行的统计(它们使我们深信,他人的所作所为是不由自主的),把我们的自由意识扩大到我们的一切行为上。

矛盾似乎是无法解决的。当我做一件事的时候,我深信我是随心所欲的。当我从我的行为参与了人类共同生活的这个角度(即从它的历史意义方面)来观察它的时候,我又深信,这个行为是注定了的,不可避免的。错误出在哪里呢?

人追溯往事,能在刹那间把一连串臆想中的自由推论安到既成的事实上去(这一点我准备在别的地方作更为详尽的陈述)。对这种能力所作的心理学观察证明,认为人在完成某一类行为时是本乎自由的意识的假设乃是错误的。可是,同样的心理学观察证明,还有一类行为,人在完成它们时自由的意识不是因回忆过去而来,乃是霎时出现的,确切无疑的。只要一个行动仅仅涉及我一个人,无论唯物主义者说什么,我无疑可以这样行动或者不这样行动。我现在毫无疑问只根据我个人的意志举起了手,又放下了手。我现在可以停止写作。你现在可以停止阅读。我现在可以毫无疑问只凭我个人的意志毫无阻碍地在心里想到美国,或者想到任何一个数学问题。我可以为了试一试自己的自由向空中举起一只手,又使劲地甩下来。我这样做了。可是如果我旁边站着一个孩子,我在他头上举起一只手,想要同样使劲地往他身上甩下手来,我就不能这样做。如果有一只狗扑向这个孩子,我就不能不举手打狗。我在前线就不能不跟随团队行动。在战役中我不能不随着自己的团队一起进攻,当周围的人都跑时我也不能不跑。当我站在法庭上作为被告的辩护人时,我就不能停下来不说,也不能不知道我将要说什么。有人向我的眼睛打过来时,我就不能不眨眼睛。

总之,存在着两种行为。一种取决于我的意志,另一种不取决于我的意志。而矛盾之所以产生,是由于这样的一种错误,即我把自由意识(它理所当然地伴随着任何关系到我、关系到最最抽象的我的存在的行为)错误地搬到了我和别人共同完成的、取决于别人的个人意愿和我的个人意愿不谋而合的行为上来。明确自由和依赖性的界限是极其困难的,确定这种界限乃是心理学上重要的、也是唯一的课题。然而,只要观察一下表现出我们最大的自由和最大的依赖性的条件,就不能不看到,我们的活动越是抽象、从而与旁人的活动越少牵连,它就越是自由;反之,我们的活动与旁人牵连越多就越不自由。

在与旁人的牵连中,最强有力,最难割断,最叫人难受而又最为经常的,就是所谓对别人的统治权,这种权力就其真实意义来说,只不过是对别人的最大依赖。

无论我的这种看法是错是对,由于我在写作过程中对此深信不疑,我描述一八〇五、一八〇七,尤其是一八一二年(命运的规律在这一年表现得最为突出)①的历史事件时,自然不可能赋予那些人的作为什么意义,他们觉得自己在支配着事件,其实与事件的所有其他参加者相比,他们在这些事件中能够作出的自由的活动却最少。这些人的活动之所以使我感兴趣,只因为它是说明那个命运的规律的例证,我深信,是命运的规律支配着历史;也因为它是说明心理的规律的例证,是心理的规律使人在完成最不自由的行为时到自己的想象中去伪造一连串追溯过去的推论,以便向自己证明自己是自由的。

(1868)

陈　桑译

〔据《列·尼·托尔斯泰论文学》,1955 年,莫斯科版。〕

---

①　值得注意的是,几乎所有描写一八一二年的作家都在这次事件中看到了特殊的、在劫难逃的东西。——作者注

《战争与和平》尾声（初稿片断）

我的读者的大多数是这样一些人，他们读到历史的尤其是哲学的议论时，就会说："唔，又来了，真枯燥无味。"他们要看看这些议论在何处结束，于是翻过几项，继续读下去。这类读者是我最珍视的读者。我最珍视他们的批评，书的成功取决于他们的批评，而他们的批评是不容反驳的。

"好"或"坏"，他们说。为什么好？他们说："就因为它好。"

正是由于这个原因，他们不愿读那些需要论证自己对它所持的见解的东西。他们是完全正确的。

这是欣赏艺术的读者，他们的裁判对于我比一切都宝贵。他们虽然不发什么议论，却能在字里行间看出我在议论中写下的一切。如果所有的读者都是这样的话，那么我也就不写这种议论了。我感到对不起这些读者，因为我插进一些议论把书给糟蹋了。但我认为需要说明一下使我这样做的动机。

我开始写一部关于过去的书。在描写时，我发现，这段历史不仅没有人知道，而且人们所知道的和所记载的与史实完全相反，于是我不禁感到必须证明我所说的话，必须表白我写作时所根据的观点。

或许，有人会向我说：最好是不写。

此外，我还要辩解一下：如果没有这些议论，也就没有叙述。之所以那样郑重其事地叙述打猎，就因为打猎是同样重要的。

我的另一类读者是这样一些人，对于他们我的书的主要意义在历史方面。这类读者中很多人不满意我抹杀了大家公认的荣誉。为什么不将俄国人民的光荣付予拉斯托普钦和维滕贝格亲王？这一切是可以放在一起的。我在回答这一点的时候,应当重复一句老话:我是努力写人民的历史呀！所以,说"我要烧尽莫斯科"的拉斯托普钦以及说"我要惩办我的人民"的拿破仑是绝不能够成为伟大的人物的,如果人民不是乌合之众的话。为什么他以他的才能不描写英雄呢？一位又老又瘦的太太说,为什么您把我的侄女儿写得那样美丽而不愿写我呢？您可是有才能的呀！正因为我是一个艺术家,除了漫画而外,我不能把您描画成别的东西,而且这不是为了要侮辱您,太太,这是因为我是一个艺术家。我是一个艺术家,我的一生都是在寻找美。如果您能向我展示美,那我会跪下来祈求您赐给我这最大的幸福。但您到底是一个艺术家呀,您能够粉饰呀。

　　许多人都这样说。似乎艺术是一片金箔,你想给什么贴金,就可以把它贴上去。艺术是有法则的。如果我是一个艺术家,如果库图佐夫被我描画得很好,那么,这不是因为我愿意这样(这与我无关),而是因为这个人物有艺术条件,而其余的人却没有。Je défie①,(如法国人所说的那样)把拉斯托普钦或者米洛拉多维奇②描画成一个美妙的人物,而不是一个可笑的人物。尽管拿破仑的爱慕者有许许多多,然而还没有一个诗人把他塑造成一个艺术形象,永远也不会有人塑造成的。

(1869)

尹锡康 译

〔据《列·尼·托尔斯泰论文学》,1955 年,莫斯科版。〕

---

① 法语:我发誓,绝不能。
② 米洛拉多维奇是《战争与和平》中的一位俄国将军。

关于民间出版物的讲话

　　情况是这样:很久以来,我记得总有三十来年了吧,就有这么一些人专门为识字的普通老百姓写作、翻译和出版书籍,也就是说,专门为那些由于识字不多,由于所生活的环境,由于家境贫困而不能对书籍有所选择,只能有什么读什么的人出书。这样的出版家从前就相当多,在农奴解放①之后更是大量涌现出来。这些著作者、翻译者、出版者的人数随着识字者人数的增加而逐年增多,其数量如今已十分可观。民间读物的著者、编者、出版者如今多如牛毛,可是和从前一样,至今在贫苦百姓的读者群和编者、出版者之间还没有建立起正确的关系。和以前一样,总使人觉得有点不对头,尽管为老百姓出版了大量的书籍,可是还是感觉到这些书,即使不是全部也是大部分,不应该是那个样子,著者、编者、出版者都还没有达到他们所想达到的目标,老百姓中间的读者也还没有得到他们想得到的书。

　　这件事难道就不能改进了吗?

　　我想,在谈这件事可以怎样努力改进之前,自己应该先好好地弄清楚这件事情本身和它所包含的内容。

　　毫无疑问,事情在于,一些有知识、有钱、满肚子学问的人想把自己的知识传授给缺乏知识的人,而那些什么知识也没有或者知识极少的人在张着嘴等待任何知识,准备吞下别人给他的一切。看来还有什么比这更好的啊? 有学问的人想同别人分享自

---

　　① 指一八六一年俄国废除农奴制。

己的所有物,这种所有物又不会因为分给别人而有所减少。看来只要有学问的人愿意同人分享,饥饿的人就会满意了。可是有知识的人传授知识给别人这件事做起来却完全不是那么回事。饱汉不知道应该给别人些什么,一会儿试试这个,一会儿试试那个,而饿汉呢,虽然饥肠辘辘,却把鼻子扭开,不要别人给他提供的东西。为什么会这样?我看只有三个原因。一个原因是,饱汉并不想给饿汉吃东西,而是想以某种对饱汉有利的方式去影响饿汉。第二个原因是,饱汉不想把真正滋养他们的东西给予饿汉,而只给了一些连狗也不吃的残羹剩饭。第三个原因是,饱汉其实根本不像他们自己想象的那么饱,只不过是自满而已,他们自己吃的东西也并不好。

出版民间书籍的各种尝试至今总是不见成效,只有下述三个理由可以解释。

至今一切已经出版和正在出版的不能令人满意的书籍都可以分别归入这三种理由名下。

有些书并不打算向老百姓传授知识,而是想在他们身上激起一些由于某种缘故为出版者所希望的情绪。这包括所有二流、三流甚至第十流的宗教出版物——修道院的、伊萨克大教堂的、彼得修道院的、帕什科夫派①的、有益心灵的普及读物等等。所有这些书籍并不传授任何知识,也不引起读者的兴趣,原因正是在于它们的作者传授的不是使他们产生某种情绪的那些原理,而是直接传授这种情绪。帕什科夫派的出版物可以作为这种奇怪地离开目标、全然无益的刊物的最好样版,例如,对垂死的人说:"上帝的血拯救了你",于是他就高兴起来,幸福地死去等等。这一类书籍的

---

① 帕什科夫派,十九世纪末俄国福音派基督徒中的一派,因当时的领导人瓦·亚·帕什科夫而得名。

错误是,〈由阅读《圣经》产生的这种或那种宗教情绪〉①只能由艺术作品来传达,这关系到生命,而不是知识,知识倒是可以由书籍来传达的。能由书籍传达的只是教会神父们的圣书、宗教研究著作,而不是情绪。情绪只能由艺术作品来传达。书籍必须是论说,或者是知识、信息的报导,或者是艺术作品。可这些书什么也不是。它们得以存在的全部理由只是作者的某种往往是非常奇怪的情绪和认为这种情绪可以用信手拈来的词句和形象来传达的天真信念。显而易见,饿汉怎么也不愿接受这种食物的代用品,这种代用品旨在使他们不知怎么一来会产生一种新的、他们所不习惯的精神状态。

另一类书籍,也是数量最多的一类,即残羹剩饭,不适合饱汉吃,那就"给饿汉吧"。属于这一类的首先是,所有普列斯诺夫出版社的出版物——《各种乐天派》,《伯爵奇遇记》②;其次是——有什么理由不说真话呢——一切一切对于我们饱汉不中用的东西。要知道,这可不是开玩笑,人人都听到过这样的话:我干什么都不行,能不能试着给老百姓写点东西呢?这一类读物里有一些干脆是在民间书籍贸易的流通中偶然落到民间的,但大部分却是我们有意识地为老百姓写的,就是说,由那些对于我们不中用,却被认为对老百姓有用的人写的。属于这一类的有全部民间教育书籍,如各种故事和短篇小说,它们全都是由这样一些人编写的,这些人对自己非常了解,而别人也了解他们,知道他们对于我们是不中用的,而对于老百姓呢,不仅行,甚至还是上好的呢。对这一点我们如此习以为常,认为我们自己不吃的东西老百姓可以吃,以至许多人,包括我在内,并不觉察这种看法有多荒谬。对于我们这几万人不合适的东西,对于张大

---

① 此处及下文括入〈　〉号的字句是原稿中删去的。全书同。
② 普列斯诺夫出版社出版的粗浅的民间通俗读物。

嘴巴坐待饮食的千百万人倒是合适的。主要的问题还不在于数量,而在于,当我们认为这类食物不适合我们食用时,我们是处在什么条件之下;当我们认为这类食物适合于他们时,他们又是处于何种条件之下?我们不承认这些残羹剩饭,因为我们已经吃饱喝足。我们上过学,到处游历,懂得几国语言,我们面前有各种书籍任我们挑选;即使我们吞下了一丁点儿有毒的东西,我们的体质也对付得了。可他们是很纯真的,各式各样的毒品——艺术式的谎话,形形色色的假货,还有在逻辑上是错误的东西,落到了空空的胃里。给他们没事儿,行!一桶蜂蜜,只要加一勺柏油那样糟糕的东西就会整个儿毁了,而关系到心灵的事情,这一勺柏油就更糟、更有毒了。记得阿维尔巴赫①有句话说得很好:对于老百姓,只有天地间最好最好的东西才适合他们。正好比对于孩子,只有最好最好的食物才是合适的。

　　第三种书籍是我们自己的食物,适合于我们这些脑满肠肥的饱汉的食物,它们使我们发胖,但不是让我们吃饱。当我们把它们提供给老百姓时,他们也是要掉过头去的。这些书是普希金、茹科夫斯基、果戈理、莱蒙托夫、涅克拉索夫、屠格涅夫②、托尔斯泰,再加上历史学家们和宗教界的一批最新的作家写的近五十年来的新书。我们吃这些东西,因此我们以为这就是真正的食物,而老百姓却不要。这里面有误会。这就引起了我的主要的想法,所以要把这点讲得详细些。

　　情况是否向来如此,或者仅仅当代如此,可今天的情况就是这样。我们所有受过教育的人都很有学问,我们什么都知道,遇到任何伟大思想家的名字不会或者很少会说不上话,也不会说上一句

---

① 别尔托利德·阿维尔巴赫(1812—1882),德国作家,著有写民间生活的短篇小说。
② 上列六人是托尔斯泰的前辈或同时代的著名诗人和作家。

话来表示我们早就熟悉这位名人的成就,重复我们大家都知道的东西是多余的。可是我现在却深信,如果两个人在交谈时提到苏格拉底①,提到《约伯记》②,提到亚里士多德③,提到伊拉斯谟④(哪怕在前面还加上:鹿特丹的),提到蒙田⑤,提到但丁⑥、帕斯卡⑦、莱辛⑧,并继续谈下去,认为双方都了解所提到的事,指的是人所共知的思想。然而,要是问问他们指的究竟是什么,那么他们无论谁都不会知道(这种情况我至少遇到过一千次)。我深信,在当代,我们这些有教养的人练就了(特别是通过学校)一种本事,能对不知道的事情装做知道,摆出一副样子,似乎对我们以前人类的全部精神成果全都知晓;练就了一种本事,完全不必了解过去,只靠对目前人类的智力活动的点滴知识或者晚近——至多不过五十年间的知识活着。我们这些人练就了这样的本事,能够十足地不学无术却装出满腹经纶的样子。对于大思想家们的思想,我们知道的是经过十次、二十次缩小、改动的影子,我们对他们实在一无所知,甚至认为没有必要知道。如今 nous avons changé tout ça⑨,正如莫里哀⑩的那位冒牌医生为自己辩护时所说的,肝原来不在它应该在的那一边。我们这些有教养的人极为关心的是,想知道上一个月写了些什么——欧洲某个或者某些我们心爱的作家或者学者写了些什么,我们以不知道譬如说二十年或者三十年前

---

① 苏格拉底是公元前古希腊哲学家。
② 《约伯记》是《圣经》中的一卷书。
③ 亚里士多德是公元前古希腊哲学家。
④ 伊拉斯谟(约1466—1536),荷兰人文主义学者,《新约全书》希腊文本编订者,北方文艺复兴运动的重要人物。
⑤ 蒙田(1533—1592),法国思想家、作家。
⑥ 但丁(1265—1321),意大利大诗人。
⑦ 帕斯卡(1623—1662),法国数学家、物理学家、笃信宗教的哲学家、散文大师。
⑧ 莱辛(1729—1781),德国古典文学的奠基人。
⑨ 法语:我们使这一切都变了样。
⑩ 莫里哀(1622—1673),法国喜剧作家。

写的东西为耻,再早的我们就不管了。而且也不可能管,因为没工夫。我们就像一个古怪的地理学家,可以去认真考察本乡所有的小溪、小丘,而对于亚马逊河以及世界上的各种河流和勃朗峰①却了无所知,而自以为知道一切河流和山脉。我深信,我们以某些教育方法和文化把自己和整个广袤的真正教育领域隔开了,而当我们在一个小小的魔法圈里瞎折腾的时候,常常会花很大的力气十分自傲地去发现那早已为航海者们发现的地方。我们变得可怕地无知。(不管说来多么奇怪,有名无实的古典教育大大促成了这种情况。古典中学的学生,哪怕有一个是由于自己喜欢才去读色诺芬②或西塞罗③,你就砍我的脑袋好了。学生们被迫吃八年的苦头。)

我们之所以变得无知,是因为永远不让自己看到,任何科学只不过是研究人类所有的大智大慧者为了弄清真理而经历的过程。有史以来就有卓越的大智大慧者,是他们把人类造就成今天这个样子。这些智慧的高峰分布于几千年的整个历史过程。我们不了解他们,闭目塞聪,而只知道昨天和前天生活在欧洲的几百个人所臆想出来的东西。如果确实如此,我们当然就是十分无知的了。如果我们确实无知,那么,老百姓不愿意接受我们所提供的我们不学无术的成果,也是可以理解的了。他们有纯真的、正确的辨别力。

我们向老百姓提供普希金、果戈理,也不仅是我们这样做,德国人提供歌德、席勒,法国人提供拉辛、高乃依、布瓦洛,好像他们是独一无二的宝贝,可是老百姓不要。其所以不要,是因为那不是食物,而是餐末的甜食。我们借以维持生命的食物不是它,而是全

---

① 勃朗峰,西阿尔卑斯山的山汇和顶峰,西欧最高峰。
② 色诺芬(约前436—前354),古希腊作家、历史学家。
③ 西塞罗(前106—前43),古罗马政治活动家、演说家、作家。

人类过去和现在赖以生存的所有那些理智的启示,普希金、高乃依、歌德都是靠它长大的。如果说我们中间有谁是饱汉,那只是因为饱食了它,因为任何人,不光是老百姓,都只能靠它生活。

正是上面这种考虑产生我这篇议论的开头,也就是怎样来改进这件事,即有知识的人想把自己的知识传授给老百姓,而老百姓却不接受。要想改进这件事就应该,第一,停止做既不需要而且有害的事。必须承认,靠书籍来传达人民的某种情绪是不可能的。应该懂得,只有文艺,不问其目的如何,能传达情绪,而那些既无理性,又不科学,也没有艺术质量的说教的书,不仅无益,而且有害,会引起对书籍的蔑视。

应该承认,老百姓是同我们一样的人,只不过他们人数比我们多,他们对待真理比我们要求严格,比我们敏感。因此,一切对于我们不十分好的东西,对于老百姓就是十足的坏东西了。

第三点,也是主要的一点,那就是应该承认,为了〈给予别人,就该知道,我们所给予的是好的,是需要的。应该承认,我们自己无知,我们本不该去教我们之外的某些老百姓,而是我们所有人都该学习,学得越多越好,大伙儿一起学,人越多越好。〉老百姓不接受我们的食物,比如茹科夫斯基、普希金,还有屠格涅夫,说明这食物——不说它坏,也是不十分必需的。我们有好的食物,那曾经使我们吃饱了的食物,把这个给老百姓,老百姓会要的,如果没有这样的食物,那就让我们去获得吧。一切失败都来自观念混乱:老百姓和我们——我们不是老百姓,而是知识分子。这种区别并不存在。我们大家,从劳动农民到洪堡①,毫无区别地都只有一部分知识。这个人知识多些,他就更觉得知识不够。那个人不觉得知识不够,他的知识就少些。人和人之间的差别仅仅在于,一些人得到的知识多一些,另一些人得到的少一些。

---

① 威廉·洪堡(1767—1835),德国语文学家、哲学家、国务活动家、外交家。

应该找到那最必需的食物。如果我们找到了它,那么任何一个饿汉都会要它。但是我们饱食过度,以至难于从我们所有的一大堆食物中挑出最必需的。于是,这一选择得由饿汉来作。他不会出于任性而拒绝真正的食物。要是他接受,那一定是真正的食物。然而这种食物我们很少,因为我们自己也贫乏。我们忘记了所有把我们养大的食物,一切最必需的食物,而只靠餐末的甜食果腹。让我们来寻找它吧。如果我们承认自己无知,我们就会懂得,我们本不该去教我们之外的老百姓,而是我们大家全都应该学习,学得越多越好,越是大伙儿一起学越好。首先让老百姓和非老百姓,知识分子这种人为的区分消失(这种区分并不存在,我认识的识字的农民毫无疑问都比大学的学士们更善于学习),不要在小教室里跟小老师学习,而要大伙儿一起在千百万人的大教室里跟随自古以来的伟大导师学习,不要去教小课堂里十来个训练有素的大学生,而是去教千百万的读书大众。这种教学的普及性,才是教学的实质性的主要保证,才是鉴别一切虚伪的、非天然的、短暂的东西的试金石。

教和学?该怎么教,怎么学?

〈首先,互相交流往昔那些大智大慧者们所有的思想和知识,用大家听得懂的语言讲解他们的著述。〉

所有同意这个看法的人,让我们聚集在一起,我们要各自在自己最熟悉的领域里讲授这些人类智慧的伟大著作,是这些著作把人类造就成今天的样子。让我们聚集在一起,去把这些著作收集起来,加以选择,分类,并出版吧。

(1884)

邵殿生 译

〔据《列夫·托尔斯泰文集》二十卷集,莫斯科版。〕

那么我们应该怎么办？

[……]①

二十七

[……]科学界和艺术界人士脱离了劳动,把这种劳动推到别人身上,他们心安理得地生活,深信自己能给人们带来利益作为这一切的补偿。[……]

科学界和艺术界人士完全像古代祭司那样,不加任何证明就说他们的活动对所有人是最重要、最需要的,如果没有他们的活动全人类就要毁灭。他们断言事情就是这样,虽然除他们自己外,谁也不理解不承认他们的活动,虽然按照他们自己的定义,真正的科学和真正的艺术是不应以功利为目的的。科学界和艺术界人士沉醉于他们所喜爱的工作,却不关心人们会从这种工作得到什么利益,而总是确信他们为人类做了最重要最需要的事。因此,当真诚的政治家承认自己活动的主要动机是个人打算,然而努力使自己尽可能更有益于劳动人民时;当工业家承认自己活动的自私性,然而努力使之具有公共事业的性质时;科学界和艺术界人士却不认为有必要以追求功利的意图来粉饰自己,他们甚至否定功利的目的——因为他们不仅深信自己的工作是有益的,甚至深信它是神圣不可侵犯的。

---

① 方括号内的句段为译者删节,全书同。

原来,脱离自己的劳动并把劳动推给他人的这第三种人所制作的是劳动人民完全不理解的东西,这些东西在劳动人民看来分文不值,而且常常还是有害的。第三类人制作这些东西时只是为了自己高兴,毫不考虑人们的利益,却不知怎的深信他们的活动永远不可或缺,没有它劳动者就无法生活。

这些人脱离了自己生存必需的劳动,把它从自己身上卸下推到被这种劳动压垮的人身上,他们享用这种劳动并断言:他们那些不为他人所理解、又不为人们造福的工作,却能赎回由于脱离自己生存必需的劳动并侵吞别人的劳动而带给人家的全部祸害。[……]

三十二

在人类社会里,分工从来就存在而且将来大概也会存在;不过,对我们说来,问题不在于现在和将来有分工,而在于,我们应该遵循什么才能使这种分工合理。如果我们把观察到的现象当作准绳,那么我们就会因此抛弃了任何准绳;于是,我们会把在人们之间看到的、并觉得合理的任何分工都认作合理的;如今占统治地位的科学的科学也正导致这种看法。

分工!

一些人从事脑力的、精神的活动,另一些人从事体力的、物质的劳动。这些人说得多么充满信心啊!他们愿意这么想,于是,他们就觉得在出现最普通的古老的暴力的地方,真的就产生了完全合理的相互服务。你,或者不如说你们(因为从来就要许多人来供养一个人),你们供我吃,供我穿,替我干我所需要而你们自幼干惯了的一切粗活,我将为你们做我所擅长而又已经干惯了的脑力劳动。你们给我物质食粮,我将给你们精神食粮。好像账算得完全不错,而且如果这种互相服务是自由的,如果那些供应物质食粮的人在得到精神食粮之前不必先提供物质食粮,这笔账算得也会是完全不错的。精神食粮的生产者说:为了我能给你们精神食粮,请你们供我吃,供我穿,替我清除我的垃圾。物质食粮的生产者却不提出任何要求,就给了物质食粮,虽则他并未得到精神食粮。假定交换是自由的,那么这些人和另一些人的条件会是相同的。科学家和艺术家说:在我们能开始以精神食粮为人们服务之前,需要人们给我们供应物质食粮。但是,为什么物质生产者不能说,当我必须以物质食粮为你们服务之前,我需要精神食粮,而在尚未得到它时我就不能工作? 你们说:为了制作我的精神食粮,我需要农夫、铁匠、鞋匠、木工、石匠、金银匠等人为我干活。每个劳动者也会说:当我要去做工、为你们准备物质食粮之前,我已经需要精神食粮的果实了。为了有力量干活,我需要宗教的教义,共同生活中的秩序,运用于劳动的知识,艺术给予的愉快和安慰。我无暇去制定自己的关于生活目的的学说,请你们把它给我。我无暇思考一种共同生活的准则,使得正义不致受到摧残,请你们把这种准则给我。我无暇研究机械学、物理学、化学、工艺学,请你们给我书籍,以指导我怎样改进自己的工具、自己的工作方法、自己的住宅以及自己取暖和照明的设备。我无暇亲自去创作诗歌、造型艺术和音乐,请你们给我这些生活所必需的刺激和安慰,给我这些艺术作品。你们说,假如你们没有劳动者为你们负担的劳动,你们就不能从事重要的并为别人需要的你们的事业,而我则说,——劳动者会说——假如我没有宗教的和符合我的理智和良心要求的合理的行政管理的指导,以保障我的劳动,没有知识方面的指点以减轻我的工作,没有艺术所给予的愉快以提高我的劳动效益,我也不能从事同样重要的和你们需要的我的事业。迄今为止,你们作为精神食粮提供我的一切不仅对我无用,我甚至不能理解这对谁会有什么用处。在我还未得到那种适合于我、也适合于每一个人的食粮之前,我不能用我所制造的物质食粮供你们食用。假如劳动者这么说,那又怎么办呢?而且,假如他这么说,这也并不是玩笑,而只是普普通通的公道话。要是劳动者只是这么说,在他那边的道理,要比脑力劳动者这边的多得多。道理之所以更多地在他那边,是因为体力劳动者所提供的劳动,比之脑力劳动者的劳动更为重要,更为必需,也因为没有任何东西妨碍脑力劳动者将他许诺给体力劳动者的精神食粮给他,而体力劳动者呢,因他自己还缺乏物质食粮,这就妨碍他提供这种物质食粮。

假如对我们提出这样简单而又合理的要求,那么我们脑力劳动者又该怎样回答呢?我们用什么来满足这些要求呢?假如以菲拉列特①的教理问答、索科洛夫②们的神圣历史和各个修道院和伊萨克大教堂③的典籍来满足他的宗教方面的要求;假如以法典和各个司局的上诉判决以及各种委员会和特设委员会的章程来满足秩序方面的要求,假如以光谱的分析、银河的测量、假想几何学、显微镜研究、招魂术和降神术的争论、科学院的活动来满足知识方面的要求,那么又以什么来满足他的艺术方面的要求呢?以普希金、陀思妥耶夫斯基、屠格涅夫和列夫·托尔斯泰的作品,以法国沙龙和画裸体女人、绫罗、天鹅绒、风景和风习的我国艺术家的绘画,以瓦格纳或者晚近的音乐家们的音乐吗?这些都毫无用处,也不可能有用处,因为我们依仗自己的权利去享用人民的劳动而不承担任何义务,在制作精神食粮时完全忽视了我们的活动所应负的唯一使命。我们甚至不知道劳动人民需要什么,我们甚至忘记了他们的生活方式、他们对事物的看法、他们的语言,甚至忘掉了劳动人民本身,我们忘掉了他们,并且把他们当作某种民族学奇珍或新

---

① 菲拉列特(瓦西里·米哈伊洛维奇·德罗兹多夫,1782—1867),莫斯科都主教,教会历史家。

② 德·帕·索科洛夫(生卒年不详),《神圣历史》的作者。

③ 伊萨克大教堂是十月革命前彼得堡最大的一座教堂(现仍在圣彼得堡市中心),以彼得大帝诞日那天应追荐之圣徒伊萨克命名。

发现的美洲来加以研究。

就是这样，为了要求物质食粮，我们负责提供精神食粮；但是，由于这种假想的分工，（按照假想中的分工，我们不仅可以先吃饭后制作，而且可以世世代代不干活但吃得香甜可口。）我们为报答人民对我们的供养而制作的，只是一些依我们看来有益于我们，有益于科学和艺术的东西，但对于我们以提供精神食粮为借口而侵吞其劳动成果的那些人却既不适用，又难理解，甚至像林堡的干酪一样令人讨厌。我们忘乎所以，以至忽视自己承担的义务到了这样的程度，甚至忘了我们是为了什么而工作，甚至把我们负责为其服务的人民本身也当成我们的科学和艺术活动的对象。我们研究和描写他们只是供自己娱乐和消遣，我们完全忘了我们必须为他们服务，而不是去研究他们，描写他们。我们如此忽略了自己所承担的义务，甚至没有注意到，在科学和艺术领域里我们负责要做的事，不是由我们，而是已经由别人做了，我们的位置原来已经被别人占了。原来当我们争论的时候——像神学者争论无垢受胎一样——有时争论有机体的自然产生，有时争论招魂术，有时争论原子的形式，有时争论有机体的泛生论①，有时争论原形质里还存在着什么，以及其他等等的时候，人民依然需要他们的精神食粮。于是科学界和艺术界的穷途潦倒的人士，听从一心只想发财的投机商的意旨，开始给人民提供，而且正在提供这种精神食粮。这样，在欧洲四十年来，在我们俄国十年来已经发行了数以百万计的各种书籍、绘画和歌集，开设了游艺场，人民既观赏又歌唱，他们得到精神食粮，不过不是从负责提供这种食粮的我们这里获得的，而我们却以自己似乎能够提供的这种精神食粮为自己的懒散辩解，

———————————

① 泛生论是达尔文为解释遗传性的发生原理于一八六八年提出的抽象假说。泛生论认为，父母体的征象及特性是借助微芽传给后代的，微芽由机体的所有其他细胞进入生殖细胞，并在新机体发育过程中形成细胞。

袖手旁观。我们是不应该袖手旁观的,要知道为自己辩解的最后一点理由也正从我们脚底溜走。我们有专门知识,我们有我们特殊的职能活动,我们是人民的头脑。他们养活我们,我们则负责教育他们,只是因此我们才不劳动。我们教会了他们什么,现在又教他们什么呢?他们期待过几年、几十年、几百年。而我们总在闲谈,互相指教,互相悦娱,而对于他们,我们甚至忘得一干二净。我们忘记得如此干净,以至当别人去教育他们、悦娱他们时,我们连注意都没有注意到。我们如此轻率地谈论分工,很明显,我们所说的我们带给人民的好处,只不过是恬不知耻的托词而已。

三十三

有过这样的时代,当时教会指导我们世俗人们的精神生活;教会应许给人们以幸福,并以此为理由不参加人类为生存所作的斗争。教会这样做,是放弃了自己的使命,人们也就背弃了它。毁掉教会的不是它的谬见,而是为教会服务的人借助于君士坦丁①政权,取得了背离劳动法则的权利;他们的懒散和奢侈的权利产生了教会的谬见。自从有了这种权利,教会开始只关心教会,而不关心他们负责为其服务的人们。于是为教会服务的人就沉湎于懒散和腐化的生活。

国家曾担起管理人类生活的责任。国家曾许诺给人们正义、安宁、富裕和秩序,并满足其精神上和物质上的一般需要。为国家服务的人也因此不再参加人类为生存所作的斗争。国家的仆人,一旦有可能享用别人的劳动,也做了教会人士所做的

---

① 君士坦丁大帝(约285—337),罗马皇帝(从306年起),他信奉基督教,并开始把基督教定为国教。

事。他们开始以国家、而不是以人民为目标。于是为国家服务的人——从国王到下级官吏、公职人员,——不管在罗马、法国、英国、俄国和美国,都沉湎于懒散和腐化的生活。于是人们不再信任国家:无政府主义已经自觉地以理想的面貌出现。国家之所以失去自己对人们的吸引力,只由于为它服务的人认为自己有权享用人民的劳动。

科学界与艺术界人士借助于他们所维护的国家政权也这么做。他们也为自己取得了懒散和享用他人劳动的权利,因此也同样背弃了自己的使命。而且他们的谬误之所以产生,同样只是由于为科学和艺术服务的人提出错误地理解的分工原则,认为自己有权享用别人的劳动,并遗忘了自己所负使命的意义,从而不是把人民的利益,而是把科学和艺术的神秘的利益看作自己的目标,并且像他们的先驱者一样,沉湎于懒散和腐化的生活,这种腐化生活,与其说是肉欲的,不如说是思想上的。

人们说:科学和艺术给予过人类许多东西。

这是完全公允的。教会和国家给予过人类许多东西,但这不是因为它们滥用自己的权力,不是因为为教会和国家服务的人放弃一切人所共有的为生存而劳动的永恒的责任,而是由于别的。

科学和艺术也同样地给过人类许多东西,同样不是因为科学界和艺术界人士借口分工而依靠劳动人民养活,而是由于别的。

罗马共和国之所以强大并不是由于它的公民有可能淫佚腐化,而是由于公民中有勇士。科学和艺术也是如此。科学和艺术给过人类许多东西,但不是由于为它们服务的人以前偶尔有可能、现在则经常有可能使自己脱离劳动,而是因为有过一些天才人物,他们并不享用这些权利,而去推动人类前进。

科学家和艺术家阶层以虚伪的分工为理由而要求享用别人劳动的权利,这就不能促进真科学和真艺术的成功,因为虚假不能产生真实。

我们看惯了养尊处优的、肥头大耳或弱不禁风的我们脑力劳动的代表人物，以至看到科学家和艺术家去耕地或运粪，我们就觉得奇怪。我们仿佛以为，一切都会毁掉，他的全部智慧会在大车上抖得一干二净，他胸中孕育的那些伟大的艺术形象也会在大粪里弄得肮脏不堪；但是我们已经如此习惯于这一切，以至对于我们的为科学服务的人、亦即真理的服务者和导师迫使别人为他做他本人力能胜任的事，自己却把一半光阴花在美食、抽烟、闲聊、恣意诽谤、读报、看小说和看戏上，我们并不感到诧异；我们在小酒馆里、剧院里、舞会上看到我们的哲学家时不以为奇，我们在获悉那些悦娱和净化我们心灵的艺术家们在酗酒、赌博、宿娼（如果不是更糟的话）等事情中度过一生时也不以为怪。科学和艺术是美好的事物，而正因为它们是美好的，就不该一定给附加上淫佚腐化而使之受到损害。我们所说的淫佚腐化也就是使自己摆脱一个人以劳动为自己和别人的生活服务的责任。科学和艺术推动人类前进。确实如此！但这并非因为科学界和艺术界人士以分工为借口，以言论，主要是以行动来教他人用暴力手段强迫人们贫穷和受苦，而使自己摆脱首要的和毫无疑义的人类义务——用双手在人类与自然的共同斗争中从事劳动。

三十四

　　"然而，只有分工，只有科学界和艺术界人士摆脱生产自己食物的必要性才有可能取得我们在现代看到的那种非同等闲的科学成就，——人们对此会这么说。——如果大家都要耕地，那就不会有现代所达到的那些巨大成绩，不会有那些扩大人对大自然的控制权的惊人成就，也不会有使人类智慧为之惊奇、使航海业得以巩固的那些天文学的发现，也就不会有轮船、铁路、令人惊叹的桥梁、隧道、蒸汽机、电报、摄影术、电话、缝纫机、录音机、电灯、天体望远镜、分光镜、显微镜、三氯甲烷、利斯特①的绷带、石炭酸。"

我不想逐一列举现代如此引以自豪的一切事物。这样的列举成就和面对自己和自己功绩的自我陶醉几乎在每一份报纸和每一本通俗小册子上都能看到。这种自我陶醉是如此层见叠出,我们的自我欣赏又是如此的不知餍足,以至我们真的相信科学和艺术从来没有作出过现代这样的成就。我们所有这些惊人的成就都应归功于分工。因此又怎能不肯定这种分工呢?

姑且假设当代取得的成就确实卓荦不凡而令人惊奇,姑且假设我们是特殊的幸运儿,生活在如此不寻常的时代。可是,我们不妨不立足于我们的自我满足,而基于这些成就所维护的分工这一原则本身来评价这些成就。这一切成就十分出色,但特别不幸的是(这一点科学界人士也承认),迄今为止,这些成就不是使大多数人,即工人的境况有所改善,而是使其恶化。如果说工人可以不再步行而乘坐火车,那么火车却烧光了他的森林,从他眼前运走粮食,使他陷于近乎资本家的奴隶的地位。如果说,多亏蒸汽机和机器,工人能廉价买到不耐用的印花布,那么这些蒸汽机和机器却使得他不能在家里干活挣钱,从而陷入完完全全的工厂主奴隶的地位。如果说有并不禁止他使用的电报(从他的收入来说他是不可能使用的),那么,正因为有了电报,他的任何产品看涨的时候,在他知道这种货有销路之前,资本家就以贱价从他眼前把它收购走了。如果说有电话、天文望远镜、诗歌、小说、戏剧、芭蕾舞、交响乐、歌剧、画廊等等,那么,工人的生活却并没有因此有所改善,因为由于同样的不幸,这一切他都不能享用。所以,总的说来,迄今为止,这一切非同等闲的发明和艺术作品,即使没有使工人的生活恶化,也决不会使其改善。这一点科学界人士也是同意的。因此,对于科学和艺术所达到的成就的实际情况问题,如果我们不是以

自我陶醉,而是用分工所借以为自己辩护的、是否有益于劳动人民那种尺度来衡量,那么我们就会知道,我们还没有可靠的理由可以那么乐意地沉溺于自我满足[……]

科学界和艺术界人士只有当他们立志为人民服务,像他们现在立志为政府和资本家服务那样,才能说他们的活动是有益于人民的。也只有当科学界和艺术界人士以人民的需要为宗旨的时候,我们才能这么说,但现在科学界和艺术界还不存在这样的人。[……]

我们把无数人造就成伟大作家,并对这些作家作鞭辟入里的分析,写出堆积如山的评论,以及评论的评论,还有评论评论的评论;我们筹建了不少画廊,细致入微地研究不同的艺术流派;我们有听不胜听的交响乐和歌剧。然而,对于民间的壮士歌、传奇、童话、歌谣,我们给增添了些什么呢?对于人民我们创作些什么图画、什么音乐呢?在尼古拉大街①上有人为人民印制书籍和图画,在图拉有人为人民制造手风琴,可是,无论哪一桩事业,我们都没有参与。我们的科学和艺术的错误倾向最惊人最明显地表现于就其任务本身来说似乎应该有益于人民的那些领域,这些领域由于错误的倾向却是弊大于利。技师、医生、教师、艺术家、作家就自己的使命来说似乎应该为人民服务,但情况又怎样呢?由于现在的倾向,除了害处他们不能给人民带来什么。[……]

不过,这种错误倾向在任何方面也没有像在艺术活动上看得如此清楚,因为这种活动就其意义本身而言是应该为人民享用的。科学还可以有自己的不太高明的借口,说科学研究是为了科学,当科学为学者们深入研究之后,它也会为人民享用;而艺术,如果它

---

① 尼古拉大街(曾改名为:十月二十五日大街)是莫斯科市的一条古老的街道,因此处有一所尼古拉希腊男修道院而得名。俄国于十六世纪在这条街上建立了第一个印刷所。

真是艺术,就该为一切人享用,尤其应该让为他们而创作的那些人享用。而我们的艺术的状况惊人地揭露了艺术活动家们,表明他们既不愿意、也不善于、又不可能有益于人民。

画家为了绘制自己的伟大作品一定得有那么大的画室,它至少容纳得下四十个细木工或鞋匠的劳动组合做工,而这些工匠目前在贫民窟里正冻得发僵、闷得要死;不仅如此,画家还需要模特儿、服装和游览。艺术研究院为了奖励艺术,耗资数百万元,都从人民那里聚敛而来,而这种艺术作品却被悬挂在大展览馆,既不为人民理解,又不为人民需要。音乐家为了表达自己的伟大思想,就一定得集合打白领带或穿礼服的二百来人,耗资数十万以演出歌剧。而这种艺术作品,即使人民在某个时候有可能享用,那么除了莫名其妙和索然乏味之外,再也不会在他们心中引起别的感情。作家、文人似乎不需要布景和道具、画室和模特儿、乐队和演员;可就是作家和文人,且不说需要居住舒适和种种生活享受,为了制作自己的伟大作品,也需要旅行、宫殿、书斋,需要欣赏艺术、上剧院、去音乐厅和温泉等等。如果他自己不会攒钱,还要给他津贴,让他更好地写作。而这些作品,虽则我们如此珍视,对人民说来仍然只是废物,对他们毫无用处。

假如像科学界和艺术界人士所希望的那样,诸如此类的精神食粮供应者出现得更多,于是不得不在每个乡村里建筑画室,设立乐队,并以艺术界人士认为自己所必需的条件来供养这些作家,那就会怎么样呢?我认为,劳动者将会发誓,只要能不供养所有这些寄生虫,宁愿永远不看图画,不听交响乐,不读诗歌和小说。

为什么艺术界人士似乎不能为人民服务呢?须知在每个农舍里都有神像和图画,每个农民和村妇都唱歌,许多人有手风琴,人人都讲故事,念诗,许许多多人会读书。为什么像钥匙和锁那样互相依存的两样东西却如此分离开来,甚至没有结合的可能呢?假如您对画家说,要他离开画室、模特儿、服装而去画只值五戈比的小画片,他会说,这等于抛弃他所理解的艺术。假如您对音乐家说,让他拉手风琴,去教农妇唱民歌;对诗人和作家说,让他们抛开自己的叙事诗、长篇小说,去写文盲们能懂的歌曲、故事、童话;他们会说您是疯子。可是,如果这些人本来只是为了以精神食粮为那些养大他们、供给他们衣食的人们服务而使自己脱离劳动,结果却把自己的责任忘得一干二净,以至失去制作人民适用的食物的本领,还把抛弃责任当作自己的优点,这不是极端的疯狂吗?

对此人们会说:"可是到处都这样。"现在确实到处很不合理,而且只要人们继续以分工和以精神食粮为人民服务的诺言为借口去侵吞人民的劳动成果,到处仍然会不合理。只有当生活在人民中间又像人民一样生活的人们,不提任何权利而以科学和艺术为人民服务,至于是否接受这些服务又听任人民自愿时,科学和艺术才能为人民服务。

三十五

要是说科学和艺术活动(指的是如今人们称为科学和艺术的这种活动)能促进人类进步,那就等于说,在一艘顺流而下的船上那妨碍船前进的笨手笨脚的荡桨是在推动船前进。这样荡桨只能阻碍它。所谓分工,亦即侵占别人的劳动,在当代已成为科学界和艺术界人士活动的条件,实际上它过去是、现在还是人类进步迟缓的首要原因。

这方面的证明是,所有科学界人士都承认劳动大众由于财富分配不合理无法享用科学和艺术成果。这种分配不合理不是随着科学和艺术的成就而减少,反倒随之增加。科学界和艺术界人士假装对这种不由他们作主的不幸情况深表遗憾。然而这种不幸的情况却是他们自己造成的,因为这种不合理的财富分配正是由科学界和艺术界人士所鼓吹的分工理论产生的。[……]那些自命为某个时代科学和艺术的代表人物的人士总是认为他们已经做出、正在做出，而主要的是，他们马上就会做出惊人的奇迹，而且除他们以外，无论过去或现在，别无任何科学和任何艺术。那些诡辩论者、经院哲学家、炼金术士们、希伯来神秘哲学研究者、犹太教法典研究者以及我们的为科学而科学和为艺术而艺术的科学家和艺术家都持这种看法。

三十六

"可是科学，艺术！您否定科学和艺术，也就是否定人类赖以生存的东西！"人们经常这么对付我——不是反驳，而是采用这种方法来不加分析地推翻我的论据。"他否定科学和艺术，他要人类回到野蛮状态，干吗要听他说同他谈呢？"这是不公允的。我非但不否定科学和艺术，而且我正好是为了能有真科学和真艺术才说我所说的话；我正好是为了使人类有可能从他们（由于当代的错误理论）正在迅速堕入的不合理状态中摆脱出来，才说我所说的话。

科学和艺术就像饮食、衣服一样为人们所必不可少，甚至更为必需；但它们之所以这样不是因为我们断定我们称之为科学和艺术的东西是必需的，而只是因为它们确实是人们所必需的。[……]

只要我们的工作还没有被它为之而制作的那些人所乐于接受，它就不成其为科学、不成其为艺术。而迄今为止，它们还没有被接受。

假如只有一些人被允许生产食物，而其余的人都被禁止去生产，或者没有可能生产食物，那么，我以为，食物的质量就会下降。如果垄断食物生产权的人是俄国农民，那么，除了黑面包、白菜汤、克瓦斯等，除了他们喜爱的、认为可口的，就不会有别的食物了。

科学和艺术等人类的高级活动,在某一阶层占有垄断权的条件下,也会发生同样的情况。区别只在于,物质食粮不会过分越出常规,面包和白菜汤尽管不是十分可口的食物,毕竟还可以吃;而精神食粮却会有最大的偏差;有些人可以长期食用他们根本不需要的或有害的、有毒的精神食粮,可以自己用精神上的鸦片或精神上的酒精慢性自杀,并以这种食物提供给群众。

我们的情况正是这样。其所以如此,是因为科学界和艺术界人士有特权地位,因为在我们社会里科学和艺术(在当代)不是全人类(无一例外)选拔自己的优秀力量来从事科学和艺术的整个合理的活动,而是垄断了这种工作、自称为科学家和艺术家的一小伙人的活动,这些人因此歪曲了科学和艺术的概念本身,丧失了自己使命的意义,只致力于娱乐自己的寄生虫小集团,让他们消愁解闷。[……]

在有真科学存在的地方,艺术总是它的表现。自有人类以来,人们就从表现各种各样知识的整个活动中特别区分出一种主要的表现知识的活动——关于人的使命和幸福的知识的表现,这也就是狭义上的艺术。自有人类以来,就有一些人对人的幸福和使命的学说特别敏感和易于共鸣,他们用古斯里①和季姆班②、用图画和语言来表达自己和他人同诱使他们背离自己使命的各种欺骗做斗争,表达斗争中经受的苦难以及自己对善获胜的希望,在恶获胜时的绝望和意识到幸福来临时的兴奋心情。自有人类以来,真正的艺术,人们高度珍视的艺术,除了表现有关人的使命和幸福的科学外,别无其他作用。艺术从来就是、直到晚近以前都是为人生学说服务的,只有那样它才为人们所高度珍视。但是关于使命和幸福的真正的科学一旦为一切率意妄想的科学所取代,作为人类重

---

① 古斯里为俄国古代的一种弦乐器,类如中国古筝。
② 季姆班为定音鼓之类的古代打击乐器。

要活动的艺术也就荡然无存了。

但是无论这是怎么发生的,问题是,科学和艺术总是存在于人类生活之中,当它们实际存在时,它们为一切人所需要所理解。而我们虽然制作了某些我们称为科学和艺术的东西,但是我们所制作的竟是人们所不需要也不理解的。正因如此,不管我们所制作的东西如何美妙,我们没有权利称它们为科学和艺术。

三十七

[……]我们大家对科学和艺术活动都有简单明了的定义,它排除一切超自然的观念:科学和艺术承担人类为各个社会或全人类造福的脑力活动。因此我们有权只把抱定这种宗旨并要达到这种目标的活动称为科学和艺术。因此,如果科学家们想出刑事法、国家法、国际法等理论,想出新式的大炮和炸药,艺术家们编出下流的歌剧、轻歌剧或者同样下流的长篇小说,无论他们如何称呼自己,我们都没有权利把所有这些活动称为科学和艺术活动,因为这种活动并非以造福各个社会或人类为目的,刚好相反,却是贻害于人。

同样,那些毕生老老实实从事微生物研究、天体现象和光谱现象研究的科学家,那些在勤奋地研究古代文献以后去创作历史小说、绘画、交响乐和优美的诗歌的艺术家们,无论他们如何称呼自己,——所有这些人,虽则尽心竭力,都不能称为科学家和艺术家。首先,因为他们为科学而科学和为艺术而艺术的活动并非旨在造福人类;其次,因为我们看不到这种活动对社会和人类的福利的影响。至于他们的活动有时会给有些人带来好处和愉快,正如一切事物都会给某些人带来好处和愉快一样,根据他们的科学定义,绝不能使我们有权承认他们是科学家和艺术家。

同样,有些人想方设法用电力来照明、取暖和作为动力,或是发明新化合物,用以制造炸药或鲜艳的油漆,有些人正确地演奏贝多芬的交响乐,在剧院演出,或是绘制出色的肖像画、风俗画、风景画及一般图画,写饶有趣味的小说,其目的都只是为富人消愁解闷,这些人无论如何称呼自己,——他们的活动都不能称为科学和艺术,因为这种活动,不像机体里脑的活动那样为整体谋福利,而是为个人的收益以及因发明创造而获得的特权和金钱所驱使,因此这类科学、艺术活动也不能区别于任何其他谋求私利、增添生活乐趣的私人活动,诸如小饭馆老板、马术表演者、时装设计师以至妓女等的活动。无论这类、那类或第三类活动都不符合科学和艺术的定义,因为科学和艺术根据分工原则是承诺为全人类或全社会谋福利的。

科学给科学与艺术所下的定义是完全正确的,不幸的是,现在的科学和艺术活动并不符合这个定义。一些人干脆制作有害的东西,另一些人制作的是无益的,第三类人则制作毫无价值而只适合于富人的。他们不做他们按照自己的定义负责要做的事,因此他们没有多少权利可以自命为科学家艺术家,正如渎职的堕落的僧侣没有权利承认自己是上帝的真理的代言人。

不难理解,如今的科学界和艺术界活动家何以没有完成也不可能完成自己的使命。他们之所以不能完成是因为他们把自己的义务变成了权利。

真正意义上的科学和艺术活动只有当它不知道权利、只知道义务的时候才能起良好作用。正因为它从来就是这样,它的本质就是这样,所以人类才这么重视它。人们要是真正有志趣以精神工作来为别人服务,那他们在这一工作中就只会看到义务,就会不辞艰难困苦和自我牺牲去完成它。

思想家和艺术家永远不像我们惯于想象的那样安然高踞奥林匹斯山巅;思想家和艺术家必须和人们同痛苦,共忧患,以寻求解救和安慰。此外,他之所以感到痛苦和忧患,还因为他每时每刻总是惊惶不安,因为他原本可以解答、说出使人们获得幸福、免除痛苦、得到安慰的话,可是他还没有像应该做的那样说、那样描写;他完全没有解答、没有说出,而明天,也许就晚了——他会死去。因此,痛苦、忧患和自我牺牲永远是思想家和艺术家的命运。

能成为思想家和艺术家的不是那个在学校里接受教育(那里似乎能造就科学家和艺术家,其实只能造就科学和艺术的毁灭者)、获得毕业文凭和生活保障的人,而是那个很想不去思考不去表达郁积的内衷但却不能自已的人,其所以不能自已是因为内心的需要和他人的要求这两种无法遏止的力量在吸引他。

脑满肠肥、纵情享乐和自得自满的思想家和艺术家是没有的。真正为他人所需要的精神活动及其表现是人的最为艰巨的使命,是《福音书》中所说的十字架。具有这种使命感的唯一无可怀疑的标志是献身精神,是牺牲自己以表现人所天赋的为他人谋利益的力量。不经痛苦就不能产生精神果实。[……]

真正的科学和真正的艺术具有以下两种不容置疑的特征:第一种是内在特征,即献身科学和艺术的人不是贪图利益而是以献身精神去完成自己的使命,第二种是外在特征,即他的作品是他为之谋幸福的一切人都能够懂得的。

无论人们认为自己的使命和幸福是什么,科学总是关于这种使命和幸福的理论,而艺术则是这种理论的表现。[……]在今天,真正的科学和艺术为神学和法学所取代,真正的艺术还为教会和政府的那些谁也不信、谁也不认真看待的仪式所取代,至于我们称为科学和艺术的东西,那不过是懒散的思想和感情的产品,旨在取悦同样懒散的思想和感情。我们的科学和艺术不为人民所理解,也没有对人民说什么,因为它们根本无视于人民的幸福。[……]

我们的情况十分严重,可我们为什么不予以正视呢?

是清醒过来反躬自问的时候了。要知道,我们正像那些书呆子和法利赛人,高踞摩西的宝座,手持天国的钥匙,自己不进去,又不让别人进去。要知道,我们这些献身科学和艺术的祭司是最要不得的骗子,比最狡猾、最堕落的祭司更不配占有我们的地位。要知道,我们没有任何理由可以为自己的特权地位辩护,因为我们靠欺诈占据了这个地位,又用谎言来维持它。祭司,我们的或是天主教的僧侣,无论他们怎样腐化堕落,还有权利保持自己的地位,因为他们说,他们在教导人如何生活、如何得救。而我们这些科学界和艺术界人士却挖他们的墙脚,向人们证明他们在欺骗,然后自己去占据他们的位置;但是我们并不教导人们如何生活,甚至认为这不需要学,却吮吸民脂民膏,给自己的孩子们传授希腊和拉丁的文法,为了让他们也能继承我们所过的寄生虫生活。我们说:过去有等级,现在我们这里没有了。那么今天,一些人和他们的孩子在干活,而另一些人和他们的孩子却不干活,那又算是什么呢?[……]

(1886)

邵殿生 译

〔据《列·尼·托尔斯泰论文学》,1955年,莫斯科版。〕

《劝善故事集》序

毒蛇的种类,你们既是恶人,怎能说出好话来呢。因为心里所充满的,口里就说出来。善人从他心里所存的善,就发出善来,恶人从他心里所存的恶,就发出恶来。

我又告诉你们,凡人所说的闲话,当审判的日子,必要句句供出来。

因为要凭你的话,定你为义,也要凭你的话,定你有罪。（《马太福音》第十二章第三十四至三十七节）

在这本书里,除了描写真正发生过的事情的故事外,还收入故事、传说、传奇、寓言、童话,都是一些为了有益于人而编写出来的作品。

我们收集了我们认为是符合基督的教训,因此是善和真的作品。

有许多人,特别是孩子们,读到故事、童话、传奇、寓言时,首先要问:写的是真的吗？而当他们看到所写的事不可能发生的时候,往往说,这是凭空捏造,这是谎言。

这样评论的人,评论得不对。

了解真实的人,不是只了解过去有过什么,现在有什么,经常有什么的人,而是了解按照上帝的意志应该有什么的人。

写真实不是只写有过什么以及这一个人这么做了、另一个人那么做了的人,而是指出人们做了什么好事,即符合上帝意志的事,人们做了什么坏事,即违反上帝意志的事的人。

真就是道。基督说:"我就是道路、真理、生命。"①

因此,知道真理的不是眼睛瞧着脚下的人,而是根据太阳知道往哪里走的人。

一切文学作品之所以成为好的和需要的,不在于它们写过去有过什么,而在于它们指出应该有什么;不在于它们叙述人们做了什么,而在于它们对好与坏作出评价,向人们指出上帝要人们走的引向永生的窄路。

为了指明这条道路,不能只写世上常有的事。世界处于罪恶和诱惑之中。如果描写许许多多虚假的东西,那么你的话里就没有真实了。为了使得你所写的作品里有真实,就得不写现有的,而写应有的,不是描写现有事物的真实,而是描写临近我们却尚未到来的天国的真实。因此常有这样的情况,大堆大堆的书里面说的虽然是过去确实有过或可能有的事,但是写这些书的人连自己都不知道什么是好、什么是坏,不知道也不指明能引导人们走向天国的那条唯一的道路,那么这些书也都是谎言。还常有这样的情况,一些童话、比喻、寓言、传奇,其中描写的是从来没有也不可能有的奇迹,而这些传奇、童话、寓言却都是真理,因为它们所表现的,是过去、现在和未来始终寓有上帝意志的事物,它们表现了天国的真理所在。

可能有这样的书,有许许多多这样的小说、故事,其中叙述人怎样为自己的情欲而活着,自己受苦,折磨别人,遭遇危险,蒙受穷苦,施展狡计,与人争斗,摆脱贫困,最终同自己心爱的人儿结合,成为富贵而幸福的人。这样的书,即使其中描写的完全像有过的那样,没有任何难以令人置信的东西,仍然是谎言和欺骗,因为为自己并为自己的情欲而生活的人,不管他的妻子是怎样的美人儿,

---

① 见《圣经·新约·约翰福音》第十四章第六节。

也不管他如何荣华富贵,是不可能幸福的。

也可能有这样的传奇,它叙述基督带着使徒们在各地云游,来到一个富人家,这富人不让他们进门。他们又来到一个贫穷的寡妇家,要吃掉她的最后一头牛犊,寡妇却让他们进了门。接着基督命令一大桶黄金滚到富人家,并且派了一头狼去穷寡妇家吃掉她那最后一头牛犊,但寡妇觉得快乐,富人却觉得难过。寡妇觉得快乐是因为她做的好事和做好事得来的幸福是谁也不能从她那里夺走的,而富人觉得难过是因为良心上留下一件坏事,由于做坏事而产生的苦恼不会因为有一大桶黄金而消失。

这样的故事难以令人置信,因为所叙述的事从来未曾有过,而且也不可能发生。但它却是真理,因为其中所阐明的是永远应该有的,什么是善,什么是恶,人为了实现上帝的意志应该努力做什么。

不管描写的事是怎样的不可思议,不管野兽是怎样地像人那样说话,不管魔毯是怎样地载人飞行,——传奇、寓言和童话,如果其中有天国的真理,那就是真实的。而如果没有这真理,那么,不管有谁证明所叙述的一切,这一切仍然都是谎言,因为其中没有天国的真理。基督自己说话常用比喻,他的比喻永远是真实的。他只是补充说:"你们所听的要留心。"①

(1886)

陈　桑译

〔据《列夫·托尔斯泰文集》二十卷集,莫斯科版。〕

---

① 见《圣经·新约·马可福音》第四章第二十四节。

谈 艺 术

一部艺术作品是好或坏,取决于艺术家说什么,怎样说,所说的又是在多大程度上出自内心的。

为了使艺术作品完美,需要艺术家所说的是崭新的,对一切人而言是重要的,需要表现得十分优美,需要艺术家说的是出于内心的要求,并因此说的是完全真实的。

为了使艺术家说的是崭新的和重要的,就需要艺术家是有道德修养的人,因此不是过非常自私的生活,而是人类共同生活的参与者。

为了使艺术家所说的能够表现得优美,需要艺术家能够掌握自己的技巧,以至在写作时,很少想到这技巧的规则,正如一个人在行走时很少想到力学的规则那样。

为了做到这一点,艺术家任何时候也不应反复打量自己的工作,不应欣赏它,不应把技巧当作自己的目标,正如行走的人不应想到自己的步态并欣赏它那样。

艺术家为了能表现心灵的内在需要,并因此由衷地说他所说的,他应该,第一,不要关心许多细琐小事,以免妨碍他真正地去爱那值得爱的东西;第二,必须自己去爱,以自己的心灵而不是以别人的心灵去爱,不是假惺惺地去爱别人认可或认为是值得爱的东西。为了做到这一点,艺术家应该像巴兰那样,当使臣们来见过他以后,他独自到一旁去等待上帝的旨意,为了只说上帝所晓谕的。但艺术家不应做这同一个巴兰为礼物所诱惑时所做的事,当时他违背上帝的旨意,去见国王,连他所骑的驴都看清楚的,他却看不见,他被利欲和虚荣心迷住了。①

下列三类艺术作品每一类所达到的完美程度,决定着一些作品与另一些作品的优点的差别。作品可以是(一)意义重大的,优美的,不太真诚的和真实的;(二)意义重大的,不太美的,不太真诚的和真实的;(三)意义不大的,优美的、真诚的、真实的,以及其他各种各样的组合。

所有这样的作品都有自己的优点,但都不能被认为是尽善尽美的艺术作品。只有内容意义重大、新颖、表现得十分优美,艺术家对自己的对象的态度又十分真诚,因此是十分真实的,只有这样的作品才是尽善尽美的艺术作品。这类作品无论过去和将来总是罕见的。至于其余一切作品,当然是不大完美的,按照艺术的三个基本条件主要分为三类:(一)就内容的意义重大而言是卓越的作品;(二)就形式的优美而言是卓越的作品;(三)就其真诚和真实性而言是卓越的作品,但这三者中,每一类在其他两方面都没有达到同样的完美。

所有这三类加在一起接近于完美的艺术,凡有艺术的地方都无可避免地存在着这三类。青年艺术家的作品往往以态度真诚取胜,内容却很空洞,形式则或多或少是优美的;老年艺术家则正好相反;勤奋的职业艺术家的作品以形式见长,却往往缺乏内容和真诚的态度。

按照艺术这三个方面又分为三种主要的错误的艺术理论。依这些理论看来,没有兼备这三种条件,从而位于艺术边缘的作品不仅被认为是作品,而且被视为艺术的典范。这些理论之一认为,艺

---

① 见《圣经·旧约·民数记》第二十二章。摩押王巴勒派使臣见巴兰,请他去诅咒以色列人,巴兰留使臣住宿,他等待上帝的晓谕。因为上帝不许,他没有随使臣去见巴勒。第二次巴勒又派使臣来,许给他很大的尊荣和礼物,他动了心,与使臣一起去了。在路上,耶和华的使者拦阻他,他骑的驴看见了,他却看不见。

术作品的优点主要有赖于内容,哪怕它缺乏优美的形式和真诚的态度。这是所谓倾向性的理论。

另一种理论认为,艺术作品的优点有赖于形式,哪怕它的内容空洞,艺术家对作品的态度又不真诚。这是为艺术而艺术的理论。第三种理论认为,全部问题在于真诚、真实,哪怕内容如何空洞,形式如何不完美,只要艺术家喜爱他所表现的东西,作品就会是艺术性的。这种理论被称为现实主义理论。

基于这些错误的理论,艺术作品就不再像往昔那样,在一代人生活的时期内,每一领域只出现一二种,而是每年在每个首都(有许多游手好闲者的地方),艺术的所有领域都出现千千万万所谓的艺术作品。

在当代,要从事艺术创作的人并不等待他心中出现自己真正喜爱的、重要而新颖的内容,并因为喜爱才赋予它以合适的形式,而是或者依照第一种理论,擷取当时流行的和他心目中的聪明人所赞美的内容,并尽可能赋予它以艺术的形式;或者依照第二种理论,选取他最能表现技艺的那种对象,竭尽全力耐心地制造出他所认为的艺术作品;或者依据第三种理论,在获得愉快的印象时,就擷取他所喜欢的东西作为作品的对象,以为这会是艺术作品,因为这作品是他喜欢的。于是出现了难以胜数的所谓的艺术作品,它们可以像任何工匠的产品那样片刻不停地被制造出来,因为在社会上总会有流行的时髦见解,只要有耐心总能学会任何技巧,随便什么东西总会有人喜欢。

由此产生了当代的奇怪状况,指望成为艺术作品的作品充斥于整个世界,它们和工匠的产品的区别只在于,它们不仅毫无用处,而且往往恰好是有害的。

由此又产生一种离奇的现象,它明显地表明艺术概念的紊乱,比如对于一部所谓的艺术作品,没有同时不存在两种截然相反的意见的,这两种意见又都来自同样有教养、有权威的人士。由此还产生一种令人惊异的现象,即大多数人沉湎于最愚蠢、最无益而且常常是不道德的活动,也就是制造并阅读书籍,制造并观看绘画,制造并欣赏音乐剧、话剧和协奏曲,而且完全真诚地相信,他们做的是一件十分聪明、有益和高尚的事。

当代人仿佛对自己说,艺术作品是好的和有益的,因此必须更多地把它们制造出来。确实,如果它们更多些,当然很好。不幸的是,定做出来的只能是一些由于缺乏艺术的全部三个条件,或因三个条件的分离而降低到工匠的产品水平的作品。

而兼备全部三个条件的真正艺术作品是不能定做的,其所以不能是因为艺术作品源自艺术家的精神境界,而艺术家的精神境界是知识的最高表现,是人生奥秘的启示。既然这种精神境界是最高的知识,那就不可能有另一种能够指导艺术家掌握这种最高知识的知识。

（1889）

陈　燊译

〔据《列夫·托尔斯泰文集》二十卷集,莫斯科版。〕

《莫泊桑文集》序

大约在一八八一年,屠格涅夫在我这儿的时候,他从箱子里取出来一本题名为《戴家楼》(*Maison Tellier*)①的法文小册子,并把它送给了我。

"随便读读吧!"——他仿佛漫不经心地说,完全像他在此前一年给我那本载有新作家迦尔洵的文章的《俄罗斯财富》杂志一样。显然,对迦尔洵也好,现在也好,他都担心别在这个或那个方面影响了我,他想要知道我的完全没有准备的意见。

屠格涅夫说:"这是一位年轻的法国作家。还不坏。""他知道您,而且非常尊崇您。"②他又补充说,似乎想使我高兴些,"他这个人使我想起了德鲁日宁③,也像德鲁日宁那样是一个孝顺的儿子,忠实的朋友,un homme d'un commerce sûr④。此外,他还和工人交往,领导他们,帮助他们。甚至在对待女性的态度上也像德鲁日宁。"接着屠格涅夫就谈及莫泊桑在这方面的行为,对我说了些令人惊异而难以相信的事情。

一八八一年这个时期,是我整个世界观内在变化最急剧的时期。在这变化中,我以前为之呈献出全部精力的所谓艺术活动,对

---

① 《戴家楼》,一八八一年巴黎出版的《莫泊桑短篇小说集》(收有短篇小说八篇)中的第一集。

② 莫泊桑读托尔斯泰的小说《伊万·伊利奇之死》法译本时说:"我看,我的全部活动毫无用处,我的十卷集没有任何价值了。"(《文学遗产》,第三十七至三十八卷,第447页,1939年莫斯科版)

③ 亚·瓦·德鲁日宁(1824—1864),俄国批评家与文学家。

④ 法语:一个可靠的人。

于我不仅已经失去了我以前所给予它的重视，而且就其在我生活中以及一般在富有阶级的人们的观念中所占有的特殊地位来说，它简直就令我讨厌。

所以像当时屠格涅夫向我推荐的那样的作品完全没有引起我的兴趣。但是，为了使他满意，我还是将他转赠给我的那本书读完了。

就第一个短篇《戴家楼》来说，虽然它的情节有伤大雅，毫无意义，可是我不能不在作者身上看出了所谓才华那东西。

作者具有一般称之为才华的那种特殊的禀赋，也就是说，一种强烈的、紧张的、因作者兴趣之所在而专注于某一事物的能力，一个具有此种能力的人因此就能够在他所注意的事物中看出别人所没有看到的某些新的东西。显然，莫泊桑就具有能见人之所不能见的这种能力。但根据我读过的这本书来判断，可惜，他恰恰缺少了一本真正艺术作品除才华而外所必需具备的三个条件中的主要一条。这三个条件是：（一）作者对事物的正确的即道德的态度；（二）叙述的明晰，或者说，形式的美，这是一个东西；（三）真诚，即艺术家对他所描写的事物的真诚的爱憎感情。在这三个条件之中，莫泊桑仅只具备了后二者，而完全没有第一个条件。他对待所描写的事物没有正确的即道德的态度。根据我所读过的作品看来，我确信莫泊桑是有才华的，就是说，具有那种使他能够在事物和生活现象中见到人所不能见到的特征的天赋的注意力。他也有着美丽的形式，就是说，他能够明晰、简洁而优美地表达出他所想说的一切。他也有着一部艺术作品的价值所凭借的那个条件，没有这条件，艺术作品就不能够发生影响，就是说，他具有一种真诚，绝不假装爱或是恨，而是确确实实爱着或恨着他所描写的事物。但遗憾的是，因为他缺乏一部艺术作品的价值所凭借的第一个条件，而且恐怕还是主要的条件，即缺乏对他所描绘的事物的正确的道德的态度，缺乏辨别善恶的知识，所以他就喜爱而且描绘了那不应该喜爱、不应该描绘的东西,而唯独不爱也不去描绘那应该爱、应该描绘的事物。因此,作者在这本书里极其详尽地热衷于描写女人怎样勾引男人和男人又怎样诱惑女人。甚至在《保罗的太太》(*La femme de Paul*)中描写出那么费解的秽行。作者不仅是冷漠地,而且是轻蔑地来描写农村劳动人民,像描写畜生那样。

短篇小说《一次郊游》(*Une partie de campagne*)就是以这种不辨善恶的无知特别令人惊异。在这个短篇里,作者以最动人的笑谈形式详细地描画了两个裸着臂膀划船的先生怎样同时地一个玷辱了一位年老的母亲,一个玷辱了一位年轻的姑娘,那老母亲的女儿。

很明显,作者一直同情这两个流氓,而且到了那种程度,以至他不是忽视,简直就是看不见被污辱的母亲、女儿、父亲以及显然是女儿的未婚夫的那个青年的种种感触,正因为这样,作品中才会不仅以笑谈形式对这种丑恶行径作了可憎的描写,就连对这事件本身所作的描写也是虚伪的,因为只写了事情的一个最无意义的方面,即流氓所获得的满足。

这本书里还有一篇《田家姑娘的遭遇》(*Histoire d'une fille de ferme*),屠格涅夫曾经特别向我推荐过,而我还是由于作者对事物的不正确的态度尤其不喜欢它。很明显,作者把他所描写的劳动人民看成为仅仅是畜生,超不出性爱和母爱,因而从他的描写中就只得到一个不完全的做作的印象。

不了解劳动人民的生活和利益,以及把他们看作只是受肉欲、凶狠、私利所驱使的半人半畜的东西,这是包括莫泊桑在内的大多数法国最新作家最重要和主要的缺点之一。不仅在这本书里,所有莫泊桑的其他短篇小说触及到人民的地方,总是把人民写成粗鲁、愚钝、只配受嘲笑的动物。自然,法国作家对他们的人民的特征比我了解,但是,尽管我是一个俄国人,而且不与法国人民生活在一起,我总坚信,法国作家这样地来描写自己的人民是不正确的,法国人民也不可能是他们所描写的那个样子。如果法国是我们所了解的那样,有着真正伟大的人物,有着这些伟人对科学、艺术、文化、使人类完美的道德这些方面所做的伟大贡献,那么,那些用自己的双肩肩负着和肩负着拥有伟人的法国的劳动人民就不会是畜生,而是有着伟大精神品质的人。所以我就不相信像《土地》(*La terre*)①那样的长篇小说和莫泊桑的短篇小说给我描写的那些东西,正如同我不会相信人们告诉我有一栋壮丽的但没有地基的大厦一样。人民高贵的品质也很可能不像在《小法岱特》(*La petite Fadette*)②和《魔沼》(*La Mare aux diables*)③中所描写的那样,但是我深信,这些品质是有的。所以,如果一个作家描写自己的人民,仅像莫泊桑那样描写的话,兴致勃勃地描写布勒塔尼的女仆的hanches 和 gorges④,带着嫌恶和嘲笑描写劳动人民的生活,那么他在艺术方面就犯了一个大错,因为他仅仅从一个方面,从最无意义的肉体方面来描写事物,而完全无视了构成事物本质的最重要的方面——精神方面。

总的说来,读了屠格涅夫送给我的这本书之后,我对这位青年作家是很冷淡的。

当时,我是那样地憎恶《一次郊游》《保罗的太太》《田家姑娘的遭遇》等短篇小说,以至没有发觉那篇很好的短篇《西蒙的爸爸》(*Le papa de Simon*)以及描写夜色非常出色的《水上》(*Sur l'eau*)。

"在有着这么多的写作爱好者的今日,那些有才华而不知道把才华用在什么地方,或者竟大胆地把它用到那完全不应该和不需要的描写上面的人难道还少吗?"我这样想,也这样告诉了屠格

---

① 《土地》是左拉的长篇小说。
②③ 《小法岱特》《魔沼》是乔治·桑的小说。
④ 法语:大腿和胸部。

涅夫。于是我也就把莫泊桑忘了。

在这以后，我读到的第一部莫泊桑作品是有人向我推荐的《一生》(*Une vie*)。这本书立刻使我改变了对莫泊桑的看法，而且从此以后我便兴趣盎然地读了他所有的著作。《一生》是一部杰作，不仅是莫泊桑的无可比拟的优秀作品，而且恐怕是法国继雨果的《悲惨世界》(*Misérables*)之后的一部优秀作品。在这部长篇小说里，除了卓越的才华，即那种对事物特殊的专注，使作者能够看到他所描绘的生活的崭新的特征以外，差不多以同等程度集合着真正艺术作品的三个条件：（一）作者对事物的正确的即道德的态度；（二）形式的美；（三）真诚，即作者对所描写事物的爱。这里，生活的意义在作者看来已不是各种各样的放荡堕落的男女的种种奇遇了。这部作品的内容，正如标题所说的那样，是描写一位被戕害了的、纯真的、准备献身于一切美好事物的可爱的女性的一生（这个女性正是被最粗野的兽欲所戕害，而在以前的短篇小说里，作者认为这种兽欲仿佛是主宰着一切的中心生活现象），作者的全部同情是在善这一面的。

在莫泊桑最初的短篇小说里就已经是优美的形式，在这里更达到了高度的完善。我认为，还没有一个法国散文作家达到这样的高度。此外，主要的是，作者在这里真正爱着，强烈地爱着他所描写的那个善良的家庭，真正憎恨破坏了这个美满家庭的幸福与安谧，尤其是害了小说女主人公的那个粗暴的畜生。

这部小说的全部事件和人物也就由此而是这样地生动，令人久久不能忘怀：软弱、善良、衰弱的母亲，高尚、软弱而慈祥的父亲，朴素、谦而不夸、准备为一切美好事物而献身的更加可爱的女儿，他们的相互关系，他们的第一次旅行，还有他们的仆人、邻居，那位计较锱铢、粗暴而好色、悭吝而猥琐、厚颜无耻的未婚夫，他总是庸俗不堪地把最粗鄙的感情说得天花乱坠以欺骗天真的少女，结婚，科西嘉美丽景色的描画，乡居生活，丈夫狠毒的变心，他攫取了田产管理权,和岳父的冲突,善良的人们的忍让和无耻之徒的胜利,对邻人的关系——这一切就是复杂多彩的生活本身。还不仅仅是这一切都写得生动美妙,而是在这一切之中有着一个发自内心的感人的音调,不由自主地感染着读者。读者能感觉到作者爱这位女性,不是爱她的外表而是爱她的心灵、她的内在的美,他怜恤她,为她痛苦,这种感情无意中传给了读者。因此,读者要问:何以这位可爱的女性被毁了呢?为了什么?难道应当这样吗?在读者心中就自然而然产生了这样的问题,而且迫使他们去思索人生的意义。

尽管小说里还有不正确的音符,例如对少女的皮肤的详尽描写,又如关于这个被遗弃的妻子听从神父的劝告又做了母亲这种不可能而又不需要的细节(这种细节损害了纯洁的女主人公的感染力),又如关于被侮辱的丈夫的复仇那节传奇般的不自然的故事。尽管有这些污点,我总觉得这部小说不仅是杰出的,而且我从中看出莫泊桑已经不是一个不知道、也不愿意知道美丑的有才华的饶舌家和戏谑者,就像我读他的第一本书时得到的印象那样,他正严肃而深刻地注视着人生,并且已经开始研究人生了。

这之后我读过的莫泊桑的长篇小说是《俊友》(Bel ami)。

《俊友》是一本非常污秽的书。显然,作者在恣意描写那些吸引着他的东西,有时像是把自己对主人公的基本否定的看法都忘了,竟站到他那一面去。但总的说来,《俊友》也像《一生》一样,是以严肃的思想和感情作为基础的。在《一生》里有个基本思想:作者对被男子的粗鄙情欲所戕害的美丽女性的惨痛生活的空虚感到困惑。而在《俊友》里,作者对这个粗暴的纵欲的禽兽之成功与致富已经不但感到困惑,而且表示愤慨了,这个畜生正是靠这种情欲而飞黄腾达,获得了社交界的显赫地位。作者对他的主人公在其间获得成功的那整个阶层的荒淫堕落也表示了愤慨。在《一生》里,作者似乎在问:为什么优美的女性受到了戕害?为什么发生这种事情？而在《俊友》里，他就似乎是回答了这个问题：一切纯洁与善良的东西在我们社会里已经和正在毁灭，因为这个社会是堕落的，疯狂的，可怕的。

小说的最后一场写那个带着荣誉团勋章的胜利的骗子和一个纯洁的少女在华丽的教堂里举行婚礼（而这少女就是一位被他玷污了的现已年老，而从前却是无可指摘的母亲的女儿）。这场得到主教的祝福、被亲友们认为是美满合理的婚礼极其有力地表达了上述那思想。这部小说虽然充塞着许多不洁的细节描写（很可惜，作者仿佛是 se plaît①），但作者对生活的严肃的质问还是看得出来。

读一读老诗人同杜洛阿说的那段对话吧。当时他们好像是在华尔特家宴会后出来，老诗人将生活的真相袒露在这位年轻的交谈者面前，指出它的本来的面目以及它那永远不可避免的伴侣和它的归宿——死亡。

"它抓住我，la gueuse②——他指的是死亡，——它已经拔掉了我的几颗牙齿，扯脱了我的一些头发，毁损了我的肢体，眼看着就要将我吞噬。我已经处在它的掌握之中。它只是像猫儿戏弄老鼠那样玩弄着我，晓得我逃不脱它的控制。荣誉、财富有什么用，如果不能用它们去买得女人的爱情的话。可不是么，只有为了女人的爱情才值得生活。可是就连她也会被死亡夺去。夺走了爱情，然后就夺走健康、精力以至生命。人人都得这样，就是这么一回事。"

老诗人的一番谈话的意思就是如此。可是杜洛阿，这个幸福的、讨所有他喜欢的女人喜爱的情夫充满淫荡的精力，所以他对老诗人的谈话是似听非听，似懂非懂。他听了，懂了，但他的放荡生

---

① 法语：乐于为此。
② 法语：恶棍。

活的源泉如此滔滔不断地奔流,以至这个无可怀疑的真理向他预示的同样结局也并没有使他惊惶不安。

除了讽刺意义之外,《俊友》的这种内在的矛盾构成了它的主要思想。这个思想在那最好的一场——患肺病的新闻记者的死里也显露出来了。作者给自己提出了一个问题:生活是什么？怎样解决对生活的热爱与对不可避免的死亡的认识之间的矛盾？他没有回答这个问题。他好像在寻求,在等待,而不作有利于任何一方的决定。所以他对待生活的道德态度在这部小说里仍然是正确的。

在这以后的作品里,这种对生活的道德态度开始混乱起来,对生活现象的评价开始摇摆了、模糊了,而在晚期的几部长篇小说里已经完完全全颠倒了。

莫泊桑在《温泉》(*Mont-Oriol*)里好像是结合了前两部小说的主题,而在内容上好像是重复了老一套。且不说它关于时髦的疗养地及其医疗活动的优美而又充满巧妙幽默的描写,在这篇小说中也有一个像《一生》里那个丈夫一样卑鄙无情的色鬼波尔,也有个被骗、受害的温顺、孱弱、孤独,永远是孤独的可爱的女性,也是渺小卑劣和寡廉鲜耻获得了无情的胜利,像在《俊友》中那样。

思想是同一思想,但作者对所描写的现象的道德态度却已大大降低了,尤其是比起《一生》来。作者对善恶的内心评价开始混乱起来。尽管作者有要客观公正的理智的愿望,但显然骗子波尔赢得了作者的全部同情。因此,这个波尔的恋爱史、他之苦心孤诣地去诱惑别人,以及他在这方面取得的成功等都给人以一种虚假的印象。读者不明白作者的用心何在,是要表现仅仅因为情妇妊娠而腰围变粗就冷淡地躲避她、使她伤心的波尔这样一个男人的浅薄和卑劣,还是相反,要表现像波尔这样生活该有多么愉快和轻松呢?

在此后的几部长篇小说里,如《皮埃尔和若望》(*Pierre et*

Jean)、《如死一般强》(*Fort comme la mort*)、《我们的心》(*Note coeur*),作者对他的人物的道德态度更为混乱,而在最后一部作品里竟完完全全丧失了。冷漠、草率、臆造,而主要的还是如初期作品那样缺乏对生活的正确的道德的态度,在这些长篇小说中都留下了痕迹。自莫泊桑获得时髦作家荣誉之日起,这种情况便开始了。他遇到了我们这个时代任何著名作家,尤其是像莫泊桑这样吸引人的作家都会遇到的可怕的诱惑。一方面是初期作品的成功,报纸的赞誉,社会的特别是女人的颂扬;另一方面是日益提高而仍旧赶不上日益增长的需求的稿酬标准;第三方面是编辑们的缠扰,他们抢先争聘,阿谀奉承,狂喜地接受一旦成名的作家的一切作品,并不问其价值如何。所有这些诱惑竟是这样地强烈,显然,使得作者有点飘飘然了。他屈服于这些诱惑,虽然在形式方面仍然继续润饰自己的小说,有时润饰得更好,虽然他甚至也还爱着他所描写的事物,但是,他之所以爱他所描写的事物,已经不是因为它是善良的和道德的,并且是人人所爱好的,而他之所以憎恨他所描写的事物,也不是因为它是丑恶的,并且是人人所憎恨的,而仅仅是因为偶然喜欢这不喜欢那罢了。

莫泊桑所有的长篇小说,从《俊友》开始,就已经有草率、主要是臆造的痕迹。从此之后,莫泊桑已经不像他在写最初两部作品时那样做了,即不以一定的道德要求作为他的小说的基础,并在这个基础上来描写人物的活动,而是像一切小说匠那样来写自己的小说,也就是说,捏造一些最有趣最能打动人心的或者最时髦的人物和活动,以此来构成小说,以他所能得到的和适合于小说结构的种种观察来渲染它,全然不关心所写事件与道德要求有何关系。《皮埃尔和若望》《如死一般强》《我们的心》就是这样的作品。

无论我们怎样习惯于在法国小说里读到一家三主,除丈夫而外,总有一个人所共知的情夫,然而我们还是完全不明白,为什么所有的丈夫都是一些笨伯，cocus① 和 ridicules②，而所有的情夫归根到底又都结了婚，做了丈夫，不仅不是 ridicules，不是 cocus，而且俨然是堂堂大丈夫？更不可解的是，为什么所有的少妇全都放荡堕落，而所有的母亲又都是神圣贞洁的？

《皮埃尔和若望》《如死一般强》就是在这种极不自然极不真实的，主要是缺乏深刻的道德的情势的基础上写成的，因而处于这种情况中的人物的痛苦，就很少能感动我们。皮埃尔和若望的母亲能毕生欺骗自己的丈夫，所以当她势必要向儿子承认自己的过错时，她就不大能博得人们的同情，而当她为自己辩护，证明她不能不享用摆在她面前的幸福机会时，人们对她的同情就更微乎其微了。我们更不能同情《如死一般强》里的那位先生，他欺骗了他的朋友一辈子，引诱了他的妻子，现在又因为年老，不能再引诱情妇的女儿而深感悲哀。最后的一部小说《我们的心》除了各种色调的性爱描写以外，简直就没有一点本质性的任务了。这里写了一个无所事事的餍足的放荡男人，他不知道他需要的是什么，他一时和一个更放荡的，即使不因情欲之故而在思想上也已经堕落了的女人姘居，一时又和她分手，去和一个女仆姘居，一时又同前者姘居，而且似乎是和这两个女人同居。如果说在《皮埃尔和若望》与《如死一般强》里还有一些感人的场面，那么，这最后的一部小说就只能唤起人们的嫌恶。

在莫泊桑的第一部小说《一生》里，问题是这样提出的：一个善良、聪颖、温柔、向往着美的女子，不知为了什么成为牺牲品，起初是为了粗暴、渺小、愚蠢的野兽一般的丈夫，后来是为了同样恶劣的儿子，结果毫无价值地死了，对世界绝无贡献。这是为什么？作者提出了这样的问题，似乎未给予回答。但他的整部小说，他对

---

① 法语：戴绿头巾的。
② 法语：受人嘲笑的。

这女子的全部同情以及对毁灭了她的势力的全部憎恨,已是对这一问题的回答了。如果有一个了解她的痛苦并将它说出来的人,那就足以补偿这痛苦了,正如约伯①在朋友们谈到没有谁会知道他的痛苦的时候,对他们说的那样。假如有人知道了,理解了这痛苦,这痛苦也就得到补偿了。作者在这里知道了、理解了,并且给人们指出了这个痛苦,这痛苦也就有了补偿,因为它一旦为人们所理解,无论是迟是早,它终于会被消灭的。

在第二部小说《俊友》里,提出的问题已经不是高尚的人为什么总要受苦,而是卑贱之徒为什么获得了财富和荣誉?什么是财富和荣誉呢?怎样获得它们呢?正是这个问题本身包含着答案,即否定群俗所推崇备至的那一切。这部小说的内容还是严肃的,但作者对所描写的对象的道德态度已经大大地削弱了。在第一部小说里,只有某些地方有描写情欲而损害作品的污点,这些污点在《俊友》里却扩大起来,有好几章写得只见污秽,仿佛作者喜欢它似的。

接着,在《温泉》里,问题是一个温顺的女人的痛苦和一个野蛮的色鬼的成功与欢乐是为了什么,是出于何因?但已经不是在提出问题,而似乎是在承认本该这样;道德要求已几乎感觉不到了,毫无必要地出现了绝非源于任何一点艺术要求的肮脏的情欲描写。在这部小说里,详细地描写了女主人公在浴盆里的姿态,就尤其显明地是由于作者对事物的不正确态度而破坏了艺术性的一个惊人的例子。在粉红色的躯体上跳动着小水珠,这种描写毫无必要,而且与小说的外在的或内在的意义都毫无联系。

"有什么意思呢?"读者问道。

"没有什么别的意思,"作者答道,"我写它,只是因为我喜欢这样写。"

---

① 约伯是《圣经·旧约》中的人物,见《约伯记》。

在以后的两部小说《皮埃尔和若望》和《如死一般强》里,已经看不见任何道德的要求了。这两部小说都只是描写荒淫、欺骗与谎言,就是这些东西把书中人物导向悲剧的处境。

最后的一部小说《我们的心》,书中人物的处境更是荒谬、粗野而无道德。这些人物已经不再奋斗,他们一味寻求享乐——虚荣心的、情欲的、性的享乐,而作者却也好像是完全同情他们的这些追求。从这一部作品中可以作出的唯一结论是,生活中最大的幸福就是性生活,因此应该最痛快地享受这种幸福。

中篇小说《苡威荻》(Yvette)的这种对生活的非道德态度更是惊人。这部极端不道德的作品的内容是这样的:一个美丽的姑娘,心地纯洁,只是习染了母亲的堕落环境中的那种放荡形骸,就迷惑了一个浪子。他爱着她,但认为这个姑娘是有意地说她从母亲那个社会里学来的淫词荡语,只是鹦鹉学舌似的自己并不懂得。他认为她是堕落的,所以粗鲁地向她提出性要求。这个请求震惊了她,羞辱了她(她是爱他的),使她睁开眼来看清了自己的和母亲的地位,深深地痛苦着。这种深刻动人的情况写得多么杰出,是纯洁灵魂的美与堕落世界的冲突。小说本可以就此结束。但作者没有任何外在和内在的必要继续叙述,硬要这位先生深夜潜入少女房中糟蹋了她。显然,作者在小说的第一部分是站在少女这方面的,但到第二部分却转到浪子那面去了。一个印象破坏了另一个印象,整部小说也就分裂了,像没有揉好的面包一样地松散了。

莫泊桑在《俊友》以后的所有长篇小说里(我现在不谈作为他的主要功绩与光荣的短篇小说,这留待以后再说),显然是屈服于那不仅统治着他那个在巴黎的圈子,而且统治着各地的艺术家们的一种理论,认为对于艺术作品不仅不需要任何明确的善恶观念,相反地,艺术家应当完全无视任何道德问题,艺术家的某些功劳甚至就正是在这里。

根据这个理论,艺术家可以或者应当描写真实的,存在着的,或者美的,因而也是他所喜爱的,或者甚至描写那可能是有用的东西,如同材料之于"科学"。但对于道德与非道德,善与恶的关怀,却不是艺术家的事情。

我记得,有位著名的画家给我看他的一幅绘着礼拜行列的画①。一切都画得很杰出,但就是看不出艺术家对自己所画的事物的任何态度。

"怎么,你认为这些仪式好吗?需要还是不需要呢?"我问这位艺术家。

他有点宽容我这种天真,告诉我说他不知道,也不认为必需知道这个,他的事情只是描画生活。

"但你至少是喜欢它的吧?"

"我不能说。"

"那么,你讨厌这些仪式?"

"既不是喜欢,也不是讨厌。"这位描画生活而不知道生活的意义,对生活现象不爱也不恨的当代的、有着高度文化修养的艺术家带着对我的愚钝表示同情的微笑回答说。可惜,莫泊桑也正是这样想的。

他在《皮埃尔和若望》一书的序言里说,人们对作家说:"安慰我,让我高兴,使我忧愁,感动我,令我幻想,令我笑,令我战栗,令我哭,令我思索吧。只有若干与众不同的人才向艺术家要求:请在那最适合你的气质的形式里,给我创造点美的东西吧。"

莫泊桑就是为满足这些与众不同的人物的要求,写了他的长篇小说,天真地认为,他那个圈子里的人认为是美的一切,也就是艺术应该为之服务的美。

在莫泊桑周旋于其间的那个圈子里,过去和现在都认为艺术

---

① 指列宾的《库尔斯克省的礼拜行列》。

应当为之服务的那种美主要是女人,袒胸露臂的年轻貌美的女人以及她们的性生活。不仅莫泊桑的"艺术"同行:画家、雕塑家、小说家、诗人,甚至哲学家——青年一代的导师也有着这种看法。著名的勒南①在他的《马可·奥勒留》(Marc Aurele)一书里就直截了当地说出了下面的话,指责基督教不懂得女性美:

"这里明显地看出基督教的缺点:基督教太偏重于道德。在它那里,美是完完全全被忽略了。但照一种完整的哲学来看,美远不是一种表面的优点,一种危险,一种不便,而是上帝的赐予,就如同德行一样。它与德行有同等的价值。美丽的女人表现出神的目的之一面,是上帝的意向之一,正如同天才的男人或有德性的女人一样。她知道这一点,因而以此自豪。她本能地感觉到她身上具有的无尽的宝藏,她清楚地知道,即使没有聪慧,没有天才,没有严肃的德行,她也是上帝的最重要的表现之一,因此,为什么要制止她尽情表现她得之于上帝的赐予,为什么要制止她把她幸而得到的瑰宝呈现于人前呢?

"女人装饰自己,就是履行一种义务,她是在完成艺术的、一种精致的艺术的事业,在某种意义上可说是一种最优美动人的艺术。我们切莫因三数微词引起轻浮者的微笑而陷于困惑。我们认为解决了装饰人体,也即是装饰完美本身这个最困难的任务的希腊艺术家是天才,可竟然把致力于参与神的绝美的创造、女性美的创造看作一件琐事!须知女人的修饰及其应有尽有的巧妙,就是一种伟大的艺术呵!

"能有此造诣的世纪和人民,堪称为伟大的世纪,伟大的人民。基督教就因为摈弃了这种探求,以致它所定立的社会理想,很晚,直到全世界愤怒的人们起来粉碎宗教狂热最初所加于教徒身上的狭窄桎梏的时候才能成为完美社会的典范,便是一个明证。"

---

① 约瑟夫·勒南(1823—1892),法国宗教史家、哲学家。

（所以，按照这位年轻一代的导师的意见，只有现在巴黎的裁缝和理发师才改正了基督教所犯的错误，而恢复了美的真正的最高的意义。）

为了使人对美的含义不至于有所怀疑，这位最著名的作家、历史家兼学者就写了一部戏剧《楚尔的女修院长》（*L'Abbesse de Jouarre*）。在这部作品里表明，与女人性爱就是为美服务，就是崇高而美好的事业。该剧之绝无才能和极端粗鄙是惊人的，譬如达尔斯与女修院长的那段对话，从第一句起就可看出这位先生同那个仿佛是很圣洁、德高望重的修女所谈的是什么样的爱情，而她竟然绝不认为这是侮辱。这个剧表现了所谓德高望重的人们在面临死刑的时候，即使在死前几个钟头里，除了沉溺于兽欲而外，再也不能做一点更高尚的事情。

所以，在莫泊桑生长于其间，受教育于其间的那个阶层，对女性的美和爱情是描写得很认真的，且早已为聪明博学之士所认可、所解决了。无论在过去和现在这种描写都被认为是最高艺术——le grand art——的真正任务。

莫泊桑一旦成为时髦作家，他就向这种荒诞得骇人的理论屈服了。这个虚伪的理想便驱使莫泊桑在小说里犯了许许多多错误，使得他的作品越来越差，这是完全可以预料到的。

长篇小说与短篇小说的要求的根本区别就在这里。长篇小说的任务，甚至外在的任务就是描写整个人类生活或许多人的生活，因此写长篇小说的人就应该对生活中的善恶有一个明确而固定的看法，而莫泊桑没有，相反，他所依据的理论却认为无须有明确而固定的看法。如果莫泊桑只是一个像某些情欲小说的无才作者那样的小说家，那么，他即使没有才华，也大可心安理得地把恶当作善来描写，在与作者持同样观点的人们看来，他的作品也不失为完整而有趣的作品。然而莫泊桑却是一个有才华的人，就是说，他能从本质上来观察事物，因而也就不自觉地揭示了真实，即在他满以为是善的东西之中不由自主地看出了恶的东西。因此,在他的全部作品里,除第一部作品而外,他的同情经常是摇摆不定的,一时把恶当作善,一时又承认恶是恶,善是善,一时又不停地从这边跳到那边。这就破坏了一切艺术印象的基础,它的 charpente①。对艺术不大有判断能力的人常常认为,一部艺术作品,要是在它里面来来去去都是那几个人物,要是一切都依照一条伏线来布局,或者所描写的只是一个人的生活,那么,这便是一部完整的艺术作品了。这种看法是不正确的,这只是表面的观察而已,那种使一部作品凝结成一个整体,从而产生反映生活的幻象的凝聚物,并不是人物与环境的统一,而是作者对事物的独特的道德态度的统一。事实上,当我们读着或者默谛一个新作家的艺术作品时,在我们心中发生的基本问题经常是这样的:"唔,你是怎样的一个人呢? 你和那些我所知道的人有什么不同呢? 关于应当怎样看待我们的生活的问题,你又能告诉我一些什么新的东西?"无论艺术家描写的是什么人,是圣人也好,强盗也好,皇帝也好,仆人也好,我们寻找的,我们看见的只是艺术家本人的灵魂。如果这是一个熟识的老作家,提出的问题就不是你是谁,而是"唔,你还能告诉我什么新的东西? 现在你从怎样的新的方面来为我阐明生活呢?"所以,一个对世界没有明确的固定的新观点的作家,尤其是那种认为甚至不需要有这种观点的作家,是不能创造出艺术作品来的。他可能写得很多、很好,但不会是艺术作品。莫泊桑的长篇小说就是这样的情况。他的头两部作品,特别是第一部《一生》,生活态度是清楚的、确定的、新的,所以是一部艺术作品。他一旦屈从于那种时髦理论,断定作者对生活的这种态度完全是不需要的,只是为了 faire quelque chose de beau② 而写作,那么他的小说也就不再是艺术作

---

① 法语:框架。
② 法语:创造一点美的东西。

品了。在《一生》和《俊友》里，作者知道应当爱谁恨谁，而读者也同意他，相信他，相信他所描写的人物和事件。但是在《我们的心》和《苡威获》里，作者不知道应当爱谁恨谁，因而读者也就不知道了。读者既然不知道，也就不相信所描写的事件，对它们就不感到兴趣了。所以，除了最初几部作品，严格地说，除了第一部而外，所有莫泊桑的长篇小说，作为小说来讲，都是写得不好的。如果莫泊桑只是给我们留下一些长篇小说，那他只能成为一个惊人的范例：一个光辉的天才是怎样被他所处的虚伪环境，被一些不爱艺术所以也不懂得艺术的人所杜撰的虚伪的艺术理论毁掉了的。幸而莫泊桑还写了许多短篇小说，在这些短篇小说里，他不曾受他所采纳的那个虚伪理论的支配，写的也不是所谓 quelque chose de beau①，而是感动或激发他的道德感的事物。根据这些短篇小说——不是全部，而是其中最优秀者——可以看到作者的道德感是如何成长起来的。

如果一个真正的天才在虚伪理论的影响下也不强制自己，那么他的惊人的特点就在于天才自会教育它的拥有者，引导他沿着道德发展的道路前进，使得他爱那值得爱的，恨那值得恨的。艺术家之所以是艺术家，只是因为他不是照他所希望看到的样子，而是照事物本来的样子来看事物。天才的拥有者——人可能会犯错误，但是天才，如果像莫泊桑在他的短篇小说中那样让其发展，能够揭发、暴露事物，而且使得人们爱那值得爱的，恨那值得恨的。每一个真正的艺术家，如果他在环境影响下开始描写那不应当描写的事物，就会发生与巴兰一样的情况，巴兰本想祝福，却诅咒了那应当诅咒的，他想要诅咒时，反而祝福了那应该祝福的。② 他不由自主地做的并不是他愿意做的事，而是应该做的事。莫泊桑也

---

① 法语：一点美的东西。
② 见《圣经·旧约·民数记》，第二十二至二十四章。

正是这样。

恐怕难以找出一位作家,像莫泊桑那样诚心诚意地认为一切幸福、全部生活意义都在于女人,在于爱情,那样热情地从各个方面来描写女人和她的爱情。也恐怕未曾有过一位作家,像莫泊桑那样鲜明而准确地表现了他认为是最崇高,而且是提供生活最大幸福的这个现象的一切可怕方面。他越深入这个现象,就越有力地揭露它,剥去它的外壳,留下来的仅仅是骇人的后果及其更加骇人的本质。

请读读他的儿子——白痴,和女儿在一起的深夜[《隐士》(*L'ermite*)],水兵与妹妹[《港口》(*Le port*)]①,《橄榄地》,《小洛克》(*La petite Roque*),英国女人《哈勒特小姐》(*Miss Harriet*),《巴兰先生》(*Monsieur Parent*),《柜子》(*L'armoire*,写一个在柜子里睡着了的女孩),《水上》②(*Sur l'eau*)中的婚礼,以及表现这一切的最后一篇《离婚案》(*Un cas de divorce*)。马克·阿夫列里推想一种假定能摧毁人们观念中的这种罪恶③的吸引力时所说的话,莫泊桑却以鲜明的、震撼心灵的艺术形象做到了。莫泊桑想歌颂爱情,但他对爱情越了解,就越是诅咒它。他诅咒爱情,因为爱情带来不幸与痛苦,因为种种失望,主要是因为存在真正爱情的赝品,因为爱情中含有欺骗,人越是相信这种欺骗,就越是感到痛苦。

这些卓越的短篇小说和他最优秀的作品《水上》的不可磨灭的特点,鲜明地显示了作者在其文学活动的过程中道德力量的成长。

作者的这种道德成长,不仅表现在他对性爱的揭露,不自主的、因而是更为有力的揭露上,还表现在他对生活提出了越来越高

---

① 《港口》,为托尔斯泰所意译,题名《法国女人》,发表于一八九一年。
② 一八九〇年托尔斯泰曾复述《水上》之片断,题名《昂贵》。一八九一年又将此片断中之一节(论战争)收入论文《天国就在你们心里》。
③ 指爱情。

的道德要求上。

他不单是从性爱里看见人的动物性要求与理性要求之间的内在矛盾，他是在整个世界结构里看见了这个矛盾。

他看到这世界，即物质的世界，照它本来的样子不仅不是一个最好的世界，相反，可能是一个坏透了的世界。这个思想鲜明地反映在《奥尔拉》（Horla）里，这个世界是不能满足理智与爱情的要求的。他又看到人的灵魂中另有一个世界，或者至少是对那另一世界的要求。

使他苦恼的不只是物质世界的不合理及其丑恶，使他苦恼的是世界的可厌与分裂。我不知道是否还有更能攫住人心的绝望的叫喊，一个迷路的人意识到自己的孤寂时发出的叫喊，就像在那篇最优秀的短篇小说《寂寞》（Solitude）中所反映出来的思想一样。

最使莫泊桑苦恼、他曾多次谈及的现象，是人的孤独，是精神上孤独的痛苦状况，是人与他人之间的隔膜的痛苦，正如他所说，肉体上的联系越紧密，这隔膜就越使人感到痛苦。

是什么苦恼着他呢？他希望什么呢？什么能摧毁这种隔膜？什么能结束这种孤独？爱，但不是女性的已经使他厌恶的爱，而是纯洁的、精神的、神圣的爱。莫泊桑在寻找它，他奔向它，痛苦地从他所感受的一切桎梏中冲出来而奔向它，奔向那显然早已为人人敞开的人生出路。

他还不能说出他所寻求的东西的称谓，也不愿只是在口头上把它说出来，免得冒渎他视为神圣的东西。但他那未名的憧憬在孤独面前表现为恐怖，这憧憬是如此真诚，比起许许多多只是口头上宣扬的爱的说教来，就更强烈地感染人、吸引人。

莫泊桑一生的悲剧就在于，他虽然处在骇人听闻的丑恶的道德堕落的圈子里，但他凭借的非凡天才的光芒，力图摆脱这个圈子里的人们的世界观，他已接近解放，已呼吸着自由的空气，但这场斗争耗尽了他最后的一点力量,他不能再作最后的一次努力,他还没有获得解放就灭亡了。

这种灭亡的悲剧还在于,当代的所谓有教养的人们大多还在继续演着这个悲剧。

一般地说,人们总不会生活着而不知道自己所过的生活的意义的。随时随处都会有先进的绝顶聪明的人物出现,人们称之为预言者。他们向人们解释他们的生活的意义,而普通人,中等资质的人,往往没有能力自己弄明白,就遵循着预言者向他们揭示的对生活的那种解释。

一千八百年以前,基督教已经把这个意义解释得简单、明白、愉快而又无可置疑,所有承认这个意义,并且一向遵循着从这意义产生的生活准则的人们,他们自己的生活就足以证明这点了。

但是又有一些人把这个意义妄加解释,以至成为一派胡说,于是人们便进退维谷,不知何去何从:究竟是承认像天主教、路德、教皇、无垢受胎教义等等所解释的那种基督教,还是依从勒南之流的教诲而生活,即无须信赖任何准则,无须任何人生观,而只须在情欲强时纵欲,情欲弱时则随习惯而生活。

普通人选择前者或后者,有时两者都依从,始则要放荡,后则要天主教。人们就这样世世代代生活着,以各种各样的理论、文章为掩护,不是为了认识真理,而是为了掩盖真理。一些普通人,尤其是愚笨的人,觉得很舒畅。

但是另一些像莫泊桑这样的人(这种人很少,不常有)用自己的眼睛看见事物本来的样子,看出它们的意义,看见他人所不能见的生活矛盾,生动地想象出这些矛盾会不可避免地把人们引向什么,于是就先人一着去寻求解决矛盾的方法。他们到处去找寻解决矛盾的方法,却不在这些方法所在的地方,即在基督教义中去寻找,因为他们认为基督教已是残余的、不合时宜的丑恶可厌的荒诞之说。及至竭力寻找这些解决方法而徒劳无功之后,他们便相信矛盾是不能解决的,相信生活的特点就在于生活本身总是带来无法解决的矛盾。在得出这样结论之后,如果这些人是生性软弱,而不是精力充沛的,他们就和那无意义的生活妥协,甚至还以此自豪,认为自己的无知是美德,是文明。如果他们像莫泊桑这样是精力充沛、正直而有天才的人物,他们就不能忍受,并以不同的方式离开这种荒诞的生活。

就好像在沙漠中渴极的人到处去寻水,唯独不到那些站在水源上方、把水弄脏了的人们的附近去寻找,这些人只能给你泥浆而不是清水,但是,清水却就在泥浆背后不断地流着。莫泊桑就是处在这种境地。他不能相信,他显然从来没有想到,他所寻求的真理早已被发现了,而且离他这样近;他不能相信,人能够在他感到自己是生活在其中的矛盾之中生活。

依照那些培养了他,围绕着他,为他的在精神和肉体两方面都强壮的年轻生命的一切欲望所肯定的理论来说,生命在于享乐(其中主要是女人和她的爱情),在于纵情恣意地享乐,也在于描写这种爱情以及唤醒他人的爱情。这一切本来也无可厚非,但仔细观察这些享乐时,在其中就会现出与爱和美完全背道而驰的敌对现象:女人总是会由于某些原因变得丑陋、因妊娠而不美,因生育而不洁,然后有了孩子,不想要的孩子,还有欺骗、虐待、良心的谴责,末了不过是衰老与死亡。

那么,这种美确实是美吗? 那么,这一切为的是什么? 如果能使生命停顿就好了。但生命在继续。那么"生命在继续"又是什么意思呢? 那就是说,头发脱落了,变白了,牙齿坏了,出现了皱纹和口臭。甚至在这一切了结之前,就已经令人害怕,令人嫌恶了:搽脂抹粉,流汗、恶臭、丑陋。我为之献身的东西在哪里呢? 美在何处呢? 而美就是一切呀! 没有美就什么都没有,也没有人生了。

不仅在生命所在之处没有生命,就连你自己也在开始离开生命,你衰弱了,愚钝了,瓦解了,别人就在你眼前夺去你全部人生幸福之所在的享乐。尽管如此,生命的另一种可能性,另一种东西,一种与人们、与全世界的结合,开始露出微光,有了它一切欺骗就都成为不可能,什么都不能破坏这另一种东西,它是真实的,永远是美的。但这种东西是不可能有的。这只是沙漠绿洲的幻影,我们知道这种绿洲并不存在,只有一片黄沙。

莫泊桑活到了生命的这样一个悲剧时刻,这时环绕着他的生命的虚伪同他开始意识到的真实发生了冲突,而同时精神上的新生也已经开始逼近。

在我们刊印的这个集子中,那些优秀的作品,特别是他的短篇小说正是这新生的痛苦的反映。

如果他注定不是在新生的痛苦中死去,而是诞生,那么,他大约会贡献出伟大的,富有教育意义的作品来的,但就是他在新生过程中给予我们的也已经很多了。为了他已经给予我们的一切,让我们感谢这位有魄力的正直的人吧!

（1894）

尹锡康　译

〔据《列夫·托尔斯泰文集》二十卷集,莫斯科版。〕

谢·杰·谢苗诺夫《农民故事》序

我早就为自己定下一个准则，从三方面去评判任何艺术作品。（一）在内容上，艺术家从新的方面揭示的东西对人们说来重要和需要到什么程度，因为任何作品只有当它揭示生活的新的方面时才是艺术的作品；（二）作品的形式优美到什么程度，又在多大程度上与内容相适应；（三）艺术家对自己的对象的态度有多真诚，亦即他对自己描写的东西相信到什么程度。后一优点依我看来在艺术作品中永远是最重要的。它给予艺术作品以力量，使艺术作品具有感染力，也就是使它能在观众、听众和读者心中引起艺术家所体验到的那些感情。

谢苗诺夫正好在这一方面具有突出的优点。

有一篇屠格涅夫翻译的福楼拜的著名短篇小说叫做《修道士于连》①。小说最后的也应该是最最动人的插曲是，于连同一个麻风病人睡在一张床上，用自己的身体去温暖他。这个麻风病人是基督，他把于连带到了天上。这一切都以高度的技巧写成，但我读这篇小说时始终丝毫无动于衷。我感到作者自己不会去做，甚至不愿意去做他的人物所做的事，因此我也不想做这件事，而且我在阅读这个惊人的献身行为时，也没有感到任何的激动。

谢苗诺夫却写了一个极其普通的故事，这故事总是使我深深感动。一个寻找工作的农村小伙子来到莫斯科，由在富商家当马

---

① 指法国作家福楼拜于一八七七年根据宗教传说改写而成的《修道士圣于连的传说》，同年由屠格涅夫译成俄文。

车夫的同乡说情,马上得到了工作,做扫院工的助手。本来干这活儿的是一个老头。商人听从马车夫的话辞退了这个老头,让小伙子接替他。小伙子晚上来上班时,在院内听到老头在屋里诉苦说,他没有丝毫过错,只是为了把他的工作给一个年轻人干才解雇了他。小伙子突然可怜起老头来,觉得挤走他于心有愧。他陷入沉思,感到犹豫,最后决定放弃了这个工作,虽然这工作是他那么需要那么喜欢的。

这一切叙述得那么好,以至我每次读这个故事的时候总是感觉到,在同样情况下,作者不仅愿意,而且肯定会做得一模一样,于是他的感情感染了我,我感到愉快,仿佛我自己做了一件好事,或者准备去做一件好事。

真诚是谢苗诺夫的主要优点。除此之外,他的作品的内容也总是有意义的。其所以有意义,也是因为它涉及俄国最重要的阶层——农民。谢苗诺夫熟悉农民,只有亲身过沉重的乡村生活的农民才能像他那样熟悉。他的故事的内容之所以很有意义,还因为它们所关注的主要不是外表的事件,不是生活风习的种种特色,而是人们接近还是背离基督教真理的理想,这理想牢固地、明确地存在于作者心中,并成为他衡量和评价人们行为的优劣或意义的可靠尺度。

这些故事的形式完全适合于内容,是严谨、朴素的,细节永远真实,没有丝毫虚假。特别好的是故事中人物的语言,其表达法常常是崭新的,但却总是朴实无华,惊人地有力而又生动。

（1894）

陈　桑　译

〔据《列夫·托尔斯泰文集》二十卷集,莫斯科版。〕

论所谓的艺术

一

今年我第一次有机会听到所谓的行家们断言是瓦格纳①的最佳作品的东西②。演奏也如行家们所说是出色的。虽然我很愿意待到演奏结束，以便有权利加以评价。可我没能这样做，倒不是由于枯燥乏味，而是由于整个作品的可怕的矫揉造作。正像音乐的耳朵听到大量矫揉造作的音调所感受的那样（尽管有这些矫揉造作的音调，作品的意义还是明白的。要是整个作品都是不准确的音，也就无所谓矫揉造作，听它时也不会觉得难受了），我的审美感也有同样的感受，我终于忍受不了这种折磨，没听完第二幕就离开了。在我知道的所有民间史诗中最无诗意、最乏味最拙劣的一部就是这个《尼伯龙根》。平庸而又标新立异的作曲家瓦格纳为了要写音乐作品，按自己的方式改写了这部毫无诗意的拙劣的叙事诗，并在其中加入模糊不清的德国式的、枯燥乏味的准哲学的催化剂，继而给这部矫揉造作的故事构想出（正是构想出）那不是音乐，而是近似音乐的一些音，并由化了装的人以不自然的声音喊出

---

①　瓦格纳（1813—1883），德国十九世纪后期主要作曲家、音乐戏剧家。
②　指《尼伯龙根的指环》，是瓦格纳于一八五三至一八七四年间所作的有序幕的歌剧。作曲家自撰脚本，剧情取自冰岛历史学家兼作家施图鲁孙（1178—1241）的北欧神话《埃达》与十二至十三世纪德意志民间史诗《尼伯龙根之歌》。作品于一八七七年初演，德国皇帝、巴伐利亚王和社会名流都参加这个音乐会，取得极大成功。

稀奇古怪的词句,表演这个以戏剧为表现形式的故事。

歌德①说过:Man sieht die Absicht und wird verstimmt.②这里你不仅只看到 Absicht(意图),而且看不到别的任何东西。你看到的意图又常常是没有实现的。我清楚地看见,剧中某个人物与之搏斗的怪物并非怪物,而是两个弯腰曲背的可怜人,他们尽力步调一致而不分开,同样,在剧中,主要是在所谓的音乐中,我没有听到、没有感到音乐,而是感到并看到一个自命不凡到发疯的、貌似有音乐天赋却无艺术才能的德国人,他想使我深信,他提供给我的这个无聊的故事含义深刻,十分动人。对此人们会说,我的毫无根据的个人意见和大多数人的个人意见是全然相反的。而我则要说,就我所知,大多数人的意见除了笼统含糊的空话之外,是毫无根据的。至于我的意见,在我看来,却是很明确地以下列理由为依据的。

任何艺术都有自己的领域,都有区别于其他艺术的自己的内容。且不谈每种艺术的实质所在(我将在下文谈及),这里我只谈谈我的艺术论点所需要的论据。我认为,这些论据凡是从事艺术的人是不会与之争论的。当我观看建筑物时,我就寻找建筑的美,而如果建筑物的一部分建成了,与它并列的另一部分却是用颜料华丽地画出来的,那么建筑给我的美感就被破坏了。看到圆柱后我企待看到柱廊,而这里却突然出现了描画出来的屋顶或柱廊。

任何艺术都有自己的任务,这些任务只能由这种艺术解决。譬如描写风景的画能够向我传达的是它应该表达的,它只能描绘流水、灌木、田野、远方、天空,而任何诗篇或者音乐都不能传达画家应该告诉我的东西。所有艺术都是这样,音乐尤其如此,因为音乐是最最感人肺腑的艺术,亦即较之其他艺术是最能左右人的情感的艺术。音乐,如果它真是音乐,就该说出只有音乐才能表达的

---

① 歌德(1749—1832),德国大诗人。

② 德语:如果看见意图,就会使你扫兴。

东西。而音乐的思想(不如说是内容)的表达,有自己的音乐的规律,有自己的开端、中段、结尾。就像建筑的、绘画的、文艺的作品那样。当音乐家要用自己的艺术表现什么的时候,音乐也就遵循这些条件,从古迄今总是如此。

那么瓦格纳是怎样做的呢?

请把他的不带表演也没有歌词的总谱拿来看,你只会发现一些音的堆砌,没有任何音乐内容和诗意,没有任何内在联系。可以随意颠倒这些音符和乐句,不会产生任何区别。因此,这里不存在音乐作品。为了使这些音具有某种意义,必须在表演的同时去听它们。就是这样去听,你也得不到音乐的艺术感受,只听得出显然是迂腐地臆想出来的、用标志着每个人物出场的主导动机来作图解的企图①(实际上用音乐图解诗是不可能的,因为音乐是比诗和戏剧远为激动人心的艺术,不能用它来为诗作图解),即用音乐的仿制品来为蹩脚叙事诗的平庸和标新立异的改写本作图解的企图。瓦格纳的《齐格弗里德》以及他所有这类作品都是如此。让我们设想一下,有这么一位诗人,他是那样任意糟蹋自己的语言,以至可以用任何题目、任何韵脚和任何诗格来写诗,写一些仿佛有意思的诗(这些诗在我们杂志上每期总会有两三首)。再设想一下,这样的诗人立意要用自己的诗来图解贝多芬的某首交响乐或奏鸣曲,或者肖邦的叙事曲。这位诗人为这支奏鸣曲的第一乐章快板的最初几个急促的小节所写的甚至不是四行诗,也不是两行诗,而是一行诗,依他看来,这一行诗是适合于开头的几小节的。然后又给下面那些较为和缓的小节也写出他认为是合适的诗行,和先前那一行诗毫无内在联系,甚至没有韵脚,也不用同样的诗

---

① 托尔斯泰在《什么是艺术?》一文中谈到,在瓦格纳的这部歌剧中,每一个人物(甚至每一件物品)都有一个固定的音型,即主导动机。每当一个主导动机所代表的那个人物登场时,这个主导动机就重复出现。(见该文第十三章)

格,就这样为整部奏鸣曲、交响乐或叙事曲写诗。诗歌中的这类作品和音乐中瓦格纳的《齐格弗里德》完全是一回事。

依我看来,这就是所谓的瓦格纳的音乐的意义。

这种音乐却风行于全世界,到处演奏。为了演出,照我看,全欧的剧院得耗资数百万,而数以千百计的人则完全相信,他们赞赏这种既无诗情又无意义的音乐证明自己有高雅的教养和鉴赏力。这究竟意味着什么呢?

这就是说,我们在艺术事业上已经走入死胡同,再也不能前进,再也没有出路了。作为这种状况的征兆的不单是瓦格纳的作品。我以音乐为例,但在一切艺术领域之中都出现同样的情况(除了没有发生变化的建筑和雕塑之外),在绘画,在抒情诗、叙事诗(长篇小说)和戏剧方面都是如此。

在绘画方面,宗教画、历史画、风俗画、肖像画都为人厌弃了,何况这方面不仅没有丝毫超越前人之处,甚至没有堪与前人媲美的东西。

于是他们干脆就杜撰,竭力臆想出某种离奇的东西,装作幼稚、信神、不会画画,这样他们就可以模仿某某人的风格,用一些象征来表达某种深刻的思想。

或是描写…………………………………………………………
……………………………………………………………………①

或是………………………………………………………………

光是参加这一运动的画家就不计其数,而且越来越多。他们的作品越来越难以理解,越来越趋于平庸。没有一个画家真正具有才能,就连不久前的克瑠斯②、梅索尼埃③、透纳④那样绰有才华

---

① 这篇论文是托尔斯泰未完成的手稿。
② 路德维希·克瑠斯(1829—1910),德国油画家。
③ 厄尔涅斯特·梅索尼埃(1815—1891),法国画家。
④ 约瑟夫·梅洛德·威廉·透纳(1775—1851),英国画家。

而又令人易解的画家也都没有。

可是他们，新派的画家们毫不畏缩，抱着不可动摇的信念（这正是平庸的特性），继续开拓新的道路，并且相互吹捧。

在诗歌方面、抒情诗方面也是如此，没有歌德、普希金、维克多·雨果，类似这些诗人写的诗已经令人生厌，大家写的差不多都是这样的诗。于是新派诗人开拓新的道路，而且事情竟发展到这样的地步，以至才具平庸的波德莱尔和魏尔兰也被当作诗人，沿着他们所开拓的道路还麇集着他们的后继者——马拉梅①及其侪辈，纷纷写作依他们看来是美的，但却是谁都不能理解的东西。在我们俄国某些无法理解的人也这么做。

假如这种现象只出现在抒情诗方面，那还算好，这不过是业余爱好者的一个小小的领域罢了。问题是戏剧和叙事诗②方面也发生同样的情况。

狄更斯们，萨克雷们，维克多·雨果们都逝世了。他们的模仿者多得不可胜数，但这些人也为大家所厌弃了。全都一模一样，于是就臆想出了新的东西，那就是易卜生③、吉卜林④、赖德·哈格德⑤、小都德⑥、梅特林克⑦等人。

又是同样的现象：追逐奇特和新颖而不求明白易懂。与绘画方面一样，写作者的数量以可怕的规模增加，才能的水平则以同样的规模下降。人们甚至看不到他们所做的事毫无意义，却继续互相吹捧，而且沉湎于奇特、雕琢和隐晦费解，越演越烈。

这一点在任何领域也没有像在音乐方面那样洞若观火，人们的矫

①　马拉梅（1842—1898），法国象征主义诗人。
②　这里所说的叙事诗包括叙事的一切文学作品，如小说和叙事诗。
③　易卜生（1828—1906），挪威戏剧家、诗人。
④　吉卜林（1865—1936），英国作家。
⑤　赖德·哈格德（1856—1925），英国通俗小说作家。
⑥　莱昂·都德（1867—1942），法国作家，名作家阿尔丰斯·都德之子。
⑦　梅特林克（1862—1949），比利时法语剧作家。

揉造作也没有像在音乐中那样登峰造极。因此我就从它谈起。音乐之所以如此，其原因是，别的艺术不管怎样还可以说个明白，而音乐却无论如何也不可能。因此，如果一幅画没有意义或画得不对，任何观众都可以评论并说明它的缺陷。诗歌也是如此。任何人都可以说，这个人物或事物表现得不自然或不真实。只有音乐（抒情诗也几乎如此）不能争辩，不能说为什么这是好的或者不好。

因此，音乐（抒情诗也是如此）才会陷入当代艺术的错误道路（这条道路的错误所在，下文将会谈到），才会落到它现在所处的极其荒谬的境地。

音乐是直接作用于情感的艺术，因此，它要成为艺术，看来一定得作用于情感。而且它又是一种瞬间消逝的艺术。作品演奏完也就完了。你不能像对待绘画或书籍那样，可以任意延长自己的印象。因此，音乐作品为要成为艺术，就必须作用于情感。而事实又是怎样的呢？大量音乐作品在模仿贝多芬的没有意义的作品，实际上是一些音的堆砌，这对于研究赋格和对位是有意义的，但在普通的听众心中却不能唤起任何情感。音乐家没有为此感到丝毫不安，却泰然自若地说，其所以如此，是因为听众不懂音乐。

音乐家对你演奏自己的作品，而这作品，像新派音乐家们的大多数作品那样，是莫名其妙的，亦即与音乐格格不入的。

你不是没有文化的人，你有审美修养，懂得并珍视古典作曲家的音乐。你听一部作品，而这作品却使你困惑不解（尤其是，假如音乐家是个性格快乐的人），这是否在愚弄人？他是否干脆随手乱弹来考验你？于是你说，你不喜欢它。音乐家回答说，不，你还不懂。那我什么时候才能懂呢？须知乐曲已经奏完。而且为什么对于马拉梅的诗和梅特林克的戏剧我可以说，这些诗和戏剧很糟，因为它们毫无意义，谁也不会对我说，我还不懂，而谈到音乐，人们却这样对我说？艺术作品应该使我感动，而为了使我感动，它首先应该是明白易懂的。

Tous les genres sont bons hors les genres ennuyeux,①这话说的几乎是一回事。首先，任何作品，尤其是音乐作品应该明白易懂。我认为艺术作品不外是把难懂的东西改造成明白易懂的。明白易懂的艺术所产生的印象常常是使获得艺术印象的人觉得，这他早已知道，只不过不善于表达得像艺术作品中所表达的那样。因为，假如说一部艺术作品很好，你不喜欢是因为你不懂，那等于叫我吃稻草或林堡干酪，而我不吃它竟被解释为我的口味还没有提高。不对，我不吃稻草是因为它不好吃，我不吃林堡干酪是因为它气味不好。如果你要请我吃东西，那么请你先把它做得让我和境况与我相同的人感到可口。

他们对此回答说，你们还不能接受这种食物是因为你们没有修养，因此没有这种快感，我们想让你们得到这种你们没体验过的高级快感，我们可体验到了。

我们是什么人？而你们又是什么人？

你们是千百万人，男男女女的劳动者，他们给你们吃，给你们穿，为你们盖房子，供给你们车马，保护你们——你们这一小撮人，一小撮游手好闲、依赖这千百万人的劳动为生的寄生虫。

而我们这些享有特殊的美的人又是什么人呢？是在游手好闲、贪馋酗酒和荒淫好色中度过一生的寄生虫。这是一小撮人——寄生虫，他们认为上帝是不存在的，生活没有意义，人应该趁自己活着的时候毁掉自己，尽情享乐。这一小撮人要教导全体大众什么是真正的艺术，而能够欣赏健康的、明白易懂的普通艺术的人却得去向这一小撮人学习！！

假如说，这些脱离生活、脱离真正的劳动生活、不劳而食的人过去和现在都在为自己臆想各种手段，先是作为玩乐以消磨闲极

①　法语：一切体裁都是好的，枯燥乏味的除外。

无聊的岁月,继而借以忘却自己过着荒唐的生活,他们做蠢事,还把这些蠢事叫做艺术——这样说不是更确切些吗?这样说之所以必要,尤其因为他们想传授以艺术,并被他们看作劳动的牲口的那些人,那些不得不给他们吃、给他们穿、为他们营造房屋,亦即不得不把他们当作自己身上的寄生虫来养着的人,对什么是艺术懂得一清二楚,并且能欣赏它。他们懂得什么叫诗,知道什么是好的和明白易懂的故事、寓言、童话、传奇、长篇小说、叙事诗,知道什么是好的和明白易懂的歌曲和音乐,知道什么是好的和明白易懂的绘画。这一切他们都懂得,也都喜爱。他们懂得大自然、动物的美和诗意,他们懂得你们所不懂得的那种诗意的美。

为什么你们认为这些人非得说你们在那个寄生虫小圈子里所作的东西是最好的不可呢?我们认为那些东西很糟。其所以很糟,是因为大部分是淫秽的、异常的,不是人人能享受的,主要是因为难以理解,而一旦成为可以理解的了,则又不是因为别人提高到了你们的水平,而是因为降低到了你们的水平。你们狂妄自大地说,你们掌握了一种特殊的美,而要达到你们的水平,理解你们的这种美,必须作许多努力。而我们则认为,你们称之为美的,只不过是满足你们那反常口味的东西,因此我们不想也不可能向你们学习。如果你们觉得你们的艺术是好的和需要的,那就请你们享用吧!我们可不需要它。因此请你们不要说那是为我们制造的。

要断定谁是对的,就得先断定艺术究竟是什么。关于艺术居然会有如此形形色色互相对立的意见。

请随便举出一种艺术的一个作品,我都能告诉你们权威性的评论家们所发表的截然相反的见解。至于当代的作品,情况更是如此,诸如瓦格纳的音乐、易卜生的戏剧、左拉的小说,某某人的绘画等,同一个作品,被一些人看作尽美尽善的杰作,而被另一些人看作没有任何权利可以称为艺术作品的令人厌恶的劣等货。

如果可以有这样矛盾的意见,那么在艺术的定义中一定有什么不明确和十分混乱的地方。

关于这种那种哲学或科学的著作的优点可以有不同的意见。但是谁也不会说天文学、物理学的发现及其叙述不是科学著作,也不会说研究心灵的论文不是哲学著作,而在艺术作品中却出现了完全的否定。瓦格纳是最完美的;瓦格纳不是音乐家;皮维斯·德·夏凡纳①是最完美的,皮维斯·德·夏凡纳不是画家;马拉梅的作品妙极了,马拉梅的作品不是诗,而是一派胡诌,如此等等。

二

艺术究竟是什么呢?

为了回答这个问题,应该看看艺术的起源,看看我们称之为艺术的这项活动是从哪儿出现的。人们已经这样做了,正如这一对象的新近研究者所断言的那样,艺术的萌芽毫无疑问可以从动物那里看到,这些萌芽就是游戏,娱乐。

所有的美学理论家都公认,艺术的主要特征在于,艺术作品不以物质利益为目标。并非任何没有利益的工作都是艺术,并非任何艺术在物质方面必定没有利益,例如各种游戏,像网球、象棋、惠斯特等在物质方面没有利益可言,并且又是娱乐,它们却不是艺术。因此,只有某一种在物质方面没有益处而旨在娱乐的活动才是艺术。那么究竟是怎样的一种活动呢?

难道艺术真的只是娱乐、游戏和赏心乐事吗?习惯于以非艺术所固有的意义强加给艺术的人们会情不自禁地这么说,他们是根据黑格尔和鲍姆加登②的无聊的话,把艺术的意义与对真理的认识和

---

① 皮维斯·德·夏凡纳(1824—1898),十九世纪后期法国重要的壁画家。
② 鲍姆加登(1714—1762),德国哲学家。他首先使用"美学"这一术语,把美看成一个特殊的哲学学科,即"感性认识的科学"。他被称为"美学之父",著有《美学》(1750)。

美德等量齐观。只因习惯于把这种意义强加给艺术,我们才觉得,如果我们认为艺术的意义只在于娱乐,那就贬低了它。但这是不对的。艺术并不会因为我们给它以它实际所固有的意义而有所贬低。正像我们不再认为佛门领袖是达赖喇嘛而认为他是人,并不会贬低他一样。过去和现在艺术都被人加上一层含糊不清和过分夸张的意义,仿佛通过某种方式、出于某种原因艺术必定会使人的心灵变得高尚(请看所有美学论著)。可是,把这种意义加给艺术只是为了维护那些选择艺术家称号的人的作用,而谁也不会认真相信这种错误地加给艺术的意义。还有这么一些人(绝大部分劳动人民),他们不无理由地不相信加给艺术的那种意义,却又看不到别的意义,他们认为艺术干脆是油水太多的富人们的胡闹。

如果认为一个人是达赖喇嘛,或者君主,或者在某方面了不起的人物,这对某些人可能是合适的,但在大多数人中间却会引起反对和愤慨,甚至想不承认这么抬高自己的人还有人格。一个人本来是什么就承认他是什么,要求给他以适合于人的地位和尊重,这不是更好更可靠吗?对于艺术也是如此。不要硬给它安上什么净化心灵和实现美的理想等等神秘的意义,而简单地承认它在现实中的本来面目,给予它本来应有的意义(这意义已经不小),不是更好吗?

艺术的娱乐?难道就那么渺小而不足道,以至可以藐视以艺术的娱乐为目的的活动?任何娱乐都是生活的必要条件。人生来是这样,他不应该停止生活,也就是说不应该停止活动。他应该活动的原因既在于他是动物,而动物应该饮食、躲避风雨,使自己和家人都有衣着;也在于他在生活里,像马在途中一样,不能不活动。他饮食、睡觉,而吃饱睡足的身体又要求活动。活动之所以需要是为了获得衣食住。劳动和饮食的这种循环在人身上不断进行。可是这种循环的进行使人疲倦,于是他需要休息,需要某种离开这一循环的东西。而离开这循环的休息也就是娱乐活动,如游戏与艺术。游戏是没有利益可言的活动,其目的不在于衣食住等等那样有益的劳动,而是相反,是劳动之余的休息,这样使用自己过剩的力量不是为了工作,而是为了表现灵巧、机智和发明等等能力。

艺术是劳动之余的另一种休息,是通过感染、被动地接受别人的感情而达到的。

在艺术领域里总是有两种人,一种人是制造艺术作品的,一种人是接受艺术作品的,即观众、听众。艺术家制造,而后者则只是接受。这也正是艺术有别于其他东西的一个特点,即艺术只能被动地被接受,享受艺术的娱乐的人,本身不需要做什么事,他只是看着,听着,并获得快感,觉得开心。他自己不作任何努力,而只听任艺术家支配,正是这一点使艺术传达方式有别于任何别的传达方式。为了理解科学的理论和别人的思想是需要努力的,而在艺术的接受中却丝毫不需要努力,需要的只是不做什么事,在艺术印象强烈时甚至连是否在做事也无所谓。音乐、歌唱、图画、故事中几句有感染力的话和语调等能深深吸引住观众和听众,甚至使他抛开手头的工作。

我看见檐前的雕刻就体验到那个构思并刻出这些花纹的匠师所体验到的对称感,他对这些花纹的兴趣和他的快感。同样我也体验到那个构思并完成航船上的雕刻的人的情感。当我听一个儿子讲他如何告别母亲并重复母亲的叮咛时,我也有同样的感觉。当我听到教堂的钟声和在木板上跳特列帕克舞的声音时情况也是如此。在我听匈牙利的恰尔达什舞曲或一部交响乐,阅读荷马①、狄更斯②的作品,观赏米开朗琪罗③的雕塑、巴特农神庙④以及其

① 荷马是公元前古希腊著名诗人。

② 狄更斯(1812—1870),英国著名小说家。

③ 米开朗琪罗(1475—1564),意大利著名雕塑家、画家、诗人。

④ 巴特农神庙是雅典神庙,原建于公元前四八〇年左右,在希波战争中毁于战火,重建于公元前四七四至公元前四三八年间。建筑之美为雅典之最。

他任何艺术作品时都体验到这种感情。从艺术作品中得到娱乐和快感，是因为我直接体味到，不是通过别人讲述，而是通过直接感染体味到艺术家所体验的情感，没有他我是不会知道这种情感的。

如果说戏剧、小说、抒情诗、图画、雕像中含有某些被传达的信息，那么传达信息的这一部分不是艺术，而是艺术的材料或艺术的累赘。艺术本身在于传达感情。因此产生这样的情况，经常有在图画上十分详尽地描画出的情景，或者在小说、叙事诗里十分详尽地描述的事件，或者许许多多音的组合，但是其中却没有绘画的、文学的、音乐的艺术作品。

所以，艺术是一个人有意识地听任自己受艺术家所体验的那种感情的感染而得到的娱乐。这种娱乐的快感在于，人不作努力（不是全神贯注），不承受感情的一切实际后果，而体验到极其多样的感情，正是由于直接从艺术家那里感染这些感情，人可以毫不费力地享受和体验人生乐趣。这种快感几乎和梦的快感一样，只是更有连贯性。正因为人不会感受到生活中可能败坏或减少实际人生乐趣的一切摩擦，却能感受到构成人生的实质和魅力的生活中的各种波动，又复不受任何干扰，所以感受得更为强烈。多亏有艺术，缺腿或衰老的人在看跳舞的艺术家或艺人时也体验到跳舞的乐趣。住在北方的人，即使足不出户，在看画时也能体验到南方大自然的乐趣。软弱和温顺的人看画，读书，在剧院里观看文艺作品，或者听歌颂英雄的音乐时，也体验到坚强有力和权力在握的乐趣。冷漠无情、干燥乏味、从未有过怜悯心和爱心的人也能体验到爱和怜悯的乐趣。

艺术的娱乐就在于此。

游戏是小孩、青年的必要生活条件，也是安排生活休息日的人们的必要生活条件——当他们有多余的体力而不应用于物质活动的时候；艺术也是成年人和老人的必要生活条件——当他们的体力全部用于劳动，或者像在病中和老年常见的那样，当体力衰弱了的时候。前者和后者都是人为了离开劳动、睡眠和饮食的循环以便获得休息所必需的,而人像任何动物一样,从生到死都在这循环圈中转。因此,人从开始生活起就一直有这两种娱乐,即游戏与艺术,而艺术并不像美学论著描述的那样是神秘地为美服务,它始终是人生的必要条件。

的确,对人说来,还有一种使他超越饮食、劳动和休息这种动物性的循环的高级活动,那就是精神活动。这种活动乃是人的最高使命,然而,这种高级活动的存在并无碍于艺术成为人类生活的重要和必要的条件。

艺术就是这样。艺术是一种娱乐,借助这种娱乐,人自己不活动,而只沉醉于他获得的印象,感受各种各样的人的感情,并以这种方法在现实生活中的劳动之余得到休息。艺术像睡眠一样,给予人以休息。正如人活着不能没有睡眠,人在生活中也不能没有艺术。

可是对此人们会说:难道艺术只有这种意义吗?我们知道,艺术在人的心中唤起最高尚的感情,因此不能把它的意义仅仅局限于劳动之余的休息。这样的见解部分的是对的。确实,艺术可以在人们心中激起最高尚的感情。但是,艺术可以激起最高尚的感情这一点并不能证明,艺术的使命就在于此。言论、书札、出版物都能传达最崇高的概念,但这并不能证明,言论、书札、出版物的使命就在于此。它也可以传达如何储存土豆或消除赘疣的知识。梦、梦景,像许多人所体验过的那样,可以给我们展示最崇高和最深刻的思想,也可以向我们呈现出任何荒唐无稽的事情。艺术也完全如此。

借助艺术可以传达最高尚和最善良的感情,也可以传达最卑鄙和最恶劣的感情。因此如果说艺术是被动地接受别人的感情,是使人在劳动之余获得休息的一种娱乐,这丝毫也不排斥通过艺术可以传达最高尚的感情;而可以传达这种感情这一点,也无损于艺术的定义——即艺术是使人在劳动之余获得休息的一种娱乐——的正确性。

三

总之，如果艺术是这样的一种活动，借助它，那些为了得到衣、食、住，即为了维持生活而必需劳动的人可以获得由于劳动而必需的休息。那么，显然，艺术给予的这种休息越多，获得这种休息的人越多，它的使命就完成得越多。

为了维持生活而劳动的人，过去、现在和未来总是存在的，因为没有他们就没有生活。这些直接为维持生活而劳动的人，亦即劳动者，比之那些不是直接为维持生活而劳动的人至少要多一百倍，况且不直接为维持生活而劳动的人和完全不劳动的人并不需要休息，因为没有休息的必要，因此，艺术为了完成自己的使命，应该成为这极大多数劳动者的休息。只有他们需要艺术，因为只有他们从事劳动，他们人数又很多，几乎是整个人类。艺术应该是这样的。现在就是这样，从来都是这样。

过去和现在，俄国农舍的屋顶和窗户上总是有建筑上的装饰，屋顶和大门上有雕刻的供椋鸟栖宿的小屋，有雕刻的公鸡，手巾上有刺绣的花样。任何房子里的上座总是挂满或贴满图画。每个姑娘或妇女都熟悉并且唱得出数十首歌曲，青年们会拉手风琴、吹扎列卡管、弹三弦琴。每个村子里都常跳轮舞，每个庄稼汉都知道，都读过和听到过美少年约瑟的故事①，以及各种寓言、童话、传奇。在俄国是如此，在全世界也是如此。劳动人民需要艺术，他们也有这种艺术。还有一部分艺术是从富人们那里接受来的，他们对这种富裕阶级的艺术进行严格的选择，只接受符合于他们的要求的

---

① 约瑟的故事见《圣经·旧约·创世记》，第三十七至五十章。

96

东西。不过,符合他们的要求的只是富裕阶级的艺术中的精华,亦即最朴素、最动人,而且当然是最明白易懂的东西,因为在艺术中不易理解的作品,像我在上文说过的,等于食品中不堪入口的东西。

在人们中间存在的艺术实际上就是这样。可怪的是,在我们圈子里,这种艺术却不被承认为艺术,即使得到承认,那也被看作最低级的艺术,是艺术的雏形,严格地说,甚至不能被当作艺术。屋顶上或手帕上的公鸡,只是从历史的观点来看才使我们圈子里的人感兴趣;贴满上座的图画,不是艺术家,而是艺术水平最低的画匠制作的。书也是这么制造出来的。童话、传奇也只引起古文献学方面的兴趣。歌曲、手风琴被认为是音乐的蜕化。因此,我们圈子里的人认为,真正意义上的艺术在劳动人民中间压根儿不存在,艺术只存在于我们之间,在我们的神庙里,宫殿里,展览会上,纪念碑上,在我们的象征派、原始派以及其他流派的绘画上,在我们的颓废派的诗歌和小说里,在我们的易卜生、梅特林克之流的戏剧里,在我们的瓦格纳之流以及一切新派的(只有献身艺术的人才理解的)音乐里。

这是什么意思呢?难道所有艺术真的都只存在于这些人中间?可他们实际上并不需要艺术,因为艺术是劳动之余的休息,而这些自称拥有艺术的人却把脱离维持生活的实际劳动当作自己的活动的首要条件。

难道劳动人民为了拥有他们那么需要作为休息的艺术(因为他们确实在劳动),真的要等到他们能够懂得颓废派的诗、小说、戏剧以及新派音乐家的令人无法理解的胡编乱造的那一天?要知道,即使他们懂得所有这些假想的艺术作品,仍然难以问津,因为所有这些艺术作品,像瓦格纳的歌剧一样,要求花费极多的劳动,不可能普及到全体劳动人民群众中去。主要的是,即使人民也懂得这些假艺术作品,那也无法想象,双手长满老茧并因此具有纯真未凿的正确思想和健康感情的劳动者,竟会被那些由于过着形形色色的腐化生活而疲惫不堪,甚至变态,而且不懂实际生活(即劳动生活)的画家、诗人、音乐家的感情所打动,所感染。不能想象一个思想健康的劳动者会为梅特林克的戏剧或某某人的一幅画所感动,甚至也不能想象他会为贝多芬后期的交响乐所感动,更不用说瓦格纳的追随者了。这类艺术家和劳动者听众(即真正的人)彼此相距很远,没有任何接触点。而要他们互相了解,或是劳动者得腐化,或者艺术家得降低(照他们的看法)到人民的水平。可是艺术家不想这么做,他认为,他站在大家都应该达到的高度。即使假定当代这些艺术家是站在高峰,而不是蹲在低谷,他们的艺术也不适用而应该抛弃。艺术是劳动之余的休息。今天正在生活的人民,平民出身的人,他们在劳动,他们希望并且需要艺术提供休息。艺术家们却说:我们的艺术是这样高深,你们还得学会理解它。人民说:可是我们得生活呀。要知道,对你们说来艺术也许是玩具,没有也行,因为你们不劳动,而我却缺不了它,再说我也无暇等待。你们将制造对我们的子孙们适用的艺术(这是你们说的,也许它毫无用处),而我目前靠什么生活呢?我们几代人就得过这种没有艺术的生活吗?要知道这等于重弹这样的老调:有人要赡养别人,却准备些不堪入口的食物而且为自己辩解说,你们还没有学会吃。我们没工夫学,可我们要吃。这总有点不对头。平民出身的人会这样说,并且会去寻找他所需要的真正的艺术,而蔑视富裕阶级的以艺术为幌子的胡闹。

然而,对此人们也许会说,艺术在前进,在前进的过程中会渐渐普及。先进的艺术家们开创新的形式,而以前曾是新的形式则传入民间。他们这么说,竭力为自己辩解,但这是不对的。千百年来上层阶级的艺术作品,除了少数例外,始终是人民所不能理解的,而这种不理解,不是逐渐减少,而是日益增加。所有的艺术都使手法复杂化,追求新奇和古怪,并且离全人类越来越远。尼采是这种倾向在哲学中的代表。

当代艺术越来越不关心劳动群众的要求，一切都为超人、为高雅的游手好闲者制造和写作。

四

假如情况是这样，那是什么原因导致的呢？当代所有绰有才华的优秀人物怎么会迷失方向，去写作、演出形形色色无聊的玩意儿来冒充艺术呢？

事情原来是这样发生的。

当代许多学者、哲学家（包括勒南）推测说，将来会培养出一种脑袋很大、四肢无用而又软弱的人，所谓 un paquet de nerfs[1]，而一切体力工作，照一些人的说法，要由机器来做，照另一些人的说法，则由劣等人、奴隶来做。这种超人需要特别精雅的艺术。且不去辨析这些推测是否正确，我们怎么也不能回避这样一种想法：当这一切尚未发生之前，除百分比不大的游手好闲的人以外，还存在着整个劳动的人类，从事劳动的人类必须有艺术提供特殊的休息。因此，为艺术服务的人要能够深信他们所制造的艺术乃是人们所需要的，就得适合于全体劳动人类的要求，而不是去做他们现在所做的事，即制造一种只有少数献身于它的人才懂得，而别的人要懂得它还必须学习（劳动者可无暇学习）的艺术。实际上，假如对一个疲劳的人说，他不能在疲乏之后去休息，还得去学习如何休息，他会多么难堪？而那种作为未来的艺术（这一点并无任何证明，有的只是制造它的人所作的保证）才有权存在的艺术，就是这种艺术。

艺术为求成为艺术并有存在的权利，就得适合大多数劳动者

---

① 法语，直译是"一束神经"之意。

的休息要求。然而并没有做到这一点，劳动者丝毫不能理解晚近高雅的艺术家们所制造的作品，而且这些高雅的艺术家们越是完美和雅致，就越不关心他们的作品怎样才能为人民大众所接受。他们像这样抛开正经的事，把犁从犁沟中拉出，十分轻松地在田地上前进，却以为自己是在耕耘，而且越弄越离奇，还自以为在制造艺术。在戏剧、诗歌中是易卜生们、梅特林克们、马拉梅们，在绘画中是……在音乐中是瓦格纳及其追随者。事情竟发展到这样的地步，以至上演、印行、描绘、演奏并歌唱的都是些十足无聊的东西，而被催眠的群众则深信，要是他们不懂，那么错在自己，于是张大嘴巴，看着听着，竭力在毫无意义的东西里发现意义。

我认为，发生这种情况的原因是这样的。

自有人类生活的那个时候起，总是存在着统治者和被统治者，富人和穷人。前者和后者之间总是存在着这样一种关系：一些人借损害另一些人的幸福而得到利益和快乐，反之亦然。但是有一种事物总是把前者和后者联系在一起，那就是宗教，就是前者和后者都意识到的一种人与上帝的关系。这种关系是相同的，在这一点上大家感觉到互相近似，如大家都有生，有爱，有苦难，有死亡。大家还感觉到人来自某个本原又回到那里去。因此，一切人的感情基础，即对自己在世界上的地位的认识，都是相同的，无论富裕的有闲阶级还是贫穷的劳动者的阶级都是一样。在我们谈艺术问题时经常举以为例的埃及人、印度人、希腊人那里是这样，在基督教教会的世界里也是这样。只要情况如此，无论在什么地方，都有真正的艺术，因为艺术是接受它的休息者借助感染艺术家所体验的那种感情以获得现实生活中劳动之余的休息。当大家的感情基础还相同的时候，特别是富裕的有闲阶级，主要是制造艺术的那些人的感情基础还相同的时候，感情也是相同的，可以互相感染。艺术家们本乎相同的感情基础，本乎宗教信仰，在建筑、雕塑、绘画、抒情叙事诗、戏剧中表现自己的独特感情，并以这些感情去感染劳动大众,于是就有了真正的艺术。直到不久前我们基督教世界的情况还是如此,几乎所有的艺术也都如此——艺术的最高和最好的体现是全力表现宗教感情,并且总是同样为统治者和富人以及被统治者和穷人所享受。

不仅从巴特农神庙到荷马的古希腊艺术作品是如此,印度、埃及以及我们所知道的一切民族的艺术作品也都如此。我且不谈基督教的艺术,就是教会的艺术——从哥特式的教堂、乔托①、安吉利科②的绘画——到帕莱斯特里那③的音乐、但丁和弥尔顿④的叙事诗,也都同样如此。当上层阶级和下层阶级还有共同的宗教世界观的时候,艺术是存在的。在宗教改革和文艺复兴时代以前曾经如此。可是从宗教改革和文艺复兴时代起,上层阶级和下层阶级的信仰开始产生分歧。也就是从这个时代起,真正的艺术开始衰落。由于惯性,这种艺术在稍后一段时间内继续存在,还创造出伟大的作品,但是分歧已经开始,与这分歧相应衰落也开始了,艺术分裂成两个流派,一个是统治者的、精雅的、专供上层那些游手好闲的、有新世界观的阶级享用的,另一个是劳动者的、粗糙的、符合劳动大众要求并且保持着以前的宗教信仰的。人民自己继续满足自己的要求,保持旧的,创造他们所必需的粗糙的艺术作品,偶尔接受上层阶级优秀的、最易理解的作品,那也是当这些作品暂时还没有过分远离他们的时候。

上层阶级越来越多地批评教会的宗教信念,越来越远离人民的宗教信念,他们不要任何能说明生活目的的信念,而满足于彻底

---

① 乔托(约 1266—1337),意大利著名画家。
② 乔瓦尼·安吉利科(约 1400—1455),意大利文艺复兴前期佛罗伦萨画派著名画家。
③ 帕莱斯特里那(约 1525—1594),意大利作曲家,罗马复调音乐乐派的代表人物。
④ 弥尔顿(1608—1674),英国诗人,著有《失乐园》《复乐园》《力士参孙》等。

的怀疑主义,或者古希腊人的理想,即享乐,并且按照这种生活观制造艺术,即描写享乐,而完全脱离老百姓,满足于与他们处于同样地位的人们的赞许和吹捧,于是艺术就不再是它应该是的那样,过去、现在和未来永远都是劳动者劳动之余的休息,而是成为吮吸民脂民膏的少数游手好闲的寄生虫的娱乐。

依我看来,这就是我们社会里产生那种可怕状况的原因,那不只是艺术的堕落,而且是艺术的毁灭,或者不如说是艺术的反常,那种冒充艺术制作出来的东西,是没有任何权利使用艺术这个名称的。

科学方面也产生了同样的状况,这我已经说过,如果来得及,我将尽力再来谈谈。

这种情况之所以发生是由于,只要富裕阶级的人士丧失了宗教上的生活目的,没有必要从事劳动,他们就只剩下一种生活目的:寻欢作乐。

这个阶级出身的人士以艺术的形式传达自己寻欢作乐的感情。但是,任何一种欢乐都有令人腻烦的属性。今天曾是一种欢乐,明日就已经平淡乏味。因此,为了在听众和观众心中引起快感,就必须描述新鲜的、最富于吸引力的东西。最有吸引力的欢乐就是爱情的欢乐,于是出现了爱情的小说,爱情的图画,爱情的歌曲和歌剧。但是,普通的、平常的爱情也会令人腻烦,必须精心琢磨爱情描写的魅力。于是艺术就按这个方向再三精雕细琢并臻于尽善尽美的程度。可这也令人腻烦了。于是需要想出特殊的、新颖的、异常的东西,而为了传达它,又需要新的、复杂化的艺术手法——颓废派、象征主义、实验性的小说,到头来那些自命为艺术家的人士所制作的都是些极深奥极复杂的东西,但已经完全是一般人们不需要的了,因为没有表达大家共同的任何感情,表达的只是极少数反常的寄生虫的独特感情。

实际上,假如艺术是借接受别人的感情以获得休息的手段,那么,那些不劳动因而也无需休息的人的艺术又能是什么样的呢?要知道,他们作为自己的感情基础的只有一种愿望,即让不劳动的、以别人的劳动为生的人得到最大的快乐。

这样一些人的艺术不可能是别的,而只能是像我们如今在艺术的位置上所看到的那种疯狂。很可能,马拉梅的诗和梅特林克的戏剧,瓦格纳和施特劳斯以及我们俄国人的音乐在那些丝毫不了解真正人类生活中的劳动,由道德败坏的中学、大学、美术和音乐学院教育出来的不幸的、不正常的人身上可以引起这些艺术家所体验到的感情,而对于过真正的平民生活的劳动大众说来,这些作品是毫无意义的。这也并非像这些不正常的艺术家所说的,是因为平民在文化上没有发展到他们的水平,而是因为他们制造的是除他们自己以外谁也不需要的东西,对人既无用又有害。

通常我们很早、很自然地就习惯于赋予物质的、看得见和感触得到的事件以巨大的意义,而对于精神上的、无形的东西则几乎不赋予任何意义,或者只赋予很小的意义。我们听到战争、饥荒、地震的消息时就惊惶失措,可是对于像我们社会的领导阶级中所有的人都活着而不知为什么目的活着,也没有任何宗教信仰这样的现象,我们却觉得无关紧要。我之所以说没有任何宗教信仰,是因为上层社会人士虽然在礼拜天穿上礼拜天的服装、带着祈祷书上教堂,或者在午餐前念《圣经》、读祈祷文,进圣餐等等,这些不仅不能表明他们有宗教信仰,而且相反,只表明他们没有任何宗教信仰,也不认为有必要去寻求任何宗教信仰。我之所以说上层社会人士每逢礼拜天带着祈祷书去教堂却没有任何宗教信仰,也因为所有这些人都知道,他们的《圣经》里写的、他们的神父对他们说的都不是真的。他们知道,世界不可能是上帝在六千年前创造的,上帝不可能因亚当的罪过而惩罚人类,因为并未有过亚当,而基督也不可能升天等等。他们上教堂也只是像穿短袖子或窄袖子一样,因为大家都这么做。因此,虽然我们圈子里的人士,一切领导阶级都没有任何宗教信仰,我们却觉得无关紧要。其实这种现象比任何像火灾、地震、战争这样的物质性的事件要重要得多,危害性要大得多。

我们的上层阶级人士没有任何宗教信仰,对自己的生活目的不作任何解释,这是由于无论上帝根据自己的想象创造世界和人也好,人起源于进化过程也好,都不成其为一种解释,而这正是人类一切灾难的根源。人类生活中的一切错误潮流都来自这种无知。我们世界里的错误的、败坏道德的艺术理论不过是这种无知的后果之一而已。

实际上,领导别人并由于自己的社会地位和财富而能够影响别人的人士,因为没有任何宗教信仰,就回到一心寻欢作乐的禽兽状态,并力图以艺术的形式把这种感情传达给别的人,认为所有别的人也都应该被引导到他们的禽兽状态中去。这是可怕的,如果事物的本质本身对此没有阻碍,也是可怪的。这种阻碍是:艺术是以自己的感情感染他人的手段,艺术家所再现的感情越是为大家所共有,人们就越是容易被感染,感受也就越强烈。反之,这种感情越是只属于个别人的,它的作用也就越小。

精神上的爱是最共同的,又是最合乎一切人的天性的感情,因此它从来就是而且将来还是真正的艺术的内容。性爱、家庭之爱的共同性虽则不那么大,比如有不懂得这种爱的贞童、老人、孩子,而毕竟为大多数人所共有,因此过去和现在都是艺术的对象。但是,反常的爱则只为较少数的人所共有,而当它达到极度反常,像目前艺术中所发生的那样,就变得难以理解,对人们不起作用了。因此,新派艺术所传达的感情的独特性损害了它的功用。这些人士意识到自己的独特、畸形、反常的感情无力感染别人,于是就加强艺术的外在手段——技巧,以为这样做会对听众和观众产生影响。的确,在记叙文中,在戏剧中,在绘画中,特别在音乐中(人们毕生练习手指,而乐队则一如军队),诗的、现实主义的技巧达到高度的完美。但是,技巧的完美和手法的复杂同艺术的基础(传达给接受者的感情)的完全阙如,正好形成了一种特别惊人的对照。

五

为了某些特殊的、富裕的、道德败坏的阶级的这种艺术而做的事,已经达到令人毛骨悚然的疯狂程度。权力和金钱都掌握在这些阶级手里。人们一般需要什么,与他们毫不相干,他们只需要给自己反常的情感以人为的刺激;这刺激要特别强烈,因为他们不劳动,无需休息,只需刺激。于是,艺术作品的供应者便提供这样的艺术。请你晚上去看看大城市里的剧场和音乐厅,以及那儿演出的节目吧。我且不谈咖啡馆和芭蕾舞,就连所谓最严肃的剧院也都是富翁们借以刺激慵倦的情感的手段和低级趣味的娱乐。请去听听那些音乐会吧,你虽然是我们这个圈子里的音乐熏陶出来的,但却什么也听不懂,而对平民出身的人说来,除了病态的噪音外,什么也没有提供。请参观一下那些陈列裸体和没有任何内容的情景画和肖像画的展览会吧。尤其是,请去看看那些毫无意义,可是不断出版的新派的诗集吧。为了印刷这些集子,排字工人伤了肺部,校对弄坏了眼睛。对于平民出身的人来说,一旦他知道,在那里除了眼睛看见耳朵听到的东西之外竟然别无其他,那么他一定会以为这是一个大疯人院。不过艺术家们自己怎么会继续干这些蠢事,而观众、读者和听众又怎能忍受这些呢?

原因是这样。

有形形色色的流行的艺术定义,多得难以一一列举,但没有一种是清楚明白的。谁要是不信我的话,就让他去查阅关于艺术的论文好了。这类文章比比皆是。有黑格尔、泰纳、叔本华、鲍姆加登等人的定义。极其不同的定义十分之多,但有一个定义最为大家所共同接受,这就是差不多任何所谓文化人都以这种或那种表达方式告诉你的那种定义。这部分地是黑格尔的定义,部分地是鲍姆加登的定义,即艺术的任务是实现善、真和美。善的实现是美德,伦理学教导这一点;真的实现是科学,哲学指出科学的方向;美的实现是艺术。Habent sua fata libelli①,但是言词更habent sua fata②。如果一句毫无根据的、轻率的、干脆是错误的话被人说出来了,而只要这句话对于学者们来得正好及时,它就会马上为人接受,人们喋喋不休地谈论它,以它为根据写书,写论文,大众也会相信这些话,片刻也不怀疑这些话所表达的是全部人类智慧和真理的毫无疑义的证明。这样的话有马尔萨斯③说的,人口按几何级数增长,而生活资料按算术级数增长;有所谓思想是脑的分泌物(secretion);有物种起源是物竞天择,适者生存。这样的话有鲍姆加登所杜撰的三位一体:善是道德,真是科学,美是艺术。这种说法十分合乎有识之士的心意,因为它似乎是那样简单、明了而又动听,主要是,它赋予科学和艺术所应该赋予的崇高意义,于是大家都接受这一定义,而没有注意到这一定义同实际和事物真相并无丝毫相似之处。

要说这三位一体中的第一个组成部分——善是人的高级活动的基础和目的,那是完全正确的。但在整个三位一体中这也是唯一正确的,而无论真还是美都不是也不可能是人的活动的基础和目的。真是善的必要条件之一,因为善只有在真是真实存在的条件下才能完善,但真本身既不是科学的内容,也不是科学的目的。

科学能认识诸现象的关系,它预先认为,它所研究的现象中不

---

① 拉丁语:书有自己的命运。
② 拉丁语:有自己的命运。
③ 马尔萨斯(1766—1834),英国经济学家,近代人口问题研究的先驱。

可能存在完完全全的真。美是善的条件之一,可怎么也不是善的必要条件,只是有时偶然与善一致,却经常同善相反,怎么也不是人的活动的独立的基础和目的;而且艺术怎么也不能以美为目的。美既可以与生活的现象、道德的和不道德的现象相伴随,又可以与科学的知识相伴随,同样也可以与艺术的现象相伴随,但怎么也不能成为艺术的目的和内容。有人说在西勒诺斯①的形象上,或童话中畸形人的形象上,或者甚至在暴风雨的海洋和船舶遇难,或者戏剧末尾的杀人场面,或者对衰老的痛苦和横死的描写里存在着美。要说在这些地方存在着美,那是最大的牵强附会。然而这一切都是艺术作品。因此,这位德国人所杜撰出来的三位一体没有任何根据,只有善是存在的,至于真和美则是生活的条件,前者对于体现善是必要的,后者却是偶然的,与善没有任何关系。

可以证明这一点的是,关于真,可以说这是善;关于美,可以说这是善,但是不能说善是真的(它永远是真的)或善是美的,因为它往往不美。因此,对道德、科学和艺术的这种区分和所下的定义完全是错误的。如果说这定义那么被人乐意接受,无非因为它符合我们圈子里的人士的主要要求,它给予科学,主要是给予艺术堪与美德并列的地位。

就是这个艺术的定义,亦即认为艺术是旨在表现美的一种活动的这个定义,不是被学者、哲学家,而是被当代普通的、所谓的文化人以及一切有教养的妇女、一切购买并阅读诗和小说、挤满剧院和音乐厅的人所不自觉地接受,而主要的是为所有制造艺术作品的人所接受。

这些人都承认为美服务是艺术的目的和内容,可正是在这个定义中包含着当代艺术如此衰落的原因。

---

① 西勒诺斯是希腊神话中狄俄尼索斯的教育者和伙伴,他的形象是一个笑容可掬、宽宏大量的秃顶老人。

的确,常常可以听到一些呼声,否定为艺术而艺术,即为美服务,并要求艺术有社会内容,但这些呼声对艺术活动没有影响,因为它们所要求的是艺术所无法达到的。

　　一个艺术家,如果他真是艺术家,除了在艺术中传达自己的感情之外,不能做任何别的事。

　　他们就是这样做的。他们的感情十分卑鄙龌龊,但他们传达这些感情并以之感染他人。他们即使十分愿意也绝不可能按照计划使自己的艺术有益于社会,因为一旦他这样去做,他就不再是艺术家了。当代的艺术家们大胆地表达自己的感情,并不怀疑他们所做的是好事,因为他们宣传美的理论,并把表现自己的感情说成是为美服务。黑格尔和鲍姆加登的这些蠢话——说美是某种同真与善一样独立的东西——正好合乎与人民大众断绝交往的当代艺术家的心意。

　　一切真正的艺术家的特性是以自己的感情去感染别人,而在自己所体验到的一切感情之中,他选取的自然是那些为一切人或绝大多数人所共有的感情。直接同大众交往的艺术家、说书人、歌手必然选取最能被大家接受的感情以便使自己得到最大的满足,同样地,每个通过书籍、绘画、戏剧、音乐作品而间接与公众交往的艺术家,只要没有什么错误的理论,特别是所谓为美服务的理论,总是会选取大家有共同感受的对象的。然而,有些艺术家,诸如宣扬鲍姆加登的三位一体的理论、认为自己是为美服务的当代艺术家,就不会去关心他们所唤起的那种感情是否为大家共有。

　　如果在魏尔兰①待过的小酒馆里还有一个醉汉赞美他的诗歌,他就够了。他是为美服务的,他的听众同样理解美,所以看重这一点。瓦格纳、马拉梅、易卜生、梅特林克等人也会同样满意。

---

　　① 指保罗·魏尔兰(1844—1896),法国象征主义诗人。

宣扬为美服务这种理论的艺术家,只消知道他是在为美服务就够了。即使谁也没有为他的作品所感染,他也相信,将来是会有的。这是未来的艺术,人们现在还不理解。只要艺术家敢于说这样的话:现在人们不理解我,但是将来会理解,——那他就为通向任何荒谬和疯狂打开了大门,像我们现在所看到的那样。

正如我在上文说过,这种情况已经从音乐开始了。音乐是这样的一种艺术,它总是直接影响,感情对于它似乎不可能说不理解。然而理解一词与音乐却最少发生关系,也正因此就形成了一种看法:音乐必须理解。可是,"理解音乐"是什么意思呢?显然,理解一词在这里用作隐喻,用在转义上。理解或不理解音乐都是不可能的。这种说法显然只意味着,音乐是可以领会的,也就是说,能够或者不能从它那里获得它所给予的感受,正像用语言陈述的思想能够或者不能被理解那样。思想可以用语言来说明。音乐则不能说明,因此也不能在直接的意义上说[可以]理解音乐。音乐只能感染人或者不感染人。而且,人们说,应该怎么做才能理解音乐呢?应该多次地反复听它。但这不是在说明音乐,而是叫人习惯于音乐。不过,人既可以使自己习惯于好的音乐,也可以使自己习惯于坏的音乐。

同样不能说不理解绘画、诗、戏剧、叙事诗、长篇小说。

只要艺术家以及精神领域的任何工作者敢于说,我不为人理解,不是因为我不可理解(亦即不好),而是因为听众、读者、观众没有成熟到我的程度,那么,他就一方面使自己脱离了一切艺术的一切真正要求,另一方面在自己的死刑判决书上签了字,破坏了自己的主要艺术神经。

艺术的全部工作只是要成为可以理解的,是通过感情的感染这一特殊的、直接的途径使令人不理解的东西成为可以理解的,或者使令人似懂非懂的东西成为完全可以理解的。直接以感情感染人乃是艺术活动的特点。

艺术家应该竭其全力使自己的艺术为大家所理解。

因此,艺术的前进运动,无论在每一个别人身上,还是在全人类中,都是从越来越为大家理解出发,过去从来都是这样,现在和未来也是这样,而不是像当代寄生者的艺术那样,越来越无法理解。

六

祸者福之所倚。任何东西也没有像当代寄生者小圈子中的假艺术那样能阐明艺术的意义和使命的了。这种假艺术在死胡同里东闯西撞,无法挣扎出来。

看看我们的小圈子和当代的这种假艺术所达到的丑恶和疯狂程度,不仅可以知道艺术不应该是怎样的,也可以知道艺术应该是怎样的。

当今的艺术说,它是未来的艺术,人们还没有成熟到能理解它。假如说艺术是某种神秘的东西,是美的理念的实现等等,那倒是对的。而如果我们承认那不能不承认的事实,承认艺术是给予人们休息的一种娱乐,其途径是人在艺术的影响下无须努力就获得他所感染到的各种情感,——那么"你还不理解"这句话又有什么意义呢?对不起,要知道我和同我在一起的千千万万人到这里来,或者说买了这本书,是为了获得艺术的享受,获得娱乐和休息。作为艺术家你的工作只在于提供这种娱乐和休息,可你说,你提供了,而我们什么也没有得到,是因为我们不理解,只有伊万·B.,施米特先生和琼斯太太理解。为什么我就该相信,只有你和几个上等人理解真正的艺术,而我却是傻瓜,还得学习呢?第一,我不能认为自己和千百万类似我的人是傻瓜。我们大家都懂得某种艺术,也就是说,某种艺术能打动我们,这种艺术也是你承认的:能打动我们的有哥特式教堂的美,有描绘从十字架上放下耶稣的画,有荷马史诗,有民间歌谣,有匈牙利的恰尔达什舞曲,因此我们对艺术并非完全无知,只有你的艺术对我们不起作用。第二点也是主要的一点,如果艺术是在人们心中唤起艺术家所体验的情感,而你的艺术却不能使我产生这种情感,那么我就断定,它不是艺术。须知,只要假设过错不在你而在我,那就没有一种荒唐玩意儿(像目前在诗歌和音乐中出现的那样)不能冒充未来的艺术了。你说,能表明你所制造的作品是未来艺术的证据是,几十年前似乎是不可理解的东西,如贝多芬的晚期作品,现在有许多人在听。但这是不对的。贝多芬的晚期作品,在过去是大艺术家的无稽的音乐狂想,只有专家才感兴趣,现在也仍然是怪诞的音乐,不能成为艺术,因此不能在正常的听众、亦即劳动者的心中唤起任何情感。如果说贝多芬的晚期作品现在有越来越多的听众,这无非因为越来越多的人淫佚腐化,脱离了正常的劳动生活。同样的是,《浮士德》第二部和但丁的《神曲》也招致越来越多的读者。然而,只要还有精神健全的劳动者存在的时候,贝多芬的作品、《浮士德》第二部和但丁的《神曲》,以及所有当今的诗作、图画、音乐是不能在这些百姓心中唤起艺术用以感染他的那种情感的。

你说,你为美服务,你的作品是美的理念的体现云云。当你满足于含糊不清的词句时,这一切都很好;但只要去分析这些含糊的词句的含义时,就会知道这种解释是多么拙劣,多么空洞。你为美服务。可是美是什么?不管你怎样努力给美下定义,你离不开包括你的全部看法在内的那种定义,即美是你所喜欢的东西。描写剥了皮的公牛或牛犊的身胴,在食肉者看来是美,在素食者看来却可恶。裸体的描写是美,而对许多人来说是可恶和可怕的。在声音方面又是怎样的呢?对于波斯人来说是噪音,是喧闹的东西,对于我们则是音乐,反之亦然。

因此,说什么东西是美,那只不过是表明自己偏爱某个对象的一种方式。因此,你们这些少数当寄生虫的艺术家竭力证明自己有从事艺术的权利,说你们是为美服务的时候,你们无非是用另一种话来说,你们所描写所传达的是你们和另一些人所喜欢的东西。而只要把话译成这种明确的语言,那就显然怎么也不能把某些人所喜欢的东西称为真艺术。只要把问题归结到这一点,人们就禁不住要问:到底是谁喜欢?而回答则是,少数不劳动的人喜欢。只消明白这一点,那就会了然,真正的艺术不会是特殊的少数人所喜欢的那一种,而是劳动者大多数人所喜欢、亦即对他们起作用的那一种。

艺术是使劳动者得到休息的一种娱乐,这种娱乐是:一个人无须努力就感受到从艺术感染到的各种心情、情感。艺术是给予劳动者以休息的一种娱乐,也就是给予那些总是处于全人类所固有的正常条件下的人们以休息的一种娱乐。因此,艺术家应该经常注意到全体劳动大众,亦即除少数人外的全人类,而不是某些游手好闲的人,他们只是例外,他们的情感〈与观众或听众心中会产生的情感正好是完全不同的,而用以引起情感所必需的手段也是完全不同的。例如,在文学或绘画的艺术中,〉如果他考虑到劳动者,即全人类,他的作品的内容会是一个样。如果他考虑的是特殊的少数人,作品的内容就会完全是另一个样。在前一场合,假如我们以绘画或诗歌为例,他的作品的内容将是描述同工作中的困难做斗争时的痛苦和欢乐,描述在评价自己的劳动成果时的痛苦和喜悦,描述饥渴和睡意得到缓解时的痛苦和喜悦,描述遇险和脱险所引起的情感,以及因家庭的不幸或欢乐、同动物接触、同亲人离别和重逢的痛苦和喜悦,描述因财富得失所产生的痛苦和喜悦等情感,像我们在所有民间诗歌里、从美少年约瑟的故事和荷马史诗直到现代那些符合要求的、罕有的艺术作品里所看到的那样。

而艺术家如果考虑的是不劳动的少数人,那么他的艺术作品的内容将是描述远离正常生活的人们相互间体验到的各种情感,而这类描写则是多种多样,极其复杂的。在这些情感中占主要地位的是形形色色的性爱,像目前在我们所有的小说、叙事诗、戏剧、歌剧和音乐作品里所存在的那样,只有少数例外。其实,性爱这东西作为艺术对象大多数劳动人民是不大感兴趣的,主要的是,他们完全是从另一角度来看待它,不是看作高级的快乐,而是看作灾难性的诱惑。因此,爱的描写对游手好闲的少数人说来是艺术的对象,并被用以感染观众和听众,而对大多数劳动人民说来却只是令人厌恶的坏东西。

总之,艺术为了成为真正的、严肃的、为人们所需要的艺术,应该考虑的不是少数特殊的游手好闲的人,而是全体劳动人民。艺术的内容就取决于这一点。

为了使艺术在形式上能适应自己的使命,它应该为最大多数人所理解。艺术感染人越多就越高级,越是艺术。

为求艺术能够影响最大多数的人,必须具备两个条件。

第一也是最主要的条件是,要使它表现不是处于特殊条件的人们的情感,相反,要表现一切人具有的本乎天性的情感。而一切人天性中秉有的情感是最高尚的情感。人的情感越是高尚,如属神的爱,就越为一切人所共同,反之亦然。

另一个条件是明白和朴素,也就是以最大的劳动达到的,使作品能为最大多数人所享受的东西。

因此,要使艺术尽美尽善,第一要越来越提高内容,以求它能为一切人所享受;第二,在表现它时,要淘汰一切赘余的,亦即使之尽可能明白和朴素。

艺术只有当它能使观众和听众为其情感所感染时,才成其为艺术。

艺术只有当它使用最朴素最简短的方式唤起人们共同的情感时,才是好的和高级的。而当它使用复杂、冗长和精致的方式唤起独特的情感时,它就是坏的。

艺术越是接近前者就越是高级,越是接近后者则越低劣。

陈　桑译

〔据《列夫·托尔斯泰文集》二十卷集,莫斯科版。〕

什么是艺术?

一

随便拿起一份当代的报纸,都可以找到戏剧和音乐的专栏;几乎在每天的报纸上都可以找到描写某一个展览会或某一幅图画的文章,都可以找到关于新出版的艺术书籍、诗歌、小说的报道。

报纸详细而且及时地叙述某一位女演员或男演员在某一出正剧、喜剧或歌剧中怎样扮演了某一个角色,显示出哪些优点,这出新的正剧、喜剧或歌剧的内容是什么,以及它的优缺点何在。报纸还以同样详细、同样关切的笔调描述某一位歌唱家怎样演唱了某一首歌曲,或者某一位演奏家怎样在钢琴或小提琴上演奏了某一首乐曲,这首乐曲和他的演奏的优缺点何在。在每一个大城市里,即使没有几个,也总有一个图画新作展览会,对展览会上的图画的优缺点都有评论家和鉴赏家作出非常深刻的分析。几乎每天都有新的小说和诗歌问世——有的作为单行本出版,有的发表在杂志上,报纸便履行自己的义务,把这些艺术作品详尽地介绍给读者。

在俄国,为了扶助艺术,政府拨给各专科学校、音乐学院和剧院几百万卢布的补助金,而国民教育方面的支出只相当于要使每一个人都受到教育所需的总数的百分之一。在法国,艺术方面的支出规定为八百万,在德国和英国也是如此。每一个大城市都建筑了博物馆、专科学校、音乐学院、戏剧学校、剧院和音乐厅等宏伟的建筑物。为了满足人们的艺术要求,成千上万的工人——木匠、石匠、油漆匠、细木匠、裱糊匠、裁缝、理发师、首饰匠、铜匠、排字工人——终生辛苦地劳动着。几乎没有其他任何一项人类的活动（军事活动除外）消耗人们这样多的力量。

这项活动不但花费了那么多的劳动，而且为了这一项活动，正像为了战争一样，多少人献出了自己的一生：成千上万的人从小勤修苦练，其中一些人是为了学会迅速转动双腿（舞蹈家），一些人是为了学会迅速按琴键或拨琴弦（演奏家），还有一些人是为了学会用颜色绘画，画出他们所看到的一切（画家），再有一些人则是为了用各种方式组织句子，并使每个字合乎韵律（诗人）①。这些人往往很善良、很聪明，能够从事各种有益的劳动，却在这些单一的、使人迷醉的活动中跟一般人疏远起来，对生活中一切严肃的现象变得迟钝了，成了只会转动双腿、舌头或手指的片面而自满的专家。

这还不算。记得有一次我去参观排演欧、美各国剧院都在上演的一部最普通的新歌剧②。

当我到达时，第一幕已经开始。要走进场子里去，我必须穿过舞台的侧幕。有人领我走过这座大厦的黑暗的地下通道，从改换布景和灯光用的庞大机器旁边经过，我在黑暗和灰尘中看到几个人正在忙碌。其中一个人穿着肮脏的工作服，他的脸苍白、消瘦，双手肮脏、粗糙，手指都伸开着，一副疲劳，而且愤愤不平的样子。他从我身旁走过，嘴里喃喃地在责备另一个人。我爬上黑暗的阶梯，到了后台。在翻倒的布景、幕布和一些杆子、圈环之间，有几十个（如果不是几百个）化了妆并打扮好的男人和女人在那里站着，或是在走动；男人穿着紧紧裹住大腿和小腿肚的服装，女人则像通常那样，尽可能地赤裸着身体。这些人是在等候上场的歌唱家、合唱队员和芭蕾舞演员。我的引路人带我经过舞台和一条由木板搭

---

① "（诗人）"系译者所加。
② 指俄国钢琴家、作曲家安·鲁宾斯坦(1829—1894)的歌剧《菲拉莫尔斯》。

成的横跨乐池的桥走到黑暗的池座中去,乐池里坐着百来个各种各样的乐师。在两只照明灯之间的一把安乐椅上,高高的坐着音乐指挥,他面前放着谱架,手里拿着指挥棒,正在指挥乐队和歌唱家们,并指挥整个歌剧的演出。

当我来到那里时,表演已经开始,舞台上出现了印第安人的迎亲行列。除了打扮好的男人和女人,舞台上还有两个穿普通上装的人在跑来跑去,忙个不停;其中一个是舞台监督,另一个是舞蹈教师,他穿着软底鞋跑来跑去,步伐特别轻快;他每月的薪俸比十个工人一年所得还多。

三位指导者在那里使歌唱、乐队和行列行进配合好。像通常所见的那样,行列是由一对对肩上捎着涂锡的巨戟的人组成的。大家从一个地方走出来,绕两个圈子,然后停下。行列行进排练了很久:有时带戟的印第安人出来得太晚,有时出来得太早,有时出来得正合时,但下场的时候又挤得太紧,有时挤得不太紧,但不是好好地沿着舞台的侧面走去,——每次都得让一切停下来从头开始。行列行进由一个化装为土耳其人的演员演唱宣叙调开始,他古怪地张大了嘴唱道:"我伴送新——娘。"他唱完一段,从斗篷下面伸出手(当然是赤裸的手)一挥,行列出场了。这时法国号在为宣叙调伴奏中出了点毛病,指挥颤抖一下,仿佛发生了什么灾祸似的,拿指挥棒敲敲谱架。一切都停下来,指挥转向乐队,朝着吹法国号的人呵斥,用马车夫对骂时使用的最粗野的话骂他,只因他吹错了音。于是一切又得从头开始。带戟的印第安人又走出来,他们穿着古怪的鞋子轻轻地走着,歌唱家再唱"我伴送新——娘"。但是这一次一对对的人靠得太近了。指挥棒又敲起来,指挥又骂起来,于是再从头开始。又是"我伴送新——娘",接着从斗篷下面伸出赤裸的手作同样的手势,一对对印第安人又轻轻地迈着步子,肩上捎着巨戟,有些人一脸严肃而忧郁的神情,有些人交头接耳、面带微笑,大家排成圆圈,开始唱歌。一切仿佛都很顺利,但是指挥棒又敲起来,指挥用痛苦和愤恨的声音开始叱骂合唱队员,原来他们在唱歌的时候没有时而举起手来表示欢欣鼓舞。"怎么啦,你们都死了吗?蠢牛!你们都是僵尸,动不了吗?"只好从头排演起,又是"我伴送新——娘",女合唱队员带着忧郁的神情又唱了起来,有时这个人、有时那个人举起手来。可是有两个女合唱队员交谈了几句,指挥棒又狠狠地敲了一下。"什么?你们是到这里来聊天的吗?要闲扯可以在家里闲扯。你们那边几个穿红裤子的,走近一些。看着我!从头来!"又是"我伴送新——娘"。这样继续了一个钟头,两个钟头,三个钟头。这样的一次排演总共持续了六个钟头之久。敲击指挥棒,反复排练,安排位置,纠正歌手、乐队、行列和舞蹈者的错误,而这一切都伴有恶毒的叱骂。"笨驴、傻瓜、白痴、蠢猪"这一类骂乐师和歌手的话,我在一个钟头之内听到约有四十次之多。不幸的、在身体上和精神上都受到摧残的挨骂的人、长笛吹奏者、法国号吹奏者、歌手,都默不作声地执行命令:二十次反复表演"我伴送新——娘",二十次反复地唱同一句歌词,再度穿着黄鞋、掮着巨戟走路。指挥知道,这些人已经受尽摧残,他们除了吹喇叭和穿着黄鞋、掮着巨戟走路之外,再也没有别的用处了,而且他们已经过惯了舒适、奢华的生活,为了不失掉这种舒适的生活,他们愿意忍受一切,所以指挥就毫无顾忌地恣意粗暴,更何况他在巴黎和维也纳看到过这种排演的情况,他知道,优秀的指挥是这样做的,这是伟大艺术家们在音乐方面的传统作风,他们是那样醉心于自己的伟大的艺术事业,以致没有时间去考虑演员们的情感了。

我们很难找到比这更难堪的情景。我曾看见过,在卸货的时候,一个工人骂另一个工人,因为他没有托住堆到他身上的重负。我也看见过,在收拾干草的时候,村长骂雇工,因为雇工没有把干草堆好,被骂的雇工十分顺从,一声不响。我们看到这种情形时,心里一定也不愉快,但当我们意识到这桩事情既是必要而又重要,而且挨骂的雇工所犯的错误可能使这桩必要的事情遭受损害时，无论怎样的不愉快心情也会减轻。

可是这里所做的是一桩什么事情，为了什么，又是为谁而做的呢？很可能，指挥自己也很疲劳，像那个工人一样。甚至也看得出来，他的确很疲劳，可是，是谁叫他受折磨的呢？他是为了什么而受折磨的呢？他们在排演的那出歌剧对那些看惯了的人说来是再普通不过的歌剧之一，但也是所能想象出来的最荒谬怪诞的歌剧之一：一个印第安王想娶亲，人家为他带来一位新娘，他改扮成一位歌唱家，新娘爱上了这位假扮的歌唱家，因而陷入绝望之中，可是后来她发觉这位歌唱家原来就是国王本人，于是皆大欢喜。

从来不曾有过这样的印第安人，也不可能有。他们的表演不但不像印第安人，而且也不像世界上任何东西（除了像其他歌剧之外），这是无可置疑的。一般人并不这样用宣叙调的方式讲话，也不相隔一定的距离站着，挥动手，用四重唱的方式表达感情，除了在剧院以外，任何地方都没有人这样掮着涂锡的巨戟、穿着便鞋成对地走路，从来也没有人这样生气、这样感伤、这样笑和这样哭，所有这些表演不可能感动世界上任何一个人，这是无可置疑的。

我心里不由得产生这样一个疑问：这是为谁而做的？谁会喜欢它？如果在这部歌剧里偶尔也有一些好听的旋律，那么只要把这些旋律唱一遍就行了，何必要那些毫无意义的服装、行列、宣叙调和挥手呢？在舞剧里则有半裸的女人做着淫荡的动作，她们用自己的身体编成各种肉感的花圈，这简直是淫猥的表演。实在无法了解，这是演给谁看的。受过教育的人讨厌这种表演，觉得它是难以忍受的。真正的工人完全不了解它。只有那些年轻的奴仆和那些已经染上绅士的习气而对绅士的娱乐还没有感到餍足的腐化的工匠，为了证明自己有文化，才可能喜欢（也未必一定喜欢）这种表演。

所有这些可厌的蠢事不是以仁慈、愉快的心情，以纯朴的感情来进行的,而是以狠毒的、野兽般残酷的感情来完成的。

据说,这样做是为了艺术,而艺术是非常重要的事业。可是,这果真是艺术吗?艺术果真重要到这样的地步,以至可以为它忍受那么大的牺牲吗?这个问题之所以特别严重,是因为使千百万人为之牺牲劳动、生命,而主要是牺牲人与人之间的友爱的艺术,正是这种艺术,在人们的意识中变得越来越模糊、越来越不明确了。

以前,艺术爱好者常常在评论中为自己的艺术见解找到支持,可是近来的评论已经变得那样的自相矛盾,如果我们把各派评论家自己认为不配称为艺术的一切东西从艺术领域中排除的话,那么在艺术中几乎剩不下什么东西了。

像各派神学者一样,各派艺术家也互相排挤,互相诋毁。听听现在各派艺术家的评论,就会知道,在各个方面都有一些艺术家在排斥另一些艺术家。在诗歌方面,旧浪漫派诗人排斥帕尔纳斯派诗人①和颓废派诗人,帕尔纳斯派诗人排斥浪漫派诗人和颓废派诗人,颓废派诗人排斥所有的前辈和象征派诗人,象征派诗人排斥所有的前辈和麻葛派诗人②,而麻葛派诗人排斥所有的前辈。在小说方面,自然主义者、心理学派和自然崇拜者全都互相排斥。在戏剧、绘画和音乐等方面也有同样的情况。由此可见,艺术,耗费人的大量劳动、耗费人的生命并破坏人与人之间的友爱的艺术,非但不是一种绝对明确的东西,而且艺术爱好者对它的理解是那样地矛盾多样,以致令人很难断定,一般说来艺术是指什么?特别是好的、有益的,可以为之作出牺牲的艺术又是指什么?

---

① 帕尔纳斯派诗人是一八六六年《当代帕尔纳斯》文集出版后在法国形成的一派诗人,要求艺术家不问政治,脱离当代实际,单纯追求美的形式。

② "麻葛"本是古波斯琐罗亚斯德教祭司的称呼,这里指一些主张复古和神秘主义的颓废派作家、诗人。

二

　　无论何种舞剧、马戏、歌剧、轻歌剧、展览会、图画、音乐会或书籍的刊印,都需要千百万人的紧张劳动来完成,这些人都不得不去做那种往往是折磨人、屈辱人的工作。

　　如果艺术家们自己做自己的事情,那倒也好。实际上他们都需要工人的帮助,不但靠工人的帮助来生产艺术品,而且大部分人还靠工人来维持自己的奢侈生活。他们用各种方式获得别人的帮助,有时从富人手里取得酬金,有时从政府那里领得补助金(例如在我国有几百万卢布的补助金拨给各剧院、音乐学院和专科学校)。而这些钱都是从人民身上搜刮来的,人民为了付税往往不得不卖掉自己的母牛,而他们却从来没有享受过艺术给予人的那种美的乐趣。

　　希腊或罗马的艺术家,甚至本世纪上半叶(那时候还有奴隶,而且大家都认为奴隶是应该存在的)的俄国艺术家,可以心安理得地迫使人家为他和他的享乐服务。可是在我们这个时代,一般人都有了即使很模糊的人人平等的意识,那么在没有解决"艺术是不是一种能够补偿这种暴虐的美好而重要的事业"这一问题之前,就不可以强迫人们为艺术而劳动。

　　如果不先解决这个问题,就很可能产生这样的结果:为了艺术,人们花费了大量的劳动、牺牲了生命、丧尽了道义,而这艺术却是无益有害的事业——这种情况想起来岂不可怕?

　　因此,对艺术作品在其中产生并得到支持的社会来说,必须了解,是不是所有被认作艺术的东西都是真正的艺术,是不是我们这个社会上认为是艺术的一切东西都是好的,如果是好的,那么它是不是重要的,是不是值得我们为它作出那样的牺牲。这些问题,每一位诚挚的艺术家更有必要了解,这样他才能相信自己所做的一切是有意义的,而不是他那个小圈子里的一种嗜好——他生活在这个小圈子里,会因此产生一种错误的信心,以为自己在做着美好的事情,以为能用自己创造的作品去补偿为了维持他那往往是很奢侈的生活而从别人手中取来的一切。因此,回答这些问题是当前特别重要的事。

那么,这种被认为对人类说来是那样重要、那样必要,以至不妨为它牺牲劳动、生命,甚至善心的艺术,究竟是什么呢?

艺术是什么?要问艺术是什么吗?艺术就是建筑、雕塑、绘画、音乐和各种形式的诗歌。普通人、艺术爱好者,或者甚至艺术家自己一般都这样回答这个问题,以为这一点十分清楚,所有的人都是这样理解的。你再问一句:可是建筑中常有平凡的、不成其为艺术品的建筑物,还有徒负艺术品之名的建筑物,不成功的、难看的、因而不能算作艺术品的建筑物。那么艺术品的标志究竟是什么呢?

在雕塑、音乐、诗歌等方面也是如此。各种形式的艺术一方面跟实际有用的东西毗连,另一方面又跟不成功的艺术尝试毗连。怎样才能使艺术同这两方面划清界线呢?我们这个圈子里受过教育的普通人,甚至没有专门学过美学的艺术家,都不会被这个问题所困惑。他觉得,这一切早就已经解决,而且是人人知晓的。

"艺术是一种表现美的活动。"普通人会这样回答。

"如果这就是艺术,那么舞剧和轻歌剧也是艺术吗?"你问他。

"是的,"普通人会回答,即使带几分疑惑,"好的舞剧和优美的轻歌剧只要表现出美,那也都是艺术。"

暂且不再往下追问普通人:好的舞剧和优美的轻歌剧与不好、不优美的之间差别何在?这对他说来是很难回答的问题。如果问这同一个普通人:在舞剧和轻歌剧中替女角修饰身段和容颜的服装管理人和理发师、服装设计师沃斯[①]、化妆品制造商、厨子这些

---

① 沃斯(1825—1895),法国服装设计师。

人做的事可以算是艺术吗？那么在大多数情况下，他一定会反对把裁缝、理发师、服装管理人和厨子的活动归入艺术领域。普通人在这一点上之所以会弄错，正因为他是普通人，而不是专家，没有研究过美学问题。如果他研究过这些问题，那么他就会知道，著名的勒南在他的著作《马可·奥勒留》(Marc Aurèle)中曾经有过这样的论断：裁缝的技艺也是艺术，那些认为妇女的服装并无高超艺术可言的人都是见识浅薄和愚蠢的人。勒南说，C'est le grand art。① 此外，普通人还会知道，在很多美学体系中，例如在博学的克拉利克教授所著的《世界美，普通美学的探索》(Weltschönheit, Versuch einer allgemeinen Aesthetik)中以及居伊约所著的《美学问题》(Les problèmes de l'esthétique)中，都认为服装管理技术和味觉、触觉方面的技艺也是艺术。

克拉利克说（第 175 页）："Es folgt nun ein Fünfblatt von Künsten, die der subjectiven Sinnlichkeit entkeimen②" "Sie sind die ästhetische Behandlung der fünf Sinne. ③"

这五种艺术就是：

Die Kunst des Geschmacksinns——味觉的艺术（第 175 页）。

Die Kunst des Geruchsinns——嗅觉的艺术（第 177 页）。

Die Kunst des Tastsinns——触觉的艺术（第 180 页）。

Die Kunst des Gehörsinns——听觉的艺术（第 182 页）。

Die Kunst des Gesichtsinns——视觉的艺术（第 184 页）。

关于第一种艺术，即 Kunst des Geschmacksinns，克拉利克这样说：

"Man hält zwar gewöhnlich nur zwei oder höchstens drei Sinne

---

① 法语：这是一种伟大的艺术。

② 法语：从主观感觉中产生的五种艺术。

③ 法语：它们是五种感官的美学处理。

für würdig, den Stoff künstlerischer Behandlung abzugeben, aber ich glaube nur mit bedingtem Recht. Ich will kein allzu grosses Gewicht darauf legen, dass der gemeine Sprachgebrauch manch andere Künste, wie zum Beispiel die Kochkunst, kennt. "①

他还说：

"Und es ist doch gewiss eine ästhetische Leistung, wenn es der Kochkunst gelingt aus einem thierischen Kadaver einen Gegenstand des Geschmacks in jedem Sinne zu machen. Der Grundsatz der Kunst des Geschmacksinns (die weiter ist als die sogenannte Kochkunst) ist also dieser: Es soll alles Geniessbare als Sinnbild einer Idee behandelt werden und in jedesmaligem Einklang zur auszudrückenden Idee. "②

像勒南一样，克拉利克也承认 Kostümkunst③（第 200 页）以及其他各种艺术。

某些当代作家极为推崇的法国作家居伊约也持有同样的意见。在他所著的《美学问题》(Les problèmes de l'esthétique)中，他认真地讲过，触觉、味觉和嗅觉给人或者能给人以美的印象：

"Si la couleur manque au toucher, il nous fournit en revanche une notion, que l'oeil seul ne peut nous donner et qui a une valeur esthétique considérable: celle *du doux*, *du soyeux*, *du poli*. Ce qui caractérise la beauté du velours, c'est la douceur au toucher non moins que son brillant. Dans l'idée que nous nous faisons de la beauté d'une

---

① 德语："一般认为，值得加以美学处理的只有两种或至多三种感官所感受的东西，我觉得这未必对。我不能不强调，我们在日常生活中还有另外的艺术，例如烹饪艺术。"

② 德语："但是，如果烹饪艺术能用动物的尸体做出美味的食品，那无疑是美学上的成就。因此，味觉艺术（往后我们把它称为烹饪艺术）的基本原则是：一切可吃的东西的调制应该是某一观念的体现，而且每一件可吃的东西应该与所表达的那个观念相适应。"

③ 德语：服装艺术。

femme, la velouté de sa peau entre comme élément essentiel.

Chacun de nous probablement avec un peu d'attention se rappellera des jouissances du goût, qui ont été de véritables jouissances esthétiques. "①

接着他叙述了他在山间所喝的一杯牛奶曾给予他美的享受。

因此,艺术这一概念作为美的表现决不像表面看来那么简单,特别是现在,那些新派美学家把我们的触觉、味觉和嗅觉都包括在美的概念之中。

但是普通人并不知道或者不想知道这些。他深信,只要承认美是艺术的内容,那么一切艺术问题就都迎刃而解了。在普通人看来,"艺术是美的表现"这种说法十分清楚易解。在他看来,所有的艺术问题都可以用美来解释。

不过,在他看来是构成艺术内容的美究竟是什么? 它的定义是什么? 它是什么东西?

往往有这样的情形,一个词儿所表达的概念越是模糊不清,人们使用这个词儿就越大胆、越自信,仿佛这个词儿的意义是那么简单明了,已经不值得再去探讨它本身的含义似的。一般说来,人们是这样对待宗教迷信问题的,现在人们也用这种方式来对待美的概念。美这个词儿的意义想必已经是大家所通晓的。其实并不通晓,虽然一百五十年来(自从一七五〇年鲍姆加登为美学奠定基础以来)多少博学的思想家写了堆积如山的谈论美学的书,美是什么这个问题至今悬而未决,在每一部新的美学著作中都有一种

---

① 法语:"触觉艺术虽然不能辨别物体的颜色,却能给人以单凭眼睛无法感到的感觉,而这种感觉是具有很大的美学意义:触觉艺术能给人以柔软和光滑的感觉。天鹅绒的美质在于触及它时所感觉到的柔软,这一特质并不亚于它的光亮。当我们设想女人的美的时候,我们所想到的主要一点是她的皮肤的柔软光滑。

"大约只要稍稍专心地回想一下,我们每个人都会想起自己所经历过的真正属于美的享受的味觉上的乐趣。"

新的说法。我读过的美学新作中有一本相当不错的小册子,是尤利乌斯·米塔尔特的《美之谜》(*Rätsel des Schönen*)。这本书的名称确切地说明了美是什么这个问题的基本情况。美这个词儿的意义在一百五十年间经过成千上万的学者讨论,结果仍然是一个谜。德国人按自己的方式来解答这个谜,虽然他们之间又是千差万别。生理美学家,主要是英国的斯宾塞和格兰特-艾伦一派人,也各有各的说法。法国的折衷主义者及其追随者居伊约和泰纳也各有各的说法,而所有这些人都知道前辈鲍姆加登、康德、谢林、席勒、费希特、温克尔曼、莱辛、黑格尔、叔本华、哈特曼、沙斯勒、库辛、勒韦克等人的见解。

美这个奇特的概念对于那些只说而不加以思索的人说来是那么明了易解,而要为它下定义,一百五十年来各民族的各种派别的哲学家都无法取得一致的意见,它究竟是什么呢? 作为占统治地位的艺术学说之基础的美的概念到底是什么呢?

在俄语中,"美"这个词儿的意思仅指使我们的眼睛感到快适的东西。虽然近来也有人说"不美的行为""美的音乐",但这些都不是道地的俄语。

如果你对俄国民间一个不懂外国语的人说:一个人把自己仅有的一件衣服或者这类东西给了别人,这个人的行为很"美",或者说,一个人欺骗了别人,他的行为"不美",或者说,这首歌很"美",那么,这个俄国人就听不懂你的话。按照俄语来说,行为可以是善良的、好的,或者不善良的、不好的;音乐可以是悦耳的、好听的,或者不悦耳的、不好听的,可是音乐不可能是美的或者丑的。

我们可以说,一个人、一匹马、一所房子、一种景色、一个动作是很美的,但是讲到行为、思想、性格、音乐,如果是我们很喜欢的,那我们就说,它们很好;如果是我们不喜欢的,那我们就说,它们不好。"美"这个词儿只能用来形容使眼睛感到快适的东西。由此可见，"好"这个词儿和这个概念包括了"美"的概念，而反过来却不然："美"的概念并不包括"好"的概念。如果我们把一件外表很有价值的东西说成是好的，那么我们同时也表示这件东西是美的。但如果我们说它是美的，那么并不表示这件东西是好的。

以上是"好"和"美"这两个词儿和这两个概念在俄语中，因而也是在俄国人民的理解中的含义。

可是在所有的欧洲语言中，也就是说，在"美是艺术的本质"这一学说普遍流传的那些民族的语言中，"beau""schön""beautiful""bello"①等词儿一方面保持着"外形的美"这一意义，另一方面也开始含有"好""善良"的意义，换言之，开始代替"好"这个词儿了。

因此，在这些语言中，像"belle âme, schöne Gedanken, beautiful deed"②这类说法已经用得非常自然了，而表示外形的美却没有适当的词儿，必须采用词组，如"beau par la forme"③等等。

我们仔细研究一下"美""美的"这些词儿在我们自己的语言中所具有的意义，同时也看看它们在那些已经确立美学理论的民族的语言中所包含的意义，那么我们就会发现，这些民族给了"美"这个词儿以某种特殊的意义，即"好"的意义。

还有一点值得注意，自从我们俄国人逐渐接受欧洲的艺术观点以来，在我们的语言里也有了同样的变化，人们都满怀信心地说出或写出"美的音乐""不美的行为"，或者甚至"不美的思想"这一类的话来，听的人谁也不觉得奇怪。可是四十年前，在我的青年时代，"美的音乐""不美的行为"这类说法不但不通用，而且没有人听得懂。很明显，欧洲思想赋予"美"的这种新的意义也开始为俄国社会所接受了。

---

① 分别为法语、德语、英语、意大利语："美"。
② 法、德、英语："美的灵魂，美的思想，美的行为"。
③ 法语："外形很美的"。

那么这个意义究竟包含什么内容？欧洲各民族所理解的美究竟是什么？

为了回答这个问题，我要在这里摘录现存各种美学体系中最流行的关于美的定义，即使只是一小部分。我恳求读者不要厌烦，好好读一读我的摘录，如果能把任何一种有价值的美学著作找来读一读，那就更好了。且不提德国人的过于冗长的美学著作，只要读一读德国克拉利克的著作，英国奈特的著作，或者法国勒韦克的著作就很好了。读一读任何一种有价值的美学著作非常必要，因为这样可以使自己了解到美学见解的纷纭和模糊，从而不致在这一重要问题上轻信他人的话。

举一个例子：德国美学家沙斯勒在他那部著名的篇幅巨大、内容详尽的美学著作的前言中所说的有关一切美学研究的特质的一段话：

"在哲学的任何一个领域中，都未必能找到像美学领域中那样粗陋到互相对立的程度的研究方法和表述方法。一方面有一种华而不实的空谈趋势，毫无内容，往往只讲些极片面的肤浅的道理。另一方面，虽然确实有深刻的研究和丰富的内容，但有一大堆使人读起来极感不便的哲学名词，这些哲学名词给最简单的东西披上了抽象的科学性这件外衣，好像这样才能使这些简单的东西有资格进入这一体系的辉煌殿堂似的。最后，介乎这两种研究和表述的方法之间，还有第三种折衷主义的方法，它仿佛是从第一种方法到第二种方法的过渡，有时以华而不实的空谈来炫示一番，有时却来一套迂腐的科学理论……至于那种用清楚而通俗的哲学语言表达重大意义的、言之有物的表述方法（它没有上述三种缺点中的任何一种），则在美学领域中比在其他任何领域中都要罕见。"①

----

① 沙斯勒：《美学批评史》(Schassler: *Kritische Geschichte der Aesthetik*)，1872年版，第一卷，第13页。——作者注

读者只要读一读沙斯勒的那本书,就会相信他的见解是正确的。

法国作家韦隆在他的一部优秀美学著作的前言中也谈过这个问题:

"Il n'y a pas de science, qui ait été de plus, que l'esthétique, livrée aux rêveries des métaphysiciens. Depuis Platon jusqu'aux doctrines officielles de nos jours, on a fait de l'art je ne sais quel amalgame de fantaisies quintessenciées et de mystères transcendantaux, qui trouvent leur expression suprême dans la conception absolue du beau idéal, prototype immuable et divin des choses réelles."①

如果读者肯费心读一读下面我从几位重要作家的美学著作中引录的关于美的定义,那么就会相信上述见解非常正确。

我不打算引录古人——苏格拉底、柏拉图、亚里士多德,以至于普罗提诺——对美所下的定义,因为实际上在古人的心目中并不存在作为当代美学的基础和目的的、同善分离的美的概念。当我们根据自己的美的概念去测定古人对美所持的见解(这是美学中常有的事)的时候,我们往往赋予古人的话以当时所没有的意义[关于这一点,请参看贝尔纳的出色著作《亚里士多德的美学》(*L'esthétique d'Aristote*)和瓦尔特的《古代美学史》(*Geschichte der Aesthetik im Altertum*)]。

---

① 韦隆:《美学》(*Véron: L'esthétique*),1878 年版,第 5 页。——作者注
　　法语:"从来没有一种科学像美学那样为形而上学者的空想所支配。从柏拉图的时候起直到当代那些一般公认的学说为止,人们总是把艺术变成某种细致幻想和超经验的神秘混合物,这在绝对意义上的理想美这一现实事物的永恒不变的、神圣的原型中找到了自己的最高表现。"

三

我先从美学的奠基者鲍姆加登（1714—1762）讲起。

按照鲍姆加登的见解①，论理认识的对象是真，审美感受（即感性认识）的对象是美。美是用感觉认识的完善（绝对）。真是用理智认识的完善。善是用道德意志获得的完善。

鲍姆加登认为，美就是各个部分相互之间以及它们和整体之间的适应，也就是各个部分相互之间以及它们和整体之间的秩序。美的目的在于叫人喜欢和引发人的欲念（Wohlgefallen und Erregung eines Verlanges）这种论调是与康德所主张的美的主要性能和特征完全相反的。

关于美的表现，鲍姆加登认为，我们在自然界认识到美的最高的体现，因此，在鲍姆加登看来，模仿自然是艺术的最高任务（这种论调又跟后来的美学家的见解完全相反）。

鲍姆加登的几个较不著名的门人迈尔、埃申堡、埃伯哈特所持的见解，与他们的老师大同小异，只不过把惬意的和美的加以区分而已；这几个人我准备略去不谈，现在我要讲一讲紧接在鲍姆加登之后的几位作家对美所下的定义，他们对美的看法与鲍姆加登完全不同。这几位作家就是许茨、苏尔策、门德尔松、莫里茨。与鲍姆加登的主要论点相反，他们认为艺术的目的不是美，而是善。苏尔策（1720—1779）说，只有包含善的东西才可以被认为是美的。在苏尔策看来②，人类整个生活的目的是社会生活的幸福。这种幸福是靠培养道德感来获得的，艺术应该服从这一目的。引起和培养这种感觉的，就是美。

---

①② 见前引沙斯勒著作，第361页。——作者注

130

门德尔松(1729—1786)对美的理解差不多也是这样。照他看来①,艺术是模糊地感觉到的美向真和善的发展。艺术的目的则是道德的完满。

在这一派美学家看来,美的理想是美的身体里寓有的美的灵魂。因此,这些美学家完全取消了把完善(绝对)分为真、善、美三个形式的看法,使美重新跟善和真融合一起。

然而这种对美的理解不但得不到后来的美学家的支持,而且后来出现了又和这种观点完全相反的温克尔曼的美学理论,温克尔曼的美学理论坚决主张把艺术的任务和善这一目的划分开来,认为艺术的目的是外形的美,甚至只是造型的美。

按照温克尔曼(1717—1767)在他的一部名著中提出的说法,任何一种艺术的法则和目的只是美,跟善完全分开的独立的美。美有三种:(一)形式的美;(二)观念的美,表现于形体的姿势中(指造型艺术);(三)表现的美,只有在前两种美存在的情况下才可能有表现的美,表现的美是艺术的最高目的,古代艺术中就有这种美,因此,现在的艺术应该力求模仿古代艺术。②

莱辛、赫尔德、后来的歌德以及康德以前的所有著名德国美学家都是这样理解美的。从康德的时候起,又有了不同的对艺术的理解。

在英国、法国、意大利、荷兰,这同一个时期内也产生了各自的不受德国作家影响的美学理论,这些理论也是非常暧昧不清而且自相矛盾的,但是所有的美学家也像德国那些以美的概念作为自己见解的基础的美学家一样,把美理解为一种绝对存在的东西,它多少是跟善相结合的,或者跟善有同一根源。在英国,几乎跟鲍姆加登同时,甚至比他稍早一些,就有舍夫茨别利、哈奇森、霍姆

---

① 见前引沙斯勒著作,第369页。——作者注
② 见前引沙斯勒著作,第388—390页。——作者注

（Home）、伯克、荷加斯等人在写作论艺术的文章。

按照舍夫茨别利①（1670②—1713）的见解，美是和谐和合比例；凡美的、比例合度的都是真的（true）；凡又美而又真的都是令人喜爱的、美好的（good）。舍夫茨别利认为，美只能用心灵来认识。上帝是主要的美，美与善出自同一根源。③ 因此，从舍夫茨别利的观点看来，虽然美也被看作一种跟善分开的东西，但是美重又跟善结合为一种不可分割的东西。

按照哈奇森（1694—1747）在他的《论美和德行两种观念的根源》（Origin of our ideas of beauty and virtue）中的看法，艺术的目的是美，而美的本质就是在多样中表现统一。但在认识美是什么的时候，有一种内在的感官（an internal sense）在指示我们。这种天性可能是和审美的天性相反的。因此哈奇森认为：美并不总是跟善相符合的，它跟善分开，而且往往跟善相反。④

按照霍姆（1696—1782）的见解，美就是使人惬意的东西。所以美的定义只是趣味。真正的趣味的基础则在于：在最小的范围内包含最丰富、充分、有力和多样的印象。完满的艺术作品的理想就在于此。

伯克（1730—1797）在他的《论崇高与美两种观念的根源》（Enquiry into the origin of our ideas of the sublime and the beautiful）中的见解是：艺术的目的是崇高和美，而崇高和美以自存的感情和社交的感情为基础。这两种感情，从它们的根源看来，是通过个人来维持种族的手段。第一种感情（自存）是靠养育、保卫和战争来获得的，第二种感情（社交）是靠交际和繁殖获得的。所以自存和

---

① 原著未附原文名。

② 原文如此，实为1671。

③ 奈特：《美的哲学》（Knight：The Philosophy of the Beautiful），第一卷，第165—166页。——作者注

④ 见前引沙斯勒著作，第289页；奈特的著作，第168—169页。——作者注

跟自存有关的战争是崇高的根源,社交和跟社交有关的两性要求是美的根源①。

以上是十八世纪英国人对艺术和美所下的几种主要的定义。

在同一时期内,法国的老安德烈、巴特以及后来的狄德罗、达兰贝尔、伏尔泰(部分地)也在写作关于艺术的论著。

按照老安德烈的见解[《论美》(Essai sur le Beau),1741],美有三种:(一)属神的美;(二)自然的美;(三)人工的美。②

按照巴特(1713—1780)的见解,艺术在于模仿自然美,艺术的目的是享乐。③ 狄德罗对艺术所下的定义也是如此。像英国人一样,这些法国作家认为"什么是美"这一问题是由趣味决定的。可是关于趣味的法则不但没有确立,而且他们认为是不可能确立的。达兰贝尔和伏尔泰也持有同样的见解。④

同一时期的意大利美学家帕加诺认为,艺术就是把散布在自然界的各种美结合为一。趣味就是窥见这些美的能力,艺术天才就是把这些美结合为一个整体的能力。按照帕加诺的意思,美和善是这样融合的:美是表现出来的善,而善是内在的美。

可是其他的意大利人,比如穆拉托里[1672—1750,《论科学和艺术中的高尚趣味》(Riflessioni sopro il buon gusto intorno le scienze e le arti)],特别是斯帕莱蒂⑤[《美的研究》(Saggio sopro la belezza),1765],则认为艺术可归结为一种自私的感觉,而且他和伯克一样,认为这种感觉是以自存和社交的意图为基础的。

在荷兰人中,卓越的美学家有赫姆斯特休伊斯(1720—

---

① 克拉利克:《世界美,一般美学的审美观》(Weltschönheit, Versuch einer allgemeinen Aesthetik),第304—306页。——作者注
② 见前引奈特著作,第101页。——作者注
③ 见前引奈特著作,第316页。——作者注
④ 见前引奈特著作,第102—104页。——作者注
⑤ 见前引奈特著作,第328页。——作者注

1790），他对德国一些美学家和歌德都有影响。按照他的学说，美是给人最大享受的东西，而给人最大享受的东西就是在最短的时间内给人以最大数量的观念的东西。美的享受是人类所能得到的一种最高的认识，因为美的享受能在最短的时间内给人以最大数量的知觉。①

以上是上一世纪德国以外的美学家的种种理论。而在德国，温克尔曼之后又出现了康德（1724—1804）的全新的美学理论，这一理论比其他任何理论都更清楚地理解了美这一概念的本质，因而也理解了艺术这一概念的本质。

康德的美学根据如下：人认识自身以外的自然界，并在自然界中认识自身。他在自身以外的自然界中寻找真，在自身中寻找善，前者属于纯理性，后者属于实践理性（自由）。

康德认为，除了这两种认识的工具，还有一种判断力（Urtheil-skraft），这种判断力能不经过理解而作出判断，不通过欲念而产生快乐："Urtheil ohne Begriff und Vergnügen ohne Begehren."这种能力也就是美感的基础。康德认为，就主观意义来说，美是既不通过理解，又无实际利益，而一般来说必然令人喜欢的东西，而就客观意义来说，美是一件合宜的物件的外形，这一物件被人感觉到时是毫不带有目的性的概念的。②

康德的一些追随者对美所下的定义也是这样，席勒（1759—1805）便是其中之一。和康德一样，写过很多美学论文的席勒也认为，艺术的目的是美，美的根源在于没有实际利益的享乐。因此我们可以把艺术称为游戏，不过这里所谓游戏，并不是指那微不足道的事，而是指除了美以外没有其他目的的生活本身的美的

---

① 见前引奈特著作，第 331，333 页。——作者注
② 见前引沙斯勒著作，第 525—528 页。——作者注

表现。①

　　除了席勒以外,康德在美学领域中最卓越的追随者还有让·保罗和威廉·洪堡,虽然他们在美的定义上并没有增添任何新的意见,但他们阐明了美的各种形式,如正剧、音乐、滑稽的东西等等。②

　　康德以后论述美学的,除了那些第二流的哲学家以外,还有费希特、谢林、黑格尔以及他们的追随者。费希特(1762—1814)认为,美的意识是这样产生的:世界,亦即自然界,有两个方面,一方面它是我们的局限性的产物,另一方面它又是我们的自由的理想活动的产物。就第一种意义来说,世界是受限制的;就第二种意义来说,它又是自由的。就第一种意义来说,每一件物体都受限制、被歪曲、受挤压、受拘束,于是我们看见了丑;就第二种意义来说,我们看见了内在的完满、生气、复兴,我们看见了美。因此,照费希特看来,物体的丑或美全凭观察者的观点来决定。所以美并不存在于自然界,而存在于美的心灵(schöner Geist)。艺术就是这美的心灵的表现,艺术的目的不仅是智的教育——这是学者的事,也不仅是心的教育——这是布道者的事,而是整个人的教育。因此美的标志并不在于某种外在的东西,而在于艺术家是否具有美的心灵。③

　　在费希特之后,弗里德里希·施莱格尔和亚当·米勒对美作了同样的解释。施莱格尔(1778—1829)认为,人们把艺术中的美理解得太不完全、片面和琐碎了;美不但存在于艺术,而且存在于自然界,存在于爱情,因而真正美的东西表现在艺术、自然和爱情的结合之中。所以施莱格尔认为道德的和哲学的艺术是跟审美的

---

　　①　见前引奈特著作,第61—63页。——作者注
　　②　见前引沙斯勒著作,第740—743页。——作者注
　　③　见前引沙斯勒著作,第769—771页。——作者注

艺术分不开的。①

按照亚当·米勒（1779—1829）的见解，美有两种：一种是社会的美，它吸引人，仿佛太阳吸引行星一般，这主要是古代的美；另一种是个人的美，这是由于观察者自己成为一个吸引美的太阳而形成的结果，这是新艺术的美。在世界上，一切矛盾都能调和一致，因而世界是最崇高的美。每一件艺术作品都是这世界性和谐的重演。② 最崇高的艺术是生活的艺术。③

谢林（1775—1854）是追随费希特及其信徒的、与费希特同时代的一位哲学家，他对当代的美学理解有着很大的影响。照谢林看来，艺术是主体会变成自己的客体或客体会自变为主体这样的观点的产物或后果。美就是有限中的无限的概念。艺术作品的主要特质是无意识的无限。艺术是主观和客观的结合，是自然界和理性的结合，是无意识和有意识的结合。因此艺术是认识的最高手段。美就是把事物作为一切事物的基础按照原型（in den Urbildern）来加以观察。美并不是由艺术家凭着自己的知识或意志来产生的，而是由美的观念自己在艺术家心里产生的。④

谢林的最著名的追随者是索尔格（1780—1819）[《美学讲座》（*Vorlesungen über Aesthetik*）]。索尔格认为美的观念是每一种事物的基本观念。在世界上，我们只看到基本观念的歪曲，但我们可以靠着幻想把艺术提到基本观念的高度。因此艺术和创造相类似。⑤

谢林的另一个追随者克劳泽（1781—1832）的见解是，真正的实在的美是一个观念在独特形式中的表现；艺术则是美在人类的

---

① 见前引沙斯勒著作，第 87 页。——作者注
② 见前引克拉利克著作，第 148 页。——作者注
③ 见前引沙斯勒著作，第 820 页。——作者注
④ 见前引沙斯勒著作，第 828—829, 834, 841 页。——作者注
⑤ 见前引沙斯勒著作，第 891 页。——作者注

自由精神范围内的体现。最高水平的艺术是生活的艺术,它的目的在于美化生活,使生活成为美好人类的美好寓所。①

在谢林和他的追随者之后,开始有了新的、到现在为止还站得住脚的黑格尔的美学理论,很多人是有意识地支持这种理论,但大多数人却是无意识地支持着它。这种学说不但不比以往那些学说更清楚明确,反而尽可能地更模糊、更神秘。

按照黑格尔(1770—1831)的见解,上帝以美的形式显现于自然界和艺术中。上帝有双重的表现,表现在客体中和主体中,表现在自然界和心灵中。而美就是理念透过物质的显现。只有心灵以及跟心灵有关的一切才是真正美的东西,因此自然界的美只是心灵所固有的美的反映,美的东西只有精神方面的内容。但是精神方面的东西必须通过感觉来显示,而精神在感觉上的显示只是外观(Schein)。这种外观就是美的唯一现实的一面。因此艺术是理念的这种外观的体现,它跟宗教、哲学一起,都是把人类的最高深问题和精神的最高真理引到意识中并倾诉出来的手段。

照黑格尔看来,真和美是同一样东西,二者之间的差别只在于:真是独立存在的、可以设想的理念本身。当理念显现出来,让人们意识到时,它就不仅是真的,而且是美的。美就是理念的表现。②

继黑格尔而起的,有他的很多追随者:魏泽、阿诺尔德·鲁格、罗森克兰茨、西奥多·费舍尔等。

按照魏泽(1801—1867)的见解,艺术是把美的绝对精神本质在想象中带入(Einbildung)外在僵死的、冷漠的物质,而对这一物质的理解,如果离开那被带进这物质中去的美,就意味着对一切存在本身的否定(Negation alles Fürsichsein's)。

---

① 见前引沙斯勒著作,第 917 页。——作者注
② 见前引沙斯勒著作,第 946,984—985,990,1085 页。——作者注

魏泽又说,在真的观念里存在着认识的主观和客观两方面的矛盾——唯一的我认识万物。而通过一个能把真的概念中两相分离的万物同个体的因素结合为一的概念,就可以消除这种矛盾。调和了的(aufgehoben)真可能就是这样的概念,美就是这种调和了的真。①

黑格尔的忠实信徒鲁格(1802—1880)认为,美是表现自身的观念。精神在观照自身时,发现自身被完全表现出来,这种自身的完全表现就是美。如果表现得不完全,那么在精神里就产生一种要改变它的不完全表现的要求,于是精神就成为创造性的艺术。②

按照费舍尔(1807—1887)的见解,美是处在有限的显示状态中的观念。观念本身并不是不可分割的,它构成一个观念体系,这一体系中的一系列观念可以用上行和下行的线条表示。观念越高,它所包含的美越多,但即使最低的观念也含有美,因为它是整个体系中不可缺少的一环。观念的最高形式是个性,因此最崇高的艺术是以最崇高的个性为主题的艺术。③

以上是德国黑格尔一派的美学理论,但当时德国美学方面的议论还不止这些。和黑格尔派的理论同时并存的一些关于美的理论,不仅是不承认黑格尔对美的看法——美是观念的显示,以及对艺术的看法——艺术是这个观念的表现,它们跟黑格尔的观点完全相反,它们否定黑格尔,并且嘲笑他。海尔巴特,特别是叔本华,便是这样的。

按照海尔巴特(1766—1841)的见解,美本身并不存在,也不可能存在,只存在我们的见解,必须找出这种见解的根据(aesthe-

---

① 见前引沙斯勒著作,第955—956,966页。——作者注
② 见前引沙斯勒著作,第1017页。——作者注
③ 见前引沙斯勒著作,第1065—1066页。——作者注

tisches Elementarurtheil①）。而见解的根据和印象有关系。某些关系我们说是美的,艺术就是要找出这些关系——在绘画、雕塑和建筑中有同时的关系,在音乐中有相继的和同时的关系,在诗中只有相继的关系。同以前的美学家相反,海尔巴特认为美的东西往往是那些并不表达任何内容的东西,例如虹,它之所以美,是由于它的线条和色彩,而绝不在于像伊里斯②或挪亚的虹等神话的意义方面。③

黑格尔的另一个反对者是叔本华,他否定黑格尔的整个体系及其美学观点。

按照叔本华（1788—1860）的见解,意志在世界上的客观化的程度有深有浅,各各不一,虽然它的客观化程度越深,它越是美,但是每一种程度有它自己的美。抛弃自己的个性而观照意志的某种程度的表现,我们就意识到美。叔本华认为,一切人都能根据能力的大小在不同程度上认识这一观念,由此而暂时摆脱自己的个性。艺术家的天才则在最高的程度上具有这种能力,因此显示了最高的美。④

在德国,继这些比较出名的作家之后,出现了一些独创性较少、影响较小的作家,如:哈特曼、基尔希曼、施纳塞,就某种程度来说,还有亥姆霍兹、贝格曼、容格曼和无数其他的人。

哈特曼（1842）认为,美不存在于外在世界,不存在于事物本身,也不存在于人的心灵,而存在于艺术家所造成的外观（Schein）。事物本身并不美,是艺术家把事物变成了美。⑤

施纳塞（1798—1875）认为,世界上并不存在美。自然界只有

① 德语:美学的基本判断。
② 伊里斯是希腊神话中的彩虹女神。
③ 见前引沙斯勒著作,第1097—1100页。——作者注
④ 见前引沙斯勒著作,第1107,1124页。——作者注
⑤ 见前引奈特著作,第81—82页。——作者注

和美近似的东西。艺术制造出自然界所不可能产生的东西。在意识到自然界所没有的和谐的自由的我的活动中显现出美。①

基尔希曼(1802—1884)论述过实验的美学。他认为历史有六个领域:(一)知识领域;(二)财富领域;(三)道德领域;(四)信仰领域;(五)政治领域;(六)美的领域。美的领域中的活动就是艺术。②

亥姆霍兹(1821)论述过音乐方面的美,他认为在音乐作品中,美经常只是通过遵循法则而求得的,而艺术家并不知道这些法则,因此美是艺术家在无意识中表现出来的,它不可能加以分析③。

贝格曼(1840)在他所著的《论美》(*Ueber das Schöne*,1887)中说过,要客观地给美下定义是不可能的,美是主观认识到的,因此美学的任务在于确定使谁喜欢。④

容格曼(卒于1885年)认为,第一,美是一种超感觉的本质,第二,仅只观照一下美,美就会给我们快乐,第三,美是爱的基础。⑤

近些年来法国、英国和其他国家的主要代表者的美学理论如下:

法国在这段时期内著名的美学著作家有:库辛、儒弗鲁瓦、皮克泰、拉韦松、勒韦克。

库辛(1792—1867)是一个折衷主义者,追随德国唯心论者。按照他的理论,美总是有一个道德基础。库辛驳斥如下的理论:艺术就是模仿,使人喜欢的东西就是美的。他断言,美可以就其本身

---

① 见前引奈特著作,第83页。——作者注
② 见前引沙斯勒著作,第1122页。——作者注
③ 见前引奈特著作,第85—86页。——作者注
④⑤ 见前引奈特著作,第88页。——作者注

来下定义,美的本质存在于变化和统一之中。①

在库辛之后,论述美学的有儒弗鲁瓦(1796—1842)。儒弗鲁瓦是库辛的学生,他也是德国美学的信徒。按照他的定义,美是一种看不见的东西借助于自然的符号表现出来。看得见的世界好比是一件衣服,借助于这件衣服我们看见了美。②

瑞士人皮克泰③写过论艺术的文章,他重复黑格尔和柏拉图的意见,认为美存在于通过感觉的方式而表现的神的观念的直接而自由的表现之中。

勒韦克是谢林和黑格尔的追随者。他认为美是隐藏在自然界的一种看不见的东西。力量或精神是经过整饰的活力的表现。④

关于美的本质,法国的形而上学者拉韦松也表示过像这样的含混不清的见解,他认为美是世界的最终目的。"La beauté la plus divine et principalement la plus parfaite contient le secret."⑤按照他的意见,美就是世界的目的。

"Le monde entier est l'œuvre d'une beauté absolue, qui n'est la cause des choses que par l'amour qu'elle met en elles."⑥

我故意不把这些形而上学的辞句翻译出来,因为无论德国人怎样含混不清,法国人一旦博览德国人的著作而模仿起德国人来,他们就远远地超过德国人,他们把各种异类的概念合而为一,毫无区别地把一个概念和另一个概念堆在一起。例如,法国哲学家勒努维埃在讨论美的时候这样说:"Ne craignons pas de dire, qu'une

---

① 见前引奈特著作,第112页。——作者注
② 见前引奈特著作,第116页。——作者注
③ 见前引奈特著作,第118页。——作者注
④ 见前引奈何著作,第123—124页。——作者注
⑤ 法语:"最神圣的,特别是最完全的美包含着奥秘。"见《法国的哲学》(*La philosophie en France*),第232页。——作者注
⑥ 法语:"整个世界是绝对美的产物,绝对美把爱带入各种事物,只是通过这爱才成为各种事物产生的原因。"

vérité, qui ne serait pas belle, n'est qu'un jeu logique de notre esprit et que la seule vérité solide et digne de ce nom c'est la beauté." ①

除了这些在德国哲学影响下写作过并且至今还在写作的唯心的美学家之外，法国近年来还有下列一些作家在艺术和美的理解上也有过影响：泰纳、居伊约、谢比利埃、科斯特、韦隆。

按照泰纳(1828—1893)的见解，美是某一重要观念的主要特征的表现，这种表现比该观念在现实中的表达还更完美。②

按照居伊约(1854—1888)的见解，美并不是和物体本身毫不相干的东西，不是物体上的寄生草，而正是表现着美的那个实体的繁荣现象。艺术则是有意识的理性生活的表现，这种生活一方面使我们对存在具有深切的感觉，另一方面又唤起我们的最高尚的情感和最崇高的思想。艺术不仅通过共同体验同样的感觉和信仰，而且通过相同的感觉，把人从私人生活提高到公共生活。③

按照谢比利埃的见解，艺术是这样一种活动：它(一)满足我们天生的对形态(apparences)的爱；(二)把观念带入这些形态；(三)使我们的感觉、心灵和理智同时得到享受。谢比利埃认为，美并不是物体所固有的，而是我们的心灵的行动。美是一种幻觉。绝对的美并不存在，可凡是我们觉得富有特性的、和谐的东西，在我们看来都是美的。

按照科斯特的见解，美、善和真的观念是天生的。这些观念启发我们的心智，它们是和上帝同一的，上帝就是善、真和美。而美的观念中包含本质的统一、成分的多样，以及秩序，秩序使多样的

---

① 法语："我们不要怕说这样的话：不美的真理只是我们的才智的逻辑游戏；而那唯一的、根基稳固的、名符其实的真理就是美。"见《归纳法原理》(Du fondement de l'induction)。——作者注
② 泰纳：《艺术的哲学》(Taine: Philosophie de l'art)，1893年版，第一卷，第47页。——作者注
③ 见前引奈特著作，第139—141页。——作者注

生活表现中含有统一。①

为求完备，我再列举一些最近的有关艺术的著作。

马里奥·皮罗著有《美和艺术的心理学》(*La psychologie de beau et de l'art*, 1895)。他认为美是我们肉体的感觉的产物，艺术的目的是享乐，但不知何故这种享乐总被认为是具有高度道德的。

还有菲埃朗-热瓦尔所著的《近代艺术论》(*Essais sur l'art contemporain*, 1897)。热瓦尔认为，艺术取决于它和过去的联系，也取决于当代艺术家把自己独特的形式赋予作品时所抱的宗教理想。

还有萨尔-佩拉当的《唯心的神秘的艺术》(*L'art idéalisate et mystique*)。佩拉当认为，美是上帝的表现之一。"Il n'ya pas d'autre Réalité, que Dieu, il n'y a pas d'autre Vérité, que Dieu, il n'y a pas d'autre Beauté, que Dieu"②(第33页)。这本书里全是幻想，而且学说非常浅陋，但就它所居的地位和它在法国青年中所起的影响来说，它有它的特征。

直到最近为止在法国流行的美学理论都是像以上所说的那样，只有韦隆所著的《美学》(*L'esthétique*, 1878)是例外，因为其中所说的比较清楚、合理。虽然这本书对艺术所下的定义并不正确，但至少它把美学中关于绝对的美的模糊概念消除了。

韦隆(1825—1889)认为，艺术是感情(émotion)的表达，感情靠着外表的线条、形状、色彩的结合或者靠着具有一定节奏的动作、音响或言语的连续而表现出来。③

在这一时期内，英国的美学著作家往往不是凭着美所固有的性质，而是凭着趣味来判定美的，而且这样的情形越来越常见，于是美的问题就被趣味的问题所代替了。

---

① 见前引奈特著作，第134页。——作者注

② 法语："除了上帝之外没有现实，除了上帝之外没有真，除了上帝之外没有美。"

③ 《美学》(*L'esthétique*)，第106页。——作者注

里德(1704—1796)承认美完全取决于观照者；在他之后，艾利森在他的著作《论趣味的本质和原则》(*On the Nature and Principles of Taste*,1790)中也证明了同样的论点。有名的查理·达尔文的祖父伊拉兹马斯·达尔文(1731—1802)也从另一方面肯定了这一论点。他说，凡是在我们的概念中跟我们所爱的东西有关的一切，我们发现都是美的。理查德·奈特所著的《趣味原则探究》(*Analytical Inquiry into the Principles of Taste*,1805)中也有同样的倾向。

英国美学家的理论大都有这样的倾向。查理·达尔文、斯宾塞、莫利、格兰特－艾伦、凯尔德、奈特等人从某些方面来说可以算是本世纪初英国杰出的美学家。

查理·达尔文(1809—1883)在他所著的《人类的起源》(*Descent of Man*,1871)中认为，美是一种感觉，这种感觉不单为人类所固有，而且也是动物所固有的，因此也是人类的祖先所固有的。鸟装饰自己的巢，并且在配偶之间珍视美。美对结婚起着影响。美包含着各种性质的概念。音乐艺术起源于雄的招引雌的时所发的号叫。①

斯宾塞(生于1820年②)认为，艺术的起源是游戏，这是席勒早就说过的一种想法。就低等动物来说，全部生命力都消耗在生命的维持和延续上。就人来说，在满足了这两方面的要求之外，还有剩余的精力。这种过剩的精力就用在游戏上，转而成为艺术。游戏是真实的活动的模仿，艺术也是如此。

审美方面的享受的根源在于：(一)感官(视觉或其他感觉)的最充分的训练——训练最多而损耗最小；(二)所引起的感觉的极

---

① 见前引奈特著作，第238页。——作者注
② 卒于一九〇三年。

度多样性;(三)前二者跟由此而得的观念的结合。①

托德亨特认为[《美的原理》(*The Theory of the Beautiful*),1872],美是一种无穷尽的魅力,我们既用理智也用爱的热情领受这种魅力。美之被认为美,由趣味决定,不可能为美下任何定义。唯一接近的定义是,美是人类的最高教养。至于什么是教养,没有一个定义。那通过线条、色彩、音响、语言来打动我们的艺术,就其本质来说并不是各种盲目力量的产物,而是互相扶助着、向一个理性的目标急进的各种理性的力量所形成的结果。美是矛盾的调和。②

莫利[《牛津大学执教时期讲稿》(*Sermons Preached before the University of Oxford*),1876]认为,美存在于人的心灵。自然界告诉我们神的事情,而艺术是神的事情的象形文字式的表达。③

格兰特-艾伦[《生理美学》(*Phisiological Aesthetics*),1877]是斯宾塞的继承者,艾伦认为美有它的生理的根源。他说,美学上的快感是从对美的观照得来的,而美的概念是从生理的过程中获得的。艺术起源于游戏。在体力过剩的时候,人们就从事于游戏,在感受力过剩时,人们就从事于艺术活动。凡耗费最少而给人的激励最大的东西,就是美。对美的不同评价是由趣味产生的。趣味可以培养。应该相信"the finest nurtured and most discriminative men"的见解,即相信最有教养和要求最高的人(他们能作出更妥善的评价)。这些人培养了下一代人的趣味。④

凯尔德[《论艺术的哲学》(*Essay on Philosophy of Art*),1883]认为,美使我们能够充分理解客观世界的一部分而不必考虑世界的其他部分,而这种考虑对科学来说却是不可避免的。因此,艺术

---

① 见前引奈特著作,第239—240页。——作者注
② 见前引奈特著作,第240—243页。——作者注
③ 见前引奈特著作,第247页。——作者注
④ 见前引奈特著作,第250—252页。——作者注

消除了统一与多样之间的矛盾,规律和现象之间的矛盾,主体和客体之间的矛盾,把它们合而为一。艺术是表现自由和肯定自由的,因为它不像有限事物那样暗昧和不可解。①

像谢林一样,奈特[《美的哲学》(*Philosophy of the Beautiful*),第二卷,1893]也认为美是客体和主体的结合,是从自然界抽出人所固有的特质,是在自身意识到跟整个自然界共同之处。

上述关于美和艺术的种种见解,远远不是就这个题目写下的一切见解。不仅如此,每天都有新的美学著作家出现,在这些新著作家的见解中同样存在着关于美的定义的那种奇怪的、中了邪似的暧昧和矛盾。有些人出于习惯而不知不觉地以各种变相的方式继承了鲍姆加登和黑格尔的神秘的美学。另一些人把这个问题转入主观的范畴,而在趣味的问题上寻找美的基础。第三种人——属于最新思想体系的一些美学家——在生理学的规律中寻找美的因素。最后,第四种人把这个问题作为跟美的概念全不相干的问题来加以研究。例如,萨利[《心理学和美学的研究》(*Studies in Psychology and Aesthetics*),1874]认为美的概念可以完全取消,因为,根据萨利的定义,艺术是由某种永久存在的或暂时出现的物象派生的,这种物象能给某种观众和听众以兴奋的乐趣和愉快的印象,同由此得来的利益完全无关。

四

从所有这些在美学科学中发表的有关美的定义中,究竟能得出些什么呢?我们且不论那些完全不准确的、不能概括艺术这个概念的美的定义:其中有的认为美在于功用,有的认为在于合宜,有的认为在于对称,有的认为在于秩序,有的认为在于比例,有的

---

① 见前引奈特著作,第258—259页。——作者注

认为在于流畅,有的认为在于各个部分之间的和谐,有的认为在于多样的统一,有的认为在于这些因素的各种方式的结合,——我们且不论这些不能令人满意的想从客观上去下定义的企图,所有这些关于美在美学上的定义归纳起来不外乎两种基本观点:第一种是,美是一种独立存在的东西,是绝对完满——观念、精神、意志、上帝——的表现之一;另一种是,美是我们所得到的某种并不以个人利益为目的的快感。

采取第一种定义的有费希特、谢林、黑格尔、叔本华和法国的推究哲理的库辛、儒弗鲁瓦、拉韦松等人(且不提第二流的哲学美学家)。当代大部分有教养的人也都遵循着这种客观的、神秘的美的定义。这种对美的理解非常普遍,特别是在前一辈人中间。

第二种对美的理解——美是我们所得到的某种不以个人利益为目的的快感——主要流行于英国的美学家之间,这种定义为我们这个社会的另一半人,主要是比较年轻的人所接受。

由此可见,美的定义只能有两种:一种定义是客观的、神秘的,它把美的概念跟最高的完善,跟上帝融合为一,这是一种幻想的定义,是没有任何根据的;另一种定义则相反,是非常简单易解的、主观的,认为凡是使人喜欢的东西就是美(在喜欢这个词儿上我并不附加"没有目的,没有利益"的说明,因为喜欢这个词儿本身就意味着"不计较利益")。

一方面,美被理解为某种神秘的、非常崇高的、可惜很不明确的东西,因此它同时包含着哲学、宗教和生活本身,例如谢林、黑格尔以及他们在德国和法国的追随者的理论就是这样的。另一方面,正如我们应该承认的,按照康德和他的追随者的定义,美只不过是我们所得到的一种特殊的无私的享乐。这种美的概念虽然好像很清楚,但遗憾的是,它也不准确,因为它扩展到另一方面去了,就是说,它把由饮食和接触柔软皮肤等等而得来的享乐也包括在内,这就是居伊约、克拉利克等人所承认的。

的确,当我们追溯美的学说在美学中的发展时,我们可以看到,最初,从美学奠定基础时起,美的形而上学的定义普遍流行,可是年代越近,那种实验的、近几年来带有生理学性质的定义就越加明显,甚至出现了像韦隆和萨利那种企图完全避免美的概念的美学家。但是这些美学家很少成功。大多数群众、大多数艺术家和学者还坚持大多数美学家所确定的美的概念,换言之,或者把美看作一种神秘的或形而上学的东西,或者把美看作一种特殊的享乐。

那么,在我们这个圈子里,在我们这个时代,人们作为艺术的定义而那样顽强地坚持着的那种美的概念,实质上究竟是什么呢?

从主观的意义来看,我们把给予我们某种享乐的东西称为美。而从客观的意义来看,我们把存在于外界的某种绝对完善的东西称为美。但是我们之所以认识外界存在的绝对完善的东西,并认为它是完善的,只是因为我们从这种绝对完善的东西的显现中得到了某种享乐。这么说来,客观的定义只不过是用另一种方式表达的主观的定义。实际上,这两种对美的理解都归结为我们所获得的某种享乐。换言之,凡是使我们喜欢而并不引起我们的欲望的东西,我们认为就是美。照这种情况看来,艺术科学自然不会满足于以美为根据的——即以使人喜欢的东西为根据的——艺术的定义,而要探索一个普遍的、适用于一切艺术作品的定义,以便根据这个定义来决定各种事物是否属于艺术范围。但是,读者可以从前面我所援引的各种美学理论的摘要中看到,并没有这样的定义,如果他肯费心读一读这些美学理论的原作,他就会更加清楚地认识到这一点。想为绝对的美本身下定义——认为它是对自然的模仿,是合宜,是各部分的适应,是对称,是和谐,是多样的统一等等——所作的一切尝试得到的不外乎以下两种结果:或者什么定义也没有下,或者所下的定义只不过是指某些艺术作品的某些特点,而远远没有包括所有的人在过去一直认为而现在还是认为是艺术的一切。

美的客观的定义是没有的。而现存的种种定义,不论是形而上学的还是实验的定义,都可以归结为主观的定义,而且,说来也真奇怪,都可以归结为这样的观点:凡是表现美的,就是艺术,而凡是使人喜欢(不引起欲望)的,就是美。许多美学家感觉到这个定义不完备,不稳固。为了使这个定义有根有据,他们对自己提出了这样的问题:为什么一件东西使人喜欢?什么东西使人喜欢?他们把美的问题转变为趣味的问题,哈奇森、伏尔泰、狄德罗等人就是这样做的。但是,读者从美学史中或者从实验中可以看出,一切想为趣味下定义的企图都不可能有任何结果,而且我们找不到理由,也不可能找到理由来解释,为什么这个人喜欢这件东西而另一个人不喜欢这件东西,为什么这个人不喜欢这件东西而另一个人喜欢这件东西?因此,一切现存的美学,其实质并不在于我们对这种自命为科学的智力活动所期待的东西,也就是说,并不在于确定艺术或美(如果美是艺术的内容的话)的性质和规律,或者确定趣味(如果趣味能解决艺术问题和艺术的价值问题的话)的性质,然后根据这些规律把合乎这些规律的作品断定为艺术,把不合乎这些规律的作品摈弃不理。其实质乃是在于:一旦承认某一类作品是好的(因为它们使我们喜欢),就要去编出这样一套艺术理论,使某一圈子里的人所喜欢的一切作品都能纳入这一理论。有一个艺术的规范存在着,按照这个规范,我们这个圈子里的人所喜爱的那些作品被认为是艺术(菲狄亚斯、索福克勒斯、荷马、提香、拉斐尔、巴赫、贝多芬、但丁、莎士比亚、歌德等人的作品),而美学的见解必须能概括所有这些作品。在美学文献中,我们不难看到一些关于艺术的价值和意义的见解,这些见解并不是以我们衡量某一事物的好坏的某些规律为根据,而是以这一事物是否符合于我们所制定的艺术规范为根据。前几天我读过福尔克尔特的一部很不错的著作。在论述艺术作品的道德方面的要求时,作者公然声称,对艺术提出道德方面的要求是不对的,这一点他用下述的事例加以证明:如果我们容许有这方面的要求,那么莎士比亚的《罗密欧与朱丽叶》和歌德的《威廉·迈斯特》就不符合于优秀艺术的定义。但是这两部作品既然都列入艺术规范之内,那么上述的要求是不合理的。因此,必须为艺术找出一个也能适用于上述两部作品的定义;福尔克尔特把有重大意义(Bedeutungsvolles)这方面的要求当作艺术的基础,以代替道德方面的要求。

现有的一切美学体系都是按照这一纲领而组成的。人们并不为真正的艺术下一个定义,然后再看一部作品是否符合于这个定义,以判定什么是艺术,什么不是艺术;人们只是把由于某种原因而为某一特定圈子里的人们所喜欢的一系列作品认为是艺术,而想出一个能够适用于所有这些作品的艺术的定义。不久以前我在一部很好的著作——穆特的《十九世纪艺术史》中找到了一个关于这种方法的极好的例证。在讲到已经列入艺术规范的拉斐尔前派①、颓废派和象征派时,作者不但不敢把这种倾向加以谴责,却反而竭力放宽自己的尺度,来容纳拉斐尔前派、颓废派和象征派,这些派别在他看来是自然主义走向极端时所产生的合理的反应。艺术中无论怎样荒诞的东西,只要它一旦被我们这个社会的上层阶级所接受,就立刻会有人编出一套理论来,把它加以解释,并使它变成合法,仿佛历史上任何一个时代,那种过后全被遗忘、并未留下丝毫痕迹的虚伪、丑恶和荒谬的艺术都能被某些特殊圈子里的人们所接受和赞许似的。至于艺术的荒谬和丑恶发展到了什么程度,特别是当这种艺术明知自己被认为(例如在当代)毫无缺点的时候,可以从下面这个问题上看出:现在,在我们这个圈子里有

①　拉斐尔前派,英国画派。兴起于十九世纪中叶,代表画家有威·霍·亨特、但·加·罗塞蒂、约·埃·米莱斯、詹·柯林逊、威·莫里斯等。

些什么艺术活动?

因此,美学中所阐述的、模糊地为公众所信奉的那种以美为根据的艺术理论,只不过是把我们,即某一特殊圈子里的人,在过去和现在所喜欢的东西认为是好的而已。

要为人类的某种活动下定义,就必须了解这一活动的意义和作用。而要了解人类的某种活动的意义和作用,首先必须根据这一活动的因果来研究它本身,而并不是只就它所给予我们的快感这一方面加以研究。

如果我们认为某一项活动的目的只在于给我们享乐,因而只根据这种享乐来为这项活动下定义,那么,这样下出来的定义显然不会是正确的。为艺术下定义的情况也正是这样。我们知道,当我们研究食物的问题时,谁也不会想到要从我们吃这件食物时所得到的享受去看食物的意义。谁都明白,我们的味觉上的快感决不可能作为判定食物的价值的依据,因此我们没有任何权利来假定,我们所吃惯和爱吃的备有卡昂胡椒、林堡干酪和烈酒等等的午餐是人类的最好的食物。

美也正是这样,就是说,我们喜欢的东西决不可能当作为艺术下定义的依据,给予我们快感的那一类事物决不可能成为真正的艺术的典范。

在从我们艺术得来的享乐中认识艺术的目的和用途,这就等于从吃东西时所感到的享乐中认识食物的目的和意义,像那些停留在道德发展的最低阶段上的人(例如野人)所做的那样。

正像那些认为食物的目的和用途是给人享乐的人们不可能认识饮食的真正意义一样,那些认为艺术的目的是享乐的人也不可能认识艺术的意义和用途,因为他们把享乐这一不正确的、特殊的目的加诸于艺术活动,而实际上艺术活动的意义却在于它跟生活中其他现象的关系。只有当人们不再认为吃东西的目的在于享乐时,他们才会明白,饮食的意义在于滋养身体。就艺术来说也是这样。只有当人们不再认为艺术的目的是美（即享乐）时，他们才会了解艺术的意义。把美（即从艺术得来的某种享乐）认为是艺术的目的，这不但不能帮助我们判定艺术是什么，反而把问题转入跟艺术判然相异的领域，即转变为用形而上学的、心理学的、生理学的、甚或历史的眼光去议论为什么一部作品这些人喜欢，而另一部作品这些人就不喜欢，却有另一些人喜欢，以至无法为艺术下定义。正像议论为什么一个人喜欢吃梨而另一个人喜欢吃肉决不会有助于判定营养的本质一样，解决艺术中的趣味问题（关于艺术的议论会不知不觉地归结到趣味的问题上）不但不能帮助我们弄清楚我们称之为艺术的这种特殊的人类活动究竟是什么，反而使我们完全不可能弄清楚这一问题。

艺术，千万人为它牺牲劳动、生命，甚至道德的艺术，究竟是什么？关于这个问题，我们从现有的各种美学理论中找到了一些答案，这些答案可以归纳为：艺术的目的是美，而美是通过我们从它那里得到的享受而被认识的；艺术的享受是一桩好的、重要的事。换言之，享受之所以是好的，就因为它是享受。因此，被认为是艺术的定义的，其实并不是艺术的定义，只不过是用来辩解人们为了这想象中的艺术而招致的牺牲的一种手腕，同时也是用来辩解现存艺术中那种自私的享受和不道德行为的一种手腕。所以，说起来也真奇怪，虽然论艺术的书堆积如山，而艺术的正确定义却直到现在还没有规定出来，原因在于艺术的概念是以美的概念为基础的。

五

如果把使得整个问题混乱不清的美的概念撇在一边，那么艺术究竟是什么？新近一些最易理解的、不以美的概念为依据的艺术定义有下列几种:艺术是在动物世界里就已经产生的、来自性欲和对游戏的爱好的一种活动(席勒、达尔文、斯宾塞),这种活动伴有神经系统的令人愉快的刺激(格兰特-艾伦)。这是生理进化的定义。或者说,艺术是通过人类所感受的线条、色彩、姿势、音响、语言、情绪而形成的外部的表现(韦隆)。这是实验的定义。按照萨利的最新定义,艺术是"the production of some permanent object or passing action, which is fitted not only to supply an active enjoyment to the producer, but to convey a pleasurable impression to a number of spectators or listeners quite apart from any personal advantage to be derived from"①。

虽然这些定义比那些以美的概念为根据的形而上学的定义优越,它们仍然远非准确。第一种定义,生理进化的定义,之所以不准确,是因为它并不谈那构成艺术的本质的活动本身,而谈艺术的起源。那种根据对人的身体所起的生理上的影响而下的定义之所以不准确,是因为在这个定义中可以包括许多其他的人类活动,正如那些新派美学理论所主张的,缝制美丽的衣服、制造芬芳的香水,甚至烹调都算作艺术。实验的定义认为艺术就是情绪的表达,这种看法之所以不准确,是因为人可以靠着线条、色彩、音响、语言来表达自己的情绪,而他的这种表达可能对其他人不起什么作用,这时候这种表达就不是艺术了。

萨利提出的第三种定义之所以不准确,是因为所谓给再现者以快乐,并给观众或听众以愉悦印象、但无利可图的那些物象的再现,也可以包括魔术表演、体操以及其他不能算作艺术的活动在内。相反,许多给人不愉悦印象的物象,例如诗中描写的或舞台上

---

① 英语:"再现某种永久存在的物象或一时发生的动作,这种再现不但能给再现者以积极的享受,而且还能给一些观众或听众以愉悦的印象,且不说从中还能获得个人利益"。

表演的阴沉、残酷的场面,却无疑是艺术。

所有这些定义之所以不准确,是因为它们也都像形而上学的定义一样,认为艺术的目的就是从艺术中得到享乐,而不是艺术在个人和人类生活中的效用。

为了准确地给艺术下定义,首先应该不再把艺术看作享乐的工具,而把它看作人类生活的条件之一。对艺术采取这样的看法之后,我们就不可能不看到,艺术是人与人相互交际的手段之一。

任何一部艺术作品都能使接受的人跟已经创造了艺术或正在创造艺术的人之间发生某种联系,而且也跟所有那些与他同时在接受、在他以前接受过或在他以后将要接受同一艺术印象的人们之间发生某种联系。

正如传达出人们的思想和经验的语言是人们团结一致的手段,艺术的作用也是这样。不过艺术这种交际手段和语言有所不同:一个人用语言把自己的思想传达给另一个人,而人们用艺术互相传达自己的感情。

艺术活动是以下面这一事实为基础的:一个用听觉或视觉接受另一个人所表达的感情的人,能够体验到那个表达自己感情的人所体验过的同样的感情。

举一个最简单的例子:一个人笑了,听到这笑声的另一个人也高兴起来;一个人哭了,听到这哭声的人也难过起来;一个人生气了,而另一个看见他生气的人也激动起来。一个人用自己的动作、声音表达蓬勃的朝气、果敢的精神,或者相反,表达忧伤或平静的心境,这种心情就传达给别人。一个人受苦,用呻吟和痉挛来表达自己的痛苦,这种痛苦就传达给别人。一个人表达出自己对某些事物、某些人或某些现象的喜爱、崇拜、恐怖或尊敬,其他的人受了感染,对同样的事物、同样的人或同样的现象也感到同样的喜爱、崇拜、恐怖或尊敬。

艺术活动就是建立在人们能够受别人感情的感染这一基础

之上。

如果一个人在体验某种感情的时刻直接用自己的神态或自己所发出的声音感染另一个人或另一些人，在自己想打呵欠时引得别人也打呵欠，在自己不禁为某一事情发笑或哭时引得别人也笑起来或哭起来，或是在自己受苦时使别人也感到痛苦，这还不能算是艺术。

艺术起始于一个人为了要把自己体验过的感情传达给别人，便在自己心里重新唤起这种感情，并用某种外在的标志表达出来。

我们以一件最简单的事情作为例子，比方说，一个遇见狼而受到惊吓的男孩子把遇狼的事叙述出来，他为了要在其他人心里引起他所体验过的那种感情，于是描写他自己、他在遇见狼之前的情况、周围的环境、森林、他的轻松愉快的心情，然后描写狼的形象、狼的动作、他和狼之间的距离等等。所有这一切——如果男孩子叙述时再度体验到他所体验过的感情，以之感染了听众，使他们也体验到叙述者所体验过的一切——便是艺术。如果男孩子并没有看见过狼，但时常怕狼，他想要在别人心里引起他体验到的那种恐惧心情，就假造出遇狼的事，把它描写得那样生动，以至在听众心里也引起了当他想象自己遇狼时所体验的那种感情，那么，这也是艺术。如果一个人在现实中或想象中体验到痛苦的可怕或享乐的甘美，他把这些感情在画布上或大理石上表现出来，使别人为这些感情所感染，那么，同样的，这也是艺术。如果一个人体验到或者想象出愉快、欢乐、忧郁、失望、爽朗、灰心等感情，以及这种种感情的相互转换，他用声音把这些感情表现出来，使听众为这些感情所感染，也像他那样体验到这些感情，那么，同样的，这也是艺术。

各种各样的感情，非常强烈的或者非常微弱的，很有意义的或者微不足道的，非常坏的或者非常好的，只要它们感染读者、观众、听众，就都是艺术的对象。戏剧中所表达的自我牺牲以及对运命或上帝的顺从的感情，或者小说中所描写的情人的狂喜的感情，或者图画中所描绘的淫荡的感情，或者庄严的进行曲中所表达的爽朗的感情，或者舞蹈所引起的愉快的感情，或者可笑的逸事所引起的幽默的感情，或者描写晚景的风景画或催眠曲所传达的宁静的感情——这一切都是艺术。

观众或听众一旦感染到创作者体验过的感情，这就是艺术。

在自己心里唤起曾经一度体验过的感情，在唤起这种感情之后，用动作、线条、色彩、音响和语言所表达的形象来传达出这种感情，使别人也体验到这同样的感情，这就是艺术活动。艺术是这样的一项人类的活动：一个人用某些外在的符号有意识地把自己体验过的感情传达给别人，而别人为这些感情所感染，也体验到这些感情。

艺术不像形而上学者所说的是某种神秘的观念、美或上帝的表现，不像生理美学者所说的是人们借以消耗过剩精力的游戏，不是情绪通过外在符号的表达，不是使人愉快的事物所产生的结果，主要的——不是享乐，而是生活中以及向个人和全人类的幸福迈进的进程中必不可少的人们互相交际的一种手段，它把人们在同样的感情中结成一体。

人具有理解由语言表达的思想的能力，因此每一个人都能知道全人类在思想领域内为他做过的一切，能够在现在借着理解别人的思想的能力而成为其他一些人的活动的参与者，而且自己能够借着这种能力把从别人那里得来的和自己心里产生的思想传达给同辈和后辈。同样，由于人具有通过艺术而为别人的感情所感染的能力，因此他就能够在感情的领域内体会到人类在他以前所体验过的一切，能够体会同辈正在体验的感情和几千年前别人所体验过的感情，并且能把自己的感情传达给别人。

如果人们并不具有理解前人心里所怀过的、用语言表达出来的一切思想的能力，以及把自己的思想传达给别人的能力，那么人们就好似禽兽或卡斯帕·豪瑟尔①了。

如果人们并不具有另一种能力——为艺术所感染的能力，那么他们大概还会更加野蛮，而主要的是，更加不团结，更加互相敌视。

因此，艺术活动是一项很重要的活动，像语言活动一样重要，一样普遍。

语言不仅通过说教、演讲和书籍来影响我们，而且还通过我们用以互相传达思想和经验的一切话语来影响我们。同样，广义的艺术渗透我们的整个生活，而我们只把这一艺术的某些表现称为艺术，即狭义的艺术。

我们惯于把艺术一词仅仅理解为我们读到的、在剧院里、音乐会上和展览会上听到和看到的东西，建筑、雕像、诗、小说……但是所有这些只不过是我们生活中用以互相交际的那种艺术的很小一部分。人类的整个生活充满了各种各样的艺术作品，从摇篮曲、笑话、怪相的模仿、住宅、服装和器皿的装饰，以至于教堂的礼拜式，凯旋的行列。所有这些都是艺术活动。因此，我们所谓狭义的艺术，并不是指人类传达感情的整个活动，而只是指由于某种缘故而被我们从这整个活动中分化出来并赋予特殊意义的那一部分。

所有的人一向把这种特殊意义赋予整个活动中传达从人们的宗教意识中产生的感情的那一部分，整个艺术的这一小部分被称为名副其实的艺术。

古代的人——苏格拉底、柏拉图、亚里士多德是这样认识艺术的。希伯来的先知和古代的基督徒也是这样认识艺术的。伊斯兰教徒在过去和现在也都是这样理解艺术的，当代信仰宗教的人也

---

① 卡斯帕·豪瑟尔即"纽伦堡的弃儿"，是一八二八年五月二十三日在纽伦堡的市场上被人发现的，有十六岁光景。他很少讲话，几乎连平常的事物都全然不知。后来他告诉人们，他是被幽禁在地下室里长大的，只有一个人去看看他，但他看到这个人的次数也不多。

是这样理解艺术的。

人类的几位导师,例如柏拉图在他所著的《理想国》里,最初的基督徒、严正的伊斯兰教徒、佛教徒,往往甚至否定一切艺术。

用这种与今天的观点(按照今天的观点,任何一种艺术只要能给人享乐,就都是好的)相反的观点来认识艺术的人,过去和现在都认为,艺术和语言不同,语言可以不听,而艺术却能使人不由自主地受到感染,就这一点来说艺术是那样地可怕,如果把一切艺术都取消,那么人类受到的损失会比容许任何一种艺术存在要少许多。

这些否定一切艺术的人显然是不正确的,因为他们否定了不可否定的东西,那个人类不可缺少的、没有它就不能生活的交际手段之一。但是,我们欧洲这个文明社会、这个圈子和这个时代的人容忍一切艺术,只要它们为美服务,换言之,只要它们给人快感,这同样是不正确的。

从前,人们害怕在众多的艺术主题中会出现一些使人腐化的主题,就索性禁止一切艺术作品。可是现在,人们只害怕失去艺术所给人的任何一种享乐,而袒护一切艺术。我想,后一种错误比前一种错误严重得多,危害也深得多。

六

但是怎么可能发生这样的事:古时候仅仅能容忍的或者完全被否定的那种艺术,现在只要它给人快感,就被认为是永远美好的?

这种情况是由于下述原因而产生的:

艺术,或者说,艺术所传达的感情的价值是根据人们对生活意义的理解而加以评定的,是根据人们从中看到的是生活中的善抑恶而加以评定的;而生活中的善与恶是由所谓宗教来决定的。

人类不断地在运动——从对生活比较肤浅、比较不全面、比较不清楚的理解渐渐发展到比较高深、比较全面、比较清楚的理解。正像在任何运动中一样，在这一运动中也有一些先进的人比其他人更清楚地理解生活的意义，而在这些先进的人当中总有一个人比其他人更清楚易解、更有力地用语言和生活说明这生活的意义。这个人对生活的意义所作的阐述以及通常环绕着对这个人的纪念而产生的传说和仪式合在一起，就称为宗教。宗教代表着某一时代、某一社会中的优秀先进人物所能达到的对生活的最高深的理解，这个社会中所有其他的人都不可避免地经常在接近这一理解。因此只有宗教在过去和现在任何时候总是评定人的感情的根据。如果感情使人们接近宗教所指示的理想，而且这些感情跟那理想一致，不相抵触，那么这些感情就是好的。如果这些感情和那理想背道而驰，不相一致而相抵触，那么这些感情就是坏的。

　　如果宗教认为生活的意义在于尊敬独一的上帝和实现人们所认为的上帝的意志，像过去希伯来人所做的那样，那么源出于对这个上帝和他的律法的爱而用艺术表达出来的感情，如先知书和诗篇中的神圣的诗歌、创世记的叙事文等便是美好的、崇高的艺术。凡是跟这相反的一切，例如对异教神的崇敬的感情以及不合乎上帝的律法的感情的表达，都将被认为是坏的艺术。如果宗教认为生活的意义在于俗世的幸福，在于美和力，那么艺术所表达的生活中的乐趣和奋发之情将被认为是好的艺术，而表达柔弱或颓丧的感情的艺术将是坏的艺术，这是希腊人的看法。如果生活的意义在于自己的民族的幸福或者在于继续祖先所过的生活和对祖先的尊敬，那么，表达出为民族的幸福或者为发扬祖先的精神和保持祖先的传统而牺牲个人幸福的那种欢乐之情的艺术，将被认为是好的艺术，而表达跟这相反的感情的艺术便将是坏的艺术，这是罗马人和中国人的看法。如果生活的意义在于使自己摆脱动物性的束缚，那么表达出提高心灵和压抑肉欲的感情的艺术便将是好的艺术,而一切表达增强情欲的感情的艺术将是坏的艺术,这是佛教徒的看法。

在每一个时代和每一个人类社会中,总有这一社会中人所共有的关于什么是好和什么是坏的宗教意识,这一宗教意识就决定了艺术所表达的感情的价值。因此,在每一个民族中,凡表达出从这一民族的人所共有的宗教意识中产生的感情的艺术总被认为是好的,并且受到鼓励。而表达出跟这一宗教意识相抵触的感情的艺术则被认为是坏的,而且遭到否定。可是艺术中人们借以互相交际的其余的一大部分却完全没有受到重视,只有当艺术中的这一部分跟当时的宗教意识相抵触时,它才被人否定。这种情况在所有的民族中都有过,如希腊人、希伯来人、印度人、埃及人、中国人。这种情况在基督教产生的时候也有过。

初期的基督教认为只有传奇、传记、讲道、祈祷、赞美诗才是好的艺术作品,它们在人们心里引起对基督的爱、对基督一生的感佩、要以他为榜样的愿望、对俗世生活的厌弃以及对人的温顺和爱。而凡是表达出个人享乐的感情的作品,基督教都认为是坏的,因此基督教摈弃一切异教的造型艺术,而只容许象征性的造型艺术。

最初几个世纪内的基督徒的情况就是这样的,他们即使没有完全正确地接受基督的学说,至少也没有像后来的人那样按照歪曲的、异教的方式去接受它。但是除了这些基督徒以外,自从人民按照政权当局的命令不分皂白一律改信基督教(例如在君士坦丁时代、查理大帝时代、弗拉基米尔时代)的时候起,出现了另一种基督教,即教会的基督教,它更接近异教,而不是基督的学说。这种教会的基督教开始根据它自己的教义对人的感情和表达这些感情的艺术作品作出完全不同的评价。这种基督教不承认真正基督教的基本的重要论点——每一个人和天父之间有直接关系,由此得出全人类的博爱和平等,并因此而产生用温顺和爱来代替任何暴力,相反,它建立起一种跟异教的神话相类似的天上的教阶制度,树立起对这种教阶制度,对基督、圣母、天使、使徒、圣徒、殉教者,以及不仅对这些神明而且对他们的画像的崇拜,然后把盲目信仰教会及其决议当作自己的教义的本质。

不论这种教义和真正的基督教之间有多大的差异,不论它同真正的基督教比较,或者甚至同尤里安①这样的罗马人的世界观比较是多么肤浅,但对于接受了这种教义的那些野蛮人说来仍然是一种比较高深的学说,高于那些野蛮人过去对诸神、英雄和善恶精灵的崇敬。因此,对接受这种学说的野蛮人说来,这种学说就是宗教。于是,对那个时代的艺术的评价也就是根据这种宗教而作出的。表达出对圣母、耶稣、圣徒、天使的虔敬,对教会的盲目信任和顺从,对苦难的畏惧,以及对来世的幸福的期望的艺术,被认为是好的。同这相反的艺术就都被认为是坏的。

这种艺术产生时所依据的学说是被歪曲了的基督的学说,但是根据这种被歪曲了的学说而产生的艺术却仍然是真正的艺术,因为它符合于当时人民的宗教观念。

中世纪的艺术家们具有和人民群众相同的感情基础,即信奉同一种宗教,把自己所体验到的感情和心境表达在建筑、雕刻、绘画、音乐、诗歌和戏剧中,他们是真正的艺术家,他们的活动是以当时人所能达到的、全民共有的最高深的理解为基础的,对当代人说来虽然是低级的艺术,但仍不失为全民共有的真正的艺术。

这就是欧洲社会中比较有教养的富裕的上层阶级在尚未怀疑教会基督教对生活的看法的真实性之前的情况。可是在数次十字军东征之后,在罗马教皇的政权高度发展以及这一政权滥用之后,在人们熟悉了古人的才智之后,富裕阶级中的人们一方面认识了古代圣贤的学说的合理性和明确性,另一方面也看出了教会的学说跟基督的学说不相符合之处,这些富裕的上层阶级中的人们就

---

① 尤里安,自331年起为罗马皇帝,拥护多神教,发布反对基督教的敕令。

不可能再像以前那样相信教会的学说了。

如果这些人在表面上还维持着教会的学说的形式,那么事实上他们已经不可能相信这种学说了,他们之所以维持这种学说,只不过由于惰性,只不过因为人民还继续在盲目地相信教会的学说,而上层阶级的人为了自身的利益,认为有必要使人民继续相信这种学说。因此,教会基督教的教义到某一个时候就不再是所有基督教教民的共同宗教学说;有些人,比如上层阶级,也就是手中握有政权、财富,因而也有着产生并鼓励艺术的闲暇和手段的人,不再相信教会的宗教学说,而人民却还在盲目地相信它。

就拿对宗教的态度来说,中世纪的上层阶级所处的地位,跟基督教产生之前的有教养的罗马人相同。换言之,他们不再相信人民所相信的,而他们自己又没有任何一种信仰可以用来代替那种在他们看来已经过时、已经失却意义的教会的学说。

这两种人之间的差别只在于,罗马人对自己那些以帝王面目以及以家神面目出现的众神既已失去信仰,而从他们借自所有被征服的民族的复杂神话中也得不出什么来了,他们必须采纳一种全新的世界观,而那些怀疑天主教教会学说的真理的中世纪人却不必寻找一种新的学说。他们以歪曲的形式来宣讲的基督教教义,如天主教教会的信仰,已经为人类指出一条那么遥远的前进的道路,只须把那些使基督创立的学说变得晦暗的不正确观点抛弃,而去掌握这一学说的真正意义就行了。即使不能掌握它的全部意义,至少掌握一小部分(但这已经比教会掌握的多了)。使这一工作部分地完成了的,不仅有威克里夫、胡斯、路德、加尔文等人的宗教改革,而且还有整个非教会基督教(这种非教会基督教的初期代表者是保罗派和鲍格米勒派[①],后期的代表者是韦尔多派),以

[①] 早期教会史上众所周知的一个东方教派,反对教会对基督的学说的阐释,因而受到残酷的迫害。

及其他所有的非教会基督徒(所谓教派分子)。但是能够做而且已经做了这一工作的是穷苦人,而不是统治者。在有钱有势的人中间,只有少数人(像方济各①等)从本质上接受了基督教教义,虽然这种教义损害了他们的有利的地位。可是上层阶级的大多数人虽然在心灵深处已经对教会的学说失去信仰,却不能够或不愿意这样表现出来,因为他们在放弃对教会的信仰之后所要接受的那种基督教世界观的实质,是一种主张人类博爱,因而也主张人类平等的学说,而这种学说否定了他们所处的优越地位——他们是在这种优越的地位上成长起来,得到教养,并且已经习惯于这种优越地位。这些富裕的统治阶级的人,即教皇、国王、公爵以及世界上一切有权有势的人,既然在心灵深处并不相信这种已经过时的、对他们说来已经没有真正意义的教会学说,又不能够接受真正的基督教,于是就只好不信奉任何一种宗教,而只信奉宗教的外表形式,他们维护这种外表形式,认为这对自己不但有利,而且必不可少,因为这种学说证明了他们所享受的优越地位是正当的。而实际上,这些人什么也不相信,正像最初几个世纪的有教养的罗马人什么都不相信一样。但在这些人的手里掌握着政权和财富,而且是这些人在鼓励艺术和领导艺术。于是,在这些人中间开始生长出一种艺术,它的价值不是根据它在何种程度上表达出从人们的宗教意识中产生的感情来评定的,而只是根据它有多美来评定的。换言之,只是根据它给人多大的快感来评定的。

这些富有的、掌握政权的人既然已经不再能相信那揭穿了自己的谎话的教会宗教,而又不能接受那否定他们的整个生活的真正基督教教义,他们对生活一直没有任何宗教观点。这样,他们就不由自主地回复到异教的世界观,认为生活的意义在于个人的享乐。于是,在上层阶级中发生了所谓"科学和艺术的复

---

① 方济各(1181 或 1182—1226),意大利传教士,方济各会的创建人。

兴"，这实际上不仅等于否定一切宗教，而且等于承认宗教没有必要存在。

教会的教理，特别是天主教的教理，是一种很有条理的体系，要把这种体系加以改变和修正而又不致把它全部破坏是不可能的事。一旦对教皇绝对无谬说发生怀疑（这种怀疑当时发生在所有受过教育的人中间），那就不可避免地对天主教的传说的真实性也怀疑起来。而对天主教传说的真实性的怀疑不但毁灭了教皇制和天主教，而且也毁灭了教会的全部信仰及其全部教条，以及基督、复活、三位一体的神圣性，毁灭了《圣经》的威信，因为《圣经》之所以被认为神圣，只是由于教会的传说作了这样的决定。

因此，当时上层阶级中大部分的人，甚至教皇和神职人员，实际上什么也不相信。这些人之所以不相信教会学说，是因为他们看出它是毫无根据的。他们不可能像方济各、海尔奇茨基①以及大部分教派分子那样承认基督的那种道德的、社会性的学说，因为这种学说损害了他们的社会地位。这些人就这样一直没有任何宗教观念。而由于没有宗教观念，他们除了个人享乐之外就不可能有任何其他评定艺术好坏的标准。欧洲社会上层阶级的人既然把享乐，换言之，把美认为是测定善的一个标准，那么他们对艺术的理解就回复到原始希腊人的粗浅的理解，这种粗浅的理解曾经受到柏拉图的斥责。根据这种理解，在他们中间就编出了一套艺术理论。

---

① 海尔奇茨基（约 1390—1460），波希米亚人，约翰·胡斯的继承人之一。他是一部著名的反对教会和国家的著作《忠诚之网》的作者。

七

自从上层阶级的人对教会基督教失去信仰之后,美,换言之,从艺术中得到的享受就成了测定艺术好坏的标准。根据这种对艺术的看法,在上层阶级中自然就有人编出一套证明这种理解是正确的美学理论,认为艺术的目的在于表现美。这种美学理论的信徒在证明这一理论的真实性时断言,这种理论不是他们发明的,而是存在于事物的本质之中,并且还是古希腊人所承认的。但这种论断完全是任意作出的,除了古希腊人由于其道德观念比基督徒较低,因而对善的概念($\tau\grave{o}$ $\alpha\gamma\alpha\vartheta\grave{o}\nu$)和美的概念($\tau\grave{o}$ $\kappa\alpha\lambda\grave{o}\nu$)还没有清楚地加以区分这一事实以外,并没有任何其他的根据。

善的最完满的形式(不但跟美不相符合,而且多半是跟美相反的)是希伯来人早在以赛亚时代就已经认识到的,而且已经被基督教充分地表现出来。可是希腊人却对它一无所知。希腊人认为,美一定也就是善。诚然,先进的思想家苏格拉底、柏拉图、亚里士多德觉得善可能跟美不相符合。苏格拉底干脆使美从属于善。柏拉图为了要结合这两个概念,就谈到精神美。亚里士多德对艺术提出这样的要求:艺术应该对人们产生道德影响($\kappa\alpha\vartheta\alpha\rho\sigma\iota s$),而就连这些思想家也不能完全弃绝美跟善相符合的概念。

因此,在那个时候的语言里就开始使用一个复合词:$kalokaga\vartheta ia$(美善),这个词意味着这两个概念的结合。

很显然,希腊的思想家已开始接近佛教和基督教所提出的善的概念,可是在决定善和美的关系时却混淆不清了。柏拉图关于美和善的见解充满了矛盾。失去了一切信仰的欧洲人竭力把这种含混的概念编成法则,并努力证明:美跟善的这种结合存在于事物的本质,美和善应该相符合,$\kappa\alpha\lambda o\kappa\sigma\gamma\alpha\vartheta\iota\alpha$ 一词及其概念(它对希腊人说来是有意义的,但对基督徒说来并没有任何意义)便是人类的最高理想。在这一误解上,一种新的科学——美学建立起来了。而为了证明这种新的科学的正确合理,古人关于艺术的学说就被加以曲解,以便使人觉得仿佛这种杜撰的科学——美学——在希腊人中间就已经存在。

可实际上,古人对艺术的见解跟我们的完全不一样。举例说,贝纳尔在他所著的论亚里士多德的美学一书里说得完全正确:"Pour qui veut y regarder de près,la théorie du beau et celle de l'art sont tout à fait séparées dans Aristote,comme elles le sont dans Platon et chez leurs successeurs."①

事实上,古人的艺术见解不但没有证实我们的美学的正确,相反地否定了我们的美学中的美的理论。然而所有的美学家,从沙斯勒到奈特(Knight),都肯定说,关于美的科学,即美学,是古人苏格拉底、柏拉图、亚里士多德早已创立了的。他们又说,这种关于美的科学看来在某种程度上为享乐主义者和禁欲主义者塞涅卡、普卢塔克,以至于普罗提诺所继承。但是,他们又说,由于某种不幸的情况,这门科学在第四世纪不知怎的忽然消失,而且在一千五百年间一直没有这门科学存在,直到过了一千五百年之后,一七五○年才在德国鲍姆加登的学说中得到恢复。

沙斯勒说,在普罗提诺之后,过去了十五个世纪,而在这个时期,没有人对美和艺术的世界表示过丝毫的科学兴趣。他说,对美学以及这门科学在学术上的成就说来,这一千五百年的时间是虚

---

① 贝纳尔:《亚里士多德及其后继者的美学》(Bénard:L'esthétique d'Aristote et de ses successeurs),巴黎,1889年,第28页。——作者注
法语:"仔细研究一下美的理论和艺术的理论,就会清楚地看出:在亚里士多德的理论中,正同在柏拉图以及二人的后继者的理论中一样,这两者是完全分开,各不相干的。"

度了的。①

可实际上根本不是那样。美学这门科学,即美的科学,从来没有消失,而且不可能消失,因为它从来没有存在过;所存在过的只不过这一事实:无论何时何地,只要艺术为善(希腊人理解中的善)服务,希腊人就像所有的人一样把这种艺术认为是好的,像他

① "Die Lücke von fünf Jahrhunderten, welche zwischen die kunstphilosophischen Betrachtungen des Plato und Aristoteles und die des Plotins fällt, kann zwar auffällig erscheinen; dennoch kann man eigentlich nicht sagen, dass in dieser Zwischenzeit überhaupt von ästhetischen Dingen nicht die Rede gewesen, oder dass gar ein völliger Mangel an Zusammenhang zwischen den Kunstanschauungen des letztgenannten Philosophen und denen des ersteren existiere. Freilich wurde die von Aristoteles begründete Wissenschaft in Nichts dadurch gefördert; immerhin aber zeigt sich in jener Zwischenzeit noch ein gewisses Interesse für ästhetische Fragen. Nach Plotin aber (die wenigen ihm in der Zeit nahestehenden Philosophen, wie Longin Augustin, u. s. w. kommen, wie wir gesehen, kaum in Betracht, und schliessen sich übrigens in ihrer Anschauungsweise an ihn an), vergehen nicht fünf; sondern fünfzehn Jahrhunderte, in denen von irgend einem wissenschaftlichen Interesse für die Welt des Schönen und der Kunst nichts zu spüren ist.

"Diese anderthalbtausend Jahre, innerhalb deren der Weltgeist durch die mannigfachsten Kämpfe hindurch zu einer völlig neuen Gestaltung des Lebens sich durcharbeitete, sind für die Aesthetik, hinsichtlich des weiteren Ausbaus dieser Wissenschaft, verloren. "

Kritische Geschichte der Aesthetik, von Max Schassler, Berlin, 1872, CTP. 253, §25.——作者注

德语:柏拉图和亚里士多德的美学观点和普罗提诺的观点之间相隔五个世纪,这一段空白似乎是令人惊奇的。但实际上,我们不能断定说,在这一段时期内完全没有人谈到过美学问题,也不能断定说,上面提到的最后一位哲学家的艺术观点和前两位哲学家的艺术观点是绝对没有关系的。即使由亚里士多德奠定基础的那门科学完全没有发展下去,那么还是有人对美学问题产生过一点兴趣。然而在普罗提诺之后(关于在他之后的少数哲学家——朗吉努斯、奥古斯丁等——几乎都是不值得一提的,而且他们在观点上是同他相衔接的),不是过了五个世纪,而是过了十五个世纪,其间找不到任何对美学问题的科学兴趣的显著痕迹。

"在这一千五百年间,世界精神在各种斗争中培养出全新的生活方式,而就美学的进一步的科学发展来说,这一千五百年对美学没有一点贡献。"

《美学批评史》,马克斯·沙斯勒,柏林,1872,第253页,§25。

们对待任何事物那样。当艺术跟这善相抵触时,他们就认为它是坏的。而希腊人自己在道德上还处于较低的发展阶段,因此善和美在他们看来是一致的。十八世纪的人所发明的、经过鲍姆加登特别加工而成为一种理论的美学,就建立在希腊人的这种落后世界观的基础上。希腊人根本不曾有过任何美学(任何人只要读完贝尔纳所著论亚里士多德及其后继者这本优秀著作,和瓦尔特所著论柏拉图这本优秀著作,就会相信这一点)。

美学的理论和这门科学的名称产生于大约一百五十年前的欧洲基督教世界的富裕阶级,同时在不同的民族:意大利人、荷兰人、法国人、英国人中间产生。它的奠基者,它的创始人,亦即使它具有科学的、理论的形式的人,是鲍姆加登。

鲍姆加登以德国人所特有的外表上的、学究式的周密性和对称性,创造并阐述了这一惊人的理论,并把它陈述出来。虽然这套理论完全没有根据,但是从来没有一个人的理论那样合乎文化人士的口味,那样容易为人接受,而且没有受过丝毫批判。这一理论是那样合乎上层阶级人们的口味,以至直到现在,虽然他的那些原则完全是任意定出、毫无根据的,但是他的这套理论却仍然被有学问的人和没有学问的人当作无可置疑的、不言而喻的至理来引述。

Habent sua fata libelli pro capite lectoris① ——有些理论也是这样,而且比书的情形更加有过之无不及,它们是根据那个社会,即它们在其中产生并为之而产生的那个社会的谬误认识而 habent sua fata②。如果理论证明社会中某一部分人所处的不合理地位是合理的,那么无论这一理论是多么缺乏根据,甚至显然不正确,它还是能被理解,并且成为社会中这一部分人的信仰。马尔萨斯的

---

① 拉丁语:书是根据读者的理解而定其命运的。
② 拉丁语:定其命运。

著名的、没有任何根据的人口论便是这样一个例子，马尔萨斯认为，地球上的人口按几何级数增加，而生活资料则按算术级数增加，由此得出地球上人口过剩的理论。以马尔萨斯的理论为根据，把物竞天择当作人类进步的基础的那种理论也是这样的例子。目前那样广泛地流传的马克思的理论也是这样的例子，马克思认为一切私人生产渐渐被资本主义所并吞是一种不可避免的经济进展。无论这一类的理论多么缺乏根据，无论它们跟人类所知道和意识到的一切有多大的矛盾，无论它们是多么明显地违反道德，这些理论还是会有人不加批判地接受和相信，而且被人热心地宣传，有时还可能留传几个世纪，直到它们所证明合理的那种情况消失为止，或者直到所宣传的那些理论显然变得十分荒谬为止。鲍姆加登的善、美、真三位一体的惊人理论也是这样的例子，按照这一理论，过了一千八百年基督教生活的人们在艺术上所能做到的最好的一件事，是把两千年前的那些描画裸体人形和建造美丽建筑物的半野蛮的、奴隶主的小民族的理想选作自己生活的理想。所有这些不合理现象谁也没有注意。有学问的人们写很长的含混的论文，把美当作美学的三位一体——美、真、善——之一加以讨论。Das Schöne, das Wahre, das Gute①——Le Beau, le Vrai, le Bon②这些字被哲学家、美学家、艺术家、个别一些人、小说家和小品文作家用大写字母不断地反复写着，他们大家都觉得，当他们说出这些神圣字眼的时候，他们是在说一种完全明确的、切切实实的东西，一种可以作为自己见解的根据的东西。而实际上，这些字不但没有明确的意义，反而妨碍我们，使我们不能赋予现存的艺术以任何明确的意义，这些字的用处只在于证明我们加之于表达各种感情的艺术的那种不正确的意义是正确的，只要这些感情能给我们快感。

---

① 德语：美、真、善。
② 法语：美、真、善。

我们只要暂时抛弃把这种三位一体看得像宗教的三位一体那样合乎真理的习惯，然后反问自己：我们大家经常是怎样理解构成这三位一体的三个词的？这样我们就会毫不怀疑地相信，把这三个完全不同的、就意义来说甚至是不能比较的词和概念结合为一，纯粹是一种幻想。

善、美、真被放在同一高度上，而且这三个概念都被认为是基本的、形而上学的。可事实上却并非如此。

善是我们生活中永久的、最高的目的。不管我们怎样理解善，我们的生活总是竭力向往善的，换言之，总是竭力向往上帝。

善实际上是一个形而上学地构成我们意识的本质而不能用理性来测定的基本概念。

善是任何人所不能判断的，但是善能判断其他一切。

而美呢，如果我们不想卖弄辞藻，就我们所理解的来说的话，美只不过是使我们喜欢的东西。

美的概念不但跟善不相符合，而且毋宁说是相反，因为善往往跟癖好的克制相符合，而美则是我们的一切癖好的基础。

我们越是醉心于美，我们就跟善离得越远。我知道关于这一问题人们总是这样说，美有道德的美和精神的美。但这不过是玩弄文字而已，因为所谓精神的美和道德的美，意思无非就是指善。精神的美，或善，往往不但跟美的平常的意义不相符合，而且跟它相反。

至于真，我们不但更难为这想象中的三位一体之一找出跟善或美相一致的地方，而且甚至很难说它是一种独立的存在。

我们所谓真，只是指事物的表达或事物的定义跟它的实质相符合，或者跟一切人对该事物所共有的理解相符合。那么美和真这一方面的概念与善这一方面的概念之间究竟有什么共同之处呢？

美和真的概念不但不是跟善等同的概念，不但并不跟善构成一个实体,而且甚至跟善不相符合。

真是事物的表达跟它的实质的符合,因此它是达到善的手段之一,但是真本身既不是善,也不是美,甚至跟善与美不相符合。

例如,苏格拉底和帕斯卡以及其他许多人都认为,对不必要事物的真的认识是跟善不相调和的。真和美甚至毫无共同之处,真大都是跟美相反的,因为真大都揭穿诈伪,这样,真就破坏了美的主要条件——幻想。

这三个不能比较的、各不相干的概念的随意结合就这样成了那惊人的理论的基础,按照这一理论,表达善良感情的好艺术和表达恶毒感情的坏艺术之间的差别就被一笔勾销,而艺术的最低级的表现之一,即单为享乐的艺术,人类所有的导师曾警告人们必须提防的那种艺术,开始被认为是最高级的艺术。这样,艺术就不像预期的那样成为一项重要的事业,而成了游手好闲的人们的毫无意义的娱乐。

八

但是,如果艺术是一项目的在于把人们所体验到的最崇高、最优越的感情传达给别人的人类活动,那么怎么可能有这样的事,人类在生存史上某一段相当长的时期内,即从人们不再相信教会学说时起直到现在,生活中竟一直缺少这种重要的活动,而满足于那种只图享乐的、毫无价值的艺术活动呢?

要回答这个问题,首先必须纠正一般人常犯的一个错误:把真正的全人类的艺术的意义妄加在我们的艺术上。我们那样习惯于不仅把高加索人种,而且还把盎格鲁-撒克逊种族(如果我们是英国人或美国人)、日耳曼种族(如果我们是德国人)、高卢拉丁种族(如果我们是法国人)、斯拉夫种族(如果我们是俄国人)天真地认为是最优秀的人种,以至于当我们讲到我们的艺术时,我们完全相信:我们的艺术不但是真正的,而且还是最优秀的、独一无二的艺术。可是,我们的艺术不但不是独一无二的艺术,像《圣经》从前被认为是独一无二的书那样,而且甚至不是全体基督教徒的艺术,只不过是人类这一部分人中很小一群人的艺术。我们可以讲到希伯来、希腊、埃及等民族的艺术,就现在来说,我们可以讲到中国、日本、印度的全民共有的艺术。这种全民共有的艺术在俄国存在于彼得大帝之前,在欧洲诸社会存在于十三、十四世纪之前。可是自从欧洲社会上层阶级的人们不再相信教会学说,又不接受真正的基督教,而一直保持没有任何信仰之时起,我们一讲到基督教各民族的上层阶级的艺术,已经不可能指整个艺术了。自从基督教各民族的上层不再相信教会基督教之后,上层阶级的艺术就脱离了全民的艺术,于是就有了两种艺术:平民的艺术和贵族的艺术。因此,关于人类怎么会在生活中某一个时期没有真正的艺术,而用只为享乐的艺术代替真正的艺术这一问题,我们的回答是:生活中缺乏真正的艺术的并不是全人类,甚至也不是人类中相当大的一部分人,而只是欧洲基督教社会的上层阶级而已。即使这些人,也只在一个比较短的时期内缺少真正的艺术:从文艺复兴和宗教改革的初期起,到最近为止。

　　缺乏真正的艺术,其后果必然是享受这种艺术的那个阶级的腐化。所有那些错杂混乱的、不可理解的艺术理论,所有那些有关艺术的错误的、矛盾的见解,特别是我们的艺术在错误道路上自以为然的停滞,所有这一切都是从那普遍应用的、被人奉为无可置疑的真理,但显然是非常错误的断言产生的,这一断言是:我们上层阶级的艺术就是整个艺术,是真正的、独一无二的、世界性的艺术。虽然这一断言(它跟那些认为自己的宗教是独一无二的、真正的宗教的各派宗教人士的断言完全相同)完全是随意作出的,而且显然是不公正的,但是我们这个圈子里的所有的人却深信它绝对正确,于是放心地一再加以引述。

我们拥有的艺术是整个艺术,是真正的、独一无二的艺术,但事实上不但全人类三分之二的人(亚洲和非洲所有的民族)从生到死都不知道这种独一无二的、高超的艺术,而且即使在我们的基督教社会里也未必有百分之一的人享受着这种我们称之为"整个艺术"的艺术。我们欧洲各民族中其余的百分之九十九的人世世代代都终生过着紧张的劳动生活,从来也没有领略过这种艺术,而且它是这样一种艺术:就算他们能享受这种艺术,他们也不会领会到什么。根据我们所信奉的美学理论,我们认为艺术是观念、上帝、美的最崇高的表现之一,或者是一种最崇高的精神享受。此外,我们又认为,所有的人即使不是在物质的福利上,那么至少在精神的幸福上享有平等的权利。事实上百分之九十九的欧洲人为了生产我们的艺术而不得不世世代代都生活在紧张的劳动中,自己却没有享受这种艺术,可我们仍然心安理得地肯定说,我们所生产的艺术是真正的、不折不扣的、独一无二的艺术,是整个艺术。

如果我们的艺术是不折不扣的艺术,那么应该让所有的人都得以享受。对以上这种意见,人们通常这样加以反驳:如果现在并不是所有的人都享受到目前存在的艺术,那么这不是艺术的罪过,而是不合理的社会制度所造成的。我们可以想象,在将来,体力劳动将部分地为机器所代替,部分地因了劳动的正确分配而减轻,为生产艺术而从事的劳动将由大家轮流分担,不必让某些人经常坐在舞台下面搬移布景,或者经常举起机器,经常制造钢琴和法国号,经常排字、印书,做所有这些工作的人可以每天只工作很少几个小时,而在空闲的时间享受艺术的一切幸福。

我们这种为少数人专有的艺术的维护者就是这样说的,但是我想,连他们自己也不相信自己的话,因为他们不可能不知道:我们这种精致的艺术只有在人民群众处于奴隶地位的情况下才可能生产,只有当这种奴隶制度还存在时才可能继续;只有在工人的紧张劳动的条件下,专家们——作家、音乐家、舞蹈家、演员——才可能达到他们所达到的那种精致和完美的程度,才可能生产他们那精致的艺术作品;只有在这些条件下才可能有评赏这些作品的精致的公众。把资本的奴隶解放了,就不可能生产那样精致的艺术。

退一万步讲,就算可以找出方法使所有的人都能享受艺术,即我们认为是艺术的那种艺术,那么就产生另外一种想法:现在的艺术不可能是整个艺术,换言之,人民完全不理解它。从前人们用拉丁文写诗,但是现在的艺术作品对人民说来同样地不可理解,就好像这些作品是用梵文写的。对这一问题,人们通常是这样回答的:如果现在人民不理解我们的这种艺术,那么这只证明人民还停留在未经发展的阶段,这正是每当艺术向前跨进一步时所存在的情况。起初人们不理解这种艺术,但后来也就对它习惯了。

"现在的艺术也是如此。当全体人民变成像我们生产这种艺术的上层阶级的人那样有教养时,这种艺术就将为全体人民所理解。"我们的艺术的维护者这样说。但是这种断言显然比第一种断言更不合理,因为我们知道,在当时曾使上层阶级的人迷恋若狂的大多数该阶级的艺术作品,如各种颂歌、诗、戏剧、大合唱、牧歌、图画等等,到后来从未被广大群众所理解,也不为广大群众所珍视,只不过像当初那样一直是当时的富人的一种娱乐,而这种娱乐只有对这些富人说来才有意义。由此可以得出一个结论:我们的艺术也将是这样的。如果有人为了证明人民在将来总有一天会理解我们的艺术,因而提到下面的事实:群众从前所不喜爱的那些所谓古典诗歌、音乐、绘画一类的作品,在人们把这些作品从各方面提供给群众之后,也开始为群众所喜爱了,那么这种情形仅只证明,普通人,而且是城市的相当腐化了的普通人,他们的趣味既经歪曲,总是很容易习惯于随便哪一种艺术的。而且,这种艺术并不是这些人所创造的,也不是他们所选择的,而是人家在那些使他们接触艺术的公共场所中强行灌输给他们的。对于绝大多数的劳动人民,我们的艺术因价格昂贵而不是他们所享受得到的,而且就其内容来说,也是同人民格格不入的,所传达的是跟人类大多数的劳动生活条件相距甚远的那些人的感情。富裕阶级的享受对劳动人民说来是不可理解的。这种享受并没有在劳动人民心里唤起任何一种感情,再不然就是在他们心里唤起跟那些饱食终日、无所事事的人心里的感情完全相反的感情。例如,构成现代艺术的主要内容的荣誉、爱国和恋爱等感情,在劳动人民心里所唤起的只不过是困惑、轻蔑或愤恨。因此,即使我们让大多数劳动人民在空闲时有机会看、读和听现代艺术的全部精华(像在城市里通过图画陈列室、大众音乐会和图书馆等方式而在某种程度上所做到的那样),那么劳动人民(只要他们是劳动人民,而没有在某种程度上转变成被悠闲所腐蚀的那种人)从我们的精致的艺术中不会理解到任何东西。即使理解的话,他们所理解到的大都不但不会提高他们的心灵,而且会腐蚀他们的心灵。因此,上层阶级的艺术根本不可能成为全民的艺术。对于那些会深思的、率真的人说来,这一点是无可置疑的。如果艺术像宗教那样是一项重要的事业,是所有的人不可缺少的一种精神的幸福(像艺术的崇拜者喜欢说的那样),那么它应该是所有的人都享受得到的。如果它不可能成为全民的艺术,那么就有下面两种可能的结果:艺术并不像人们所说的那样是一项重要的事业,或者我们称之为艺术的那种艺术不是一项重要的事业。

这个非此即彼的问题是无法解决的,因此那些聪明的、不道德的人就否定了这个问题的一个方面,即否定了人民群众享受艺术的权利,用这样的方法来大胆地解决它。这些人直截了当地说出了问题的本质:极度美妙的(按照他们的看法)艺术享乐,换言之,最高的艺术享乐的参与者和接受者只能是"schöne Geister",即浪漫主义者所谓的"精英",或尼采的追随者们所谓的"超人",其余不能体验这种快乐的粗俗群众就应该为这些上等人的高尚享乐服务。说出这种观点的人至少并不伪装,他们不想把不能结合的东西结合在一起,而是直截了当地承认了当前的事实,即我们的艺术仅只是上层阶级的艺术。实际上，我们这个社会里所有从事艺术的人在过去和现在一直都是这样理解艺术的。

九

欧洲世界的上层阶级失去信仰所引起的结果是，代替了那种目的在于传达从宗教意识中产生的、人类所能达及的崇高感情的艺术活动，出现了另一种活动，这种活动的目的在于给某一特定圈子里的人以最大的享乐。于是，从艺术的整个广大的领域中，就有给某一圈子里的人以享乐的那一部分分化出来，开始被人称为艺术。

且不谈不配称为重要艺术的那一部分从整个艺术领域中分化出来并被认为重要艺术这一事实给欧洲社会带来的道德上的后果，这种对艺术的曲解削弱了艺术，而且几乎连艺术本身也给毁了。这一方面的第一种后果是，艺术失去了它所固有的无限多样和深刻的宗教内容；第二种后果是，由于它只顾及一个小圈子里的人，于是失去了形式的美，变得矫揉造作、暧昧不清了；第三种，也是最重要的一种后果是，它不再是真挚的，而变成虚构的、偏重理性的了。

第一种后果——内容的贫乏之所以产生，是因为只有传达出人们没有体验过的新的感情的艺术作品才是真正的艺术作品。表达思想的作品只有当它传达出新的概念和思想而并不重复已知的概念和思想时才能算是表达思想的作品。同样的，艺术作品只有当它把新的感情（无论多么微细）带到人类日常生活中去时才能算是艺术作品。就是因为这样，所以小孩和年轻人在接触到那些把他们未曾体验过的感情初次传达给他们的艺术作品时会有那样强烈的感受。

谁也没有表达过的完全新的感情也能在成人身上产生同样强烈的效果。上层阶级的艺术所缺少的正是这种感情的源泉，因为他们的艺术不是根据宗教意识来判定感情的价值，而是按照所享受到的快乐的程度来判定的。再也没有比享乐更陈腐的东西,再也没有比从一个时代的宗教意识产生的感情更新颖的东西。这是必然的,人类的享乐是有止境的(它受到自然界的限制),而人类的向前迈进(这正是宗教意识所表现的)却是没有止境的。每当人类向前迈进一步,而这样的迈步是宗教意识越来越清楚的结果,人们就体验到越来越新的感情。因此,只有在宗教意识(它表现着某一时期的人们对生活的最高深的理解)的基础上才可能产生人们没有体验过的新的感情。从古代希腊人的宗教意识中曾经产生对希腊人说来是真正新颖的、重要的、非常多样的感情,这些感情被荷马和悲剧作家们表达出来。就希伯来人说来也是这样,希伯来人已经有了只信奉一个上帝的宗教意识,从这种意识中曾经产生为先知们表达出来的一切新的重要的感情。对那些相信教会和天上的教阶制度的中世纪人说来也是这样,对那些具有真正的基督教的宗教意识,即人类博爱的意识的现代人说来也是这样。

从宗教意识中产生的感情是无限多样的,而且这些感情都是新的,因为所谓宗教意识,无非是人类对世界的新的正在形成的态度的一个指示。而从享乐的欲望中产生的感情不但是有限的,而且自古就已知道,并早已被表达过。因此,欧洲上层社会缺乏信仰的结果是他们的艺术在内容方面极度贫乏。

上层阶级的艺术的内容因了下面这一事实而更加贫乏了:艺术既已不再是宗教的,也就不再是人民的,它所表达的感情的范围也就更加缩小了,因为那些对维持生活的劳动一无所知的统治阶级的富人们所体验的感情,比起劳动人民所固有的感情来要少得多,贫乏得多,无价值得多。

我们这个小圈子里的人,美学家们,所想的和所说的往往跟这相反。我记得有一次作家冈察洛夫,那个聪明而有教养,但十足城市气味的人(他是一个美学家)曾经对我说:屠格涅夫的《猎人笔记》把人民的生活都写尽了,此后再也没有什么可写了。劳动人民的生活在他看来是那么简单，以至在屠格涅夫写了那些描写人民的故事之后竟然没有什么可写了。富人的生活里则有恋爱的事件和对自己的不满等等，这种生活在他看来却充满了无穷的内容。某一个人物吻了他的夫人的手掌，另一个吻了她的胳膊，还有一个吻了另外什么地方。一个人由于生活懒散而感到寂寞，而另一个由于人家不爱他而感到孤独。于是冈察洛夫就觉得这个领域里是丰富多样、变化无穷的。劳动人民的生活是内容贫乏的，而我们这些闲散的人的生活却饶有趣味。这种见解被我们这个圈子里的许许多多人所接受。劳动者的生活中有着各式各样的劳动以及跟这种种劳动有关的海上的危险和地下的危险，有到各处的旅行，有他跟他的老板、长官和伙伴们的交往，以及跟其他信仰、其他民族的人的交往，有他跟自然界以及跟野兽的斗争，有他跟家畜的关系，有他的辛勤工作：在森林里、草原上、田野里、花园里和菜园里，有他跟妻子儿女的关系：不仅把他们当作亲近的人，而且当作工作中的共事者、助手和替代人，有他对一切经济问题所抱的态度：不把它们当作高谈阔论的对象，而把它们当作自己的和家庭的生活上的问题，有他的自满和为人服务的骄傲，有他在休息时间的各种享乐，还有在这所有各种兴趣中渗透着的对这些现象所抱的宗教态度。像这样的生活在我们这些没有这种种兴趣和缺乏宗教概念的人看来是很单调的，它跟我们的生活（不是劳动的生活，不是创造的生活，而是享用和毁坏别人为我们造成的事物的生活）中的那些细微的享受和无关紧要的挂虑比较起来是单调乏味的。我们以为我们这个时代和我们这个圈子里的人所体验的那些感情是很有意义，很多样的，而事实上几乎我们这个圈子里的人的一切感情可以归结为三种微不足道的并不复杂的感情，即骄傲的感情、淫荡的色情和对生活的厌倦情绪。这三种感情以及从这些感情分支出来的感情几乎就是富裕阶级的艺术的唯一内容。

最初，当上层阶级专有的艺术刚刚从人民的艺术中分化出来的时候,艺术的主要内容是骄傲的感情。这就是文艺复兴时期以及文艺复兴以后的情况,那时候艺术作品的主要题材便是颂扬强有力者,如教皇、国王、公爵。有人写了赞扬他们的颂诗和牧歌,大合唱和颂歌,有人为他们画了肖像,有人为他们塑了雕像。大家用各种各样的方式奉承他们。后来,色情的因素开始越来越多地侵入艺术,现在它已经成为富裕阶级的一切艺术作品(很少有例外,而在小说和戏剧方面则简直没有例外)的必要条件。

再后来,在新派艺术所表达的感情中又增添了构成富裕阶级艺术内容的第三种感情,即对生活的厌倦情绪。在本世纪初期,表达这种感情的仅只寥寥数人:拜伦、莱奥帕尔迪,后来的海涅。最近这种感情成了时髦,最庸俗而且平凡的人也开始表达这种感情了。法国批评家杜米克非常公正地说出了新派作家们的作品的主要特征:"C'est la lassitude de vivre, le mépris de l'époque présente, le regret d'un autre temps aperçu à travers l'illusion de l'art, le goût du paradoxe, le besoin de se singulariser, une aspiration de raffinés vers la simplicité, l'adoration enfantine du merveilleux, la séduction maladive de la rêverie, l'ébranlement des nerfs, surtout l'appel exaspéré de la sensualité. " (*Les jeunes*, René Doumic)[①]事实上,在这三种感情之中,色情这种不仅所有的人,而且所有的动物都具有的最低级的感情,成了新时代一切艺术作品的主要对象。

从薄伽丘到马塞尔·普雷沃,所有的小说、诗歌都必然以各种方式来表达性爱。通奸不但是人们所喜欢的,而且是一切小说的唯一的主题。戏剧演出中如果不借着某种托辞而让露出胸部或大腿的女人出现在台上,那就不成其为戏剧演出。浪漫曲、歌曲都是

---

① 法语:"厌倦生活,蔑视当代,慨叹通过艺术的幻想而看到的往昔,对奇谈怪论的癖好,要求突出于众人之上,优雅人士的力求朴实,对奇妙事物的孩子气的赞赏,梦想的病态的诱惑,精神上的震动,而主要的是,色情的绝望的召唤。"(勒内·杜米克:《青年们》)

在各种程度上诗意化了的色情表达。

　　法国画家所作的画大部分描摹各种各样的裸体女人。在法国的新派文学中，几乎每一页上或者每一首诗中都要描写裸体，或者一两次顺便提到或正式提到"nu"①这个惯用的词儿和概念。有那么一个名叫雷米·德·古尔蒙的作家，人家把他的作品印出来，并且认为他是一位天才作家。为了对一般新派作家有一个概念，我读了他的小说《迪奥梅德的马》(*Les chevaux de Diomède*)。这是关于某一位先生和不同的女人之间的性关系的一系列详细描写。没有一页上没有激起淫欲的描写。在皮埃尔·路易的很受欢迎的书《阿佛洛狄忒》(*Aphrodite*)中也有同样的情形，我最近偶然读到的于斯曼的《某些人》(*Certains*)一书中也有同样的情形(这大概是一本批评一些画家的书)；所有的法国小说中几乎都有这样的情形，很少例外。这些都是患色情狂的人的作品。这些人显然相信，因为他们自己毕生的精力由于他们那种病态的情况而全部耗费在描写肮脏的性行为上，所以世界上的人也都是把毕生精力花在这类事情上。欧洲和美国的整个艺术界都在模仿这些患色情狂的人。

　　这样，由于富裕阶级缺乏信仰，由于他们的独特生活方式，富裕阶级的艺术的内容就变得贫乏了，一切都只是虚荣、厌世，而主要是色情的表达而已。

十

　　由于上层阶级的人缺乏信仰，他们的艺术的内容变得贫乏了。除此之外，由于这种艺术变得越来越特殊，它也就变得越来越复杂、矫揉造作和暧昧不明了。

　　当一位全民的艺术家，例如希腊的艺术家或希伯来的先知，创

---

　　①　法语："裸体"。

造他的作品的时候,他当然尽力说出他要说的,使他的作品为所有的人所理解。可是当一位艺术家为少数处于特殊情况下的人们创作的时候,或者甚至为一个人和他的宠幸,为教皇、红衣主教、国王、公爵、王后,或者为国王的情妇等创作时,他当然只要努力对他所熟悉的、处于他所知道的一定情况下的那些人起作用就够了。这种比较容易唤起感情的方法不由得引诱艺术家去使用大家不懂而只有作品的对象才了解的暗示手法来表达感情。第一,用这种方法,可以说的话就更多了;第二,这种表达方法在作品的对象看来甚至还有一种特殊的朦胧美。这种含有对神话和历史的暗示的委婉表达方法用得越来越普遍了,最近在所谓颓废派的艺术中似乎达到了极限。最近,算作艺术品的诗趣的优点和诗趣的条件的,不仅有朦胧、神秘、暧昧和费解(为群众所无法企及)这几点,而且还有不准确、不明晰和不动听等因素。

Théophile Gautier① 在他为波德莱尔的名作 *Fleurs du mal*② 所写的序文中说,波德莱尔尽可能地把雄辩、热情和表达得太正确的真理——"l'éloquence, la passion et la vérité calquée trop exactement"——从诗里驱逐出去。

波德莱尔不但这样表现,而且还用自己的诗和自己的《散文体小诗》(*Petits poèmes en prose*)中的散文加以证实,这一作品的意义必须像谜语一般加以猜测,而且其中大部分意义至今还猜不出来。

波德莱尔以后的一个同样被算作伟大人物的诗人魏尔兰甚至还写了整部《诗的艺术》(*Art poétique*),在这里他劝别人这样写诗:

> De la musique avant toute chose,
>
> Et pour cela préfère l'Impair
>
> Plus vague et plus soluble dans l'air,

---

① 泰奥菲尔·戈蒂耶。

② 法语:《恶之花》。

Sans rien en lui qui pèse ou qui pose.

———

Il faut aussi que tu n'ailles point

Choisir tes mots sans quelque méprise：

Rien de plus cher que la chanson grise

Où l'Indécis au Précis se joint.

………………………………………………

………………………………………………

还有：

De la musique encore et toujours，

Que ton vers soit la chose envolée，

Qu'on sent qu'il fuit d'une âme en allée

Vers d'autres cieux à d'autres amours.

———

Que ton vers soit la bonne aventure

Eparse au vent crispé du matin，

Qui va fleurant la menthe et le thym.

Et tout le reste est littérature. ①

————————————

① 法语：首先要有音乐，为了做到这一点，宁可采取那古怪的东西，那是比较不
明确的，能溶化在空气里的，是毫不沉重，毫不装模作样的。

　　还须要做到：选择词汇的时候，决不要不带一点错误。再也没有东西比
灰蒙蒙的诗歌更宝贵，在这种诗歌里，那不明确的和明确的结合在一起。
………………………………………………

　　还是要有而且永远要有音乐！让你的诗成为一种飘然欲飞的东西，让人
家感觉到，你的诗从一个心灵里流露出来，飞向另一个天空，飞往另一种爱
情。

　　愿你的诗成为一种十足的惊险活动，消散在刺骨的晨风里，晨风里带有
薄荷和麝香草的香气。而剩下的一切就是文学。

继这两个人之后,被认为是青年诗人中最重要者马拉梅公然宣称:诗的美妙之处就在于必须猜测它的含义,又说在诗里必须经常含有谜:

"Je pense qu'il faut qu'il n'y ait qu'allusion. La contemplation des objets, l'image s'envolant des rêveries suscitées par eux, sont le chant: les Parnassiens, eux, prennent la chose entièrement et la montrent; par là ils manquent de mystère; ils retirent aux esprits cette joie délicieuse de croire qu'ils créent. *Nommer* un objet, c'est supprimer les trois quarts de *la jouissance du poète qui est faite du bonheur de deviner peu à peu; le suggérer—voilà le rêve*. C'est le parfait usage de ce mystère qui constitue le symbole: évoquer petit à petit un objet pour montrer un état d'âme, ou inversement, choisir un objet et en dégager un état d'âme par une série de déchiffrements.

... Si un être d'une intelligence moyenne et d'une préparation littéraire insuffisante ouvre par hasard un livre ainsi fait et prétend en jouir, il y a malentendu, il faut remettre les choses à leur place. *Il doit y avoir toujours énigme en poésie*, et c'est le but de la littérature; il 'y en a pas d'autre—d'évoquer les objets." (*Enquête sur l'évolution littéraire*, Jules Huret, p. 60—61) ①

---

① 法语:"我想,应该是只有暗示。对事物的思考,从这些事物所引起的幻想中产生的形象就是诗歌。帕尔纳斯派诗人把事物全部采纳,然后表现出来,因此缺乏神秘之感。他们使自己心中失去了相信自己是在创造的那种销魂的快乐。把事物说出来,这就等于把诗人的乐趣消灭了四分之三,因为诗人的乐趣来自逐步猜想的幸福之中。启发才是最高目标。象征的实质就在于充分运用这种神秘。对某一事物略加暗示,以显明一种心理状态,或者相反,选定某一事物,在辨认它的过程中渐渐引出一种心理状态来。

"……如果一个智力平庸、文学修养不够的人偶然翻开一本平庸的书,想要欣赏它,那么这里有一种误解,应该加以纠正。在诗里永远应该有谜,文学的目的即在于此。除了对事物的暗示之外,再也没有其他任何目的。"(朱尔·于雷:《文学发展的研究》,第60—61页)

这样,在新派诗人中间,"暧昧不明"就成了一个信条,还没有相信这一信条的法国批评家杜米克说得完全正确。

"Il serait temps aussi de finir," 他说,"avec cette fameuse théorie de l'obscurité que la nouvelle école a élevée en effet à la hauteur d'un dogme." (*Les jeunes*, études et portraits par René Doumic)①

但并不是只有法国作家们才这样想。

所有其他民族——德国、斯堪的纳维亚、意大利、俄国、英国——的诗人也都是这样想和这样做的。各种艺术领域——绘画、雕刻、音乐——中所有的新时代艺术家都是这样想的。新时代的艺术家们以尼采和瓦格纳为依据而认为他们没有必要为粗俗的群众所理解,他们只要唤起最有教养的人们(即一位英国美学家所谓"best nurtured men")的诗的意境就够了。

为了使我所说的话不致于显得毫无根据,我姑且在这里列举那些居于这一运动前列的法国诗人的某些范例。这样的诗人是不可胜数的。

我之所以选中法国的新派作家,是因为他们比其他作家还更明显地表现了艺术的这种新倾向,而且大多数的欧洲人都模仿着他们。

除了像波德莱尔、魏尔兰等已经出名的人以外,在这些诗人当中还有下面一些:让·莫雷亚斯,夏尔·莫里斯,亨利·德·雷尼耶,夏尔·维尼埃,安德连·罗梅叶,勒内·吉尔,莫里斯·梅特林克,阿尔贝·奥里耶,勒内·德·古尔蒙,圣保罗·鲁·勒·马尼菲克,乔治·罗登巴赫,罗贝尔·德·孟德斯鸠·费赞萨克伯爵。这些都是象征派和颓废派诗人。之后是麻葛派诗人:约瑟芬·佩拉丹,保罗·亚当,朱尔·布瓦,M. 巴比斯。

除了这些人以外,杜米克在他的书里还列举了一百四十一位作家。

---

① 法语:"已被新派作家提到信条的高度的这种臭名昭著的暧昧不清之论,也该面临结束的时候了。"(勒内·杜米克的小品习作和素描《青年们》)

以下便是那些所谓优秀诗人的范例。我们先从那最著名的、被认为值得塑立纪念像的伟大人物诗人波德莱尔开始。举个例来说，这就是他的名作《恶之花》(*Fleurs du mal*)中的一首诗：

> Je t'adore à l'égal de la voûte nocturne,
>
> O vase de tristesse, ô grande taciturne,
>
> Et t'aime d'autant plus, belle, que tu me fuis,
>
> Et que tu me parais, ornement de mes nuits,
>
> Plus ironiquement accumuler les lieues,
>
> Qui séparent mes bras des immensités bleues.
>
> Je m'avance à l'attaque, et je grimpe aux assauts,
>
> Comme après un cadavre un chœur de vermisseaux.
>
> Et je chéris, o bête implacable et cruelle!
>
> Jusqu'à cette froideur par où tu m'es plus belle![1]

下面是波德莱尔的另一首诗：

Duellum

> Deux guerriers ont couru l'un sur l'autre; leurs armes
>
> Ont éclaboussé l'air de lueurs et de sang.
>
> ——Ces jeux, ces cliquetis du fer sont les vacarmes
>
> D'une jeunesse en proie à l'amour vagissant.
>
> ————
>
> Les glaives sont brisés! comme notre jeunesse,
>
> Ma chère! Mais les dents, les ongles acérés,

---

[1] 法语：我崇拜你，像崇拜夜空一样，啊！忧伤的容忍者，伟大的沉默啊，我越加爱你，美人儿，因为你远离我而奔去；我的夜晚的装饰品——美女啊！我觉得你讥讽似地越奔越远，这漫长的路程把我的双手和那蔚蓝色的无际长空隔开。我跑上前去袭击，我跃起进攻，像一群蛆虫附到死尸上去那样。啊，残酷无情的野兽！我甚至亲切地爱着这种寒冷，它使你在我眼中显得格外美丽了！

Vengent bientôt l'épée et la dague traîtresse.

——O fureur des cœurs mûrs par l'amour ulcérés!

———

Dans le ravin hanté des chats-pards et des onces

Nos héros, s'étreignant méchamment, ont roulé,

Et leur peau fleurira l'aridité de ronces.

———

——Ce gouffre, c'est l'enfer, de nos amis peuplé!

Roulons y sans remords, amazone inhumaine,

Afin d'éterniser l'ardeur de notre haine![1]

为求确切,我必须说明:在这本集子里也有比较不费解的诗,但其中没有一首诗是简单平易、毫不费力就能理解的,而这种费力又很少得到报偿,因为这个诗人所传达的都是不好的、极其低下的感情。

这些感情总是故意用标新立异和怪诞百出的方式表达出来。这种故意造成的暧昧在作者的散文里特别显著,而在散文里,如果作者愿意的话,他原是很可以把话讲得简明的。

下面是从他的《散文体小诗》中选来的一个例子。第一篇短文是《陌生人》("L'étranger"):

———

[1] 法语:决斗

两个战士迎面跑拢;挥动刀剑,空中白光闪闪,鲜血四溅。

——这种游戏,这刀剑铿锵之声,是一个成为爱情的俘虏的姑娘发出的号叫。

宝剑已经折断,正像我们的青春已经毁灭,亲爱的!但牙齿和利爪立刻向那叛逆的刀剑进行报复。

——啊,成年人的被爱情刺伤了的心灵是多么狂乱!

我们这两位英雄滚下去,滚到虎豹常到的山谷里,怀着恶意互相拥抱,皮肤出血,染红了干枯的荆棘。

这深谷是一个住满朋友的地狱!残酷的女战士啊!让我们毫不悔恨地滚进这深谷里,好叫我们的仇恨之火永不熄灭!

L'ÉTRANGER

——Qui aimes-tu le mieux, homme énigmatique, dis: ton père, ta mère, ton frère ou ta sœur?

——Je n'ai ni père, ni mère, ni sœur, ni frère.

——Tes amis?

——Vous vous servez là d'une parole dont le sens m'est resté jusqu'à ce jour inconnu.

——Ta patrie?

——J'ignore sous quelle latitude elle est située.

——La beauté?

——Je l'aimerais volontiers, déesse et immortelle.

——L'or?

——Je le haïs, comme vous haïssez Dieu.

——Eh! qu'aimes-tu donc, extraordinaire étranger?

——J'aime les nuages... les nuages qui passent... là-bas... les merveilleux nuages!... ①

---

① 法语:陌生人
　"不可思议的人啊! 你说:你最爱谁? 父亲还是母亲,兄弟还是姊妹?"
　"我没有父亲,也没有母亲,也没有姊妹,也没有兄弟。"
　"爱你的朋友吗?"
　"你说的'朋友'这个词儿的意义,我至今还不明白。"
　"爱你的祖国吗?"
　"我不知道祖国在什么纬度上。"
　"爱美人吗?"
　"我宁愿爱美人,天仙般的,不朽的。"
　"爱黄金吗?"
　"我恨黄金,正像你恨上帝一样。"
　"喂,古怪的陌生人! 你到底爱什么呀?"
　"我爱云……在那上边……飘浮着的云……奇妙的云! ……"

"La soupe et les nuages"①这篇短文大概说明了连诗人所爱的"她"也不了解诗人。下面就是这篇短文。

Ma petite folle bien-aimée me donnait à dîner, et par la fenêtre ouverte de la salle à manger je contemplais les mouvantes architectures que Dieu fait avec les vapeurs, les merveilleuses constructions de l'impalpable. Et je me disais à travers ma contemplation : ——"Toutes ces fantasmagories sont presque aussi belles que les yeux de ma belle bien-aimée, la petite folle monstrueuse aux yeux verts."

Et tout-à-coup je reçus un violent coup de poing dans le dos et j'entendis une voix rauque et charmante, une voix hystérique et comme enrouée par l'eau-de-vie, la voix de ma chère petite bien-aimée, qui disait : ——"Allez-vous bientôt manger votre soupe, s... b... de marchand de nuages?"②

这一篇短文不论多么矫揉造作,只要我们肯稍微费一点心,就可以猜到作者在这里要说的话,可是有几篇短文却是完全无法理解的,至少对我来说。

《彬彬有礼的射手》("Le Galant tireur")就是一个例子,这篇短文的意义我完全无法理解。

LE GALANT TIREUR

Comme la voiture traversait le bois, il la fit arrêter dans le voisinage d'un tir, disant qui'il lui serait agréable de tirer

---

① 法语:《汤和云》。
② 法语:我的亲爱的小蠢货给我端来了午饭,通过餐室的开着的窗子,我凝视着上帝用蒸汽做成的移动的建筑物,那些不可捉摸的奇妙的建筑物。我看得出了神,自言自语地说:"所有这些幻象几乎跟我那心爱的美人儿——我那碧眼的古怪的小蠢货的眼睛一样美妙。"

突然有人用拳头在我背上狠狠打了一下,我听到一个迷人的沙哑的声音,一个疯狂似的、仿佛因喝酒而变得嘶哑了的声音——我那亲爱的小宝贝的声音说:"你不赶快喝你的汤吗,真该死……看得这样发呆……你这贩云的商人?"

quelques balles pour *tuer* le Temps.

Tuer ce monstre-là, n'est-ce pas l'occupation la plus ordi-naire et la plus légitime de chacun? ——Et il offrit galamment la main à sa chère, délicieuse et exécrable femme, à cette mystérieuse femme, à laquelle il doit tant de plaisirs, tant de douleurs, et peut-être aussi une grande partie de son génie.

Plusieurs balles frappèrent loin du but proposé: l'une d'elle s'enfonça même dans le plafond, et comme la charmante créature riait follement, se moquant de la maladresse de son époux, celui-ci se tourna brusquement vers elle, et lui dit: "Observez cette poupée, là-bas, à droite, qui porte le nez en l'air et qui a la mine si hautaine. Eh bien! cher ange, *je me figure que c'est vous.*" Et il ferma les yeux et il lâcha la détente. La poupée fut nettement décapitée.

Alors s'inclinant vers sa chère, sa délicieuse, son exécrable femme, son inévitable et impitoyable Muse, et lui baisant respec-tueusement la main, il ajouta:

"Ah, mon cher ange, combien je vous remercie de mon adresse!"①

---

① 法语：彬彬有礼的射手

当篷车经过树林的时候，他命令车子在靶场附近停下来，说他喜欢在那里发射几颗子弹，以消磨时间。

要消磨时间这怪东西，这岂不是每个人都干的最平常而且合法的事吗？于是他彬彬有礼地向他那亲爱的、媚人的、可憎的太太，一个神秘的女人，伸出手去，他的多少欢乐，多少悲痛，也许还有他的大部分才华，都得归功于这个女人。

发出去的几颗子弹都离开目标很远，其中一颗竟穿进了顶篷。那可爱的人儿疯狂地讥笑她丈夫的枪法不高明，这时，他突然转过身来，对她说："你看那边的一个洋娃娃，就在右边，鼻子翘起、样子挺骄傲的那个。这样吧，我亲爱的天使，我想象她就是你。"于是他闭起眼睛，扣动扳机。洋娃娃的头一下子给打了下来。

然后，他向他的亲爱的、媚人的、可憎的太太，他那不可避免的、无情的缪斯一鞠躬，恭敬地吻她的手，补充说：

"啊，我亲爱的天使，为了我的枪法灵巧，我是多么感谢你啊！"

另一个著名人物魏尔兰的作品也是一样地矫揉造作和不可理解的。《被遗忘的小咏叹调》（"Ariettes oubliées"）中的第一首小咏叹调便是一个例子。

下面就是这第一首 ariette：

> Le vent dans la plaine
>
> Suspend son haleine.
>
> *(Favart)*

C'est l'extase langoureuse.

C'est la fatigue amoureuse,

C'est tous les frissons des bois

Parmi l'étreinte des brises,

C'est vers les ramures grises,

Le chœur des petites voix.

O le frêle et frais murmure！

Cela gazouille et susurre,

Cela ressemble au cri doux

Que l'herbe agitée expire…

Tu dirais, sous l'eau qui vire,

Le roulis sourd des cailloux.

Cette âme qui se lamente

En cette plainte dormante,

C'est la nôtre, n'est-ce pas?

La mienne, dis, et la tienne,

Dont s'exhale l'humble antienne

Par ce tiède soir, tout bas. ①

什么是 chœur des petites voix②? 什么是 cri doux que l'herbe agitée expire③? 这一切有什么意思,我完全不明白。

下面是另一首 ariette:

Dans l'interminable

Ennui de la plaine,

La neige incertaine

Luit comme du sable.

Le ciel est de cuivre,

Sans lueur aucune.

On croirait voir vivre

Et mourir la lune.

Comme des nuées

Flottent gris les chênes

Des forêts prochaines

Parmi les buées.

Ce ciel est de cuivre,

Sans lueur aucune.

On croirait voir vivre

Et mourir la lune.

---

① 法语:盆地上的风摒住了呼吸。

(法瓦尔)

这是疲倦的狂喜,这是热情的困惫,这是被微风搂抱的树林的战栗,这是些微弱的噪音在灰色枝叶间的合唱。啊,微弱的清新的哀怨之声! 它籁籁作响,好像那摆动的青草发出的温柔的呼声……你会说,在那旋转的波浪下,有小石子低沉的滚动声。这个在睡梦中呻吟的灵魂,应是我们的灵魂,对吗? 说吧,是我的,也是你的,从这灵魂中低声唱出朴实的颂歌,在这温暖的黄昏。

② 法语:微弱的噪音在合唱。

③ 法语:摆动的青草发出的温柔的呼声。

Corneille poussive

Et vous, les loups maigres,

Par ces bises aigres,

Quoi donc vous arrive?

Dans interminable

Ennui de la plaine,

La neige incertaine

Luit comme du sable. ①

　　月亮怎样在古铜色的天空中活着又死去？白雪怎样像沙一般
闪闪发光？这一切已经不仅仅是不可理解，而是在传达情绪的借
口之下写出的一大堆废话和不准确的比拟。

　　除了这些矫揉造作、暧昧不明的诗歌之外，还有一些可以理解
的，但就形式和内容来说却都非常蹩脚的诗。题名为《智慧》(La
Sagesse) 的集子里所有的诗篇都是属于这一类的。在这些诗里，主
要表达的是那些最庸俗的天主教的和爱国的感情。譬如说，其中
有这样的诗句：

Je ne veux plus penser qu'à ma mère Marie,

Siège de la sagesse et source de pardons,

Mère de France aussi *de qui nous attendons*

Inébranlablement l'honneur de la patrie. ②

---

①　法语:在这片平原的无穷尽的慵困中,白雪像沙一般隐约发出闪光。古铜色
　　的天空没有一点光亮。都道是看到月亮仿佛时而活着,时而死去。附近树林
　　里灰色的橡树在浓雾中飘浮,好像乌云一般。古铜色的天空没有一点亮光。
　　都道是看到月亮仿佛时而活着,时而死去。气喘吁吁的乌鸦和骨瘦如柴的饿
　　狼呀! 在严峻的冬天,你们的遭遇如何? 在这片平原的无穷尽的慵困中,白
　　雪像沙一般隐约发出闪光。
②　法语:我不愿再想别的,我只想我的母亲马利亚——智慧的集中点和宽恕的
　　源泉,也是法兰西之母,从她身上我们坚定地期待着祖国的光荣。

在我引证其他诗人的例子之前，我必须谈一谈波德莱尔和魏尔兰这两个诗人的惊人的名声，他们两个人现在已经被认为是伟大的诗人了。法国人，其中有谢尼耶、缪塞、拉马丁，尤其是有雨果，不久以前还有所谓"帕尔纳斯派诗人"：勒孔特·德·李勒、絮利·普吕多姆等人，怎么会把这两个在诗的形式上非常缺乏技巧、内容上又极为低下、庸俗的诗人认为那样重要、那样伟大呢？波德莱尔的人生观是，把粗野的利己主义抬高而使之成为一种理论，并用像云一般不明确的美（必然是矫揉造作的美）的概念代替道德。波德莱尔比较喜欢女人的涂脂抹粉的脸，而不喜欢自然的脸，比较喜欢金属制的树木和人造的矿物水，而不喜欢天然的树木和天然的水。

另一个诗人魏尔兰的人生观是萎靡腐化，承认自己在道德方面的衰败，并且为了从这衰败中挽救过来，就有了最粗野的、天主教的偶像崇拜。这两个诗人不但都完全缺乏天真、真诚和纯朴，而且都非常矫揉造作、标新立异和自命不凡。因此，在他们的最不坏的作品中，我们较少看到他们所描写的东西，而更常看到波德莱尔先生或魏尔兰先生。这两个低劣的诗人构成了一个学派，带领着千百个后继人。

这种现象只可能有这样一种解释：这两个诗人影响所及的那个社会里的艺术并不是生活中一项严肃的、重要的事业，而只是一种娱乐。而任何一种娱乐在每次重复时都会叫人感到厌腻。为了使令人感到厌腻的娱乐重新能为人所接受，就必须想个什么办法使它变个新花样，如波士顿牌戏玩腻了，就想出惠斯特来玩；惠斯特玩腻了，就想出胜牌来玩；胜牌玩腻了，再想出一种新的牌戏来，这样继续下去。事物的本质还是照旧，只是形式在改变着。这里所讲的艺术也正是这样的情况，艺术的内容变得越来越狭隘，最后弄到这些特殊阶级里的艺术家们觉得一切都已经说完了，再也不可能有什么新的东西好说了。于是，为了把这种艺术加以更新，他们就寻找新的形式。

波德莱尔和魏尔兰造出一种新的形式，而且他们采用了迄今未曾用过的淫秽的细节,使这种形式得到更新。于是,上层阶级的评论界和公众就承认他们是伟大的作家。

就这一点不但足以说明波德莱尔和魏尔兰之所以成功的原因,而且也足以说明所有颓废派诗人成功的原因。

例如,马拉梅和梅特林克的诗虽然没有一点意义,也许正因为这个缘故,这些诗不仅印刷了成千上万册,而且被选进青年诗人的优秀作品选集。

下面这首马拉梅的十四行诗便是一个例子:

(*Pan*, 1895, №1)

A la nue accablante tu

Basse de basalte et de laves

A même les échos esclaves

Par une trompe sans vertu.

Quel sépulcral naufrage (tu

Le soir, écume, mais y brave)

Suprême une entre les épaves

Abolit le mât dêvêtu.

Ou cela que furibond faute

De quelque perdition haute,

Tout l'abîme vain éployé

Dans le si blanc cheveu qui traîne

Avarement aura noyé

Le flanc enfant d'une sirène. ①

---

① 法语:(《潘神》,1895 年,第 1 期)

在低压的乌云之下,玄武岩和熔岩的低沉的声音,还有那已经失效的喇叭的那种奴隶式的回声。何等阴森可怕的船舶遭难事件(你——夜晚,浪花,还在英勇搏斗)毁灭了那些破片中最后一根失去了帆的桅杆。或者,狂怒者,要有一些更大的船舶遇险事件,整个虚空的深渊敞开,一个水仙女的腹部被淹没在披散的灰白色的发缭里。

这首诗也是不可理解的。我读过马拉梅的几首诗,也都毫无意义。

下面是当代诗人中另一个著名诗人的范作——梅特林克的三首诗歌。我也是从杂志《潘神》(1895 年,第 2 期)中抄录下来的。

Quand il est sorti

(J'entendis la porte)

Quand il est sorti

Elle avait souri.

Mais quand il rentra

(J'entendis la lampe)

Mais quand il rentra

Une autre était là...

Et j'ai vu la mort

(J'entendis son âme)

Et j'ai vu la mort

Qui l'attend encore...

On est venu dire

(Mon enfant, j'ai peur)

On est venu dire

Qu'il allait partir...

Ma lampe allumée

(Mon enfant, j'ai peur)

Ma lampe allumée

Me suis approchée...

A la première porte

(Mon enfant, j'ai peur)

A la première porte,

La flamme a tremblé...

A la seconde porte

(Mon enfant, j'ai peur)

A la seconde porte,

La flamme a parlé...

A la troisième porte,

(Mon enfant, j'ai peur)

A la troisième porte

La lumière est morte...

Et s'il revenait un jour

Que faut-il lui dire?

Dites-lui qu'on l'attendit

Jusqu'à s'en mourir...

Et s'il interroge encore

Sans me reconnaître,

Parlez-lui comme une sœur,

Il souffre peut-être...

Et s'il demande où vous êtes

Que faut-il répondre?

Donnez-lui mon anneau d'or,

Sans rien lui répondre...

Et s'il veut savoir pourquoi

La salle est déserte?

Montrez-lui la lampe éteinte

Et la porte ouverte...

Et s'il m'interroge alors

Sur la dernière heure?

Dites-lui que j'ai souri

De peur qu'il ne pleure...①

谁出去了？谁来了？谁在讲述？谁死了？

我请求读者不要怕麻烦，读一读我抄录在附录一里②的更著名、更受人尊敬的青年诗人格里芬、雷尼耶、莫雷亚斯、孟德斯鸠的一些范作。读一读这些范作是必要的，因为这样可以使自己对目前艺术的情况有一个清楚的概念，不至于像很多人那样以为这种颓废现象是偶然产生和暂时存在的。

为了免得人家说我故意选择最坏的诗作为例子，我选择了每一本诗集里第二十八页上的那首诗。

这些诗人所写的诗全都是一样地不可理解，或者是要费很大的力气才能理解，而且即使费了很大的力气，还不能完全理解。

几百个诗人（我只写出了其中几个人的名字）的所有的作品全都属于这同一类。德国人，斯堪的纳维亚人，意大利人，我们俄国人，都在发表这样的诗作。这样的作品被印出来，装订成书，印数达几十万——如果不是几百万（有些书一下子就卖掉几万册）。为了这些书的排字、印刷、汇集和装订，耗费了亿万个工作日，我

---

① 法语：当他出去的时候（我听见门的声音），当他出去的时候，她微微一笑。但当他又进来的时候（我听见灯的声音），但当他又进来的时候，那里是另外一个女人……我看到了死神（我听见他的心灵），我看到了死神，死神还在等待着他……有人跑来说（我的孩子，我怕得很），有人跑来说，他准备离开……我带着点亮的灯（我的孩子，我怕得很），带着点亮的灯走上前去……在第一道门边（我的孩子，我怕得很），在第一道门边，火苗抖动一下……在第二道门边（我的孩子，我怕得很），在第二道门边，火苗说起话来了……在第三道门边（我的孩子，我怕得很），在第三道门边，灯光熄灭了……如果他有一天回来了，应该对他说些什么呀？对他说，人家在等着他，在人家还没有因为等得发急而死去之前……如果他不认识我，开始盘问起来，那就像一个姐姐一样地跟他谈话，他也许就感到痛苦……如果他问你住在哪里，那么应该怎样回答他呢？什么话也不要回答他，就把我的金戒指给他……如果他想知道，为什么客厅里空空的？那就把熄灭了的灯和打开着的门指给他看……如果那时他向我问起死的时刻？那就对他说：我微笑了，因为怕他要哭……

② 见俄文版《列·尼·托尔斯泰全集》(1928—1955)，第三十卷，第196—199页。

想,这不会少于建造大金字塔所耗费的时日。可是不仅如此而已,同样的情况还发生在其他各种艺术领域内。亿万个工作日都耗费在绘画、音乐、戏剧等领域内的同样不可理解的作品上。

绘画在这方面不但没有落在诗的后面,而且还赶在诗的前头。下面是从一个在一八九四年参观过巴黎展览会的绘画爱好者①的日记中抄来的一段:

"今天参观了三个展览会:象征派的、印象派的和新印象派的。我认真地用心看那些画,可还是感到困惑,最后感到愤慨。第一个展览会是卡米耶·毕沙罗的展览会,还算最容易理解的,虽然完全没有轮廓,没有内容,而且色彩是最料想不到的。所画的是那样不明确,有时候你就看不懂一只手或一个头是转向哪一边的。画的内容大都是'effets'②:effet de brouillard,effet du soir,soleil couchant。③ 有些画上画着一些图形,但是没有内容。

"在色彩方面,主要是鲜蓝色和鲜绿色。每一幅画有它的基本色调,整幅画上仿佛都溅满了这种色调似的。譬如说,在《牧鹅女郎》中,基本色调是 Vert de gris④,因而到处都点满了这种颜色的小斑点,脸上有,头发上有,手上有,连衫裙上也有。在这同一个迪朗-吕埃尔画廊中,其他人的画,如皮维斯·德·夏瓦纳、马奈、莫奈、雷诺阿、西斯莱等人,都是印象主义者。有一个人,我认不清他的名字,好像是什么雷东,画了一个蓝色的侧脸。整个脸上就只有这种带有铅粉的蓝颜色。毕沙罗的一幅水彩画完全用点子构成。在前景上画着一头母牛,这头母牛完全用各种颜色的点子画成。无论你走远去看,或是走近来看,你捉摸不到那大体的色调。我接着就去看象征派的作品。我看了很久,不去问任何人,自己努

---

① 作者的大女儿塔季扬娜,即苏霍京夫人。
② 法语:"印象"。
③ 法语:雾的印象,夜晚的印象,日落。
④ 法语:灰绿色。

力猜测画的是什么，可是这已经超过了人类的理解力。在那些最先映入我的眼帘的东西中间，有一样便是木制的 haut-relief①，做得很不成样，所表现的是一个女人（裸体的），她用双手从自己的两个奶头里挤出一股股的血来。血流下来，变成了紫色的花朵。她的头发最初是垂下的，后来就向上竖起，变成了树木。这个雕像整个涂成黄色，头发涂成棕色。

"其次看到的一幅画是黄色的海，海上漂浮着的既不像一只船，也不像一颗心，在地平线上有一个侧脸，脸的周围有一圈光轮，黄色的头发垂到海面，消失在海里。有些画上的颜色涂得很厚，结果看上去既不像图画，又不像雕刻。第三件展品更难理解，那是一个男子的侧脸，在这侧脸的前面有一团火焰和一些黑色的线条，后来人家告诉我是水蛭。最后我问了在场的一位先生，这幅画是什么意思。他解释说，这雕像是一个象征，表现'La terre'②，在黄色的海上漂浮的心是'Ilusion'③，而一位先生和一些水蛭在一起表示'Le mal'④。这里也有几幅印象派的画：粗野的侧脸，手里拿着一朵什么花。只有一种色调，没有轮廓线，而且，若不是画得完全不明确，便是勾以粗而黑的轮廓。"

这是一八九四年的事。现在这种倾向越来越明显了，我们可以举出勃克林、施图克、克林格尔、萨沙·施奈德等。

在戏剧方面也有这样的情形。剧本里描写这样一位建筑家，他不知为什么没有实现他早先的高远志向，因此就爬到他所建造的一所屋子的顶上，从那屋顶上倒栽下来⑤；或者描写一个莫名其

---

① 法语：高浮雕。
② 法语："大地"。
③ 法语："幻觉"。
④ 法语："邪恶不吉"。
⑤ 指易卜生的剧本《营造师》。

妙的老婆子，她是驱除老鼠的，不知是什么缘故，她带一个富有诗意的孩子到海边，把孩子溺死在海里①；或者描写一些盲人，他们坐在海边，为了某种缘故一直在那里重复地说着同一件事情②；或者描写一口什么钟，它飞到湖里，在那里鸣响着③。

在音乐方面也有这样的情形，而音乐这种艺术似乎应该比其他任何一种艺术都更加一视同仁地为所有的人所理解。

你所认识的一位著名音乐家坐到钢琴前面，为你弹一首他的新作品(像他所说的)，或者某一位新派艺术家的新作品。你听着那些奇怪的、很响的声音，你为他的手指的那种操练感到惊讶，而且你显然可以看出，这位作曲家想要启发你，使你知道他所产生的音响是心灵的诗意的热望。你看得出他的这种意图，但是对你说来，除了厌倦以外什么感情也没有体会。演奏持续得很久，至少在你看来是很长久的，因为你既感受不到任何清楚的印象，你就不由得会记起卡尔的话来："Plus ça va vite, plus ça dure longtemps."④你心里忽然产生这样一个念头：这莫非是一个骗局，演奏者莫非是要试探你，他把手和手指在键盘上随意乱弹，希望你会受他的骗而对他的演奏大加称赞，那时他就会笑起来，承认说，他只是想试探你一番而已。可是，当演奏最后结束，而那个满头大汗、焦急不安、显然在等待称赞的音乐家从钢琴边站起来时，你就觉察到这一切都是很认真的。

这种情形也发生在所有演奏李斯特、瓦格纳、柏辽兹、勃拉姆斯以及最近代的理查·施特劳斯和其他无数作曲家的作品的音乐会上，这些作曲家都在不断地创作一部又一部的歌剧、交响曲和一首又一首的乐曲。

---

① 指易卜生的剧本《小爱约尔夫》。
② 指梅特林克的剧本《盲人》。
③ 指豪普特曼的剧本《淹没的钟》。
④ 法语："越是进行得快，越是持续得久。"

同样的情形也发生在长篇和中篇小说这个似乎很难做到不被理解的领域里。

　　你读一读于斯曼的《在那儿》(Là-bas)或者吉卜林的短篇故事,或维利耶·德·利尔-阿达姆的《残酷的故事》(Contes cruels)中的《通报者》("L'annonciateur")等,这一切对你说来不但是"ab-scons"①(新派作家们所用的新字),而且就形式和内容来说都是完全不可理解的。例如,现在发表在《白色评论报》(Revue blanche)上的莫雷尔的长篇小说《福地》(Terre promise)②以及大多数的新派小说都是这样的。文体奔放不羁,感情似乎很崇高,可是你怎么也无法理解,发生了什么事情,发生在什么地方,以及发生在谁的身上。

　　我们这个时代的年轻一代的艺术全都是这样的。

　　生活在本世纪前半叶的人——歌德、席勒、缪塞、雨果、狄更斯、贝多芬、肖邦、拉斐尔、达·芬奇、米开朗琪罗、德拉罗什等人的作品的鉴赏者因为无法理解这种最新的艺术,常常干脆把这些艺术作品算作枯燥无味的荒谬的产物,想忽视这种艺术。但是这种对待新派艺术的态度是毫无根据的,因为第一,这种艺术传播得越来越广,已经在社会上取得巩固的地位,正像浪漫主义在三十年代取得的地位一样。第二,也是主要的一点,如果我们可以只因为我们不理解晚近的这些所谓颓废派的艺术作品而把它们加以斥责,那么,我们应该知道,世界上有很多很多的人,所有的劳动人民以及许多非劳动人民,他们也同样不理解我们认为非常优秀的那些艺术作品,我们所喜爱的艺术家歌德、席勒和雨果的诗,狄更斯的小说,贝多芬和肖邦的音乐,拉斐尔、米开朗琪罗和达·芬奇的画,等等。

　　如果我有权利认为,广大人民群众不理解和不喜欢我认为无

---

① 法语:"玄秘的"。

② 法语:"福地"是《圣经》所说上帝赐给亚伯拉罕的迦南地方。

疑是优秀的东西,是因为他们的修养不够,那么我就没有权利否认,我之所以可能不理解和不喜欢新派的艺术作品,只不过因为我没有足够的修养。如果我有权利说,我和大多数跟我有同感的人之所以不理解新派的艺术作品,只是因为在这些作品里没有什么可理解的,因为这是不好的艺术,那么不理解我所承认的优秀艺术的更大数目的人——全体劳动人民——就有同样的权利说,我所认为好的艺术其实是不好的艺术,在这种艺术作品里没有什么可理解的。

有一次,一位写作不可理解的诗句的诗人在我面前傲然自得地讥笑不可理解的音乐,接着就有一位创作不可理解的交响曲的音乐家同样傲然自得地讥笑不可理解的诗。从这里我特别清楚地看出了对新派艺术的那种斥责是不公正的。我没有权利而且也不可能因为我,一个在十九世纪前半叶教养出来的人,不理解新派艺术而把它加以斥责。我只能够说,这种艺术对我来说是不可理解的。我所承认的那种艺术跟颓废派艺术相比之下所具有的唯一的优点就是:能理解我所承认的这种艺术的人要比能理解现在的艺术的人更多些。

我习惯于某一种特殊的艺术,理解这种艺术,而不理解一种更为特殊的艺术,但我不能因此认为自己有权利作出这样的结论:我的艺术才是真正的艺术,我所不能理解的艺术则不是真正的艺术,而是一种不好的艺术。我只能由此作出这样的结论:艺术变得越来越特殊,因此越来越不为人们所理解,而且不理解它的人也越来越多。在艺术日渐趋向不可理解的那一过程中(我和我所熟悉的艺术就处于这一过程中的某一阶段上),它变得只能为极少数精选的人们所理解,而且这批精选的人的数目也越来越小。

上层阶级的艺术从全民的艺术中一分离出来就产生一种信念:艺术可以是艺术而又不为大众所理解。容许了这一原则,就必然要容许艺术可以只为极少数精选的人所理解,最后,就只为自己的一两个知心朋友或只为自己一个人所理解。现在的艺术家们正是这样说的："我创作,我理解我自己,而如果有谁不理解我,那么对他说来更加糟糕。"

艺术可以是好的艺术,而同时又不被许多人所理解,这种说法是那样地不公正,它所引起的后果对艺术是那样地有害,而且,这种说法流传得那样普遍,已经那样深入地侵蚀到我们的概念中,以至不可能把它的荒诞之处一一加以说明。

我们时常听见人家提到冒充的艺术作品时这样说:这些作品都很好,但是很难懂。这样的话随时都可以听到,再平常也没有了。我们已经听惯了这种说法,而事实上,说一件艺术作品好但难于理解,就等于说一种食物很好,可是人们不能吃一样。人们可能不喜欢腐臭的干酪、霉烂的松鸡以及诸如此类被口味反常的贪口腹者所珍爱的食物,但是面包和水果只有当它们为大家所喜爱时才能说是好的。就艺术来说也是如此,反常的艺术可能是人民所不理解的,但是好的艺术永远是所有的人都能理解的。

据说,最优秀的艺术作品不可能是大多数人所能理解的,它们只能被那一批精选的、受过培养而能理解这些伟大作品的人所理解。既然大多数人不理解,那么应该为他们解释,把理解时必须具备的那些知识传授给他们。可是,看样子这些知识并不存在,也就不可能解释作品。因此,说大多数人不理解优秀艺术作品的那些人并不加以解释,而只是说,要理解作品就必须把作品一次又一次地读、看、听。但这并不是解释,而是训练人家,叫人家渐渐习惯。人们可以被训练得习惯于任何事物,甚至习惯于最坏的事物。正像人们能习惯于霉臭的食物,习惯于酒、烟、鸦片一样,人们也能习惯于坏的艺术,事实正是如此。

况且,我们不能说,大多数人无力鉴赏高级艺术作品。大多数人在过去和现在一直都懂得那些我们也认为是最高级的艺术作品,如《圣经》的富有艺术性的简朴的叙述,《福音书》中的寓言,以及民间传奇、神话、民歌是大家都理解的。那么为什么大多数人忽然都失去了理解我们艺术中的高级作品的能力呢？

关于演讲，我们可以说它很美，但对于不懂得演讲所用的语言的人说来，它却是不可理解的。用中国话发表的演讲可能很美，而对我说来，它始终是不可理解的，如果我不懂得中国话的话。艺术作品和其他任何一种精神活动之间的不同之处在于，它的语言是所有的人都能理解的，它能毫无区别地感染所有的人。一个中国人的眼泪和笑声会感染我，正像一个俄国人的笑声和眼泪一样，绘画、音乐和诗，如果被翻译成我所理解的语言，也是这样的情形。吉尔吉斯人和日本人的歌曲能感动我，虽然不如感动吉尔吉斯人和日本人那样深。日本的绘画、印度的建筑和阿拉伯的神话也同样感动我。如果说日本人的歌曲和中国人的小说不大能感动我，那么这并不是因为我不理解这些作品，而是因为我熟悉并被训练得习惯于更高级的艺术作品，但决不是因为这种艺术对我说来是高不可及的缘故。伟大的艺术作品之所以伟大，正因为它们是所有的人都能接受和理解的。约瑟的故事译成中文之后，能感动中国人。释迦牟尼的故事能感动我们。建筑物、图画、雕像和音乐作品也是如此。因此，如果艺术不感动人，那么就不能说，这是由于观众和听众不理解的缘故。从这里只可能也只应该作出这样的结论：这是一种坏的艺术，或者这根本不是艺术。

艺术与理性活动（这种活动要求事先受过训练并且有一定的、系统性的知识，所以不能教一个不懂几何的人学习三角）之间的区别在于，艺术能在任何人身上产生作用，不管他的文明程度和教育程度如何，而且图画、声音和形象的魅力能感染每一个人，不管他处于何种文明程度。

艺术事业正是要把采用议论的方式可能无法使人理解的东西变得可以理解。一般说来，当一个人感受到真正的艺术印象时，他觉得仿佛他早就知道了，只是说不出来。

优秀的、崇高的艺术任何时候都是这样的。《伊利昂纪》,《奥德修纪》,雅各、以撒和约瑟的故事,希伯来的先知书,诗篇,《福音书》中的寓言,释迦牟尼的故事,吠陀的赞美诗,都传达出非常崇高的感情,现在对我们,包括受过教育的和没受过教育的人说来是完全可以理解的,对当时比我们的劳动人民受过更少教育的人们说来也是可以理解的。有人在说什么不可理解。如果艺术是表达从人们的宗教意识中产生的感情,那么,以宗教为基础,换言之,以人和上帝的关系为基础的感情怎么可能是不可理解的呢?这样的艺术应该而且实际上的确一直是所有的人都能理解的,因为每一个人跟上帝的关系都是相同的。因此,教堂以及教堂里的神像和唱诗永远是所有的人都能理解的。正像《福音书》中所说的,妨碍人们去体会崇高、美好的感情的,决不是文明程度和学问不够,相反,是虚假的文明和虚假的学问。优秀的、崇高的艺术作品的确有可能是不可理解的,不过不是对于朴实的、正常的劳动人民(他们能够理解最崇高的一切)。真正的艺术作品对于那些博学的、反常的、缺乏宗教信仰的人说来倒可能是而且往往是不可理解的,这是我们社会里常有的事。在我们这个社会里,崇高的宗教感情简直不为人们所理解。譬如说,我认识一些人,他们以为自己非常风雅,可是他们说,他们不理解表现对他人的爱和表现自我牺牲的诗,不理解表现贞洁的诗。

因此,优秀而伟大的、世界性的、宗教的艺术只有对一小撮反常的人说来才可能是不可理解的,但决不可能是大多数人所不理解的。

艺术不可能像当代艺术家喜欢说的那样,只因为它很优美才不能为广大群众所理解。其实话应当这样说:艺术之所以不为广大群众所理解,只是因为这种艺术很坏,或者甚至根本不是艺术。因此,所谓"要体会艺术必须先理解它"(这实际上只是指被训练得习惯于它)这个为一般有文化素养的群众如此喜爱并天真地接受的论据最准确地标志着,要人家用这样的方式去理解的东西,是一种很坏的特殊的艺术,或者根本不是艺术。

据说,人民不喜欢艺术作品是因为他们不理解。可是如果艺术作品的目的是用艺术家体验过的感情感染别人,那怎么谈得上不理解呢?

人民中间的一个人读了一本书,看了一幅画,听了一出戏或一部交响曲,而没有体会到一点感情。人家对他说,这是因为他不能理解的缘故。人家答应给一个人看某一种表演,他走进去,可是什么也没有看见。人家对他说,这是因为他的视线对这种表演没有做好准备的缘故。但这个人明明知道,他什么都能清楚地看见。如果他看不见人家答应指给他看的那样东西,那么他只能作出这样的结论(这是完全公正的):负责把表演给他看的那些人并没有执行他们的任务。人民中间的这个人对我们社会中那些并不在他心里引起任何感情的艺术作品也正是这样作出结论的,而且这样下结论也是完全公正的。因此,如果说,一个人不被我的艺术所感动是因为他很笨,那么说这样的话是既自矜又无礼,这是颠倒是非,委过于人。

伏尔泰说过:tous les genres sont bons, hors le genre ennuyeux①;我们还有更大的权利说:tous les genres sont bons, hors celui qu'on ne comprend pas;或者 qui ne produit pas son effet②,因为当一件东西不产生它的预定作用时,这件东西还能有什么价值呢?

最要紧的是,我们一旦容许艺术可以不被任何精神健全的人所理解而仍不失为艺术之后,无论哪一群反常的人就都完全有理由创作满足他们的反常感情的、除了自己以外谁也不理解的作品,并且把这些作品称为艺术。现在的所谓颓废派正是这样做的。

---

① 法语:除了无聊的艺术之外,各种艺术都是好的。
② 法语:除了不可理解的或者不起作用的艺术之外,各种艺术都是好的。

艺术走过的道路好比是在直径很大的圆圈上堆叠直径越来越小的圆圈。这样就形成了一个圆锥体，而这个圆锥体的顶点已经不再是一个圆圈了。当代艺术的情形正是如此。

十一

艺术的内容变得越来越贫乏，它的形式变得越来越不可理解，就最近的一些艺术品来看，艺术竟已丧尽了它所应有的一切特性，代之而起的是艺术的类似物。

上层阶级的艺术因为脱离了全民的艺术而变得内容贫乏、形式粗陋，换言之，变得越来越不可理解。不仅如此，随着时间的推移它甚至不再是艺术了，而开始为艺术的赝品所替代。

这种情况是由下述原因造成的。只是当人民中间的某一个人在体验到一种强烈的感情而且要求把这种感情传达给别人时，才产生全民的艺术。富裕阶级的艺术的产生并不是由于艺术家内心有此要求，而主要是因为上层阶级的人需要娱乐，他们为此所付的酬劳也高的缘故。富裕阶级的人要求艺术传达出令他们愉快的感情，于是艺术家们就竭力设法满足这样的要求。但是要满足这样的要求很难，因为上层阶级的人在自己的悠闲和奢华的生活中要求经常以艺术消遣，而艺术，即使最低级的艺术，也不是随意创造得出的，必须让艺术本身从艺术家心里产生。因此，为了满足上层阶级的人的要求，艺术家们就必须想出一些方法，使自己可以借着这些方法创造类似艺术的东西。这些方法已经想出来了。

这些方法是：（一）假借；（二）模仿；（三）惊心动魄；（四）引起兴趣。第一种方法就是从以前的艺术作品假借全部题材，或者只假借以前普遍闻名的诗作的个别特点，把这些借来的东西加以改造，使它们跟一些附加部分一起构成一种似乎是新的东西。

这样的作品在某个圈子的人们心中唤起对以前体验过的一些

艺术感情的回忆,因而产生一种类似艺术的印象,这时,只要它们同时也合乎其他一些必要的条件,它们就被当作艺术作品而流传在那些想从艺术中寻求享乐的人们中间。从以前的艺术作品借来的题材通常被称为诗意的题材,而从以前的艺术作品借来的事物和人物则被称为诗意的事物和人物。于是,在我们的圈子里,各种传奇、史诗、古谈都被认为是诗意的题材,而少女、战士、牧人、隐士、天使、各种妖魔、月光、雷电、山岭、海洋、深渊、花朵、长发、狮子、羔羊、鸽子、夜莺都被认为是诗意的人物和事物。以前的艺术家最常用在自己作品里的一切事物一般都被认为是诗意的。

大约四十年前,一位不聪明但很有教养的 ayant beaucoup d'acquis① 夫人(她现在已经去世)叫我去听她念她创作的一部小说。小说是这样开始的:女主人公穿着诗意的白色衣服,披散着诗意的头发,在诗意的林中水边读诗。事情发生在俄国,突然从树丛后面出现戴帽子的男主人公,帽子上有羽毛,à la Guillaume Tell②(书上就是这样写的),这个人身边伴随着两条诗意的白狗。在作者看来,这一切都是很诗意的。如果那个男主人公不须要讲什么话,那么一切都很好。可是只要这位戴着 à la Guillaume Tell 的帽子的先生开始和那穿白色连衫裙的女郎谈话,就可以知道,作者没有什么话可说,他是受对前人作品的诗意的回忆所感动,以为可以用这些翻来覆去的回忆造成一个艺术的印象。但是艺术的印象(换言之,即感染)只有当作者自己以他独特的方式体验过某种感情而把它传达出来时才可能产生,而不是当他传达别人所体验而由他转达的感情时所能产生。这种从诗得来的诗不可能感染人,只可能成为类似艺术作品的东西,而且也只有对那些具有反常的审美观的人说来才算得上。这位夫人既愚笨又没有天才,因此一

---

① 法语:生活经验很丰富的。
② 法语:威廉·退尔式的。

看便知是怎么回事。但是当博学而有天才的、在艺术技巧上已经受过磨炼的人借用别人的题材时,他们就从希腊的、古代的、基督教的作品和神话中去借用,这些借来的材料越来越多,特别是现在还有很多在继续出现,只要是用他们所属的那种艺术的技巧精细作成,就被公众当作艺术作品来接受。

罗斯丹的《朗登亲王夫人》(*Princesse Lointaine*)可以算是这种赝品在诗的领域中的典型例子。在这部作品里没有一点艺术的火花,可是它在很多人看来却是很诗意的,在它的作者看来大概也是这样。

第二种制造艺术类似物的方法就是我所谓模仿的方法。这种方法的要点就在于表达与所描写的事物有关的细节。在文学方面,这种方法在于非常详细地描写外形、容颜、服装、姿态、声音、有关人物的房间,把生活中所碰到的一切偶然事物都描写进去。例如,在长篇和中篇小说中,每当一个人物讲话时,就描写他是用怎样的声音讲的,他讲话时在做些什么。所讲的话本身并不是表达得使这些话具有最充分的意义,而是表达得像日常生活中的说话那样不连贯,时断时续,而且半吞半吐。在戏剧艺术方面,这种方法就在于,除了讲话的模仿之外,整个布景、人物的一切动作都跟真实生活中的完全一样。在绘画方面,这种方法使绘画变成照相,消灭了照相和绘画之间的差别。说来也真奇怪,这种方法也被采用于音乐。音乐不仅竭力用节奏模仿,而且直接用声音模仿——用生活中那些伴随着音乐所要描写的事物发生的声音来模仿。

第三种方法是对外在感官的影响,往往是纯粹生理的影响,也就是我们所谓的惊心动魄或给人深刻印象的方法。在所有各种艺术中,这种效果主要在于对比,即可怕的与温存的、美丽的与丑恶的、响亮的与寂静的、黑暗的与光明的、最平凡的与最不平凡的相对照。在文学中,除了效果、对比之外,还有一种效果,那就是描写或描绘从来没有描写过和描绘过的东西,主要是描写和描绘会引起淫欲的种种细节,或者会引起恐怖的有关痛苦和死亡的种种细节,例如,在描写杀人时,精确地描写组织的破裂、肿胀、气味、流血量和血的样子。在绘画中也有同样的情形,除了各种对比,绘画中还采用另一种对比,即细心修饰一件事物而把其余的一切潦草敷衍一番。绘画中主要的和常用的效果是光线的效果和可怕事物的描绘。在戏剧中,除了对比之外,最常用的效果是暴风雨、雷鸣、月光、海上的一幕或海边的一幕、服装的更换、女人身体的裸露、疯狂、凶杀,还有死亡,细致地表现出临死前各个阶段的挣扎。在音乐中,最常用的效果是,从最弱的、同样的一些音开始,来一个 crescendo① 和复杂化,最后达到整个乐队的最强、最复杂的音响,或者同一些音用各种乐器在所有八度上以 arpeggio② 方式一再反复,或者和声、速度和节奏完全不是像自然地从乐思的进行中产生的那样,而是以其出人意外来打动听众。

以上便是各种艺术中最常用的一些效果,但是除了这些以外,还有一种效果是各种艺术共有的,那就是:用某一种艺术描绘本来是另一种艺术所善于描绘的东西,例如,让音乐来“描写”,正像所有的标题音乐所做的那样,包括瓦格纳以及他的后继者的作品在内,而让绘画、戏剧和诗来“唤起一种心情”,像一切颓废派艺术所做的那样。

第四种方法是引起兴趣,换言之,使艺术作品带有理性的兴趣。这兴趣可能包含在错综复杂的情节(plot)中。这种方法不久以前在英国的小说和法国的喜剧和正剧中还很常用,但现在已经过时,代之而起的是纪实,即详细描述某一历史时期或现代生活的某一方面。例如在小说中,引起兴趣的是关于埃及人或罗马人的生活,矿工的生活,或大商店的店员生活的描述,读者对这些感到

---

① 意大利语:渐强。
② 意大利语:琶音。

兴趣,于是把这种兴趣当作艺术印象。引起兴趣的也可能是表达方法。这种引起兴趣的方法现在很常用。诗和散文,以及图画、戏剧和乐曲都写得很费解,必须像对待字谜、画谜那样加以猜测,而这种猜测的过程给人以快感,跟从艺术得来的印象十分相似。

人们常说,这个艺术作品很好,因为它很诗意,或很现实,或给人深刻印象,或非常有趣,而这几种特性中不但没有一种可以成为衡量艺术价值的标准,而且没有一种跟艺术有任何共通点。

诗意的就是假借的。大凡假借,都不过是使读者、观众和听众模糊地回忆起他们从以前的艺术作品得来的艺术印象而已,却不是用艺术家自己体验过的感情感染别人。以假借的题材为基础的作品,例如歌德的《浮士德》,可能是精磨细琢写成的,其中充满了智慧和各种优美特质,但是它不可能造成真正的艺术印象,因为它缺乏艺术作品的主要特性,即完整性,有机性,形式和内容构成一个不可分割的整体以表达艺术家所体验过的感情。在假借时,艺术家只不过传达出以前的艺术作品所传给他的那种感情,因此,不管是完整的题材的假借,还是各种场面、情况和描述的假借,都只不过是艺术的影像,艺术的类似物,而不是艺术。因此,如果我们说,这种作品是好的,因为它有诗意,换言之,它像艺术作品,那就等于说,一个钱币是好的,因为它像真钱币。同样,模仿、现实性很少能像许多人所想的那样成为衡量艺术价值的标准。模仿不可能是衡量艺术价值的标准,因为如果艺术的主要特性是用艺术家所体验的感情感染别人,那么感情的感染不但不等于对要表达的事物的详细描叙,而且这种感染大都由于细节过多而受到破坏。正在接受艺术印象的人的注意力就被所有这些惹人注意的细节所牵引,因为有了这些细节,作者的感情,就算有的话,也没有被传达出来。

按照表达种种细节的现实性、真实性的程度来评定艺术作品的价值,就好比按照食物的外表来判断它的营养价值一样奇怪可笑。当我们按照现实性来评定作品的价值时,我们只不过表示,我们所讲的并不是艺术作品，而是赝品。

　　第三种假造艺术的方法是惊心动魄或给人深刻印象的方法。正像前两种一样，同真正的艺术的概念不相符合，因为在惊心动魄的因素中，在新奇、出其不意的对比效果中，在骇人听闻中，没有感情的传达，而只有对神经的作用。如果一位画家出色地画出一个流血的伤口，这个伤口的样子会使我吃惊，但是这里不会有艺术存在。音量宏大的管风琴上的一个延长音会造成惊人的印象，往往甚至叫人流出眼泪来，但这里面没有音乐，因为没有传达出任何感情。然而我们这圈子里的人经常把这种生理上的效果当作艺术。这种情况不但发生在音乐中，也发生在诗、绘画和戏剧中。据说现在的艺术变得精细优美了。恰恰相反，由于追求效果，它变得极为粗劣。试想，传遍欧洲所有剧院的新剧本《汉娜拉》①，作者想要向观众传达对一个受人折磨的女孩的同情。为了借助艺术在观众心里唤起这种感情，作者必须使登场人物之一表达出这样的同情心，以便感染所有的人，或者必须真实地描写出女孩的感受。但是作者不能够或者不愿意这样做，他选择了另一个对舞台布景者说来比较繁复而对艺术家说来比较方便的方法，使女孩死在舞台上；而且，为了加强对观众的生理作用，使舞台上的灯光全都熄灭，把观众留在黑暗里，并在凄凉的音乐中向观众示知：女孩的喝醉了酒的父亲怎样追赶她和打她。女孩全身抽搐着，发出尖叫声，呻吟着，倒下来。天使们出现了，把她带走了。这时，观众体验到某种激动，便深信这就是美学上的感情。但是在这种激动里并没有一点美学方面的因素，因为这里面并没有一个人对另一个人的感染，而只有为别人感到痛苦、为自己感到高兴：受苦的不是我这种混杂的感觉，很像我们看人家受死刑时体验到的，也像罗马人在竞技场中体验到的那样。

----

　　①　指德国作家豪普特曼（1862—1946）的剧本《汉娜拉升天记》。

用给人深刻印象的方法偷换美学上的感情这一现象,在音乐艺术中特别明显,因为音乐这种艺术就其性质而言对神经有着直接的生理作用。新派音乐家并不是在旋律中传达自己体验过的感情,而是把许多音堆积起来,加以编排,有时加强音量,有时减弱音量,这样在观众身上产生一种生理作用,而这种作用是可以用一架特制器械加以测量的①。听众就把这种生理作用当作艺术的效果。

讲到第四种方法,即引起兴趣,这种方法同其他几种比较起来跟艺术更不相干,但却往往跟艺术混淆起来。且不说作者故意把长篇和中篇小说的意义隐藏起来,使读者必须猜测一番;我们时常听人家讲到一幅画或一首乐曲时说,它很有趣。这有趣究竟是什么意思?有趣的艺术作品含有下列几种意义:作品在我们心里引起一种未得到满足的好奇心,或者当我们领会艺术作品时,我们获得一种对我们说来是新的知识,或者作品不很容易理解,我们费一点心之后,慢慢地找到了解释,就在猜测它的意义时我们得到了某种快感。在上述各种情况下,引起兴趣都跟艺术印象没有一点共通之处。艺术的目的是用艺术家所体验的感情感染人。可是观众、听众和读者为了满足被激起的好奇心,为了掌握从作品中获得的新知识,或者为了猜透作品的含义,就必须费一番脑筋,而这种费脑筋的活动吸引了读者、观众和听众的注意力,妨碍了作品对他们的感染。因此,作品中引起兴趣的因素不仅跟艺术作品的价值毫无共通之处,而且,与其说有助于艺术印象的形成,不如说阻碍了这种印象的形成。

诗意、模仿、惊心动魄、引起兴趣,这些因素在艺术作品中都可能看到,但是它们不可能用来代替艺术作品的主要特性,即艺术家

---

① 有一种机械,其上装有一枚随着手部肌肉的紧张度而转动的极敏感的指针,它指示着音乐对神经和肌肉所起的生理作用。——作者注

所体验过的感情。可是近来,在上层阶级的艺术中,大部分被尊为
艺术品的东西,正是这种只不过跟艺术相类似而本质上并不具有
艺术的主要特性——艺术家所体验过的感情——的作品。

　　一个人要创造真正的艺术品,必须具备很多条件。这个人必
须处于他那个时代最高的世界观的水平,他必须体验过某种感情,
而且他有愿望也有可能把这种感情传达出来,同时,他还必须在某
一种艺术方面具有一定的才能。所有这些创造真正的艺术作品所
必备的条件很难得结合在一起。要借助于各种习用的方法——假
借、模仿,给人深刻印象和引起兴趣来制造在我们社会里报酬很高
的赝品,只须要在某一艺术领域中具有一般常见的才能就行了。
我所谓的才能,是指能力而言。在文学中,指的是把自己的思想和
印象很方便地传达出来、发现并记住富有特性的细节的能力。在
造型艺术中,指的是辨别、记住并表达出线条、形状和色彩的能力。
在音乐艺术中,指的是区别音程、记住并表达出音的顺序进行的能
力。在我们这个时代里,一个人只要具有这样的才能,那么在学会
了制造他那种赝品的技术和方法之后,即使他的美学上的感觉
(这种感觉会使他讨厌自己的那些作品)已经衰退,只要他有耐
心,他就可以不停地创作出我们这个社会认为是艺术的作品,直到
死去为止。

　　要制造这样的赝品,在每一种艺术里各有它的一定的规法和诀
窍,因此一个有才能的人掌握了这些规法和诀窍,就可以毫无感情
地、冷漠地制造出这样的赝品来。为了写诗,一个有文学才能的人
只要能够在每一个真正需要的字的地方,按照韵律或格律的要求再
用上十个意义近似的字,然后训练自己,使自己养成习惯,能够说出
任何一句为求清楚而只有一种固有的单字排列法的句子,而且,尽
管句中单字按各种可能的方式调来调去,总还是能说得使句子有点
意思;还要使自己能够根据韵律上所用的字而编造出一些类似思
想、感情或画面的东西来。于是这个人就可以不停地写出诗来——

短诗、长诗、宗教诗、爱情诗或社会性的诗,视需要而定。

如果这个有文学才能的人想要写中篇或长篇小说,那么他只要造出一种文体来,换言之,只要学会描写他所看到的一切,使自己习惯于记住或记录种种细节。当他掌握了这一点,他就可以按照意愿或需要,不停地写出长篇或中篇小说:历史小说、自然主义的小说、社会小说、色情小说、心理小说,或者甚至宗教小说(这最后一种小说已开始流行起来,对这种小说的要求也越来越多)。这个人可以从他读到的书或他经历过的事件中选取题材,至于人物的性格,则可以从他所熟悉的人身上去摹拟。

只要这些长篇小说和中篇小说里很好地穿插着作者所发现并记下的细节,最好是色情方面的细节,那么这些小说就会被看作艺术作品,虽然其中并没有一点作者所体验过的感情的火花。

要写作戏剧形式的艺术作品,一个有才能的人除了具备写小说所需要的一切条件之外,还必须学会使他的登场人物尽可能多说几句中肯的机智的话,学会利用剧院的效果,并且能够把各个人物的动作互相交织起来,使舞台上不致有一段较长的谈话,而有尽可能多的无谓的奔忙和骚动。如果作者能够做到这些,那么他就能不停地写出一部接一部的戏剧作品来,从刑事新闻或最近引起社会注意的问题(如催眠术、承继问题等)中选取题材,或者从最古的时代,甚至从幻想的领域里选取题材。

一个有才能的人要在绘画或雕塑领域内制造类似艺术的物品,那就更加容易。他只要学会用素描和油画表现各种事物以及塑造各种物体,特别是裸露的人体。学会了这些,他就可以按照自己的意愿不停地作出画来,塑出雕像来,他可以选择神话的或宗教的题材,幻想的或象征的题材,他也可以描摹报纸上写的加冕典礼啦,罢工啦,土希战争啦,饥馑之灾啦,或者,就最平常的情况来说,他可以描摹一切他认为美的东西,从裸体女人到铜盆。

要创作音乐艺术的作品,一个有才能的人所需要的构成艺术本质,即能感染别人的感情的东西还更少些。但是它所需要的体力方面的体操式的劳动却比任何其他艺术(除了舞蹈艺术之外)更多。要写作音乐艺术作品,首先必须学会用手指在某一件乐器上迅速地移动,像那些在这方面已经获得高度完善的技巧的人那样。然后,他必须懂得从前的人是怎样写作多声部音乐的,什么是所谓学会对位、赋格,然后学会配器,即怎样运用乐器的效果。学会了所有这些,音乐家就可以写出一部接一部的作品来,或是标题音乐,或是歌剧和浪漫曲(想出一些多少跟语言相适合的音来),或是室内乐(即把别人的主题拿来用对位和赋格的手法在一定的形式中加以改作),或是就最平凡的来说,幻想的音乐(即把一些音偶然凑合起来,然后在这些偶然凑合在一起的音上堆积各种复杂的、装饰的音)。

这样,在艺术的各个领域内,人们根据现成的、已经用惯了的诀窍制造赝品,而我们上层社会的公众却把这些赝品看作真正的艺术。

艺术作品被赝品所偷换的现象,就成了上层阶级的艺术脱离全民的艺术之后产生的第三种,也是最重要的一种后果。

十二

有三个条件促使我们社会里的人制造赝品。这三个条件是:(一)对艺术家的作品所给的丰厚的报酬以及因此而造成的艺术家的职业化;(二)艺术评论;(三)艺术学校。

当艺术还没有分裂,只有一种宗教艺术受到重视和鼓励,无关紧要的一般艺术并没有受到鼓励之时,赝品根本就不存在;即使有赝品出现,那么在全体人民议论之下,它们立刻就消失了。而一当艺术分裂之后,任何艺术,只要能使人享受快乐,就被富裕阶级的人认为是好的,开始获得丰厚的报酬,比任何其他社会活动的报酬都大。于是立刻就有许多人献身于这一活动,这一活动的性质就变得跟它原有的性质完全两样了,它成为一种职业。

艺术一旦成为职业,艺术的主要的和最宝贵的特性,它的真诚性,就大为减弱,而且部分地消失了。

职业化的艺术家靠他的艺术生活,因此他必须不停地想出作品的主题来,他也的确在不停地想。希伯来的先知、《诗篇》的作者、方济各、《伊利昂纪》《奥德修纪》以及所有的民间故事、传奇、歌曲的作者等,不但没有因了他们所创作的作品而得到任何报酬,甚至连他们的名字也没有随着作品留传下来,这样的人创造的艺术,与起初由于艺术而获得荣誉和报酬的宫廷诗人、剧作家、音乐家,后来由于被公认而靠自己的艺术维持生活并从新闻记者、出版商、音乐会主持人,总之从艺术家和城市公众(艺术的消费者)之间的中介人那里获得报偿的艺术家所生产的艺术相比较,两者之间该存在多大的区别,是可以了解的了。

这里所讲的职业化是使赝品得以广泛流传的第一个条件。

第二个条件是最近出现的那种艺术评论,这种对艺术的评价并不是由大家作出的,主要的是,并不是由普通人作出的,而是由那些博学的,换言之,反常同时又自负的人作出的。

我的一个朋友谈到过评论家和艺术家的关系,他半开玩笑地为评论家下了这样的定义:评论家就是议论聪明人的蠢人。不论这个定义多么片面,多么不准确,多么粗鲁,它还是含有一部分真实性,而且跟所谓评论家是在解释艺术作品的那种定义相比较,这个定义要正确得多。

"评论家在解释。"他们究竟在解释什么?

如果艺术家是一个真正的艺术家,那么他在自己的作品里已经把自己体验过的感情传给了别人,到底有什么需要解释的呢?

如果一部作品从艺术上来说是好作品,那么不管它是否合乎道德,艺术家所表达的感情就会传给别人。如果感情传给了别人,那么别人就会体验到这种感情。他们不仅体验到这种感情,而且各人按各人的方式来体验,一切解释都是多余的。如果作品并不感染人,那么无论怎样加以解释,也不可能使它变得会感染人。要解释艺术家的作品是不可能的。如果艺术家所要表达的东西可以用言词来说明,那么他就会用言词说明了。他采用他的艺术来表达是因为用其他方法不可能传达出他所体验过的感情。用言词来解释艺术作品只不过表示解释的人自己无法受到艺术的感染。事实上正是如此,不管说来多么奇怪,评论家通常总是比一般人较少地能为艺术所感染。他们大都是文笔流利的、有教养的、聪明的人,但是他们感受艺术的能力变得不正常,或者已经衰退。因此,这些人过去和现在都经常不断地用他们的著作给读者很大的影响,使得阅读这些著作并相信他们的公众有了一种不正常的鉴赏力。

凡是艺术没有分裂,因而在全体人民的宗教观念中受到尊重的社会里,艺术评论并不存在,也不可能存在。只有在不承认当代宗教意识的上层阶级的艺术中,才产生过而且还可能产生艺术评论。

全民的艺术有着明确的、无可置疑的内在标准,即宗教意识。上层阶级的艺术则没有这样一个标准,因此上层阶级的艺术的鉴赏家就不可避免地要按照一个外在的标准来评鉴艺术。对他们说来,这个外在的标准就是,像一个英国美学家所说的,the best nurtured men,最有教养的人的趣味,换言之,就是被认为有教养的人的权威,不单是权威,而且还有这些人的权威的传统论调。这种传统论调是极其错误的,因为 the best nurtured men 的见解时常错误,过去某一个时期曾经是正确的见解会随着时间的推移而不再是正确的。至于那些评论家呢,由于他们的见解往往没有根据,就不断地重复这些传统的论调。在过去某一个时期,古代的悲剧作者被认为是好的,于是评论家也就认为他们是好的。但丁被认为是伟大的诗人,拉斐尔被认为是伟大的画家,巴赫被认为是伟大的音乐家。评论家们没有一个可以衡量艺术好坏的尺度,就不仅把这些艺术家认为是伟大的,而且把他们所有的作品都认为是伟大的,值得模仿的。没有一样东西像评论界树立的权威那样歪曲过并且还在歪曲着艺术。一个青年创作了一部艺术作品,像任何一个艺术家一样,他在这部作品里用自己独特的方式表达出他所体验过的感情。多数人被这位艺术家的感情所感染,他的作品就出了名。于是,在议论这位艺术家的评论中开始出现这样的意见:作品倒不坏,但这位艺术家毕竟不是但丁,不是莎士比亚,不是歌德,不是后期的贝多芬,不是拉斐尔。这位青年艺术家听了这种评论,就开始模仿人家提供给他的范例,创作出不但拙劣,而且虚假、冒充的作品来。

比方说,我们的普希金写了一些小诗、《叶甫盖尼·奥涅金》、《茨冈》以及一些小说。这些作品各有不同的价值,但它们都是真诚的艺术作品。可是,在颂扬莎士比亚的不正确评论的影响之下,普希金写了《鲍里斯·戈都诺夫》,一部偏重理性的冷情的作品,而评论家们颂扬这部作品,把它提出来作为范例,于是就出现了模仿物的模仿物:奥斯特洛夫斯基的《米宁》、阿·康·托尔斯泰的《沙皇鲍里斯》等等。这种模仿物的模仿物使文学中充满了微不足道的、毫无用处的作品。评论家们的主要害处在于他们缺少被艺术感染的能力(所有的评论家都缺少这种能力,如果他们不缺少这种能力,他们就不会从事解释艺术作品这项不可能的事业了),因而把主要的注意力转向偏重理性的、虚构的作品,把这些作品加以颂扬,并把它们提出来作为值得模仿的范例。因此,他们就那样有信心地极口称颂希腊的悲剧作家、但丁、塔索、弥尔顿、莎士比亚、歌德的几乎一切作品。在新派艺术家中,他们极口颂扬左拉的作品、易卜生的作品、贝多芬晚期的音乐、瓦格纳的音乐。为了证明颂扬这些偏重理性的、虚构的作品的行为是正确的,他们就编出整套整套的理论（著名的关于美的理论便是其中之一）。不但那些愚钝而有才能的人严格地遵照这些理论创作自己的作品，往往连真正的艺术家们也违背自己的意愿而屈从于这些理论。

评论家所颂扬的每一部虚假的作品好比是一扇门，艺术的伪善者马上通过这扇门闯了进来。

只因为评论家们在当代还在颂扬以下一些人的粗糙、野蛮、对我们说来往往没有意义的作品，如古希腊艺术家（索福克勒斯、欧里庇得斯、埃斯库罗斯，特别是阿里斯托芬）或新派艺术家（但丁、塔索、弥尔顿、莎士比亚）的作品，绘画方面拉斐尔的一切作品、米开朗琪罗的一切作品（包括他的荒谬的《最后的审判》），音乐方面巴赫的一切作品、贝多芬的一切作品（包括他晚期的作品在内），只因为这样，当代才有可能出现那些易卜生、那些梅特林克、那些魏尔兰、那些马拉梅、那些皮维斯·德·夏瓦纳、那些克林格尔、那些勃克林、那些施图克、那些施奈德，在音乐方面出现那些瓦格纳、那些李斯特、那些柏辽兹、那些勃拉姆斯、那些理查·施特劳斯等等，以及一大批毫无用处的模仿者的模仿者。

对贝多芬的评论可以算是说明评论的危害性的一个最好的例子。在他的无数应约而匆忙写成的作品中，也有一些艺术作品（虽然就形式来说这些作品是十分矫揉造作的）。但是他变聋了，听不见声音了，于是就开始写出完全虚构的、没有结尾的，因而在音乐内容上往往是没有意义和不可理解的作品。我知道，音乐家能够十分逼真地想象声音，几乎能听见谱上所看到的一切。但是想象出来的声音永远无法代替真实的声音，而且每一位作曲家都应该听听自己的作品，以便加以修饰。可是贝多芬听不见，他无法把作品加以修饰，因此就发表了这些在艺术上有害的作品。评论家们既然承认贝多芬是伟大的作曲家，就欣然接受了这些荒谬的作品，并在这些作品里寻找异常的美。为了替自己的这种颂扬辩护，他们歪曲音乐艺术的概念，给音乐艺术加上这样一种特质：描写它所不能描写的东西。于是就出现了模仿者,许许多多的模仿者,他们模仿耳聋的贝多芬所写的艺术作品中的那些荒谬的尝试。

于是出现了瓦格纳,他起初在评论文章中颂扬贝多芬,他所颂扬的正是晚期的贝多芬。他把晚期贝多芬的音乐同叔本华的神秘理论(这种理论跟贝多芬的音乐本身一样荒谬)联系起来,这一神秘理论认为,音乐是意志的表达,——不是在各种程度上客观化了的意志的个别表现,而是意志的本质的表达。后来瓦格纳自己也就根据这一理论来写他的音乐,并且把他的音乐同将一切艺术扯在一起的更不正确的体系联系起来。继瓦格纳之后,出现了一些更新的、与艺术相去更远的模仿者:勃拉姆斯们、理查·施特劳斯们等等。

这就是评论的后果。可是歪曲艺术的第三个条件——艺术学校所引起的不良后果几乎更加严重。

一旦艺术变得不是为全体人民而是为富人的阶级,艺术就变成了一种职业。一旦艺术变成一种职业,人们就想出教人掌握这种职业的方法,选定艺术这一职业的人就开始学习这些方法,于是就出现了各种专门学校:文科中学里的修辞班或文学班,美术学院,音乐学院,戏剧学校。

这些学校教的是艺术。但艺术是把艺术家体验过的特殊感情传达给别人。那么学校究竟是怎样教艺术的呢?

任何一所学校都不可能在一个人的心里唤起感情,更不可能教给一个人艺术的本质,即用他个人固有的独特方式来表达感情。

学校能教给人的只是,如何像其他艺术家那样传达其他艺术家体验过的感情。艺术学校教的正是这一件事,而这种教育不但对传播真正的艺术毫无帮助,相反,由于传播了赝品,因而比其他一切都更多地剥夺了人们理解真正艺术的能力。

在文学方面,他们要学生学会在什么话也不想说的时候能够写出一部洋洋大作来,这部作品的主题是他从来也没有想过的,而他要能把作品写得像已经成名的作家的作品。文科中学教的就是这些。

　　在绘画方面,主要是教学生照蓝本描摹或者照实物写生,所画的主要是裸体(这是从来没有看见过的东西,而且一个从事于真正的艺术的人几乎从来没有必要去画裸体),还要画得像过去的大师们所画的那样。教画的时候,总是给一些跟过去的名人处理过的题材相类似的主题。在戏剧学校里也是这样,学生必须学会把独白念得完全像成名的悲剧演员所念的那样。在音乐方面也是这样,全部音乐理论只不过是成名的作曲大师们在创作时用过的那些方法的不相连贯的重复而已。

　　我曾经在什么地方引证过俄国画家布留洛夫说过的关于艺术的一句意义深刻的话,我不能不再引证一次,因为这句话比什么都清楚地说出了学校能教什么,不能教什么。布留洛夫替一个学生修改习作的时候,只在几个地方稍微点了几笔,这幅拙劣而死板的习作立刻就活了。一个学生说:"瞧!只不过稍稍点几笔,一切就都改观了。"布留洛夫说:"艺术就是从'稍稍'两个字开始的地方开始的。"他这句话正好说出了艺术的特征。这种说法对一切艺术来说都是正确的,不过它的正确性在音乐表演中可以特别明显。为了使音乐表演富有艺术趣味,为了使音乐表演成为一种艺术,换言之,为了有感染力,必须遵守三个主要条件(为了在音乐上求得完满除了这三个条件之外还有许多条件:从一个音到另一个音的进行必须断续或圆滑,一个音必须均匀地加强或减弱,它必须跟这样一个音结合而不跟另一个音结合,一个音必须有这种音色而不是有另一种音色,以及许多其他条件)。我们只讲三个主要条件:音高、时值和音量。只有当一个音比它应有的高度既不高也不低的时候,换言之,只有当这个音的无限小的中心被抓住,当这个音延续得正像所需要的那么长,当音量既不太强、也不太弱,正好达到所需要的程度的时候,——只有在这种时候,音乐表演才能算是艺术,才能感染人。音高向高方或低方的最小的偏差,时值最细微的延长或缩短,音量最小的不合乎要求的加强或减弱,都会使表演丧失它的完满性,从而使作品丧失它的感染力。因此,在表面上看来,要受到音乐的感染虽然好像是轻而易举的事,但事实上只有当表演者找到了那些使音乐达到完满所必需的无限小的因素时,我们才可能受到音乐艺术的感染。一切艺术都是一样,只要稍稍明亮一点,稍稍暗淡一点,稍稍高一点,低一点,偏右一点,偏左一点(在绘画中);只要音调稍稍减弱一点或加强一点,或者稍稍提早一点,稍稍延迟一点(在戏剧艺术中);只要稍稍说得不够一点,稍稍说得过分一点,稍稍夸大一点(在诗中),那就没有感染力了。只有当艺术家找到了构成艺术作品的无限小的因素时,他才可能感染人,而且感染的程度也要看在何种程度上找到这些因素而定。用外表的方式教人找到这些无限小的因素是绝对不可能的。这些因素只有当一个人沉醉在感情中的时候才能找到。无论怎样的教练都不可能使舞蹈者正好合乎音乐的节拍,使歌唱者或小提琴演奏者正好抓住音的无限小的中心,使作画者从所有可能画出的线条中选中唯一正确的一条,使诗人找到唯一需要的词儿的唯一需要的安排方式。所有这些只有感情才找得到。所以学校只能教人以制造类似艺术的东西时所必须具备的能力,可是决不可能教人艺术。

学校的教育停止下来的地方,就是这稍稍开始的地方,因此,也就是艺术开始的地方。

使人们习惯于类似艺术的东西,就会使他们抛弃对真正的艺术的理解。由产生一个结果:凡在专业艺术学校受过训练并获得最优成绩的人,都是对艺术最不敏感的人。这些专业学校造成了艺术的伪善,这种伪善跟那些训练传教士以及一般宗教导师的学校所造成的宗教伪善完全一样。正像我们不可能在学校里培养出宗教导师来一样,我们也不可能在学校里培养出艺术家来。

因此艺术学校对艺术有双重害处。第一,艺术学校使那些不幸而进入这种学校并修毕七年、八年或十年课程的人丧失创造真正艺术的能力；第二，艺术学校制造出大量虚假的艺术，这种虚假的艺术充满了这个世界，扭曲了群众的鉴赏力。其实，为了使有艺术天赋的人熟悉以往的艺术家在各种艺术中得出的方法，所有的小学里都应该设图画班和音乐班（唱歌班），读完图画班或音乐班之后，每一个有天才的学生都能利用现存的、大家都能获得的范作而自己独立地进修艺术。

正是这三个条件——艺术家的职业化、艺术评论和艺术学校——造成了这样的后果：当代大部分人竟连什么是艺术都全然不懂，他们把最粗劣的赝品看作艺术。

十三

我们这个时代和我们这个圈子里的人丧失接受真正艺术的能力到了什么程度，习惯于把跟艺术毫无共通之点的东西看作艺术到了什么程度，这一点从理查·瓦格纳的作品中看得最清楚。最近，瓦格纳的作品越来越受人重视，不仅德国人，连法国人和英国人也都把这些作品认作开辟了一个新天地的最高级的艺术。

大家都知道，瓦格纳的音乐的特点在于音乐应该为诗服务，表达出诗作的一切微妙细腻之处。

在十五世纪的意大利，人们为了恢复想象中的古希腊音乐剧而想出一种戏剧同音乐相结合的形式。这是一种矫揉造作的形式，它只有在上层阶级才获得过、并且还在获得成功，而且只有在莫扎特、韦伯、罗西尼等天才音乐家的处理下才可能获得成功。这些天才音乐家受到戏剧题材的启发，自由地沉醉在所得的灵感中，使歌词从属于音乐，因而在他们的歌剧中，对听者说来重要的只是根据某一段歌词写的音乐，而绝不是歌词，歌词即使是最没有意义的（例如在《魔笛》中），还不至于妨碍音乐的艺术印象。

瓦格纳想把歌剧加以改革,使音乐服从于诗的要求,同诗融而为一。但是每一种艺术都有它的明确的领域,同其他艺术领域不是相符合,而只是相邻接。因此,如果我们把两种(且不说很多种)艺术——戏剧艺术和音乐艺术——合并为一个整体,那么一种艺术的要求会使另一种艺术的要求不可能实现,这是一般歌剧常有的情形。在一般歌剧中,戏剧艺术从属于音乐艺术,或者不如说让位于音乐艺术。但是瓦格纳想使音乐艺术从属于戏剧艺术,使两者都表现出各自的最大效果。但这是不可能的,因为每一部艺术作品,只要是真诚的艺术作品,就都是艺术家的真挚感情的表达,这种表达非常有特色,跟其他任何东西都不相似。音乐作品是如此,戏剧作品也是如此,只要它们都是真诚的艺术。因此,为了使一个艺术领域中的作品跟另一个艺术领域中的作品相符合,就必须有下述不可能的事情发生:既要使两个属于不同领域的艺术作品显得非常有特色,跟过去存在的任何东西都不相似,同时又要使它们相符合,而且彼此非常相似。

这是不可能的事,好比不仅两个人,就连树上的两张叶子也不可能一模一样。不同艺术领域中的两部作品——音乐作品和文学作品——更不可能完全相同。如果两部作品能相符合,那么其中之一是艺术作品,另一个便是赝品,或者两者都是赝品。生在树上的两张树叶不可能一模一样,而只有两张人工制造的树叶才可能如此。艺术作品也是这样。只有当这部作品和那部作品都不是艺术而是假造的一种类似艺术的东西时,它们才可能完全相符。

如果诗和音乐可能在赞美诗、歌曲和浪漫曲中或多或少地结合起来(即使在赞美诗、歌曲和浪漫曲中,诗和音乐也不是像瓦格纳所愿望的那样地结合起来,即音乐并不从属于歌词中的每一句诗,而只是这样结合:音乐和诗引起同一种心情),那么它们之所以能结合,只是因为就某些方面来说,抒情诗和音乐有着同一个目的——引起某种心情,而抒情诗和音乐所引起的心情多少是能够相符的。即使在这样的结合中,重心总是在其中的一部作品上,因而只有一部作品能产生艺术印象,另一部作品则始终没有被人注意。史诗或戏剧诗与音乐之间的这种结合就越加不可能了。

此外,艺术创作的主要条件之一是艺术家完全不为任何一种偏执的要求所束缚。必须使自己的音乐作品适应诗作,或使自己的诗作适应音乐作品,这便是一个偏执的要求,会毁掉任何创作的可能性,因此这一类互相适应的作品经常是,而且必定是非艺术作品,是艺术的类似物,例如乐剧中的音乐、图画上的题字、书中的插图、歌剧的脚本。

瓦格纳的作品便是这样的。这一点可以从下述的情况得到证实。在瓦格纳新近的音乐中缺少一切真诚的艺术作品所具有的主要特征,即严整性和有机性。当作品具有这种严整性和有机性时,形式上最小的一点变动都会损害整部作品的意义。在真正的艺术作品——诗、戏剧、图画、歌曲、交响乐中,我们不可能从一个位置上抽出一句诗、一场戏、一个图形、一小节音乐,把它放在另一个位置上,而不致损害整部作品的意义,正像我们不可能从生物的某一部位取出一个器官来放在另一个部位而不致毁灭该生物的生命一样。但是在瓦格纳晚期的音乐中(某些不很重要的、在音乐上具有独立意义的部分除外),我们可以作各种的调动,把前面的部分移到后面,把后面的部分移到前面,而不致因此改变音乐的意义。在这种情况下,瓦格纳的音乐的意义之所以不会改变,是因为意义在于歌词,而不在于音乐。

瓦格纳的歌剧音乐好比是某一种诗人(这样的诗人现在很多,他们已经把自己的舌头百般磨炼,因而能够根据任何主题、任何格律写出一些听起来好像很有意义的诗)在下述的情况下写出来的诗:他决心用诗来图解贝多芬的某一部交响曲、某一首奏鸣曲,或者肖邦的某一首叙事曲,于是他在属于同一种性质的开始几小节上写了几句他认为适合于这几小节的诗,然后在属于另一种性质的以后几小节上也写几句他认为适合的诗,这几句诗和开始的几句诗没有任何内在的联系,而且都不讲格律。这样写出来的诗在没有音乐的情况下所具有的诗意,同瓦格纳的歌剧在没有歌词的情况下所具有的音乐意义完全相似。

但瓦格纳不仅只是一位音乐家,他也是一位诗人,或者音乐家兼诗人。因此,要评定瓦格纳,必须也熟悉他所写的歌词,即音乐必须为之服务的歌词。瓦格纳的主要诗作是改编的诗体剧《尼伯龙根的指环》。这部作品在当代具有那样重大的意义,它对现在所有叫做艺术的作品有着那样大的影响,以至当代的每一个人都必须对这部作品有一个概念。我把这部作品(共四个小册子)仔细读了一遍,从中摘出一个概要,见附录二①。我力劝读者至少要读一读我的摘录(如果他已经读过这诗作的本文,那再好没有了),以便对这部惊人的作品有一个概念。这部作品是最粗劣的、甚至可笑的诗的赝品的范例。

但人家说,如果没有看过瓦格纳的作品在舞台上的演出,那就不可能评定瓦格纳的作品的价值。今年冬天,在莫斯科演出这个剧本的第二天,即其中的第二幕,我听说这是整个剧本中最出色的一幕,于是我就去看了这一幕戏。

当我到达的时候,这座高大的剧院已经上上下下都挤满了人,有大公爵们,有贵族、商人、学者和城市中层官吏中间的精华。大部分人都拿着脚本,仔细研究其中的意义。音乐家们,其中有几个是白发苍苍的老人,一边听音乐,一边看手里的总谱。很明显,这部作品的演出俨然是一件大事。

我迟到了一会儿,人家告诉我说,开幕时演奏的短短的前奏曲没有多大意义,不听也不要紧。在舞台上,在用以代表岩洞的布景之间,在一件用以代表熔铁炉的东西之前,坐着一个演员,他穿着

---

① 见俄文版《列·尼·托尔斯泰全集》(1928—1955),第三十卷,第 200—203 页。

针织紧身裤和毛皮斗篷,戴假发和假须,双手又白又柔弱,没有劳动的痕迹(从那放浪的动作,而主要是从他的腹部以及他的缺少筋肉这一点上可以看出,他显然是个演员)。他用一个从来没有过的铁锤打一把根本不可能有的宝剑,而且从来没有人是这样用铁锤敲打的。他同时还怪模怪样地张着嘴巴,唱着一些听不懂的句子。各种乐器奏出的音乐伴随着他所发出的奇怪的声音。从脚本上可以知道,这个演员扮演一个强有力的矮人,他住在岩洞里,正在为他所抚养的齐格弗里德炼一把宝剑。我们可以知道这是一个矮人,因为这个演员一直弯曲着紧身裤所裹住的双腿屈膝行走。这个演员一直怪模怪样地张着嘴巴,也不知是在唱呢,还是在喊。这时音乐中出现了一些奇怪的音调,仿佛是一段音乐的开始,但没有继续下去,就此不了了之。从脚本上可以知道,矮人在对自己叙述关于一个指环的事。这个指环掌握在一个巨人的手里,矮人想要通过齐格弗里德弄到这个指环。齐格弗里德需要一把好宝剑,矮人就在那里忙着为他炼这把宝剑。这种自言自语的讲话或歌唱继续了相当长时间之后,乐队忽然奏出另一些音,也像是一个开始部分,也没有结尾,于是出现了另一个演员,他肩上捎着一支号角,带着一只由一个人匍匐爬行而扮成的熊。他把这只熊向那个当铁匠的矮人放出去,矮人赶快跑开,跑的时候并没有伸直他那被紧身裤裹住的双腿。这另一个演员所扮演的想必正是英雄齐格弗里德。当这个演员上场时乐队所奏的一些音想必是代表着齐格弗里德的性格,这些音称为齐格弗里德的主导动机。每当齐格弗里德出场时,这些音总是重复出现。每一个剧中人都有这样一个固定的音型,即主导动机。因此每当一个主导动机所代表的那个人物登场时,这个主导动机就重复出现。甚至当某一个人物被提到时,我们也可以听到相当于这个人物的动机。不仅如此,就连每一件物品也有它的主导动机或和弦。有指环的主导动机,有钢盔的主导动机,有苹果、火、长枪、宝剑、水等东西的主导动机,只要一提到指环、钢盔、苹果等，就可以听到指环、钢盔、苹果等的动机或和弦。这个带号角的演员也跟那矮人一样地不自然，他张着嘴，用拖长的声音喊了好久，喊出一些话来，米梅（这是矮人的名字）也用拖长的声音回答他一些话。这两个人的谈话的内容只能从脚本中得知：齐格弗里德是那矮人抚养大的，他不知为什么因此恨那个矮人，一直想杀死他。矮人为齐格弗里德炼成一把宝剑，但齐格弗里德对这把宝剑表示不满意。那在脚本上占十页、在时间上约占半小时的谈话（这谈话是在古怪地张开嘴巴、拖长声音的方式中进行的）告诉我们，齐格弗里德的母亲是在森林里把他生下来的。关于他的父亲，我们只知道一件事，那就是他有一把宝剑，这把宝剑已经破碎，破片保存在米梅那里。从谈话中我们还可以知道，齐格弗里德不懂得怕。他要走出森林去，而米梅不愿意放他走。在这谈话的过程中，凡是提到父亲、宝剑等等的时候，音乐中总是奏出有关这些人和这些物品的动机，从来没有一次遗漏过。在这些谈话之后，舞台上响出了有关沃坦神的新的音调，这时出现了一个流浪者。这个流浪者就是沃坦神。他也戴假发，也穿紧身裤，手拿长枪站着，姿势十分笨拙。他不知为什么要对米梅叙述米梅不可能不知道的一切，而这一切正是必须告诉观众的。他并不是简单明快地把这一切叙述出来，而是用猜谜的方式叙述，他令自己猜谜，并且不知为什么以自己的头来打赌，说他一定会猜中。同时，一当流浪者用长枪敲击地面，立即就有火从地里冒出来，于是我们就从管弦乐队里听到关于长枪的音调和关于火的音调。乐队伴随着谈话，在乐队里经常有关于提到的人和物的动机矫揉造作地交织在一起。此外，音乐表达感情时所用的手法是非常幼稚的：可怕的感情用低音部的音来表达，轻率的感情用穿越高音部的急速进行来表达，以及诸如此类的手法。

　　猜谜的用意无非是要告诉观众，尼伯龙根人是些什么人，巨人是谁，诸神是谁，以及这以前发生过什么事。这一番谈话也是在古怪地张开嘴巴、拖长声音的方式之下进行的,并且持续很久,在脚本上占八页的篇幅,在舞台上占相应的长时间。这以后,流浪者下场了,又来了齐格弗里德,他和米梅再谈了一番话,这一番谈话在脚本上占的篇幅有十三页之多。旋律一个也没有,而始终只听到谈话中所提到的人和物的主导动机的错综复杂的交织。谈话的内容是:米梅想要教齐格弗里德懂得怕,而齐格弗里德却不知道什么是怕。结束了这番话之后,齐格弗里德抓住一块想必是代表宝剑碎块的东西,把它锯成两半,放在想必是代表熔炉的东西上加以熔炼,然后一边锻造一边唱歌:嗨呀嗬,嗨呀嗬,嗬嗬!嗬嗬,嗬嗬,嗬嗬,嗬嗬;嗬嗨噢,哈嗬,哈嗨噢,嗬嗬,第一幕就这样结束了。

我到剧院来寻求解决的那个问题无疑已经得到解决,正像关于我认识的那位夫人的小说(她曾念给我听小说中有关那头发披散、身穿白衣的女郎和那头戴 á la Guillaume Tell 的羽毛帽子、并带两条白狗的男主人公的一个场面)的价值这一问题已经得到解决一样。对一位能写得像我所看到的把审美感毁损无遗的虚假场面的作者,我已经不可能寄以任何希望。可以大胆地肯定说,这样一位作者写出来的一切都将是丑恶的,因为这位作者显然不知道什么是真诚的艺术作品。我想离开剧院,但是跟我在一起的朋友们都请求我留下,他们肯定说,不可以只根据这一幕作出决定,又说第二幕将比第一幕好。于是我就留下来看第二幕。

第二幕——夜晚。后来天渐渐亮了。总的说来,整个剧本都充满黎明、雾、月光、黑暗、妖火、雷雨等等。

舞台布置成森林,森林里有一个洞。洞边坐着第三个演员,他也是一个矮人,也穿紧身裤。天渐渐亮起来。沃坦神上场来,又带着长枪,又打扮成流浪者的样子。又响出了他的音调和一些新的音,这些是可能发出的最低的音。这些低音表示巨龙在讲话。沃坦神把巨龙唤醒。同样一些低音反复响出,声音越来越深沉。最初巨龙说:"我要睡觉。"但后来它从洞里爬了出来。巨龙是由两个人扮演的,他们披上绿色的鱼鳞般的兽皮,一头有摇动的尾巴,另一头装着张开的鳄鱼般的嘴巴,有火光从嘴巴里的电灯泡上冒出来。巨龙想必是代表恐怖(大概对五岁的小孩说来可能是恐怖的),它用低吼的声音说出了些什么话。这一切都非常愚蠢,好像市场上临时搭台的那种粗俗表演一般。你会感到惊奇,七岁以上的人怎么可能认真地看这样的表演。然而几千个冒充有教养的人都坐在那里仔细听,仔细看,并且称赞不已。

带号角的齐格弗里德和米梅上场了。乐队奏出了代表他们两个人的音调。齐格弗里德和米梅谈起话来,他们谈到齐格弗里德懂不懂得怕是什么。在这之后,米梅下场了,接着就开始了应该是最诗意的一场。齐格弗里德和衣躺下,装着自以为很优美的姿势,有时沉默,有时自言自语。他在梦想,他倾听着小鸟的歌声,想模仿它们。因此他就用宝剑割下一支芦苇,做了一支芦笛。天渐渐亮了,小鸟儿在唱歌。齐格弗里德试着模仿小鸟的歌声。乐队奏出模仿小鸟的声音,其中混有一些相当于他所讲到的事物的音调。但是齐格弗里德的芦笛没有吹成,他吹起他的号角来了。这一场是难以忍受的。关于音乐,换言之,关于用作传达作者所体验的感情的工具的艺术,连一点影子都找不到。有一种在音乐意义上完全不可理解的东西。在音乐意义上,经常可以感觉到一个希望,可是在这个希望之后紧接着就是失望,仿佛一个乐思开始出现,但立刻就中断似的。如果有一些东西很像是音乐的开端,那么这些开端是那样地短促,那样地被复杂的和声、配器、对比效果所阻断,那样地不明显,那样地没有终结,而且舞台上的一切虚假场面是那样地可厌,以至很难注意到这些音乐的因素,更谈不到为它们所感染了。主要的是,从开头直到末尾,以及在每一个音符上,作者的意图可以那样清楚地听出来和看出来,以至你所看到和听到的并不是齐格弗里德,也不是小鸟,而只是一个胸襟狭隘、刚愎自用、风度不佳、趣味低下的德国人,这个德国人对诗的概念是最错误不过的,他想用最粗野、最原始的方式把他的这些关于诗的错误的概念传达给我。

作者的明显意图会引起人们的不信任和反感,这是每一个人都知道的。讲故事的人只要预先说:请准备哭或笑吧,那你大概就不会哭不会笑。但是当你看到作者要人们对那些非但不能感动人,而且可笑或可厌的现象表示感动的时候,当你同时还看出作者无疑地相信他已经迷住了你的时候,你就会有一种沉重的难堪的感觉,这种感觉跟你在下述情况下所体验到的感觉很相像:一个丑陋的老太婆穿了晚会服,在你面前转来转去频送秋波,而且她相信你在赞许她。这种感觉因了下面的事实而加强了:在我的周围,我看到三千观众,他们不但恭恭敬敬地听完这荒谬无稽的一切,而且认为自己有义务赞扬这一切。

我勉强坐着又看了下一场,其中有妖怪出场,出场时伴以低音,还杂有齐格弗里德的动机,我熬过了跟妖怪斗争的场面以及所有这些号叫、火光和挥剑,于是我再也看不下去了,我带着憎恶的感觉跑出剧院,这种憎恶的感觉我至今还不能忘却。

在听这出歌剧时,我不由得想象一个聪明、可敬的识字的乡村劳动者,主要是指我在人民中间认识的那些聪明的真诚信仰宗教的人之一,我想象这个人如果看到我那天晚上看到的表演,该会感到多么困惑啊!

如果他知道人们为了这样一次演出花费多少劳力,如果他看到那么多人,那些他惯于尊敬的有钱有势的大人物,那些秃头的白须老人,竟默默地坐上六个钟头,仔细倾听和观看这愚蠢的一切,他将会怎样想啊!且不说成年的劳动者,即使一个七岁以上的儿童能够耽溺于这个愚蠢而不连贯的神话,也是令人难以想象的事。

然而成千的观众,上层阶级有教养者之精华,都能坐着熬过这六个钟头的荒谬表演,然后在离开剧院时,想象自己已经为这愚蠢的表演纳完贡税,因而又一次获得了认为自己先进、文明的权利。

我说的是莫斯科的观众。可是莫斯科的观众是什么人呢？他们是那些自以为最文明的观众的百分之一。这些自以为最文明的观众已经那样严重地失却了受艺术感染的能力，以至他们不但能够毫不愤慨地观看这种愚蠢而虚假的表演，而且还能对它大加赞扬，认为能够做到这种地步是自己的功绩！

　　最初的演出是在拜雷特①，人们从世界各地来到拜雷特，每人花费近一千卢布的代价去看这种表演。自以为风雅和有教养的人一连四天来看和听这种荒谬而虚假的演出，每天要在剧院里坐六个钟头。

　　为什么人们过去和现在不辞旅途辛劳，来看这样的演出，为什么他们都赞扬这些演出？我们不由得想到一个问题：应该怎样解释瓦格纳的作品的成功？

　　我是这样解释他的作品的成功的。由于瓦格纳所处的那种特殊地位，又因为他拥有一个国王所具有的资源，他能够极为巧妙地利用经过长期实验而得出的制造艺术赝品的一切手法，而造出模范的艺术赝品来。我之所以选他的这个作品作为范例，是因为在我所知道的一切艺术赝品中，我从来没有看到过各种假造艺术的方法，即假借、模仿、给人深刻印象和引起兴趣等方法，那样巧妙和有力地结合在一起。

　　在这个作品里，瓦格纳利用了所有被认为诗意的东西，从借自古代的题材以至于迷雾、日出和玉兔东升。这里有睡美人，有水仙女，也有地下火焰，有矮人，有会战，有宝剑，有爱情，有血亲婚，有妖怪，也有小鸟啁啾——但凡诗意的一切在这里都用到了。

　　一切都是模仿的，舞台布景和服装都是模仿的。这一切都是根据考古的资料按照古代的实况作出的，连音响本身也是模仿。

---

① 在巴伐利亚的拜雷特城里，有一个瓦格纳民族剧院，每年都上演瓦格纳的歌剧。

瓦格纳不乏音乐天才,他想出来的一些音正是铁锤叮当声、炽铁吱吱声、小鸟啁啾声等等的逼真的模仿。

此外,在这个作品里,一切都是高度惊心动魄的,以种种特点来打动人心:妖怪、妖火、水里的几场戏,使观众处在黑暗中,使乐队隐蔽起来,以及前人没有采用过的新的和声组合。

还有,一切都是能引起兴趣的。兴趣不仅在于谁杀死谁,谁跟谁结婚,谁是谁的儿子,什么事情之后将发生什么事情,兴趣还在于音乐跟歌词之间的关系:莱茵河里白浪滔滔,这将怎样在音乐中表达出来?一个凶恶的矮人出现了,音乐将怎样表达这凶恶的矮人?音乐将怎样表达这个矮人的肉欲?勇敢、火光或苹果将怎样用音乐表达?正在说话的人的主导动机和他所提到的人与物的主导动机是怎样交织在一起的?此外,音乐本身也有趣。这音乐违犯了前人所惯于遵守的一切规律,音乐中有最突然的全新的转调(这是没有内在规律性的音乐中很容易发生、也是完全可能发生的情况)。不协和音都是新的,而且都是按新的方式解决的,这也是有趣的。

由于瓦格纳的独特天才和他所处的那种有利情况,上述的诗意、模仿、惊心动魄和引起兴趣等手法在他的这些作品里达到了最完善的程度,并且在观者身上起了使人迷惑的催眠作用,正像一个人连续几个钟头听疯人的用高度雄辩术讲出来的疯话之后受到迷惑、受到催眠一样。

人家说,如果你没有在拜雷特看过瓦格纳的作品的演出(在黑暗里,乐队是看不见的,它在舞台的下面,演奏技术非常完美),那么你就不可能判断瓦格纳的作品。这正好证明,这里的问题不在于艺术,而在于催眠术。关亡召魂的人也是这样说的。为了使你相信他们的那些幻象是真实的,他们通常总是说,你不可能判断,你要体验,你去参加几次降神会,换句话说,你去跟一群半疯的人在黑暗中静静地坐上几个钟头,把这样的事反复地做十来遍,那么你就会看到我们所看到的一切。

那怎么会看不到呢？只要使自己置身于那样的情况中，那么你要看见什么就看得见什么。要做到这一点，还有一个更简单的办法，那就是使自己喝饱老酒或抽足大烟。听瓦格纳的歌剧的时候也正是这样的情况。你去跟一群不完全正常的人在黑暗里坐四个整天，通过听觉神经而使自己的脑筋受到那些最能刺激脑筋的声音的强烈影响，那么你一定也会进入不正常的状态，对荒谬的事物赞赏不已。但是要做到这一点，甚至连四天也不需要，只需要一次演出所占的一天中的五个钟头的时间（例如在莫斯科的演出）就够了。不但五个钟头就够，而且对某些人说来甚至只要一个钟头就够了——这些人对于"艺术应该是什么"没有一个明确的概念，而且他们预先就存着一种想法：他们所看到的都是极优美的，如果对这个作品表示漠不关心或表示不满，这将会证明他们是没有教养和落后的。

我观察过我所看的那次演出的观众。带领全体观众并为他们定调子的那些人，都是些早先已经受过催眠、这次重又受到他们所习惯的催眠的人。这些受催眠的人因为处在不正常状态中，就满口赞叹不已。此外，所有的艺术评论家因为缺乏接受艺术感染的能力，总是特别重视像瓦格纳的歌剧那样的纯理性的作品，他们也就以严正的态度赞同这些最适宜为空论提供丰富的养分的作品。在这两种人的后面跟着一大批对艺术漠不关心的城市群众，以公爵、富翁和艺术保护者为首，他们接受艺术感染的能力已经变得不正常，而且已经部分衰退，他们总是像无能的猎犬那样紧紧地追随着那些更大声、更果断地说出自己的意见来的人。

"啊，是的，当然啰，多好的诗啊！简直是惊人的！特别是那些小鸟！""是的，是的，我完全被迷住了。"这些人用不同的声调重复着他们刚才从另外一些人那里听来的话，而另外一些人的这些意见在他们看来是值得相信的。

如果有人受了这种荒谬而虚假的表演的凌辱,那么这些人就害怕起来,不敢说话,好像清醒的人在醉汉们中间感到害怕和不敢说话一样。

于是,由于假造艺术的高度技巧,跟艺术毫无共通之点的无意义、粗劣和虚假的作品就传遍了整个世界,在演出中还花费人们百万金钱,而且越来越严重地在歪曲着上层阶级人们的审美力和他们的艺术观。

十四

有些人不仅自以为很聪明,而且实际上的确很聪明,他们能够理解最难的科学论断、数学论断和哲学论断。我知道,这些人大都很少能理解甚至最简单明了的,然而是明显的真理,这个真理的存在使他们不得不承认他们对某一事物的见解可能是错误的,虽然这见解有时是他们费了很多心血才得出来,他们以此自傲,并以此教人,而且他们的整个生活都是建立在这个见解的基础之上。因而我所引用的说明我们社会里艺术和审美力被扭曲的一些论据是否会被接受,而且被认真地加以讨论,对此我很少抱希望。虽然如此,我仍然应该把我在艺术问题的研究中所得出的不可避免的结论完全说出来。研究的结果使我相信,几乎所有被我们这个社会认为是艺术、是优秀艺术、是整个艺术的东西,不但不是真正的优秀的艺术,不是整个艺术,甚至根本不是艺术,而是赝品。我知道,这个情况是很奇怪的,而且似乎是难以置信的,但是只要我们承认艺术是一些人借以把自己的感情传给另一些人的一项人类的活动,而不是为美服务或观念的表达等等这种说法是正确的,那么我们就必须认许这个情况。既然艺术是人借以有意识地传达自己体验过的感情的一种活动,那么我们就不得不承认,在所有我们称为上层阶级的艺术的作品中,在所有以艺术作品闻名的那些长篇小说、中篇小说、正剧、喜剧、图画、雕塑、交响曲、歌剧、轻歌剧、舞剧等等之中，大约只有十万分之一是由该作品的作者体验过的感情产生的，而其余的作品都不过是特制的赝品，其中只有假借、模仿、惊心动魄和引起兴趣，而没有感情的感染。真诚的艺术作品的数量和赝品的数量的比例是一比十万或远在十万之上，这一点可以用下面的计算来加以证明。我在什么地方读到过这样的话：单在巴黎一个城市里就有三万个画家。在英国大概也有那么多，在德国也有那么多，在俄国、意大利和一些小国中合起来也有那么多。因此欧洲的画家总计大约有十二万，音乐家大约也有那么多，作家大约也有那么多。如果这三十万人每人每年即便只创作三部作品（很多人每年创作十部或十部以上），那么每年产生的艺术作品就有一百万部。最近十年来产生了多少艺术作品，自从上层阶级的艺术从人民的艺术中分化出来之后到现在又产生了多少艺术作品呢？显然有千百万部之多。可是在那些最大的艺术鉴赏家之中，有谁果真从这些冒充的艺术作品中得到过什么印象，有谁哪怕知道这些作品的存在呢？且不说所有的劳动人民（他们对这些作品连一个概念也没有），就连上层阶级的人，也不可能知道这些作品中的千分之一，而且也没有记住他们已经知道的那些作品。所有这些作品都以艺术的形式出现，它们除了在闲散的富人心中留下消遣的印象之外，没有在任何人心中留下任何印象，就消失得无影无踪了。关于这个问题，人们通常总是说：如果没有这许许多多不成功的尝试，也就没有真正的艺术作品。但是这种说法正好比烤面包的人在人家怪他面包老烤不好的时候说，如果没有那千百个烤坏的面包，就烤不出一个好面包来。的确，有黄金的地方，也有许多沙石。但是我们无论如何不可以拿这个作为借口说，人们说很多蠢话是为了说出一句聪明话来。

我们周围都是些被认为富于艺术性的作品。成千上万的长诗短诗，成千上万的小说，成千上万的戏剧，成千上万的图画，成千上万的乐曲源源不断地排印出来。所有的诗歌都描写爱情，或自然界，或作者的心境。每一首诗歌都合乎格律。所有的戏剧都由受过良好训练的演员精彩地表演。所有的小说都分成章节，其中都描写爱情，并有打动人心的场面，还描写了真实的生活细节。所有的交响曲都包含 allegro，andante，scherzo①和终曲，都含有各种转调和各种和弦，都由受过训练的音乐家美妙的演奏。所有的画都装在金框子里，它们清楚地描绘出人的容颜和一些附属物。但是在这些属于不同艺术领域的作品之中，总有一个作品突出在十万个作品之上，这个作品并不是比其他作品稍为好些而已，而是跟所有其他作品迥然有别，好比金刚钻和玻璃绝然不同一样。一个是那样地珍贵，千金难买；另一个则非但没有一点价值，而且有着反面的价值，因为它迷惑和扭曲人们的审美力。然而在外表上，对一个具有被扭歪曲的或衰退的艺术理解力的人来说，这两者是非常相似的。

在我们的社会里，辨别艺术作品的真伪更加困难，原因是虚假作品的外表价值不但不比真正的作品低，而且往往比真正的作品高。赝品往往比真品更能打动人，内容也更有趣。那么怎样选呢？怎样才能从十万个作品中找出一个在外表上跟那些故意模仿真品的作品毫无区别的作品来呢？

对一个审美力未被扭曲的人来说，对一个劳动者（非城市劳动者）来说，要区别艺术作品的真伪是很容易的，正像一只嗅觉未受损害的动物在森林或田野里从千万个踪迹中找出它所需要的那个踪迹来一样容易。动物能正确无误地找到它所需要的东西。同样的，一个人只要他的自然性能没有被扭曲，也能够从千万件艺术品中正确无误地选出他所需要的真的艺术品，这真的艺术品以艺术家所体验过的感情感染了他，但是对那些其审美力在教育和生

---

① 意大利语：快板乐章、行板乐章、诙谐曲。

活中已经被扭曲的人来说,情形就不同了。这些人体会艺术的感觉已经衰退,他们在评定艺术作品时必然以推论和研究为指南,而这些推论和研究把他们完全迷糊了,因此我们这个社会里的大多数人都完全无法区别艺术作品和最粗劣的赝品。人们一连几个钟头坐在音乐厅或剧院里,倾听新派作曲家们的作品。他们还认为自己应该读著名的新派小说家的小说,应该看那些图画,其中画着不可理解的事物,或者画着跟他们在现实生活中所看到的完全相同的事物,而相比之下,现实生活中的事物要比图画中的美好得多。主要的是,他们认为自己应该赞扬所有这些作品,把它们都想象成艺术品,而同时他们对真正的艺术作品不但视若无睹,而且还表示轻视,只因为在他们的圈子里,这些作品不算艺术品。

前几天有一次我散完步,带着沮丧的心情走回家来。将近家门口的时候,我听到村妇们在大环舞中高声歌唱。她们在欢迎和祝贺我那出嫁之后首次归宁的女儿。在这伴有呼叫声和镰刀敲击声的歌唱中,有那样一种明确的欢欣、爽朗和坚毅的感情表达出来,竟连我自己也没有注意到自己是怎样受了这种感情的感染。我带着比较高兴的心情走向家门,等我到家的时候,我已经精神勃勃、欢欣鼓舞了。我发现家里所有听这歌唱的人也都怀着同样激昂的心情。就在这天晚上,来我家做客的一位以演奏古典乐曲、特别是贝多芬的乐曲闻名的卓越音乐家①为我们演奏了贝多芬的一首奏鸣曲,作品第一〇一号。

对于那些把我对贝多芬这首奏鸣曲的看法归因于不理解这首乐曲的人,我认为有必要指出,别人在这首奏鸣曲以及贝多芬晚期的其他作品中所理解到的一切,我——很容易受音乐感染的我——都能跟他们一样地理解到。我费了很长时间培养自己的情绪,使自己喜欢这些毫无规律的即兴式的音乐——贝多芬晚期的

---

① 指谢·伊·塔涅耶夫。

作品就是这样的。但是，一当我严肃地对待艺术事业，而把贝多芬晚期的作品给我的印象跟巴赫（他的那些咏叹调）、海顿、莫扎特、萧邦（当他的旋律并不错综复杂，并不用装饰音堆砌时）以及前期的贝多芬本人等音乐家的旋律给我的那种愉快、清晰和深刻的印象比较一下时，主要的是，跟民间歌曲——意大利民歌、挪威民歌和俄罗斯民歌，匈牙利的查尔达什舞曲，以及这一类的简单、清晰而有力的作品给我的印象比较一下时，我在听贝多芬晚期作品时人为地培养起来的那一点点不明确的、几乎是病态的兴奋心情立刻就消失了。

演奏完毕之后，在场的人显然都已感到无聊，但照例都热烈地赞扬贝多芬的这个意义深刻的作品，而且没有忘记提到，从前他们不理解贝多芬晚期的作品，可现在他们知道，晚期的贝多芬才是最优秀的。当我大胆地把村妇们的歌唱给我的印象，也就是所有听过这歌唱的人都有过的那种印象，同这首奏鸣曲相比较的时候，那些贝多芬爱慕者只是轻蔑地一笑，认为没有必要回答像这样古怪的话。

实际上，村妇们的歌曲是真正的艺术，它传达出一种明确而深刻的感情，而贝多芬的奏鸣曲作品第一〇一号只是一个不成功的艺术尝试，其中没有任何明确的感情，因此没有什么可以感染人。

为了写我这部论艺术的著作，今年冬天我奋勉地、十分困难地读了全欧称颂的著名小说——左拉、布尔热、于斯曼、吉卜林等人所写的小说。同时我在一本儿童杂志里偶然读到一位毫无名气的作者所写的关于一个穷寡妇家里准备过复活节的故事①。故事是这样的：母亲好不容易弄到一点白面粉，她把这点白面粉撒在桌子上预备和面，然后出去要一些发酵粉，吩咐孩子们看好面粉，不要

_____

① 季先科的故事《黑面包是白面包之祖》。

走出屋子去。母亲走了,邻家的孩子们叫着跑到窗下来,约他们到街上去玩。孩子们忘了母亲的吩咐,跑到街上去玩了。母亲带着发酵粉回家来时,发现桌子上有只母鸡在把最后的一点面粉拨到泥地上去给小鸡吃,小鸡正忙着从灰尘里拣面粉吃。母亲大为失望,痛骂孩子们,孩子们大哭。后来母亲可怜起孩子们来,但是白面粉已经没有了。为了安慰孩子们,母亲决定用筛过的黑面粉来做复活节大甜面包,面包上抹一层蛋白,周围堆上鸡蛋。"黑面包是白面包之祖。"母亲对孩子们说了这句俗语,让他们不致因为面包不是白面粉做的而感到失望。于是孩子们立刻从失望转变成高兴,他们用不同的声调重复这句俗语,比以前更欢喜地等待着面包。

怎么样呢?——当我读左拉、布尔热、于斯曼、吉卜林等人的小说时,尽管这些小说的题材十分惊心动魄,我却没有一秒钟受过感动。我一直对作者怀着恼怒的心情,正像对一个把你看得太天真,甚至毫不隐讳地对你设圈套的人往往感到的恼怒一样。从开始的几行文字中你就可以看出作者的意图,所有详细的情节就都变成多余的,使人感到无聊。而主要的是,你知道作者除了要写一部小说这个愿望以外没有其他任何感情,现在没有,以前也未曾有过。因此我们就不可能从中得到任何艺术印象。然而那位不著名的作者所写的关于小孩和小鸡的故事却使我读了之后爱不释手,因为我立刻受到显然是作者感受过、体验过并传达出来的感情的感染。

我们俄国有一位画家名叫瓦斯涅佐夫。他为基辅大教堂画了好些圣像。大家都称赞他,说他是一种新的、崇高的基督教艺术的创始者。他致力于这项工作有几十年之久,拿到好几万卢布酬金,而所有这些圣像都是低劣的模仿品的模仿品的模仿,其中连一丝感情也没有。这位瓦斯涅佐夫曾为屠格涅夫的故事《鹌鹑》(描写一个父亲在孩子面前杀死了一只鹌鹑,过后又觉得这只鹌鹑很可怜）画过一幅画,其中画着一个噘起上唇睡着的男孩子,在男孩子的上方画了一只鹌鹑,作为梦中的景象。这幅小画倒是一件真艺术品。

在英国的 *Academy*① 一书中并列着两幅画:一幅是达尔马斯描写圣安东尼受诱惑的作品。那圣徒跪在那里祈祷,他身后站着一个裸体女人和一些野兽。非常明显,这位艺术家很喜欢裸体女人,而对安东尼毫无兴趣。诱惑在他(艺术家)看来不但不可怕,相反地非常可喜。因此在这幅画里即使有艺术的话,那也是低劣和虚假的艺术。在这同一本书中还有兰利的一幅小小的画,其中画着一个行乞的男孩,他显然被一个怜悯他的女主人邀到家里来了。男孩可怜地把一双赤裸的脚缩在长凳下面,在那里吃东西。女主人在旁边望着,大概在想:他还要吃吗？ 一个七岁光景的女孩,用一只小手托住自己的脸,认真地、目不转睛地注视着这饥饿的男孩。她显然初次懂得什么是贫穷,什么是人和人之间的不平等,并且初次对自己提出这样的疑问:为什么她有吃有穿,而这个男孩却打赤脚、饿肚子？ 她觉得他很可怜,但同时她又觉得高兴。她喜欢这男孩,也喜欢善行……我们可以感觉到,画家爱这女孩,也爱女孩所爱的。这幅由一位看样子不大有名的画家所画的图画是一件优秀的真艺术品。

记得有一次我看罗西所演的《哈姆莱特》,这个悲剧和扮演主角的演员都被我们的评论家们认为是戏剧艺术的最新成就,然而这个剧本的内容和这场表演一直使我感觉到赝品所引起的特殊的痛苦。不久以前我读了一篇讲野蛮民族沃古尔人②的戏的小说。

---

① 英语:学院。

② 指康·德·诺西洛夫的短篇小说《沃古尔人的戏》。契诃夫在他的一八九七年的日记里这样写着:"三月二十八日,托尔斯泰来看我……我把诺西洛夫的小说《沃古尔人的戏》的内容讲给他听——他显然津津有味地听完了。"(《契诃夫作品与书信全集》,第十二卷,第336页,莫斯科,1949年版。)

一个观众描写了沃古尔人的这样一场表演:一个大的沃古尔人和一个小的沃古尔人都披上鹿皮,一个扮作母鹿,另一个扮作小鹿。第三个沃古尔人扮演猎人,手里拿着弓,脚踏滑雪板,第四个沃古尔人用自己的声音来模仿鸟叫,要鹿当心危险。剧中描写的是猎人追赶母鹿和小鹿的故事。两只鹿跑下场,接着又跑上场。这个表演是在小小的帐幕中进行的。猎人越来越接近他所追逐的目标。小鹿跑得很累,紧紧靠在母鹿身边。母鹿停下来喘一口气。猎人赶上来,瞄准了鹿。这时小鸟发出尖锐的叫声,通知鹿危险临头。两只鹿赶快逃走。猎人又追,又接近了,追上了,把箭射出去,射中了小鹿。小鹿不能跑路,紧挨着母鹿,母鹿舐着它的伤口。猎人装上另一支箭,拉紧。根据那目睹这场表演的人的描写,观众都屏住了气,并且可以听到沉重的叹息,甚至哭泣。仅仅根据这个人的描写,我感觉到这是真艺术品。

　　我说的话将被人们认为是荒诞的奇谈怪论,人们只会对我的话感到惊讶。可我还是不能不说心里话,我要说的话就是,我们这个圈子里的人,其中有些人创作诗歌、小说、歌剧、交响曲、奏鸣曲,或者画各种图画,塑造各种雕像,另一些人则听或看这些作品,再有一些人对所有这些作出估价和评论,他们争论,指责,祝贺,互相建立纪念碑,一代一代这样做下去,——所有这些人(艺术家、公众和评论家都包括在内,只有很少的人例外)除了在幼年时代和少年时代,当他们还没有听到过任何有关艺术的议论的时候之外,从来也没有体验过受别人的感情感染时的那种纯朴的感情,这种纯朴的感情是一个非常纯朴的人、甚至一个小孩所熟悉的,它使人为别人的快乐而高兴,为别人的痛苦而忧伤,并使人的心灵和另一个人的心灵融合在一起,这种感情就是艺术的本质。因此,这些人不但不能区别真艺术品和赝品,而且总是把最坏的、伪造的艺术当作真正的、优秀的艺术,而对真正的艺术竟然觉察不出,因为伪造的艺术通常总是带有较多的装饰,而真正的艺术往往是朴质的。

十五

在我们的社会里,艺术已经被歪曲到如此的程度,以至不仅坏的艺术开始被认作好的,而且连什么是艺术这样的概念都没有了。因此,为了谈论我们这个社会里的艺术,首先必须把真艺术与伪艺术区分开来。

区分真艺术与伪艺术,有一个肯定无疑的标志,即艺术的感染力。如果一个人读了、听了或看了另一个人的作品,不必自己作一番努力,也毫不改变自己的处境,就能体验到一种心情,这种心情把他跟这另一个人结合在一起,也跟其他与他同样领会这艺术作品的人们结合在一起,那么唤起这样的心情的那个作品就是艺术品。如果一个作品不能在人心里唤起一种跟所有其他感情全然不同的欢乐的感情,不能使这个人在心灵上跟另一个人(作者)和领会同一艺术作品的另一些人(听众和观众)相一致,那么,无论这一作品多么诗意,多么像真正的艺术品,多么打动人心或者多么有趣,它仍然不是一个艺术品。

的确,这种标志是内在的标志,那些忘掉了真正的艺术所产生的影响而向艺术期待某种全然不同的东西的人(在我们的社会里,绝大多数的人都是这样),可能以为他们在欣赏赝品时所体验的那种得到消遣的感觉和略微激动的感觉就是美的感觉。虽然我们不可能使这些人改变信念,正像我们不可能使一个患色盲的人相信绿色并非红色一样,但是这个标志对于那些艺术感并未受到歪曲和并未衰退的人说来总是十分明确的,它能清楚地把艺术所引起的感觉跟其他感觉区分开来。

这种感觉的主要特点在于,感受者跟艺术家那样融洽地结合在一起,以至感受者觉得那个艺术作品不是其他什么人创造的,而是他自己创造的,而且觉得这个作品所表达的一切正是他早已想表达的。真正的艺术品做到了在感受者的意识中消除他跟艺术家之间的界限,不仅仅是他跟艺术家之间的,而且也是他跟所有领会同一艺术作品的人之间的界限。艺术的主要吸引力和性能就在于这样把个人从离群和孤单的境地中解脱出来,就在于这样使个人跟其他的人融合在一起。

如果一个人体验到这种感情,受到作者所处的心情的感染,并感觉到自己跟其他的人融合在一起,那么唤起这种心情的东西便是艺术;没有这种感染,没有这种跟作者的融合以及领会同一作品的人们的融合,就没有艺术。不但感染力是艺术的一个肯定无疑的标志,而且感染的程度也是衡量艺术的价值的唯一标准。

感染越是深,则艺术越是优秀——这里的艺术并不是就其内容而言的,换言之,不问它所传达的感情价值如何。

艺术感染程度的深浅取决于下列三个条件:(一)所传达的感情具有多大的独特性;(二)这种感情的传达有多清晰;(三)艺术家的真挚程度如何,换言之,艺术家自己对他所传达的那种感情的体验有多强烈。

所传达的感情越是独特,这种感情对感受者的影响就越是强烈。感受者被移入的心情越是独特,他所享受到的快乐就越大,因此也就越是容易而且越是彻底地融合在这种感情里。

感情的清晰的表达也有助于感染,因为感情(这种感情对感受者说来像是早就熟悉并早就在体验着的,到现在才找到了表达)表达得越是清楚,感受者在自己的意识中跟作者相融合时得到的快感也越大。

艺术家的真挚程度对艺术感染力大小的影响比什么都大。观众、听众和读者一旦感觉到艺术家自己也被自己的作品所感染,他的写作、歌唱和演奏是为了他自己,而不单是为了影响别人,那么艺术家的这种心情就感染了感受者。相反地,观众、读者和听众一旦感觉到作者的写作、歌唱和演奏不是为了满足自己,而是为了感受者,作者自己并未体验到他要表达的那种感情,那么就会产生一种反感。最独特、最新颖的感情和最巧妙的技术不但不能造成任何印象,反而会引起反感。

我说艺术的感染力和价值取决于三个条件,而实际上只取决于最后一个条件,就是艺术家内心感到有一个要求,要表达出自己要传达的感情。这个条件包括第一个条件,因为如果艺术家很真挚,那么他就会把感情表达得像他体验到的那样。可是因为每个人都跟其他人不相似,所以他的这种感情对其他任何人说来都将是独特的。艺术家越是从心灵深处汲取感情,感情越是诚恳、真挚,那么它就越是独特。而这种真挚就能使艺术家为他所要传达的感情找到清晰的表达。

因此第三个条件——真挚是三个条件中最重要的一个。这个条件在民间艺术中经常存在着。正因为这样,民间艺术才会那样强烈地感动人。在我们上层阶级的这种由于艺术家们要达到个人的、自私的或虚荣的目的而不断地产生出来的艺术中,这个条件几乎完全不存在。

以上说的是区分艺术品与赝品的三个条件,根据这三个条件,还可以确定每一个艺术作品的价值,作品的内容暂且撇开不谈。

如果这三个条件缺少一个,那么作品就不能算是艺术品,而只能算是赝品。如果作品不表达出艺术家感情上的独特个性,因而没有一点特色,如果作品表达得不清楚,使人难以理解,如果作品不是由于作者内心的要求而产生的,那么它就不是艺术品。但如果三个条件都具备,即使在程度上并不深,那么它还是艺术品,虽然在质量上比较差些。

三个条件,即独特、清晰和真挚,以各种不同的程度存在着,根据这种情况,可以确定艺术作品的价值,不涉及其内容。对一切艺术作品,可按照第一、第二或第三个条件存在的程度来评定其价值。在一个作品中,所传达的感情的独特性占着优势。在另一个作品中,表达的清晰占着优势。在第三个作品中,真挚占着优势。在第四个作品中,有真挚和独特性,但是缺乏清晰。在第五个作品中,有独特性和清晰,但是不够真挚,以及其他等等。有各种可能的程度和各种可能的结合。

艺术和非艺术就是这样区别的,艺术(不涉及内容,换言之,不管它传达好的感情还是坏的感情)的价值就是这样确定的。

但是就内容而言,艺术的好坏是凭什么来确定的呢?

十六

就内容而言,艺术的好坏是凭什么来确定的?

艺术跟语言都是交际的手段,因而也是求取进步的手段,换言之,是人类前进到完善的手段。语言使眼前活着的几代人能够知道前辈以及当代的优秀先进人物凭经验和思索而得知的一切,艺术使眼前活着的几代人能够体验到前人所体验过以及现今的优秀先进人物所体到的一切感情。正像在知识的发展过程中,真正的、必要的知识排挤并代替了错误的、不必要的知识一样,感情通过艺术而有同样的发展,即更为善良的、为求取人类幸福更必需的感情,排挤了低级的、较不善良的、对求取人类幸福较不需要的感情。艺术的使命就在于此。所以就其内容而言,艺术越是能完成这个使命就越是优秀,而越是不能完成这个使命就越是低劣。

对种种感情的评价,即承认这些或那些感情是比较善良的或比较不善良的,换句话说,对人类的幸福是比较需要或比较不需要的,则是根据某个时代的宗教意识而得出的。

在每一个既定的历史时期,在每一个既定的人类社会,都有一种只有这个社会的人才可能有的对生活意义的崇高的理解,它确定了这个社会所努力争取的崇高的幸福。这种对生活意义的理解就是该时期、该社会中的宗教意识。这宗教意识通常总是由社会中一些先进人物清晰地表达出来，而且为所有的人或多或少地感觉到的。在每一个社会里都有这样一种与其表达方式相适应的宗教意识。如果我们觉得在社会里似乎不存在宗教意识，那么这不是因为宗教意识实际上不存在，而是因为我们不想看到它。我们之所以常常不想看到它，是因为它揭露了我们的跟它相抵触的生活。

　　一个社会的宗教意识正好像流动的河水的方向一样。如果河水在流动，那么它一定有一个流动的方向。如果社会是生气蓬勃的，那么一定有一种宗教意识指示出一个方向，让这个社会里所有的人按照这个方向或多或少有意识地向前迈进。

　　因此，不论在过去或现在，每个社会里都有一种宗教意识。艺术所表达的感情的好坏都是根据这种宗教意识加以评定的。也只有根据一个时代的宗教意识去从各个艺术领域中选拔那些传达出把该时代的宗教意识体现在生活中的那种感情的作品。这样的艺术总是得到高度的重视和鼓励。而传达由过去的宗教意识产生的感情的艺术则是落后的，过时的，这样的艺术总是受到斥责和轻视。其他一切传达出人们借以互相交际的种种感情的艺术则没有受到斥责而为人们所容许，只要它不传达跟宗教意识相反的感情。譬如说，在希腊人中间，传达出美、力量和刚毅精神的艺术（赫西奥德、荷马、菲狄亚斯）超出在其他艺术之上，为人们所赞许和鼓励，而传达出粗野的肉感、颓丧的心情和柔弱的感情的艺术为人们所斥责和轻视。在希伯来人中间，传达出对希伯来人的上帝及其圣训的忠诚和顺从的感情的艺术（《创世记》中的某些部分，先知书，《诗篇》）超出在其他艺术之上，并为人们所鼓励；传达出崇拜偶像的感情的艺术（金犊）为人们所斥责和轻视。而其他所有跟宗教意识不相抵触的艺术，如故事，歌曲，舞蹈，房屋、家具和服装的装饰，则没有被人觉察到，也根本没有讨论过。无论什么时候，无论什么地方,艺术(就其内容而言)的价值是这样评定的,而且也应该这样评定,因为这种对待艺术的态度是从人的本性产生,而这本性是不变的。

我知道,按照当代流行的看法,宗教是一种迷信,全人类对此都有过体验。因此有人认为,当代已经没有任何一种全人类共有的宗教意识可以作为评定艺术的根据。我知道,这是当代冒充有教养的人们中间流行的一种看法。凡是不承认真正的基督教,因而为自己想出各种哲学和美学的理论来蒙蔽自己,使自己看不见自己生活中的愚蠢和缺点的人,凡是这样的人,就不可能有另外一种想法。这些人有意地、有时也无意地把宗教祭祀这一概念和宗教意识这一概念混淆起来,认为否定祭祀就否定了宗教意识。所有这些对宗教的攻击和建立一个与当代宗教意识相反的世界观的企图,比什么都明显地证明了这个宗教意识——揭露人类生活中与之不相调和的现象的宗教意识的存在。

如果人类是在进步,换句话说,如果人类是在向前发展,那么这发展必然有一个方向的指南。这个指南一向就是宗教。整个历史证明,人类的进步总是在宗教的指引下完成的。如果说人类没有宗教的指引就不可能有进步,而进步永远是有的,因而在当代也有进步,那么一定也有当代的宗教。由此可见,不管当代的所谓有教养的人喜欢或不喜欢,他们必须承认宗教的存在,这里说的不是祭祀宗教,如天主教、新教等等,而是指也作为当代人类进步的必要指南的宗教意识。如果我们中间有宗教意识存在,那么我们的艺术也应该根据这个宗教意识来评判。无论什么时候,无论什么地方,凡是传达由当代宗教意识产生的感情的艺术都应该被选拔出来,被承认,并受到高度重视和鼓励,凡是跟这宗教意识相抵触的艺术应该受到斥责和轻视,而其他一切无关紧要的艺术则不为人们所选拔和鼓励。

当代的宗教意识,就其最普遍和实际的应用而论,是意识到我们的幸福(物质上的和精神上的,个人的和集体的,暂时的和永久的)在于全人类的兄弟般的共同生活,在于我们相互之间的友爱的团结。这个意识不但由基督和过去的一切优秀人物表达出来,不但被当代的优秀人物用各种形式从各个方面加以重述,而且它已经是人类的整个繁复工作的引导线,这一繁复工作一方面在于消灭妨碍人类团结的物质上和精神上的障碍,另一方面在于规定全人类的共同原则,这些原则能够而且必然会把全世界的人友爱地团结成为一体。我们应该根据这个意识来评判我们生活中的一切现象,其中包括我们的艺术——我们从艺术的各个领域中选拔出传达这个宗教意识产生的感情的作品,高度重视和鼓励这种艺术,驳斥跟这个意识相抵触的作品,而且不把并无意义的其余的艺术说成是有意义的。

所谓文艺复兴时期的上层阶级所犯的主要错误,也是我们现在继续在犯的一个错误,并不在于他们这些人不再珍爱和不再重视宗教艺术(那时候的人不可能重视宗教艺术,因为他们正像现在的上层阶级一样,不可能相信为大多数人所承认的宗教),而在于他们用一种没有价值的、目的仅在于使人享受快乐的艺术代替这种对于他们并不存在的宗教艺术,换言之,他们开始选拔、珍爱和鼓励另一种艺术,把它当作宗教艺术,而这种艺术在任何情况下都不配受到这样的珍爱和鼓励。

教堂的一位神父说过,人们的主要痛苦不在于他们不知道上帝,而在于他们把一个非上帝的东西尊奉为上帝了。就艺术来说也是如此。当代上层阶级的主要的不幸还不在于他们没有宗教艺术,而在于他们选出一种最没有价值的、多半是有害的艺术(这种艺术的目的在于使某一些人享受到快乐,因而单凭这一独特性来说就已经跟当代的宗教意识——基督教的全人类团结的原则相抵触)来代替超出在其他一切之上的崇高的宗教艺术,并把这种没有价值的、有害的艺术视作特别重要的、珍贵的艺术。一种空洞的、常常是腐化的艺术被用来代替宗教艺术,它蒙蔽了人们,使人们忽视对真正的宗教艺术的要求,而这真正的宗教艺术是人类生活中为了改进生活而应该具有的。

不错,能满足当代宗教意识的要求的艺术跟过去的艺术完全不同,但是,尽管完全不同,什么是当代宗教艺术这一点对一个不故意回避真理的人来说是很清楚很明确的。在过去,最崇高的宗教意识只把某一些人联合起来,如希伯来人、雅典和罗马的公民,这些人虽然是很大的一伙人,但他们终究只是人们中间的一部分,当时的艺术所传达的感情是从这一伙人对强大、威严、荣誉、昌盛的渴望产生出来的,艺术的主人公可能是用力量、诡计、狡猾或残暴行为来促成这种昌盛的人(奥德修、雅各、大卫、参孙、赫拉克勒斯和所有的勇士)。当代的宗教意识则并不突出任何"一"伙人,相反地,它要求联合所有的人,没有一个例外,并且把对全人类的友爱看得比其他一切美德都高。因此,当代的艺术所传达的感情不但不可能跟过去的艺术所传达的感情相一致,而且必定跟它相反。

基督教的艺术——真正的基督教的艺术之所以在长时期内不可能确立,它之所以至今还没有确立,正是因为基督教的宗教意识并不是人类向前进展时所跨的均匀的细步中的一步,而是一个巨大的变革,这个变革如果还不曾改变,那么一定会改变人们的整个人生观和他们生活中整个内在的组织。不错,人类的生活像个人的生活一样,是均匀地向前进展的,但是在这均匀的进展中,仿佛有着一些转折点,这些转折点把以前的生活和以后的生活截然分开。基督教对人类说来曾经是这样的一个转折点,至少对我们这些以基督教意识为生活中心的人说来它应该是这样的。基督教意识为人类的一切感情指出了另一个方向,新的方向,因而完全改变了艺术的内容和意义。过去,希腊人能够享用波斯人的艺术,罗马人能够享用希腊人的艺术,正像希伯来人能够享用埃及人的艺术一样,基本的理想都是一样的。这理想有时是波斯人的伟大和幸福,有时是希腊人或罗马人的伟大和幸福。同一种艺术被转移到另一种情况中而适用于新的民族。但是基督教的理想改变了一切,使一切起了转变,正像福音书中所说的:在人面前为大的,在上帝面前降为卑。理想不再是法老和罗马皇帝的伟大,不再是希腊人的美或腓尼基的财富,而是温顺、贞洁、怜悯、爱心。主人公不再是财主,而是乞丐拉撒路;不再是貌美时期的抹大拉的马利亚,而是悔罪时期的抹大拉的马利亚;不再是财富的获得者,而是财富的施舍者;不再是住在宫殿里的人,而是住在地洞里或茅屋里的人;不再是统治别人的人,而是除了上帝以外不承认任何人的权威的人。崇高的艺术作品不再是陈列着征服者雕像的胜利的殿堂①,而是人的心灵的描写,这心灵已经深深地受到爱的感化,以至于被折磨和被杀害的人会可怜甚至喜爱那迫害他的人。

因此,基督教世界的人很难摆脱异教艺术的惯性,他们的全部生活都跟这种艺术结合在一起。基督教的宗教艺术的内容对他们说来是那样新颖,它跟过去的艺术的内容相比是那样不同,以至他们觉得基督教艺术是对艺术的否定,于是他们就拼命抱着旧的艺术不放。其实旧的艺术由于在当代不再有宗教意识上的渊源,已经完全失却它的意义,无论情愿或不情愿,我们都应该抛弃它。

基督教意识的本质在于每一个人都承认自己和上帝的子与父的关系,并承认由此得出的人与上帝以及人与人合而为一,正如福音书中所说的(《约翰福音》第十七章第二十一节②)。因此,基督教艺术的内容是促使人与上帝以及人与人合而为一的那种感情。

人与上帝以及人与人合而为一这句话对那些听惯别人滥用此

---

① 在莫斯科有一座雄伟壮丽的"救主大堂",那是为了纪念一八一二年战争中对法军的胜利而建造的。

② "使他们都合而为一,正如你父在我里面,我在你里面,使他们也在我们里面……"

话的人说来可能意义不明，其实这句话的意义是很明显的。它意味着基督教所谓人与人合而为一跟仅仅某一些人的局部的独特的团结完全相反，那是所有的人毫无例外的团结。

艺术，任何一种艺术，本身都具有把人们联合起来的特性。任何一种艺术都能使那些领会艺术家所传达的感情的人在心灵上首先跟艺术家联合在一起，其次跟得到同一印象的人联合在一起。但是非基督教的艺术只把某一些人联合起来，这样的联合正好把这一些人跟其他的人隔开，因此这种局部的联合往往不仅是使人不团结的根由，而且是使一些人对另一些人怀有敌意的根由。一切爱国主义的艺术，包括国歌、颂诗、纪念像等便是这样的。一切教堂艺术，即某些宗教仪式的艺术，包括圣像、雕像、行列、礼拜式、圣殿等，也都是这样的。军事艺术也是这样。一切外表优美而实质上腐化的艺术（这种艺术只有有闲、富裕的阶级中那些压迫别人的人才能理解）也是这样。这样的艺术是落后的艺术，不是基督教的艺术。它把某些人联合起来，只是为了更严格地把这些人同另一些人分开，甚至使这些人跟另一些人敌对。基督教的艺术却是把所有的人毫无例外地联合起来的艺术，其方式或为使人们意识到他们与上帝以及与他人都处于同等的地位，或为使人们产生同一种感情，虽是最朴质的，却跟基督教不相悖，而是所有的人（没有一个例外）生来就有的。

当代优秀的基督教艺术可能不为人们所理解，这是因为这种艺术在形式上有它的缺点，或者因为人们对它不够注意，但是它应该使所有的人都能体验到它所传达的那种感情。它应该不单是某一圈子的人的艺术，不单是某一阶层的艺术，不单是某一民族的艺术，不单是某一种宗教仪式的艺术，换言之，它并不传达只以某种方式受过教育的人，或者只有贵族、商人，或者只有俄国人、日本人，或者只有天主教徒，或者只有佛教徒等所能体会的感情，它所传达的是任何人都能体会的感情。只有这样的艺术才能在当代被认为是优秀的艺术,从所有其他的艺术中选拔出来,并受到鼓励。

基督教的艺术,即当代的艺术,应该是遍天下的,换言之,应该是世界性的,因此应该联合所有的人。只有两种感情能把所有的人联合起来:从对人与上帝之间的父子关系和人与人之间的兄弟关系的认识中产生的感情,以及日常生活中的,但必须是大家(没有一个人例外)都体会得到的那些最朴质的感情,例如欢乐之感、恻隐之心、朝气蓬勃的心情、宁静的感觉等。只有这两类感情构成就内容而言是当代优秀的艺术品。

这两种表面上很不相同的艺术所产生的效果是一致的。从对人与上帝之间的父子关系和人与人之间的兄弟关系的认识中产生的感情(例如从基督教的宗教意识中产生的确信真理、忠于上帝的意志、自我牺牲、对人的敬和爱等感情)以及最朴质的感情(例如歌曲,或大家都能理解的笑话,动人的故事,或图画,或小小玩偶等引起的恻隐之心和欢乐之情)产生同样的效果:人类的友爱的团结。往往有这样的情形:人们相处在一起,他们之间若不是互相敌视,那么在心境和感情上也是格格不入的。突然之间,一个故事,或一场表演,或一幅画,甚至一座建筑物,往往是音乐,像闪电一般把所有这些人联合起来,于是所有这些人不再像以前那样各不相干,甚至互相敌视,他们感觉到大家的团结和相互的友爱。每一个人都会为了别人跟他有同样的体验而感到高兴,为了他跟所有在场的人之间以及所有现在活着的、会得到同一印象的人们之间已经建立起一种交际关系而感到高兴。不仅如此,他还感到一种隐秘的快乐,因为他跟所有曾经体验过同一种感情的过去的人们以及将要体验这种感情的未来的人们之间能有一种死后的交际。传达人们对上帝以及对他人的爱的艺术和传达所有的人共有的最朴质的感情的俗世的艺术所产生的都是这样的效果。

对当代艺术的评价和对过去的艺术的评价之间的差别主要在于,当代艺术,即基督教艺术,以要求全人类团结的宗教意识为基

础,因此它认为就内容来说是好的艺术不包括所有那些传达不是
联合人们而是使人们分开的独特感情的作品,而将这样的作品归
入就内容来说是坏艺术的范围。相反地,就内容来说是好的艺术
包括以前被认为不值得选拔和不值得受人重视的那一部分艺术,
即传达出甚至最无关紧要的朴质感情的世界性艺术,这种感情虽
然无关紧要,却是所有的人(没有一个例外)都能体会的,因而它
能联合所有的人。

这样的艺术在当代不可能不被认为是好艺术,因为它达到了
当代基督教的宗教意识为人类指出的目标。

基督教艺术或者在人们心里唤起这样一种感情,这种感情通
过人们对上帝和他人的爱而把他们越来越紧密地团结起来,使他
们愿意而且能够做到这样的团结。或者在他们心里唤起这样一种
感情,这种感情向他们揭示,他们由于日常生活中的喜怒哀乐一致
而已经联合起来。因此,当代的基督教艺术可能有、并且确实有两
种类型:(一)传达从宗教意识(就人对上帝和他人的关系来说)人
在世界上占有怎样的地位的认识产生的感情的艺术,即宗教艺术;
(二)传达全世界所有的人都能理解的、日常生活中的最朴质的感
情的艺术,即世界性的艺术。只有这两种艺术才可以被看作当代
的好艺术。

第一种艺术,宗教艺术,传达正面的感情,即对上帝和他人的
爱,同时也传达反面的感情,即眼见这种爱遭到破坏时的愤怒和恐
惧。这种艺术主要用文字的形式表现,一部分也表现在绘画和雕
塑中。第二种艺术,世界性的艺术,则传达大家都能体会的感情。
这种艺术表现在文字、绘画、雕塑、舞蹈、建筑中,而主要表现在音
乐中。

假使有人要我在新派艺术中为上述的两种艺术各举出一些范
例,那么关于从人对上帝和他人的爱产生的崇高的宗教艺术,在文
学方面我要列举的范例是席勒的《强盗》,最近的有雨果的《可怜

的人们》(Les pauvres gens)和《悲惨世界》(Les Misérables),狄更斯的小说《双城记》(A Tale of Two Cities),《钟声》(Chimes)及其他,《汤姆叔叔的小屋》,陀思妥耶夫斯基的作品,主要是他的《死屋手记》,乔治·艾略特的《亚当·比德》。

　　在当代绘画方面,说也奇怪,这种直接传达对上帝和他人的基督教的爱的作品几乎一部也没有,在名画家的作品中尤其缺乏。可以看到描写福音故事的画,这样的画很多,但是这些画都表达具有丰富的细节的历史事件,而并不表达,也不可能表达宗教感情,因为作者根本就没有这种感情。还可以看到很多描写各种人的不同感情的画,但是表达自我牺牲的伟绩和基督教的爱的画却很少见到,这样的画主要是一些不大出名的画家画的,而且都不是完美的图画,往往只是素描而已。克拉姆斯科伊的一幅素描便是这样的一个例子,这幅素描的价值抵得过他的很多正式的图画,画的是一间客厅,客厅的门前有一个阳台,从前线回来的军队正从这阳台前面庄严地走过。一手抱婴儿的奶妈和一个男孩站在阳台上。他们在观赏军队的行进。但是母亲倒在沙发椅背上,用手帕遮住了脸,在那里痛哭。我以前提到过的兰利的一幅画也是一个例子。法国画家莫尔隆的一幅画也是一个例子,其中描写一只救生船冒着猛烈的暴风雨急急赶去拯救一只遇难的轮船。还有一些跟这一类很近似的画,画中以尊敬和亲爱的态度描写劳动人民。米勒的画,特别是他的素描《扶锄的人》,就是这样的例子。朱尔·布雷东、莱尔米特、德弗雷格等人的画也属于这一类。在绘画领域中,关于破坏对上帝和他人的爱所引起的愤怒和恐怖的作品,可以举出这样几个范例:格的画《审判》,利曾·梅耶的画《在死刑判决书上签字》。即使这一类的画也是很少看到的。顾到了绘画的技术和画面的美,多半会模糊了画中所表达的感情。例如热罗姆①的

---

　　① 热罗姆(1824—1904),法国画家。

《杀死他》(*Pollice verso*),与其说是表达了对眼前的事情感到的恐怖,毋宁说是用画面的美吸引住了观众。①

要在上层阶级的新派艺术中举出一些第二种艺术,即优秀的世界性的俗世艺术的范例,那就更难了,特别是在文学和音乐领域中。如果说有一些作品,例如《堂吉诃德》,莫里哀的喜剧,狄更斯的《大卫·科波菲尔》《匹克威克先生外传》,果戈理和普希金的小说,或者莫泊桑的一些作品,就内容来说可以归入这一类,那么这些作品由于所传达的感情很独特,由于时代和地域方面的特殊细节过多,主要是由于其内容十分贫乏,因而跟古代的世界性艺术的典范(例如关于美少年约瑟的故事)相比之下,多半只为自己民族中的人,甚至只为自己圈子里的人所理解。约瑟的哥哥们因为父亲偏爱约瑟而嫉妒他,把他卖给商人;波提乏的妻子想勾引这个青年,这个青年获得了很高的官职,怜悯他的哥哥们以及被宠爱的便雅悯等等。所有这些都是人人都能体会的感情,俄国的农夫能够体会,中国人也能体会,非洲人也能体会,儿童也能体会,老人也能体会,有教养的人也能体会,没有教养的人也能体会。整个故事写得那样简练,没有多余的细节,因此我们可以把这个故事讲给其他任何环境里的人们听,它将同样是每一个人都能理解的,同样地感动每一个人。但是堂吉诃德的感情或者莫里哀的主人公的感情(虽然莫里哀也许是最具有全民性的一位艺术家,因而也是新派艺术中一位优秀的艺术家)就不是这样的,更何况匹克威克和他的朋友们的感情。这些感情都是很独特的,不是全人类都能体会的,因此,作者为了使这些感情能感染人,就围绕着它们布置了许多时代和地域方面的细节。然而细节的增多使这些故事更加独特,对于所有那些生活在作者所描写的环境之外的人们说来更加

---

① 在这幅画里,古罗马圆形剧场里的观众弯下拇指,表示他们希望战败的格斗者被杀死。

难以理解。

在约瑟的故事中,就不需要像现在写小说那样详细地描写约瑟的血淋淋的衣服、雅各的住所和衣服,以及波提乏的妻子整一整左手上的手镯而说"到我房间里来!"时的姿态和她当时所穿的服装等等,因为这个故事里的感情是那样强烈,以至所有的细节,除了像约瑟走到另一个房间里去哭泣这一类必不可少的细节之外,都是多余的,它们只会妨碍感情的传达。因此,这个故事是所有的人都能理解的,它能感动各个民族、各个阶层、各种年龄的人,它被流传下来,直到我们这个时代,而且还将流传到千百年后。但是,如果我们把当代的优秀小说中的细节一律删除的话,那么还剩下些什么呢?

因此,在新派文学中,我们不可能举出一些完全合乎世界性艺术的要求的作品。即使有,那些作品也大都已经受到所谓写实主义的损害,写实主义这个名词不如改称为艺术中的地方色彩倒更准确些。

在音乐中也有跟文学相同的情况,而且造成这种情况的原因也相同。由于感情的贫乏,新派音乐家所写的旋律内容空洞得惊人。于是,为了加强内容空洞的旋律所产生的印象,新派音乐家在每一行最平庸的旋律中加进许多繁复的转调,不仅有自己民族的调式的转调,而且还有某一个小圈子、某一个乐派所特有的转调。旋律,任何旋律,都是流畅的,它能够为所有的人所理解。但是它一旦跟某一种特殊的和声相结合而本身充满了这种和声,它就变成只有习惯于这种和声的人们才能理解,而对其他民族以及对习惯于这种和声形式的那个小圈子以外的人说来,就变成完全陌生的了。因此音乐也像诗一样地在同一个不健全的圈子里周转。为了使那些平庸而特殊的旋律变得动人,音乐家就在旋律中塞满了繁复的和声、复杂的节奏和混杂的管弦乐色彩,旋律就变得越来越特殊,被弄得非但不是世界性的,甚至不是民族性的,换句话说,只有某一些人才能领会,而不是全体人民所能领会的。

在音乐方面,除了不同作曲家的进行曲和舞曲接近世界性艺术的要求之外,可以列举出来作为优秀范例的只有各个民族的民歌,从俄罗斯民歌到中国民歌。至于深奥的音乐,只有很少的作品可以列举,如巴赫的著名小提琴咏叹调,萧邦的降 E 大调夜曲,可能还有从海顿、莫扎特、舒伯特、贝多芬、萧邦等人的作品中选出的十几段音乐,都不是整首曲子,只是一些片段。①

虽然绘画方面也同样有着诗和音乐方面的情况,即为了使构思较差的作品更吸引人,作者就精心设计,把一些细加调查而得来的时间上和地域上的特色的点缀物加到作品里去,使它们具有时间上和地域上的兴趣,因而使它们较少世界性。虽然如此,在绘画方面还是有比其他各种艺术中更多的能满足世界性基督教艺术的

---

① 当我列举我认为优秀的艺术作品范例时,我并不认为自己选择的那些例子是特别重要的,因为除了我对各种艺术都不够熟悉之外,我又是属于因不正确的教养而审美观已受歪曲的人的阶层。因此我可能由于不能改掉旧习惯而选错范例,我可能把青年时代某一作品给我的印象错认为绝对的价值。我之所以举出这一种或那一种艺术作品的范例,目的只是要把我的意思表达得更清楚些,并告诉读者:按照我现在的观点,我是怎样理解就内容来说的艺术价值。同时我还应该指出:我把自己的艺术作品归入坏艺术之列,只有两个作品例外:故事《上帝知道真情》——希望能属于第一种艺术,和《高加索的俘虏》——属于第二种艺术。——作者注

托尔斯泰夫人在一八九八年二月一日的日记里这样写着:"今天列·尼谈到艺术的时候,想起了各种不同的、他认为是真正艺术的作品,例如:谢甫琴科的《女仆》、雨果的小说、克拉姆斯科伊的画:军队怎样通过,年轻的女人、婴儿和奶妈怎样在窗口眺望;还有苏里科夫的画——列·尼的故事《上帝知道真情》的插图:苦役刑犯怎样在西伯利亚睡觉,而老人怎样坐着。还提到一个故事,我不记得是谁写的,好像也是雨果的,即一个渔夫的妻子生下一对双生儿之后死去了,另一个渔妇自己已经有五个孩子,她把这两个孩子收养下来,当她的丈夫回来时,她怯弱地把双生儿出世和母亲死去的事讲给他听,丈夫却说:'有什么,应该收养那两个孩子。'于是妻子拉开帐幔,把她已经收养的两个孩子指给他看。"

要求的作品,换句话说,有更多的表达人人都能体会的感情的作品。

在绘画和雕塑方面,这种具有世界性内容的艺术作品便是一切所谓风俗体的图画和雕像、动物画和风景画、人人都能欣赏的漫画以及各种装饰品。在绘画和雕塑方面,这样的作品有很多(例如瓷娃娃),但是这些作品中的大部分,例如所有的装饰品,或者不被认为是艺术,或者至多被认为是低级的艺术。实际上,只要这些作品传达出艺术家的真挚的感情(不管这种感情在我们看来是多么微不足道),而且这些作品是所有的人都能理解的,那么它们就都是真正优秀的基督教艺术作品。

讲到这里,我怕人家会责难我,说我既否认美的概念是衡量艺术品的标准,又承认装饰品是好的艺术品,岂不自相矛盾?这样的责难是不公平的,因为各种装饰品的艺术内容并不在于美,而在于线条或色彩的结合所引起的喜爱之情,而这些线条或色彩是艺术家曾经看到过的,现在他用它们来感染观众。艺术过去是,现在也还是,而且必然是一个人用自己体验过的感情感染另一个人或另一些人。在这些感情之中,有一种感情是对悦目的东西的喜爱之情,悦目的东西可能是少数人或多数人所喜爱的,也可能是所有的人都喜爱的。但凡装饰品往往是所有的人都喜爱的。描写特殊地域的风景画、内容很别致的 genre①,可能不是所有的人都喜爱的,但是装饰品是所有的人——从雅库特人以至于希腊人——都能理解的,而且在一切人的心里唤起同样的喜爱之情,因此这种受人轻视的艺术在基督教社会里应该被看得很珍贵,比那些独特的、矫揉造作的图画和雕塑要珍贵得多。

由此可见,好的基督教艺术只有两类。其他所有不能归入这两类的艺术都应该被认为是坏的艺术,不但不应该受到鼓励,而且

---

① 法语:风俗画。

还应该加以铲除、否定和蔑视,这种艺术不是把人们团结起来而是把他们分隔开来的艺术。在文学方面,凡是传达下列各种感情的戏剧、小说和诗都属于坏艺术一类:教会的感情、爱国之情,以及只有富裕的有闲阶级才具有的特殊感情,例如贵族的荣誉感、厌烦、苦闷、悲观的感情,以及大多数人根本无法理解的、源于色情的细致的淫逸之情。

在绘画方面,所有那些表现虚假的宗教题材和爱国题材的画都属于坏艺术一类,还有那些描写独特的、富裕的悠闲生活中的娱乐和魅力的画也都属于坏艺术一类,所有的所谓象征派的画(其中的象征意义只有某一个小圈子里的人才能理解)也都属于坏艺术一类,主要的是,所有那些表现淫荡题材的画,所有那些充塞一切展览会和一切画廊的丑陋不堪的女人裸体画,都属于坏艺术一类。当代的室内乐和歌剧音乐,从贝多芬开始,舒曼、柏辽兹、李斯特、瓦格纳,几乎全都属于坏艺术一类。这种音乐就其内容来说是专门表达只有少数人才能体会的感情的,这少数人已经在自己心里培养起一种容易被这独特的、矫揉造作的复杂音乐激引起来的病态的、神经质的兴奋心情。

"怎么!第九交响曲属于坏艺术一类?!"我听到人家用愤慨的声调这样说。

"毫无疑义。"我回答说。我写了以上这些话,其目的仅在于找出一个明确和合理的标准,借以判定艺术作品的价值。这个标准是跟一般的正常的理解相符合的,根据这个标准我可以肯定地说,贝多芬的这部交响曲不是好的艺术作品。当然,对那些由于从小的教养而特别偏爱某些作品及其作者的人说来,对那些正因为受了这种教养而审美观就此被歪曲了的人说来,把这样一部著名的作品认为是坏艺术实在是令人惊奇的事。可是对理性的指示和正常的看法又能怎样呢?

贝多芬的第九交响曲被认为是一部伟大的艺术作品。为了审查这个断语是否正确,我首先这样自问:这部作品是否传达了最崇高的宗教感情?我的回答是否定的,因为音乐本身不可能传达这种感情。因此我再这样自问:如果这部作品不属于最高的宗教艺术一类,那么它有没有当代优秀艺术的其他特性——把所有的人用一种感情联合起来的特性,它是不是属于日常生活中的、世界性的基督教艺术?我不能不给以否定的回答,因为我不但看不出这部作品所传达的感情能够把那些没有专为承受这复杂的催眠术而受过训练的人联合起来,而且我甚至不能想象一群正常的人能够从这部篇幅冗长、杂乱无章而且矫揉造作的作品里理解到什么,他们所理解的无非是淹没在暧昧之海里的一些短小片段而已。所以,不管愿意或不愿意,我必须作出这样的结论:这部作品属于坏艺术一类。还有一点是很妙的,在这部交响曲的末尾用上了席勒的一首诗,这首诗正好说出了(虽然说得不很清楚)这样一个思想:感情(席勒只讲到欢乐的感情)把人们联合起来,并在人们心里唤起爱。虽然在这部交响曲的末尾唱出了这首诗,但是音乐跟这首诗所表达的思想很不相称,因为这音乐是独特的,它并不能联合所有的人,而只能联合某一些人,使这些人突出在其他人之上。

艺术的各个领域中的许许多多被我们社会里的上层阶级认为伟大的作品,正需要用这样的方式加以评价。著名的《神曲》、《解放了的耶路撒冷》、莎士比亚和歌德的大部分作品、绘画中的每一幅描写奇迹的画、拉斐尔的《变容》等等,也必须根据这个唯一可靠的标准加以衡量。无论哪一样被称为艺术作品的东西,无论它怎样为人们所赞美,要认清它的价值,必须提出这样一个问题:这个作品是真正的艺术品呢,还是赝品?我们根据感染性这一标志(即使只感染一个小圈子里的人)而承认某一作品属于艺术范畴之后,就必须根据是否大家都能理解这一标志决定其次一个问题:这个作品是属于跟当代的宗教意识相抵触的独特的坏艺术一类呢,还是属于把人们联合起来的基督教艺术一类?我们承认一个作品属于真正的基督教艺术之后,就必须看作品中所传达的感情是源出于对上帝和他人的爱呢,或者仅仅是那种把所有的人联合起来的朴质的感情,以便决定作品归入哪一类:是宗教艺术呢,还是俗世的世界性艺术。

只有通过这样的检查,我们才可能从许许多多在我们社会里称之为艺术的作品中选拔出作为真正的、重要而且必需的精神粮食的作品,使它们有别于我们周围的一切有害而无益的艺术和艺术的模仿物。只有通过这样的检查,我们才可能避免有害的艺术所引起的毁灭性后果,并受到真正的好艺术的影响,而这种影响对一个人或人类的精神生活是有益的和必不可少的,这也就是艺术的使命。

十七

艺术是人类进步的两种工具之一。通过语言,人与人交流思想。通过各种艺术形象,一个人跟所有其他的人——不仅跟现代的人,而且还跟过去和未来的人——交流感情。利用这两种交际的工具是人类天生的本能,因此,这两种工具中的任何一种如果受到歪曲,在发生这现象的社会里就不可能不产生一些有害的后果。这些后果必然分两个方面:第一,在社会里缺少了这种工具所应起的作用,第二,这种被歪曲了的工具在社会里起有害的作用。在我们的社会里正好产生了这些后果。艺术这一工具受到了歪曲,因此在上层阶级的社会里,这一工具所应起的作用就大大地减少。一方面,我们社会里普遍存在着只供人消遣并使人腐化的大量赝品,另一方面,还有些毫无价值的、很独特的,然而被认为最高级的艺术作品。这两种作品使我们社会里大多数人受真正艺术感染的能力大为减退,因而使这些人不可能体验人类在发展中所获得的那些最崇高的感情,而这些感情是只有通过艺术才能传达给人们的。

人类在艺术方面所获得的一切优秀成果,对那些已经失去受艺术作品感染的能力的人说来是格格不入的,这些优秀的成果被虚假的赝品或毫无价值但被错认为真正艺术的作品所代替。我们这个时代和我们这个社会的人在诗歌方面都很赞赏波德莱尔、魏尔兰、莫雷亚斯、易卜生、梅特林克等类型的人,在绘画方面赞赏莫奈、马奈、皮维斯·德·夏瓦纳、伯恩-琼斯、施图克、勃克林等类型的人,在音乐方面赞赏瓦格纳、李斯特、理查·施特劳斯等类型的人,等等。他们既不能理解最高级的艺术,也不能理解最朴质的艺术了。

在上层阶级中,由于人们已经失去受艺术作品感染的能力,他们就这样没有艺术的那种使人温和、使人受到熏陶的作用而成长着,受着教育、生活着,因此,他们不但不走向完美,不但不逐渐变好,而且相反,在外在手段高度发展的情况下,他们变得越来越野蛮、粗暴和残酷了。

在我们社会里缺少艺术这一必要工具的作用所引起的后果就是如此,而这一工具的不正常作用所引起的后果更加有害,而且这种后果是很多的。

显而易见的第一个后果是,劳动人民为了一项不但无益而且往往有害的事业耗费了很大的劳力。此外,人们为了这项不必要的坏事业而无法弥补地耗费了一生。千百万人多么紧张、多么艰苦地工作着,他们没有时间、也没有可能为自己和家里人做一点急要的事,他们每天夜里工作十小时、十二小时、十四小时,为的是排印一些在人们中间传播淫荡腐化的毒素的冒充艺术的书,或者他们为剧院、音乐会、展览会、画廊而工作着,这些剧院、音乐会、展览会、画廊大都也是为同样的淫荡腐化的目的服务的。像这样的情况,想起来实在可怕。但是还有比什么都可怕的事。你想一想,活泼而善良的、能做一切好事情的小孩子从小就献身于事业,在十年、十五年内每天花六个、八个、十个钟头来做这样的事:一些人弹奏音阶,另一些人扭转四肢,用脚尖走路,把两脚举得比头还高,还有一些人练习视唱,还有一些人尽情地装腔作势,吟诵诗歌,还有一些人描画胸像和裸体人像,作出草图,还有一些人按照某些时期的规则来写作品,他们从事于这些工作,常常是一直继续到成年以后很久,在这些不值得人去做的工作中丧失了一切体力和脑力,以及一切对生活意义的理解。人家说,看卖艺的小孩把自己的两只脚弯到头颈边时,觉得又可怕又可怜,但是,看到十岁的小孩开音乐会、十岁的中学生死背拉丁文语法中的例外情况时,岂不同样或者更加觉得很可怜吗? 这些人不但在身体上和智力上受到损害,而且在精神上也受到损害,他们已经被弄得不会做任何真正为人们所需要的事了。他们由于自己在社会上是取悦于富人的人,因而就失去了人的尊严感,他们使自己心里博取公众赞扬的热望发展到那样的程度,以至他们经常由于他们那种发展到病态程度的虚荣心没有得到满足而感到苦闷,他们把自己的一切精神力量只用在满足这一热望上。最悲惨的一件事情是:这些为艺术断送了一生的人们不但没有带给艺术一点好处,而且还带给它极大的害处。在学院里、中学校里、音乐学院里教的是怎样假造艺术,学会了这项本领之后,人们变得那样不正常,以至完全失去了创作真正艺术品的能力,成为那些充斥当今世界的伪造的,或毫无价值的,或淫荡的艺术品的制造者。以上是艺术这一工具被歪曲后的第一个显而易见的后果。

第二个后果是一大批职业艺术家制造的数量惊人的艺术消遣作品,使得当代的富人有可能过一种非但不自然,而且跟他们自己提出的人道的原则相反的生活。假使没有这所谓艺术的东西,假使没有这种使他们无暇注意到自己的生活多么没有意义,并把他们从那闷死人的寂寞中拯救出来的消遣和娱乐,那些有闲的富人,特别是那些女人就不可能过现在那种生活:远离大自然,远离动物,生活在矫揉造作的环境中,筋肉已经萎缩或因体操而畸形发达,生活精力已经减弱。让所有这些人脱离戏院、音乐厅、展览会、钢琴、浪漫曲、小说(他们现在正从事于这些活动,并相信这些都是很风雅的美的活动,因而也是好的活动),把这些购买画图、庇护音乐家以及与作家交往的艺术保护人的艺术这项重要事业的保护者身份除掉,那么他们就将无法继续他们的生活,他们将由于寂寞、苦闷,由于意识到自己的生活没有意义和不合法而灭亡。只有从事于他们认为是艺术的活动,他们才可能破坏一切自然的生活条件而继续过活,并且看不到自己的生活是毫无意义的,残酷的。使富人们能保持其虚伪的生活,这就是艺术被歪曲的第二个相当重要的后果。

艺术被歪曲的第三个后果是,它在儿童和人民的概念中引起混乱。还没有被我们社会里的不正确理论引入邪途的人们、劳动人民、儿童都很明确,人之所以可尊敬、可赞美是因为什么。在人民和儿童的概念中,赞美和颂扬人只可能根据这样两种力量:肉体的力量——赫拉克勒斯、勇士、征服者,或者道德精神力量——为拯救人类而抛弃美丽的妻子和王国的释迦牟尼,或者为了自己所信奉的真理而走上十字架的基督以及所有的殉道者和圣徒。这两者是人民和儿童都能理解的。他们懂得,肉体的力量是不能不尊重的,因为它强迫人尊重它。善这种精神力量对一个尚未败坏的人来说是不可以不尊重的,因为这个人的整个心灵都引他去尊重这种精神力量。这些人——儿童和人民——忽然发现,在那些因肉体的力量和精神力量而受到赞扬、尊敬和奖赏的人之外,还有一些远比有力的勇士或德高的伟人受到更多赞扬、推崇和奖赏的人,这些人之所以受到赞扬、推崇和奖赏,只是因为能美妙地唱歌,写诗,跳舞。儿童和人民看到,歌唱家、作家、画家、舞蹈家都发了大财,他们享受到的荣誉比圣徒还高,于是人民和儿童被弄得困惑莫解了。

　　当普希金去世五十年之际,他的作品以低价在人民中间广泛发行了,在莫斯科也建立起了他的纪念像,我从各个不同的农民那里收到十几封信,信里提出这样一个问题:为什么大家那样推崇普希金?前几天,有一个识字的小市民从萨拉托夫来访问我,他显然被这事气得要死,跑到莫斯科来揭发神职人员促成普希金先生的"纪念像"的建立。

　　的确,我们只要想象一下,当人民中间的这样一个人从他所看到的报纸和听到的传闻中得知,俄国的神职人员、政府当局和所有的优秀人士在欢欣地为一个伟大人物、大恩人、俄国的光荣普希金的纪念像揭幕,而关于这个人物他至今没有听说过,这时候他将处于怎样的情况?他从各方面读到或听到建立纪念像的消息,他猜想,既然大家都给这个人那样大的荣誉,那么这个人大概做过什么不平凡的事,或者有过雄伟的功绩,或者做过什么善事。他很想知道普希金是怎样一个人。当他知道普希金不是一个勇士或统帅,而是一个普通的人、一个作家的时候,他就作出这样一个结论:普希金一定是一个圣人,一个教人为善的人,于是急欲读到或听到他的生平和作品。但是当他知道普希金是一个极其轻佻的人,他死于决斗,换言之,他因企图谋杀另一个人而死去,他的全部功绩只在于写一些往往不堪入耳的爱情诗——当他知道了这 一切以后,他是多么困惑啊!

　　古代的勇士和马其顿亚历山大大帝、成吉思汗或者拿破仑是伟大的,这他理解,因为这里提到的这个人或那个人能够消灭他以及千千万万和他类似的人;佛、苏格拉底和基督是伟大的,他也理解,因为他知道而且感觉到,他和所有的人都应该像这个样子。但是为什么一个人写过有关女性爱情的诗歌就是伟大的——这一点他无法理解。

　　当布列塔尼或诺曼底的一个农民知道要为波德莱尔建立一个

像圣母像一样的纪念像,"une statue"①的时候,他若是读了或者听到了《恶之花》(*Fleurs du mal*)的内容,那么在他的头脑中也会产生同样的疑惑,而当他知道要为魏尔兰建立一个纪念像,这个魏尔兰过的是可耻的放荡生活,而他又读了此人的诗作的时候,他一定会更加惊奇。一个名叫什么巴提或塔利奥尼的人每一季度有十万的收入,一个画家的一幅画也可以卖这么多钱,一个作家的描写爱情场面的小说值钱更多——当一般人民知道这些事情的时候,他们会感到多么困惑啊!

孩子们也有同样的感觉。我记得我怎样体验过这种惊奇和困惑的感觉,怎样容忍了把艺术家像勇士和德高的伟人一样地加以颂扬的现象,而我之所以能容忍,只是由于我在自己的意识中降低了道德品质的重要性,并承认了艺术作品的虚假和不自然。当每一个孩子或普通人知道人们给艺术家的那种奇怪的尊敬和奖赏时,他心里就会有同样的感觉。这就是我们的社会不正确地对待艺术所引起的第三个后果。

第四个后果是,上层阶级的人越来越频繁地碰到美和善之间的矛盾,他们就把美的理想看作最高的理想,而借此把自己从道德的要求中解脱出来。这些人把事情弄反了,他们不承认他们为之服务的艺术是落后的事(事实上这艺术正是如此),相反地认为道德是落后的事,它对于处在高度发展阶段上的人(他们自以为处在这样的阶段上)说来不可能有重大的意义。

不正确地对待艺术所引起的这种后果在我们的社会里早有表现,但是最近在它的先知尼采及其后继者,以及同尼采相一致的颓废派作家和英国美学家的言论中表达得特别荒谬无耻。像奥斯卡·王尔德一样,颓废派作家和美学家把否定道德和赞扬淫乱选为自己作品的主题。

---

① 法语:"一个塑像"。

268

这种艺术部分地起因于而且部分地符合于某一种同样的哲学理论。不久以前，我收到美国寄来的一本书，封面上写着："*The survival of the fittest. Philosophy of Power*, 1897, by Ragnar Redbeard, Chicago, 1896"①。正像出版者在前言中所说的，这本书的大意如下：按照希伯来先知和哭泣的（weeping）弥赛亚的虚假的哲学来评定善，是不合理的。正义不是学说，而是权势所产生的后果。一切法规、戒律以及"己所不欲，勿施于人"的教训，其本身都没有任何意义，只有木棍、牢狱和刀剑才能使它们具有意义。一个真正自由的人不须要服从任何命令——人的命令和神的命令都包括在内。服从是退化的标志，不服从是英雄的标志。人们不应该受他们的敌人所想出来的道德规范的约束。整个世界是不稳定的战场。理想的正义是：被征服者应该受到剥削、折磨和轻视。自由和勇敢的人可以夺取整个世界。因此世界上必然任何时候都有战争——为生命，为土地，为爱情，为女人，为政权，为黄金而战（几年前，著名的文雅的科学院院士 Vogüé②曾说过类似的话）。大地和它的宝藏都成了"勇敢者的掠夺物"。

　　作者显然不依赖尼采而自己无意识地说出了新派艺术家们所相信的结论。

　　这种主张以学说的形式阐述出来，使我们为之震惊。而实质上，这种主张已包含在为美服务的艺术的理想中。我们的上层阶级的艺术在人们中间培养了这种超人的理想，实质上也就是尼禄、斯捷潘·拉辛、成吉思汗、罗贝尔·马克尔、拿破仑以及所有他们那些共谋者、助手和奉承者的旧的理想，并尽一切力量把这种超人的理想在人们中间确定下来。

　　这里所讲的道德的理想被美的理想，即享乐的理想所代替，是

---

① 英语："《适者生存·力的哲学》，1897，拉格纳·雷德比尔德著，芝加哥，1896"。
② 沃盖。

我们社会里的艺术被歪曲所引起的第四个可怕的后果。如果这种艺术在人民群众中间流传开来，人类可能遭到的命运将会怎样，想起来十分可怕。可是这种艺术已经开展在流传了。

最后，第五个也是最主要的一个后果是，在我们欧洲社会的上层阶级人们中间繁荣滋长的艺术，用最坏的、对人类最有害的感情，即对爱国主义的迷信等感情，主要是淫逸之情来感染这些人，使他们趋于堕落。

仔细研究一下人民群众愚昧无知的原因，我们就会知道，主要的原因决不在于学校和图书馆的缺乏，像我们惯于猜想的那样，而是在于迷信——宗教的迷信和爱国的迷信，这两种迷信渗透在人民群众之间，并以各种艺术手法不停地产生出来。传播宗教迷信用的是祷歌、赞美诗、圣像、雕像、歌唱、风琴、音乐、建筑，甚至教堂礼拜中的戏剧艺术。传播爱国迷信用的是诗歌、故事（这两者甚至一般学校里也在传授）、音乐、歌唱、庄严行进、集会、战争图片、纪念像。

如果没有各个艺术领域中的这种经常的活动来维持宗教和爱国主义所起的使人民变得愚痴、痛苦的作用，那么人民群众早已达到真正开化的地步。但是艺术的败坏作用不仅在于宗教和爱国主义方面。

在当代，艺术可以说是使人们在最重要的社会生活方面，即性关系方面堕落的主要原因。我们大家都知道这一点，有过亲身的经验。而做父母的通过他们的儿女也都知道：人们仅仅为了淫佚遭受过多可怕的精神上和肉体上的痛苦，徒然耗费过多少精力。

从远古的时候起，从这色情引起的特洛伊战争的时代起，直到现在几乎每一张报纸上都刊载的自杀和情杀的事件为止，这期间人类所受的痛苦大部分都是这淫佚引起的。

而艺术究竟起了什么作用呢？一切艺术，真正的和伪造的都包括在内，一味以各种方式描写、叙述和激起各种性爱，很少有例外。我们只要回想一下在我们社会的文学中比比皆是的那些以爱情的描写（最文雅的描写和最粗野的描写都包括在内）煽起肉欲的小说，那些描写裸体女人的图画和雕像，以及插图和广告上的各种丑态，我们只要回想一下充斥整个世界的令人作呕的歌剧、轻歌剧、歌曲和小说，我们就不由自主地会觉得，目下的艺术只有一个明确的目的：怎样才能使淫乱的风气流传得更广些。

以上所说的是我们社会里的艺术受到歪曲后产生的虽然不是全部，却是肯定无疑的后果。因此在我们社会里被称为艺术的东西不但不能促使人类进步，而且几乎比其他一切事物都更严重地阻碍着我们生活中的善的体现。

因此，在每一个不受艺术活动约束，因而与目下的艺术没有利害关系的人的心里不由自主地产生的一个问题，也就是我在这本书的开端所提出的那个问题：人们为社会上少数人所占有的被称为艺术的东西耗费了那么多人的劳动，牺牲了那么多人的生命，而且丧尽了德性，这样做是否公正合理？这个问题现在得到了自然的回答：不，这样做并非公正合理，也不应该是公正合理的。健全的理智和正常的道德感都会这样回答这个问题。这种事情不但不应该有，我们不但不应该为我们认为是艺术的东西作那样的牺牲，相反地，那些希望好好地过活的人所作的一切努力都应该用于消灭这种艺术，因为这种艺术是折磨我们人类的最残酷的恶之一。因此，如果有人提出这样一个问题：对我们基督教世界来说，是失去所有现在被认为是艺术的东西（包括虚假的艺术和其中一切好艺术）好呢，还是继续鼓励或容忍现在存在的那种艺术好？那么我想，任何一个有理性有德性的人都会像柏拉图为他的共和国解决问题那样地或者像教会基督教和伊斯兰教的人类导师那样解决这一问题。换言之，这个有理性有德性的人会说："与其让目下存在的淫荡腐化的艺术或艺术类似物继续存在下去，不如任何艺术

271

都没有的好。"幸而没有任何人碰到这样一个问题,没有任何人必须作出这样或那样的解答。一个人所能做的一切以及我们(所谓有教养的人,而这些人由于自己所处的地位,能够理解我们生活中各种现象的意义)能做而且应该做的一切是,去了解我们的谬误的处境,不要坚持处在谬误中,要从中找到一条出路。

十八

我们的社会的艺术之所以沦入虚假之中,原因是上层阶级的人对教会的所谓基督教的学说失却信仰之后,又不敢接受真正的基督教学说(就其真正的主要的意义而言,即人与上帝之间的父子关系和人与人之间的兄弟关系),于是他们在生活中没有了任何信仰,就努力设法用各种方式来代替所缺的信仰。有些人用伪善来代替,假装自己还相信教会的毫无意义的一套信条。另一些人则大胆宣布自己没有信仰。第三种人用非常细致的怀疑来代替。第四种人回复到希腊的对美的崇拜,承认利己主义的合法性,并将其尊为宗教学说。

病因在于不接受基督的学说——就其真正的意义,也就是完备的意义而言。治好这病的方法只有一个,就是在一切意义上承认这种学说。在我们这个时代,这样的承认不但可能,而且有必要。今天,一个具有当代知识水平的人(不论他是天主教徒还是新教徒)已经不可能说,他相信教会的信条,相信上帝是三位一体、基督的神性,以及赎罪等,而且他也不可能满足于宣布自己不相信、怀疑,或宣布自己回复到对美的崇拜和利己主义。主要的是,他已经不可能说:我们不懂得基督的学说的真正意义。这一学说不仅是当代所有的人都能理解的,而且当代人的整个生活都渗透了这种学说的精神,有意无意地以它为指南。

无论我们基督教世界的人以何等多样的形式来确定人的使

命,认为这个使命是求取人类的进步(无论就何种意义来说),是使所有的人联合成为一个社会主义国家或公社,是建立世界联邦,是同神奇的基督结合,还是人类在教会的统一领导之下联合起来——这些关于人类生活的使命的定义不论在形式上何等多种多样,当代所有的人都认为,人的使命是求幸福。在我们这个世界上,人类在生活中所能得到的最高幸福是靠人与人的互相团结而获得的。

上层阶级的人感觉到,只有使自己(富裕而有学问的人)和劳动人民(贫穷而无知识的人)分开,才可能保持自己的作用。但无论他们怎样努力想出各种新的世界观,借以保持其优越地位:或复古的理想,或神秘主义,或希腊精神,或超人崇拜,他们不管愿意不愿意都得承认,在生活中从各方面有意无意地确立起来的一个真理,即我们的幸福只在于人类的互相团结和兄弟情谊。

这个真理不知不觉地因了下面几种情况而变得越来越确定:交通路线、电报、电话的设置,印刷,世间为所有人谋取的福利的越来越普遍。这个真理有意识地因了下面几种情况而变得越来越确定:把人们分隔开来的迷信的破除,知识真理的传播,当代优秀艺术作品中关于人与人的兄弟情谊的理想的表达。

艺术是人类生活的精神器官,它不可能被消灭。因此,上层阶级的人费尽力气掩盖人类赖以生活的这种宗教理想,这个理想却越来越明确地被人们意识到,而且在我们这个不正常的社会里越来越经常地在科学和艺术中也表现出来。从本世纪初起,在文学和绘画方面越来越经常看到充满真正基督教精神的非常优秀的宗教艺术作品,同样也常看到世界性的、大家都能理解的俗世艺术作品。所以甚至艺术本身也知道当代的真正的理想,向着这个理想迈进。一方面,当代的优秀艺术作品传达出把人们引向团结和兄弟情谊的感情(狄更斯、雨果、陀思妥耶夫斯基的作品便是这样的;在绘画方面,米勒、巴斯蒂安·勒帕日、朱尔·布雷东、莱尔米特等人的作品便是这样的);另一方面,优秀的作品还努力传达出不仅为上层阶级的人所固有的,而且能把所有的人毫无例外地联合起来的感情。这样的作品目前还很少,但是人们已经意识到这一方面的需要。而且近来人们越来越多地尝试出版人民易于理解的书籍和图画,举行大众音乐会,演出通俗戏剧。所有这些比起应有的还相差很远,但是从这里已经可以看出艺术为了走上它原有的道路而自动趋往的方向。

当代的宗教意识,即承认生活,共同生活和个人生活的目的在于人类的团结,已经说得够清楚了。当代人只须摈弃认为艺术的目的是享乐这个错误的美的理论,宗教意识就自然而然地会成为当代艺术的指南。

已经无意识地在引导当代人的生活的宗教意识,一旦有意识地为人所承认,艺术分为下层阶级的艺术和上层阶级的艺术的现象就会自行消灭。那时将出现一种共同的、友爱的艺术。于是,很自然地,首先被摈弃的将是那种传达跟当代的宗教意识不相符合的感情,即不是联合人们而是把人们分开的感情的艺术,而其次被摈弃的便将是那种微不足道的特殊的艺术,这种艺术现在占着不应有的重要地位。

这种情况一旦发生,艺术就不再是目前的那种样子,不再是使人变得粗野和使人堕落的手段,它将变成它一向所有的,也是它所应有的那种样子,变成使人类走向团结和幸福的手段。

说来也真可怕,我们这个圈子和我们这个时代的艺术的遭遇正如一个女人出卖母性所固有的那种女性的迷人特质以满足好色者的要求。

我们这个时代和我们这个圈子里的艺术已经变成一个荡妇。这个比喻在最小的细节上也都非常妥切。我们的艺术也像荡妇一样不受时间的限制,也是永远涂着脂粉,也是随时可以出卖的,也是引诱人心而对人有害的。

真正的艺术作品只可能偶尔在艺术家的心灵中产生，那是从他所经历过的生活中得来的果实，正像母亲的怀胎一样。而伪造的艺术可以由师父和艺徒们连续不断地制造出来，只要有消费者。

真正的艺术不需要装饰，好比一位被丈夫钟爱的妻子不需要打扮一样。伪造的艺术好比是一个妓女，她必须经常浓妆艳抹。

真正的艺术产生的原因是想表达日积月累的感情的内心要求，正像对母亲来说，怀胎的原因是爱情一样。伪造的艺术产生的原因是利欲，正像卖淫一样。

真正的艺术所引起的后果是把新的感情带到日常生活中来，正像妻子的爱情所引起的后果是把新的生命带入人世一样。伪造的艺术所引起的后果是使人堕落，使人对快乐贪得无厌，使人的精神力量减弱。

这就是我们这个时代和我们这个圈子里的人应该明白的，明白了才能把自己从这腐败和淫乱的艺术的污秽洪流中拯救出来。

十九

人们所谓未来的艺术，是指那种似乎应该从社会上一个阶级的艺术中发展出来的特别精雅的新艺术，这种艺术现在被认为是最崇高的艺术。但是这种未来的新艺术不可能存在，也不会存在。我们基督教世界的上层阶级所特有的艺术已经走进了死胡同。沿着它所走的那条道路走下去是没有前途的。这种艺术一旦脱离了艺术的主要要求（即让它受宗教意识指引）而变得越来越为少数人所特有，因而越来越不正常之后，它就失去了任何意义。未来的艺术，实际上将会产生的那种未来的艺术，不会是现在的艺术的继续，而将在完全不同的新的基础上产生，这个新基础跟指引着我们现在的上层阶级艺术的那种目标之间毫无共通之处。

未来的艺术，换言之，将从流传在人们中间的整个艺术中选拔出来的那一部分艺术，不是传达只有富裕阶级的某些人才能体会的感情（现在的情况就是如此），而只能是体现当代人的最崇高的宗教意识。只有传达出把人们导向兄弟般团结的感情的作品，或者传达出能把所有的人联合起来的人类共有的感情的作品，才能算是艺术。只有这种艺术将突出在其他艺术之上，为人们所容许，受到人们赞扬，并到处流传。可是传达从人们的落后宗教理论中产生的感情的艺术，如教会的艺术、爱国的艺术、淫荡的艺术，传达迷信的恐怖、骄傲情绪、虚荣心、对英雄的颂扬等感情的艺术，激起只对自己民族的爱以及激起肉欲的艺术，都将被认为是坏的、有害的艺术，并将受到社会舆论的斥责和轻视。除此之外，其他一切艺术，传达只有少数一些人能体会的感情的艺术，将被认为是不重要的艺术，既不受人斥责，也不受人赞扬。一般说来，艺术的评价者不会像现在那样是个别的富人阶级，而将是全体人民。因此，如果一部作品想被人们认为是好的，想要到处流传并受人赞扬，它就不应该去满足某些处于相同的、往往不自然的情况下的人们的要求，而应该满足所有人的要求，满足处于自然的劳动条件下的全体人民——广大群众的要求。

产生艺术的艺术家也不像现在那样只是从全体人民的一小部分中精选出来的少数富人或者跟这些人接近的人，而将是全体人民中所有确能从事艺术活动并爱好艺术活动的有天才的人。

那时候，艺术活动将是所有的人都能参与的。这种活动之所以成为全体人民都能参与的，是因为第一，在未来的艺术中不但不要求有复杂的技术（这种技术使当代的艺术作品变得丑陋不堪，并须花费很多时间和紧张训练来获得），相反地，要求清楚、简明、紧凑，这些条件并不是靠机械的练习能够获得的，而是要靠趣味的培养来获得。第二，那时不再会有现在的只有某些人才能入学的专业学校，而在平民小学里，每一个人除了识字以外都将受到音乐和绘画的训练（唱歌和画图），这样，每一个人在受到绘画和音乐的基本训练之后,如果觉得自己在某一种艺术上有才能、有灵悟的话,就可以在这一方面深造,以臻完善之境。第三,现在花在虚假艺术上的一切力量都将转用于在全体人民中普及真正的艺术。

有人认为,如果没有专门的艺术学校,艺术的技巧就将降低。无疑的,技巧将会降低,如果我们所谓技巧是指现在被认为是优点的"艺术的复杂化"的话。但如果技巧是指艺术作品的清楚、美丽、简短、扼要的话,那么,即使专业学校没有,平民小学也不教基本的绘画和音乐,技巧非但不降低(这一点可以从全部民间艺术中看出),而且将百倍地臻于完善。技巧之所以会臻于完善,是因为现在隐藏在民间的一切天才艺术家将成为艺术事业的参与者而创造出真正的艺术新范作,不像现在那样需要复杂的技巧训练,他们有的是真正的艺术范例,真正的艺术新范作对艺术家来说照例将是最优秀的技术学校。任何一个真正的艺术家就连现在也不是在学校里而是在生活中学习的,是从伟大的大师们的范作中学习的。当艺术的参与者是全体人民中最有天才的人,范作也更多,而且更易为人们所接受的时候,未来的艺术家所缺少的学校训练将用艺术家从流传在社会上的无数优秀范例中所得到的训练来补偿而且绰绰有余。

这是未来的艺术与现在的艺术之间的差别之一。另一个差别在于未来的艺术不是由职业的艺术家创造的。职业艺术家因自己的艺术而获得酬劳,他们除了自己的艺术之外不再从事其他任何事业。未来的艺术将是人民中间任何一个人都能创造的,每一个人只要当他感觉到对艺术创作有要求,就可以从事这一活动。

在我们的社会里,大家认为一个艺术家如果在物质上有了保障,就会工作得更好,产生出更多的作品来。这种看法再一次明显地证明(如果还需要证明的话),在我们这些人中间被认为艺术的东西并不是艺术,而只不过是艺术的模仿物。下面这种说法是完全正确的:对一个皮鞋匠或面包师来说,分工是很有利的,皮鞋匠或面包师因为不需要自己筹办午饭和木柴,就能做出比他必须自己筹办午饭和木柴时更多的皮鞋和面包来。但是艺术并不是手艺,而是艺术家体验过的感情的传达。只有当一个人过着在各方面都很自然的、人们生来就应有的生活时,他心里才可能产生感情。因此,艺术家的物质需要的保障对艺术家的生产率说来是一个致命伤,因为它使艺术家可以不必具备一切人都具备的、为维持自己和别人的生命而跟自然做斗争的条件,从而使艺术家失去了体验人所固有的、最重要的感情的机会。再也没有一种情况能比生活有充分保障和奢侈(我们社会里的艺术家一般都处于这样的情况)更有损于艺术家的生产率了。

未来的艺术家将过着人们所过的平常的生活,他靠某一项劳动谋生。他将努力把浸渍他全身的那种崇高精神力量的果实交付给最大数目的人,因为把自己心里产生的感情传达给最大数目的人是他的乐趣和奖赏。未来的艺术家甚至无法理解,一个艺术家的主要乐趣既然在使自己的作品广泛流传,他怎么能够只为了一笔钱而交出自己的作品。

在没有把商人逐出圣殿之前,艺术的圣殿就不是一所圣殿。未来的艺术将把这些商人驱逐出去。

所以未来的艺术的内容,根据我的设想,同现在的艺术全不相像。未来的艺术的内容不是虚荣心、烦闷、厌倦,以及用各种可能的形式表现出来的淫荡之情等特殊感情的表达(这种种感情只有那些强使自己脱离人们生来就应有的劳动的人才能领会,才感兴趣),而是那些过着大家生来就应有的生活的人所体验过的、从当代的宗教意识中产生的感情的表达,或者将是所有的人毫无例外地都能领会的感情的表达。

我们这个圈子里不知道,不能或不想知道应该成为未来艺术的内容的那些感情的人以为,这样的内容同他们现在碌碌从事的那种为少数人特有的艺术的精美之处相比之下是很贫乏的。他们想:"在基督教的对他人的爱的感情领域内有什么新的东西可以表达呢？而所有的人都能领会的感情又是那样的微不足道和单调乏味。"其实，只有基督教的宗教感情和所有的人都能领会的感情才可能是当代真正的新的感情。从当代宗教意识中产生的感情，基督教的感情，是无限新鲜和多样的。不过这并不像有些人所想的那样，指描写基督和福音故事，或以新的方式重述基督的关于团结、友爱、平等、博爱的真理，而是指：人们一旦用基督教的观点观察从各方面看到的所有那些非常陈旧、平凡的生活现象，这些现象就会唤起极为新鲜的、想象不到的、激动人的感情。

还用什么能比夫妇之间的关系和父母子女之间的关系更陈旧的呢？还有什么能比人们对待同国人、异国人，对待侵犯、防御，对待财产、土地，对待动物的态度更陈旧的呢？但是人们一旦用基督教的观点认识这些现象，立刻就会产生无限多样的、极为新颖极为复杂的、激动人的感情。

表达出日常生活中大家都能领会的最纯朴的感情的未来艺术，其内容的范围也正是这样，不是在缩小而是在扩大。在我们从前的艺术中，一般认为只有某种特殊地位的人所固有的感情才值得用艺术来传达，而且这种感情一定要用最精细的、大多数人所不懂的方法来传达；而那庞大的整个民间儿童艺术的领域——笑话、谚语、谜语、歌曲、舞蹈、儿童游戏、模仿——却被认为是不配作为艺术对象的。

未来的艺术家将懂得，创作一篇使人感动的神话、一首歌谣，一些供人消遣的谐语、谜语，一个引人发笑的笑话，或者画一幅为世世代代的成千上万的儿童和成人所喜爱的图画，要比创作一些供富裕阶级的某些人作短时间消遣而此后将永远被遗忘的小说、交响曲或图画重要得多，有益得多。而这种表达纯朴的、大家都能领会的感情的艺术有着非常广大的领域，这一领域几乎还没有被触动过呢！

因此，未来的艺术不但不会变得贫乏，相反地，在内容上会无限地丰富起来。未来的艺术的形式也是这样，它不但不会比现在的艺术形式差，而且将比现在的艺术形式高明得无法相比。所谓高明，不是指精细复杂的技巧而言，而是指简明洗练地传达艺术家所体验过并想要传达的感情的技能。

记得有一次我跟一位作有关银河中星辰的光谱分析的公开演讲的著名的天文学家谈话，我对他说，如果他以自己的知识和演讲技巧来作一次有关初级天文学的公开演讲，只讲最熟悉的地球运行的问题，那该多好，因为在听他那有关银河中星辰的光谱分析的演讲的人当中，一定有很多人，特别是妇女，不完全知道为什么有日夜之分和冬夏之分。这位聪明的天文学家微笑着回答我说："是的，这样一定会更好，但是这样的演讲很难作，而作一次关于银河的光谱分析的演讲要容易得多呢！"

在艺术中也是如此，写一首叙述克娄巴特拉时代的事迹的叙事诗，或者画一幅尼禄焚毁罗马的画，或者写一部具有勃拉姆斯和理查·施特劳斯风格的交响曲，或者写一部瓦格纳风格的歌剧，要容易得多。可是要简明扼要地讲一个简单的故事，而且要讲得能传达出讲故事者的感情，或者用铅笔画一幅感动观众或使观众发笑的画，或者写四小节没有伴奏的简单明晰的旋律（它传达出一种情绪，使人听了就会记住），却要困难得多。

"现在要我们这些已经进化的人回复到原始状态，那是不可能的，"当代的艺术家们这样说，"我们现在不可能写出像俊美的约瑟、像奥德修那样的故事，不可能刻出像米洛斯的维纳斯那样的雕像，不可能创作像民歌那样的音乐。"

的确，这对当代的艺术家说来是不可能的，但是对未来的艺术家说来却不是不可能的，因为未来的艺术家不会懂得用技巧的改进来掩盖空洞内容的那种不正常的情形，而且未来的艺术家由于不是专业艺术家，不因自己的活动而得到酬报，就只有在感觉到自己有这种不可抑制的内心要求时才会创作艺术。

　　未来的艺术不论在内容上或形式上都将同现在所谓的艺术大相径庭。未来艺术的内容只可能是把人们引向团结或者现在正在使人们团结起来的那些感情,而艺术的形式将是所有的人都能理解的。因此,在未来,完美的理想不是只有几个人能体会的感情的特殊性,相反地,是感情的普遍性;不是形式的堆砌、不清晰和复杂(像现在一般所认为的那样),相反地,是表达的简明和洗练。只有当艺术像那样的时候,它才不会像现在这样给人消遣,叫人堕落,并为此让人花费最宝贵的精力;它将获得它所应有的性质,成为传达基督教的宗教意识(从理性的范畴到感性的范畴)的工具,借此把人们在实际生活中引向宗教意识为他们指示的完美和团结。

二十

结　论

　　我已经尽我所能地写成了占去我十五年光阴的谈我最关切的事物——艺术——的论著。我说这文章占去我十五年光阴,意思并不是说,我写了十五年之久,而只是想说,我十五年前就开始写艺术的论著,以为我一旦着手这一工作,就可以毫不间断地写下去,很快结束它。结果是,我关于这一论题的思想在那个时候还不明确,我还无法把我的思想表达得使自己满意。从那时起,我不断地思考这一论题,曾经有六七次动手写,但是每次在写了相当多之后,感觉到自己没有能力把这部著作写完,就丢在一边,半途而废。现在我已经结束了这部著作,不管我写得多坏,我总是希望我的基本思想,即关于我们这个社会的艺术走上的以及正在走的不正确道路、它走错路的原因以及什么是艺术的真正使命的基本思想,是正确无误的,因此我还希望,即使我的著作非常不完善,需要很多很多说明和补充,却不致于是徒劳无益的,而且艺术迟早会离开它现在所走的那条不正确道路。但是,为了实现这一切,为了使艺术有一种新的倾向,就必须使人类的另一项同样重要的精神活动——科学(艺术对科学经常有着密切的依赖关系)也像艺术一样地离开它现在所走的那条不正确道路。

科学与艺术之间有着非常密切的关系,好比肺和心一样,因此,如果其中一个器官有了毛病,另一个器官也就不可能正常地活动。

真正的科学研究一定的时代和社会里的人认为最重要的真理和知识,并使人们意识到这些真理和知识。艺术则把这些真理从知识的领域转移到感情的领域里。因此,如果科学所走的道路是不正确的,那么艺术所走的道路也将同样是不正确的。科学和艺术好比是从前在河上常见的所谓拖轮的那些平底船,船上带有拖船用的锚钩。科学就像那些船,它们向前开动,把锚钩往上一拉,准备前进,指引前进方向的是宗教,而艺术则好比是平底船上转动的绞盘,是它把平底船拖向锚钩一边,以完成前进的运动。因此,不正确的科学活动必然会引起同样不正确的艺术活动。

艺术一般说来是各种感情的传达,狭义地说,只有传达我们认为重要的感情的那一类我们才称之为艺术。同样,科学一般说来是各种各样的知识的传达,狭义地说,只有传达我们认为重要的知识的那一类我们才称之为科学。

然而为人们确定艺术所传达的感情和科学所传达的知识的重要程度的,则是一定的时代和社会里的宗教意识,换言之,是这一时代和社会里的人对自己的生活目的的共同认识。

凡是最有助于达到这一目的的东西,就最值得加以研究,并被认为是主要的科学。凡是不大有助于达到这一目的的东西,就较少被人研究,并被认为是较不重要的科学。凡是对达到人类生活的目的毫无帮助的东西,就完全不加以研究,即使加以研究的话,这种研究也不能算是科学。情况一向是这样的,现在也应该是这样的,因为人类的知识和人类生活的本质就是这样。但是当代上层阶级的科学不但不承认任何一种宗教,而且还认为任何宗教都不过是迷信,故而当代上层阶级的科学在过去和现在都不可能做到这一点。

因此,当代的科学家断定,他们平均地研究一切科学,但是,因为科学的种类太多(一切——这是指无穷的科目),要平均地研究一切是不可能的,于是,这只是理论上的断定而已。实际上研究的不是一切,也绝不是平均地加以研究。实际上研究的,从一方面来说,只是从事科学的人所需要的东西,而从另一方面来说,只是他们所喜爱的东西。上层阶级的科学家们更需要的是维持能使他们享受自己的优先权的那种制度。他们更喜爱的则是能满足他们的无聊的求知欲,不须要费什么脑筋就可以实际应用的东西。

因此,有一类科学,包括神学、适用于现存制度的哲学、历史学和政治经济学的主要任务在于,证明现存的生活秩序正是应有的一种,它是按照非人类意志所能左右的不变规律产生并继续存在下去。因此,任何想破坏这种生活秩序的企图都是不合法的和徒劳无益的。另一类科学,即实验科学,包括数学、天文学、化学、物理学、植物学以及一切自然科学的任务则只在于研究跟人类生活没有直接关系的稀奇古怪的东西,对这些东西的利用是有益于上层阶级人们的生活的。当代科学家们为了证明他们根据自己所处地位而进行研究的对象的选择是正当的,就想出一种同"为艺术而艺术"的理论完全相似的"为科学而科学"的理论。

按照"为艺术而艺术"的理论,凡是致力于我们喜欢的一切事物的,便是艺术。同样,按照"为科学而科学"的理论,凡是研究使我们感到兴趣的事物的,便是科学。

由此可见,一部分科学不去研究人们应该怎样生活才能达到人类的目的,却去证明现有的那种不良的和虚假的生活秩序是合法的,永恒不变的。而另一部分科学,实验科学,则研究单纯的求知欲的问题或技术的改进。

第一类科学的害处不仅在于它把人们的概念弄糊涂了,并作出了不正确的决定,而且还在于它存在并占据了真正的科学所应占的地位。它的害处在于,每一个人为了着手研究生活中最重要的一些问题,就必须在解决这些问题之前先驳倒生活中每一个最重要的问题上世世代代累积起来的那一大堆谎话,这些谎话都是人家绞尽了脑汁来维持的。

第二类科学是当代科学特别引以自傲的一类,被很多人认为是唯一真正的科学,它的害处在于把人们的注意力从真正重要的事物上引开,使他们转而注意微不足道的事物,此外,直接的害处是在第一类科学所维护、所确证为正当的那种虚假的制度之下,实验科学这一部门中的大部分技术上的成果都变成不是对人类有益,而是对人类有害的了。

要知道,只有献身于这项研究的人才觉得自然科学领域内的种种发明是非常重要和有益的。但是这些人之所以会有这样的感觉,只是因为他们不看自己的周围,而且也没有看见真正重要的东西。他们只要拿掉他们用以察看所研究的对象的那架心理的显微镜,然后看一看自己的周围,那么他们就会看到,所有那些使他们那样天真地感到骄傲的知识,且不说设想的几何学、银河的光谱分析、原子的形状、石器时代人的头颅尺寸等琐屑小事,就拿关于微生物、X光等知识来说,同那些被我们抛在一旁而任凭神学、法律学、政治经济学、财政学等等的教授们去歪曲的知识相比之下,是多么微不足道啊!只要向四周围看一下,我们就会看到,真正的科学所应有的活动不是研究偶然使我们感兴趣的东西,而是研究应该怎样建立起人类的生活,研究宗教、道德、社会生活等方面的问题,这些问题如果不解决,那么所有我们对自然界的认识便是有害的或微不足道的。

我们的科学使我们可能利用瀑布的力量,迫使这种力量在工厂里发动机器,或者我们在山里开了一条隧道,等等,——我们为这些事感到十分高兴和骄傲。可惜的是,我们利用瀑布的力量不是为了人民的利益,而是为了使那些从事生产各种奢侈品和杀人武器的资本家变得更富。我们把用来炸山开隧道的炸药用在战争中,我们不但不想抛弃战争,而且还认为这是必须的,就不断地准备战争。

如果我们现在能够进行白喉的预防注射,能够用 X 光在人体内找到一枚针,能够使驼背变直,能够医好梅毒,能够动极好的手术,等等,那么,即使这些都是毋庸争辩的,我们也不会因此而感到骄傲,如果我们充分理解真正的科学的真实使命的话。假使我们把现在花费在单纯好奇和实际应用的事物上的精力的十分之一,花费在建立人类生活的真正的科学上,那么现在的病人之中就有半数以上不会患现在大都不治的疾病,也就不会有那些在工厂里长大的恶病质的驼背儿童,不会有像现在那样高的儿童死亡率——百分之五十,不会有一代比一代堕落的现象,不会有卖淫现象,不会有梅毒,不会有几十万人死于战争,不会有疯狂和痛苦的种种惨状,而现在的科学却认为这些是人类生活的必要条件。

我们把科学这个概念大大地歪曲了,以至当我们提到科学能做到没有儿童死亡率、没有卖淫现象和梅毒、没有一代比一代堕落的现象、没有大屠杀的时候,当代人就感到奇怪。在我们看来,似乎只有当一个人在实验室里把液体从一个瓶子倒到另一个瓶子,或者分析光谱,或者解剖青蛙或海豚,或者用科学上的特殊用语来编织花纹模糊的、连他本人也不完全理解的神学、哲学、历史、法律学、政治经济学的花边(目的在于证明现有的情况正是应有的)的时候,这才是科学。

但是要知道,科学,真正的科学,的确值得受到最不重要的科学部门中的人所要求的那种尊重的科学,绝不是上面所说的科学。真正的科学在于懂得应该相信什么,不应该相信什么,应该怎样和不应该怎样建立起人类的共同生活,怎样建立性关系,怎样教养儿童,怎样利用土地,怎样自己耕种田地而不压迫别人,怎样对待外国人,怎样对待动物,以及人们生活中其他许多重要的事。

　　真正的科学从来是这样的,也应该是这样的。这样的科学现在正在萌芽。但是,一方面,这种真正的科学遭到所有维护现存生活秩序的学者们的否定和反驳,另一方面,它被那些从事实验科学的人认为是空洞和不必要的,认为是不科学的科学。

　　比方说,出现了一些作品和一些论调,证明宗教狂热症是已经过时和荒谬可笑的,必须建立起一种理性、合时的宗教世界观,而许多神学家就忙于驳斥这些作品,一再地煞费苦心,想出理由来维护那些早已过时的迷信。或者出现这样一种论调,说人民穷困的主要原因之一是西方存在的无产阶级没有土地的现象。看来,科学,真正的科学,应该欢迎这样的论调,并从这种主张里仔细推演出进一步的结论。但是当代的科学并没有做这样的工作,政治经济学却证明了相反的论调,即土地的所有权正像其他任何东西的所有权一样,应该日益集中在少数所有者手里,比如说,当代马克思主义者就这样断言。同样,真正的科学的任务似乎还在于证明战争和死刑是不合理和没有好处的,或者证明卖淫是不人道和有害的,或者证明使用麻醉剂和吃动物的肉是荒谬、有害和不道德的,或者证明爱国狂热症是不合理、非常有害和落后的。能完成这样的任务的作品是有的,但是它们都被认为是不科学的作品。而证明所有这些现象应该存在,或者研究同人类生活毫不相关的无聊求知欲问题的作品,却被认为是科学的作品。

　　从某些科学家提出的、大多数学者不否认或承认的理想中,可以非常清楚地看出,当代科学避开了它的真正使命。

这些理想不但表达在那些描写一千年后、三千年后的世界的愚蠢而时髦的小册子里,而且也从自命为严肃学者的社会学家的口中说出。这些理想就是,食物将不是靠耕种和畜牧来自大地,而将用化学的方法在实验室里做出来。人的劳动几乎将完全被自然力量的利用所代替。

一个人将不像现在那样吃他自己饲养的母鸡下的蛋,吃自己田里长出来的稻麦,吃从他多少年来辛苦栽培,亲眼看到开花、结果的树上摘下来的苹果,而将吃在实验室里靠许多人的共同劳动(他自己的一份微小的力量也参加在内)而做出来的美味和富有营养的食物。

人们几乎不必再劳动了,因此所有的人都将能够耽溺于现在的上层统治阶级所过的那种悠闲生活。

没有任何东西比这些理想更明显地指示出,当代的科学离开真正的道路有多远。

当代人极大多数没有足够的好食物(同样也没有足够的好住所和衣服以及一切最需要的东西)。而且这大多数的人都不得不损害自己的福利不断地过度劳动。只要消灭了互相间的斗争、奢华现象、财富的不合理分配,总的说来,只要消灭了虚假而有害的生活秩序,建立起人类的理性的生活,那么无论这种或那种灾祸不幸,都是很容易消除的。然而科学认为,现存的生活秩序就像星球运行那样是不可改变的,因此科学的任务并不在于说明这种秩序是错误的,要建立起新的理性的生活秩序,而在于在现存的秩序下使所有的人都有饭吃,并使他们可能像现在过着腐化生活的统治阶级那样地悠闲。

同时,有一件事被忘掉了,即用自己的双手在土地上种出来的稻麦、蔬菜和果子是最令人喜爱、最有益于健康、最容易消化和最自然的食物,锻炼筋骨的劳动是一个必不可少的生活条件,正像通过呼吸而完成的血的氧化一样地重要。

要想出一个方法,使人们在这财产和劳动的不合理分配之下能很好地靠着吃化学配制的食物过活,并能迫使自然力量代替自己工作,这就等于要想出一个方法来,把氧气打进住在空气很坏的封闭屋子里的人的两肺中去,而实际上只要把这个人从封闭的屋子里放出来就行了。

在植物界和动物界有着一个制造食物的实验室,比这更好的实验室任何教授都建立不起来,为了在这个实验室里享用果实,并为了参加这个实验室的活动,一个人只要经常投身于愉快而必要的劳动,没有这劳动,一个人的生活就很痛苦。本世纪的科学家们不把自己的全部力量用来消灭使人无法利用这些为之准备好的福利的障碍,却认为使人失去这些福利的那种情况是不可改变的。他们不去建立人们的生活秩序,使他们能愉快地劳动,能从土地里得到食物养活自己,却设法使人变成不自然的怪物。这一切好比不是把人从封闭的屋子里带出来,引他去呼吸新鲜空气,而是设法把他所需要的氧气量打进他的两肺中去,使他可以不住在家里而住在密不通风的地下室里。

假使科学不是走在不正确的道路上,这些不正确的理想就不可能存在。

然而艺术所传达的感情是在科学论据的基础上产生的。

那么这种走上了邪路的科学能够唤起怎样的感情呢?这种科学中的第一类,能唤起人类体验过的一些对我们这个时代来说是不好的和特殊的落后的感情。而第二类,研究就本质来说与人类生活毫无关系的事物的,根本不可能作为艺术的基础。

因此,当代艺术为了配得上称为艺术,就应该撇开科学而为自己开辟一条道路,或者接受被科学的正统部分所驳斥和否认的那种科学的指示。即使当艺术部分地执行自己的使命时,它所做的也正是这样的事。

应该抱着这样的希望:我在艺术上做了尝试的那桩工作,也会有人在科学上做一番,为人们指出,"为科学而科学"的理论是不正确的,并清楚地指出,必须承认真正的基督教学说。会有人以这种学说为基础对我们所掌握并引以为傲的知识重新作出评价,指出实验的知识是次要的和没有价值的,宗教、道德和社会的知识才是最重要的。这些知识不会像现在那样只由上层阶级领导,而将成为所有自由的、爱真理的人的主要研究对象,而这些人的见解不是经常同上层阶级相一致,而是同上层阶级相对抗的,他们推进了生活中真正的科学。

只有在数学、天文学、物理学、化学和生物学等科学,以及技术性的科学和医学能促使人们摆脱宗教、法律和社会的欺骗,为全人类而不是为一个阶级的福利服务的情况下,它们才会被人们研究。

只有在那个时候,科学才不再是现在那个样子——一方面是维持已经不合时宜的生活制度时所需要的一种诡辩主义体系,另一方面是一大堆无定形的知识,大都很少有什么用处或者一点用处也没有。到那时科学将成为一个严密有机的整体,有着大家都能理解的、合理的、确定的使命,即使人们意识到那些源出于当代宗教意识的真理。

只有在那个时候,经常以科学为转移的艺术将成为(它可能成为也应该成为)人类生活和进步的手段,同科学一样地重要。

艺术不是享乐、慰藉或娱乐。艺术是一桩伟大的事业。艺术是人类生活中把人们的理性意识转化为感情的一种手段。在当代,人们的共同的宗教意识是人类友爱和互相团结的幸福。真正的科学应该指示出这种意识在生活中的各种应用方式。艺术应该把这种意识转化为感情。

艺术的任务是重大的。艺术,真正的艺术,在宗教的指导和科学的协助之下,应该用人的自由而愉快的活动来求得人们和平共居的关系,而这种和平共居的关系现在是用法院、警察局、慈善机关、作品检查所等外来的措施维持的。艺术应该取消暴力。

只有艺术才可能做到这一点。

凡是现在不顾暴力和惩罚之可怕而仍然使人们可能共同生活的一切（当代生活秩序大部分都建立在这个基础上），都是艺术使然。如果艺术能够传达风俗习惯，例如怎样处理宗教事务，怎样对待双亲、儿女、妻子、亲戚、陌生人、异邦人，怎样对待长者、上司，怎样对待受苦人，怎样对待敌人、动物，而这些风俗习惯不但毫无强制性地为世世代代的千百万人所遵循，而且除了使用艺术以外不可能使用任何事物动摇它们，——那么，使用艺术同样也能够产生其他更切合当代宗教意识的风俗习惯。如果艺术能够传达对圣像、圣餐和国王的崇敬之情，背叛同志时所感到的羞耻之情，对旗帜的忠忱之心，因受凌辱而感到非复仇不可的愿望，为了建造和装饰圣殿而献出自己的劳动的那种要求，保护自己的名誉和祖国的光荣的那种责任感，——那么这同一种艺术也能够引起对每一个人的尊严以及每一只动物的生命的虔敬之心，能够使人因了奢华、因了暴力、因了复仇，以及因了利用别人所必需的事物来满足自己的要求而感到羞耻，使人们自由而愉快地、不自觉地为了替别人服务而牺牲自己。

艺术应该使现在只有社会上的优秀分子才具有的对他人的兄弟情谊和爱的感情成为所有的人习惯的感情和本能。宗教艺术以想象的情况在人们心里唤起兄弟情谊和爱的感情，由此在实际生活中使人们养成习惯，能在同样情况下体验到同样的感情，并在人们的心灵之中铺下轨道，使那些受过艺术培养的人可以自然地循着这轨道而行事。全人类的艺术把各种各样的人在一种共同的感情中联合起来，消除彼此间的区分，由此教育人们团结起来，不用理论而用生活本身向他们展示不受生活中障碍的限制而达到全人类大团结的那种欢乐之情。

在我们这个时代，艺术的使命是把人类的幸福在于互相团结这一真理从理性的范畴转移到感性的范畴,并且把目前的暴力的统治代之以上帝的统治,换言之,代之以爱的统治,而这对所有我们这些人来说是人类生活的最崇高的目的。

或许将来科学会为艺术指示出更新、更高的理想,而艺术将把这些理想付诸实现。但是在我们这个时代,艺术的使命是清楚而明确的。基督教艺术的任务在于实际人类的兄弟般的团结。

（1898）

丰陈宝 译

〔据《列夫·托尔斯泰文集》二十卷集,莫斯科版。〕

威·封·波伦茨①的长篇小说《农民》序

　　我的一个熟人,他的鉴赏力是我所深信的,去年让我阅读德国作家封·波伦茨的长篇小说《农民》。通读全书后,我为这样的作品出版两年左右却几乎不为人知而感到惊奇。

　　这部小说不是当代那么大量制造的假艺术品,而是一部真正的艺术作品。这部小说不属于那种对事物和人物的描写并无任何兴趣,只是因为作者在学会艺术描写的技巧以后想写一本新的小说,才把一些事物和人物彼此人为地结合在一起的作品;这部小说也不属于那种虽有戏剧或小说的外形,实际上却是有既定主题的学位论文——这种东西在当代也被大众当作艺术作品;这部小说也不属于所谓的颓废派作品——它们之所以为当代大众特别喜欢正是由于它们像疯子的胡言乱语,成为一种字谜,而猜谜乃是愉快的活动,并且被看作高雅的标志。

　　这部小说既不属于这种,又不属于那种,也不属于第三种,它是真正的艺术作品。在书中作者说的是他必须说的话,因为他热爱他所谈的事物,并且他不使用议论和含糊不清的譬喻,而是使用可以传达艺术内容的唯一手段,即诗的形象——也不是幻想的、离奇的、难以理解、没有内在必然性而彼此联结在一起的形象,而是最平凡最普通的人物和事件的写照,这些人物和事件则是以内在的艺术必然性而相互联系起来的。

　　这部小说不止是一部真正的艺术作品,还是卓越的艺术作品,

---

①　威·封·波伦茨(1861—1903),德国乡土文学作家。

它高度地集合着真正优秀的艺术作品的全部三个主要条件。

第一,它的内容是重要的,涉及农民、亦即大多数人的生活,他们是一切社会结构的基础,在现代,不止在德国,而且在所有欧洲国家里正经受着古老制度的严重变化(值得注意的是,几乎与《农民》同时出版了主题相同、虽则艺术性相差甚远却也相当不坏的一部法国长篇小说:Réné Bazin 的 *La terre qui meurt*①)。

其次,这部小说以出色的技巧和优美的德语写成,当作家让自己的人物用粗野而刚劲有力的劳动者的方言说话的时候,这语言就特别有感染力。

第三,这部小说整个地渗透着对作者所描写的那些人的爱。

例如书中有一章这样描写:丈夫同伙伴们通宵酗酒之后,清早回家敲门。妻子朝窗外望,看到了他,狠狠地骂他,故意耗着不让他进门。最后给他开门时,丈夫冲了进来,并想进里屋去,妻子却拦住他,为了不让孩子们看到父亲烂醉如泥的样子,把他往外推。但他抓住门框,同她打起架来。他平时是一个温和的人,现在却勃然大怒(恼怒的原因是,她前一天从他口袋里拿走了老爷们赏给他的钱,并且藏了起来),狂怒下他扑向她,揪住她的头发,要她还他的钱。

"不给,说什么也不给!"她反反复复说,竭力想从他手中挣脱出来。

这时,他愤恨得失去了控制,劈头盖脑地打她。

"死也不给。"她说。

"你不给!"他嚷着,把她推倒,自己也倒到她身上,继续向她要钱。因为没有得到回答,在醉后的狂怒中他竟想掐死她。但是,看到血从她头发中渗出,顺着脑门和鼻子淌下,他住了手。他对自

---

① 　法语:勒内·巴赞的《垂死的土地》。巴赞(1853—1932),法国作家、法兰西院士。《垂死的土地》发表于一八九九年。

己的举动感到害怕,松开了她,摇摇晃晃地好不容易挣扎到床边,倒了下去。

这个场面是真实而可怕的。但作者热爱自己的主人公们,添上了一个小小的细节,这个细节以如此耀眼的光芒顿时照亮了一切,使得读者不仅可怜这些人,并且热爱他们,而不顾他们的粗野和残暴。被痛打的妻子苏醒过来,从地上爬起,用衣服下摆擦着血迹斑斑的额头,揉着四肢,推开门,走向哭叫着的孩子们,去安慰他们,接着用眼睛寻找丈夫。他一倒下去就那样躺着不动了,不过,脑袋在床外倒挂着,满脸充血。妻子上前小心地扶起他的头,放到枕头上,然后才整整自己身上的衣服,理出一小撮被丈夫拔下的头发。

即使数十页的议论也说不尽这个细节所表现的一切。这里一下子向读者展示了由古风旧习培养起来的夫妻间应有的义务的意识,和沉着的决心的胜利,——不交出不是她所必需而是家庭所必需的钱。这里面既有委屈,也有对殴打的宽恕,既有怜悯,也有即使不是爱,也是对丈夫、对自己孩子的父亲的爱的记忆。但这样说还不够。这样一个细节,既展示了这个妻子和这个丈夫的内心生活,并且向读者展示了以前生活过和现在生活着的千百万同样的丈夫和妻子的内心生活。这个细节不仅启示读者去尊敬和热爱这些备受劳动折磨的人,而且使人去思索,为什么这些本来有可能过美好的爱情生活的身体强壮心灵健康的人那样被人遗弃,那样逆来顺受和愚昧无知。

在这部小说的每一章里都可以遇到只有热爱自己笔下的事物的作者才能展现出来的那些真正的艺术特点。

这部小说无疑是卓越的艺术品,凡是读过它的人都会同意这一点。然而这部小说出现在三年以前,虽然在我国它曾被译载《欧洲导报》,却不论在俄国和德国都全然没有引起注意。关于这部小说我在最近曾问过邂逅的几位德国文学家,他们听到过波伦茨这个姓氏,却没有读过他的这部小说,尽管大家都读过左拉近年写的长篇小说,吉卜林的短篇小说,易卜生的戏剧,邓南遮①,甚至梅特林克的作品。

约在二十年前马休·阿诺德②写过一篇关于评论的使命的卓越论文。依他的意见,评论的使命是,在写于任何地方和任何时间的东西中发现最重要的和最优秀的作品,并引导读者注意这种重要的和优秀的作品。

今天人们有看不完的报纸、杂志和书籍,广告又十分发达,因此我认为,这样的评论不仅很有必要,而且它能否出现,能否具有权威性,关系到我们欧洲有教养阶级的教育的整个未来。

任何物品的生产过剩常常是有害的。那些不是目的、只是手段的物品在被人们视为目的而生产过多时,就特别有害。

马和马车作为交通工具,衣服和房屋作为防御气候变化的手段,良好的食物作为维持体力的手段,都是有用的。但只要人们开始把掌握这些手段当作目的,认为尽可能更多地拥有马匹、房屋、衣服、食物是好事情,那么这些物品就不仅不是有益的,而且干脆是有害的。在我们欧洲社会的富裕阶层中,书刊印刷出版业也出现了这种情况。书刊印刷出版业对于缺乏知识的广大人民大众说来当然是有益的,而在富裕的人们的中间却早就成为扩散无知,而不是传播文明的主要工具了。

要确信这一点是很容易的。书籍、杂志,尤其是报纸如今已成为富有的大企业,为了使这些企业取得成功必须有最大量的顾客。而最大量的顾客的趣味常常是低下和粗俗的。因此,为使出版物备受欢迎,就必须使作品符合大多数顾客的要求,也就是要切合低

---

① 邓南遮(1863—1938),意大利作家,作品具有浓厚的颓废色彩。
② 马休·阿诺德(1822—1888),英国诗人、文学史家。

级趣味,适应粗俗的鉴赏力。报刊完全符合这些要求,对此具有充分的可能性,因为在报刊的工作人员中,正像在群众中那样,具有如此低级趣味和粗俗鉴赏力的人,远远多于具有高级趣味和精细鉴赏力的人。而在书籍出版业要推销、书刊是作为商品出售的条件下,这些工作人员因提供适合大众要求的作品而获得好的报酬,于是出版物就不断增加,以致泛滥成灾。且不谈这些出版物内容有害,光是它们的数量就成为教育的重大障碍了。

如果说今天让一个平民出身而又禀赋聪明、愿受教育的年轻人接触一切书籍、杂志和报纸,并且让他自己选择读物,那么情况肯定是这样:他在十年间天天读书不倦,而读的则全是愚蠢的、不道德的书。他遇到一本好书的可能性是那么小,正像要在一俄斗豌豆里找出一颗标有记号的豆子。而且最坏的是,尽读坏书,他会使自己的理解力和鉴赏力越来越反常,即使偶尔碰到一部好作品,也完全不能理解,或者会曲解它。

此外,由于偶然的情况或者广告做得巧妙,某些坏作品,例如 Hall Caine 的 *The Christian*① 那样的内容虚假又无艺术性的长篇小说竟售出百万册,正像"阿兰度"②或 Pears soap③ 那样获得与自己的品质不相称的盛名。这种盛名又使得越来越多的人去读这类书,于是,这种毫无价值、往往是有害的书籍的名声竟像雪球一样越滚越大,而在极大多数人的头脑里,也像雪球一样,造成了越来越大的概念混乱,以至完全不能理解文学作品的价值究竟何在。因此,报纸、杂志、书籍,总之,各种印刷品销售得越来越多,与此同时印刷品的质量也降得越来越低,而所谓有教养的广大读者群越来越沉溺于毫无希望的、自满的,因而是无可救药的愚昧无知

---

① 霍尔·凯恩的《基督教徒》。凯恩(1853—1931),英国小说家。

② 阿兰度是法国一家化妆品公司。

③ 英语:皮尔斯肥皂。

之中。

据我的记忆,五十年来,读者的鉴赏力和健全思想竟是这样惊人地每况愈下。可以从文学的各个领域来观察这种下降的情况,但我只限于指出某些较为显著又是我所熟悉的例子。譬如在俄国诗歌中,在普希金、莱蒙托夫之后(丘特切夫通常被人忘记),诗歌的荣誉最初转归颇可争议的诗人迈科夫、波隆斯基、费特,随后是毫无诗才的涅克拉索夫,随后是矫揉造作、平淡无奇的诗人阿列克谢·托尔斯泰,随后是平庸单调的纳德松,随后是十足无能的阿普赫京,后来则越来越混乱,出现了不可胜数的蹩脚诗人,他们甚至不知道什么是诗,也不知道他们写的东西是什么意思,又是为什么而写的。

另一个惊人的例子是英国的小说家们。从伟大的狄更斯,始而降低到乔治·艾略特,继之是萨克雷。从萨克雷到特罗洛普,再后来就开始出现吉卜林、霍尔·凯恩和赖德·哈格德之流的不屑一顾的赝制品。美国文学中的例子更为惊人:在伟大的群星——爱默生、梭罗、洛威尔、惠蒂埃等人之后一切突然中断,出现了装帧华丽、附有漂亮插图的长篇和短篇小说,但这些作品因为缺乏任何内容而不堪卒读。

当代有教养的群氓愚昧无知到这样的程度,以至认为古代的和十九世纪的所有真正伟大的思想家、诗人、小说家都过时了,已经不能适合现代人的高级和精致的要求了。他们或是以蔑视的态度,或是带着宽容的微笑来看待这一切。如今尼采的不道德、粗鲁、傲慢、前言不对后语的废话被当作哲学的最高成就;由诗格和韵脚联缀起来的形形色色的颓废派诗歌那些毫无意义的、人为做作的文字堆砌被当作第一流的诗歌,包括作者在内谁也不知道意义何在的剧本在所有剧院里上演,而冒充艺术作品的、既无内容又无艺术性的长篇小说则印行并销售数百万份。

"我应该读些什么来弥补我所受的教育的不足呢?"毕业于高

等院校的男女青年问道。

提出同样问题的还有已经学会阅读和理解读物内容的平民出身、寻求真正教育的人。

为了回答这样一些问题,光是向杰出人物提出他们认为哪一百种书是最好的这种天真的问题当然是不够的。

我们欧洲社会中存在的、为大家所默认的做法,即把所有的作家分成一流、二流、三流诸等级,分成天才的、绰有才华的、有才华的和一般好的,同样无济于事。这样区分不仅无助于真正理解文学的价值,无助于在多如牛毛的坏书中寻找好书,反而更加碍事。更不用说这种等级划分本身往往不可靠,其所以能够保持至今,无非因为这样划分为时已久,并且为大家所接受。即使不谈这一点,这样的划分也是有害的,因为被认为是第一流的作家也有很差的作品,而最末流的作家的某些作品却十分出色。因此,一个人如果相信这种把作家分为等级的做法,并且相信第一流作家的一切作品全是好的,而三四流的或者默默无闻的作家的一切作品全是差的,那只能使自己的理解陷于混乱,只会丧失许多有益的和真正有教育意义的东西。

对于当代有教养阶级中寻求教育的青年或者平民出身寻求启蒙的人的最重要问题,能够给以回答的只有真正的评论——不是目前存在的、蓄意赞美出名的作品,并依据这些作品而杜撰出为之辩护的含混不清的哲学和美学理论的那种评论,也不是耍些小聪明去嘲弄坏作品或异己阵营的作品的那种评论,更不是在我国过去和现在盛行的、旨在依照某几个作家塑造的典型来确定社会发展的方向,或者总是以文学作品为由头来说出自己的经济思想和政治思想的那种评论。

在写成的所有作品中应该读什么?能够回答这个十分重要的问题的只有真正的评论,这种评论,正如马休·阿诺德说的,目的在于向人们推荐并指出以往的和当代的作家的创作中的一切精华。

　　是否出现这种大公无私、不属于任何党派的、理解并热爱艺术的评论,能否确立它的权威使之胜过金钱的广告,——依我看来,这将决定下列问题如何得到解决,也就是,在我们的所谓有教养的欧洲社会里,教育的最后光芒是趋于熄灭、不向人民大众普及呢,还是会像中世纪复兴过的那样复兴起来,并普及于现在没受过任何教育的大多数人民之中。

　　波伦茨的这部卓越的长篇小说,正像淹没在汪洋大海般的低劣出版物中的其他许多杰作那样,在大众中默默无闻,而那些毫无意义、渺不足道,甚至干脆是极坏的文学作品,却被反复讨论,始终得到赞赏,并销售数百万册。由此我萌生这些想法,并利用这个我将来未必能够再次遇到的机会把它们说了出来,哪怕是简单地谈谈也好。

（1901）

陈　桑　译

〔据《列夫·托尔斯泰文集》二十卷集,莫斯科版。〕

论莎士比亚和戏剧

一

欧·克罗斯比先生论莎士比亚对劳动人民的态度一文①引起我的一种想法，要说出我久已形成的关于莎士比亚作品的见解，这见解同全欧有关他的定论是全然相反的。回忆起自己由于完全不赞同那种普遍的崇拜而多次经历的一切内心斗争、怀疑、强作理解和使自己在观点上改弦更张的努力，并且认为许多人过去和现在都有同样的感受，因此我想，把我同大多数人相左的意见明确而坦率地说出来，是不无益处的。特别是我觉得，在分析我与公众的定论分歧的原因时，我所得出的结论，并非毫无趣味和意义的。

我同有关莎士比亚的定论的分歧，不是偶然兴至或轻率论事的结果。多年以来，我坚持不懈地作过种种尝试，要使自己对莎士比亚的看法同基督教世界一切有识之士的定见趋于一致，而我的分歧的见解正是这些尝试的产物。

还记得初读莎士比亚作品时所感到的惊异心情。我曾预期获得很大的审美享受。可是当我一本接一本地阅读人所公认的他的杰作《李尔王》《罗密欧与朱丽叶》《哈姆莱特》和《麦克白》之后，我不仅没有体味到快感，反而感到一种难以抑制的厌恶和无聊；我还困惑不解：我把整个知识界公认的尽美尽善的杰作看成渺不足

---

① 欧内斯特·克罗斯比(1856—1905)，美国作家，写过有关列·托尔斯泰的论著。这里指的是他的《莎士比亚和工人阶级》一文。

道、简直是很糟的作品，是我疯了，还是这个知识界所妄加于莎士比亚的作品的意义是荒谬绝伦的呢？我的困惑还由于我向来能够生动地感受各种诗歌的美而加深了。为什么举世公认为天才的艺术品的莎士比亚的剧作，非但不使我喜欢，反而令我厌恶呢？我久久不能自信。五十年来，为了检验自己的看法，我曾多次听人劝告，以一切可能的方式：从俄译本、英文本，从施莱格尔的德译本①来读莎士比亚的作品。我把悲剧、喜剧、历史剧读了好几遍，可是依然确切无疑地得到同样的感受：厌恶、无聊和困惑不解。现在，在撰写本文之前，我，一个七十五岁的老人，希望再一次检验自己的看法，重读了莎士比亚的全部作品：从《李尔王》《哈姆莱特》《奥瑟罗》到关于亨利的几个历史剧、《特洛伊罗斯与克瑞西达》、《暴风雨》和《辛白林》，却更强烈地体验到那同样的感觉，不过已经不再是困惑不解，而是坚定无疑地确信，莎士比亚所享有的无可争辩的天才的伟大作家的声望，以及它迫使当代作家向他效颦，迫使读者和观众歪曲了自己的审美的和伦理的见解，在他的作品中寻找本不存在的优点，像所有的谎言一样，是巨大的祸害。

我固然知道，大多数人是那么相信莎士比亚伟大，以致在读了我的这篇议论以后，不会认为它有可能是公允的，甚至会全然置之不理，而我仍然尽力之所逮，指出我为什么认为，不仅不能把莎士比亚看作伟大的、天才的作家，甚至不能看作最平常的文人。

因此，我选定《李尔王》作例子。这是最受赞扬的莎士比亚的悲剧之一，批评家大多众口一辞激赏它。

约翰逊②博士说："悲剧《李尔王》在莎士比亚的戏剧中是值得充分赞赏的。也许再没有一部剧作能这样强烈地引人注意，这

---

① 奥古斯特·施莱格尔(1767—1845)，德国文学评论家、语言学家、翻译家。所译莎士比亚作品(九卷)被誉为名译。

② 塞缪尔·约翰逊(1709—1784)，英国文学评论家、文学史家、诗人。曾主编八卷本的《莎士比亚集》(1765)，撰写总序及各剧引言。

样强烈地激发我们的热情,唤起我们的好奇心。"

哈兹里特①说:"我们真想避开这部剧作,绝口不去谈它。因为关于它我们所能说的一切,不仅不够充分,而且远不及我们已经形成的对它的看法。企图描述这部戏剧或它动人心弦的印象,那真是孟浪(mere impertinence)。尽管如此,我们还得谈几句。我们要说,这是莎士比亚的杰作,与他的其他剧作比较,是他最关切的一部作品。(he was the most in earnest)"

哈勒姆②说:"如果说虚构上的独创性不是莎士比亚全部剧作的共同特色,因而承认某部作品最富于独创性便是否定其他作品的话,那么,我们可以说,莎士比亚的天才的最光辉的各个方面,在《李尔王》中表现得最为鲜明。较之《麦克白》《奥瑟罗》,甚至《哈姆莱特》,这部悲剧是最违反悲剧的规范的,但它的情节安排得更为巧妙,而且像这些剧作一样,显示了同样的几乎超人的灵感。"

雪莱说:"《李尔王》可以被认为是全世界戏剧艺术最完美的典范。"③

斯温伯恩④说:"我真不想谈莎士比亚的《亚瑟》⑤。在莎士比亚的作品世界里,有一两个人物是任何言辞都不足以形容的。考狄利娅就是这样的人物。这类人物在我们的内心和生活里占有一个难以言喻的位置。我们划归他们的心灵深处的一角,是日常生活的光亮和喧嚷所不能进入的。在人类高级艺术的庙堂里,正如在人类的内心生活里,有一些不为肉眼凡踪开放而建立的小龛。爱情、死亡和回忆默默地给我们保留了某些心爱的名字。当然,这

---

① 威廉·哈兹里特(1778—1830),英国文学评论家、散文家、画家。莎士比亚研究者。

② 亨利·哈勒姆(1777—1859),英国史学家。

③ 引自雪莱的悲剧《钦契》序(1819)。——俄文版编者注

④ 查尔斯·斯温伯恩(1837—1909),英国诗人、文学批评家。

⑤ 亚瑟是莎士比亚的历史剧《约翰王》中的人物。莎士比亚没有以"亚瑟"命名的作品。

是天才的最高荣誉,诗歌的奇迹和最伟大的才华,它能在我们铭诸内心的记忆里,增添新的诗作的名字。"①

维克多·雨果说:"Lear c'est l'occasion de Cordelia；La maternité de la fille sur le père；sujet profond；maternité vénérable entre toutes, si admirablement traduite par la légende de cette romaine, nourrice, au fond d'un cachot, de son père vieillard. La jeune mamelle près de la barbe blanche il n'est point de spectacle plus sacré. Cette mamelle filiale, c'est Cordelia.

Une fois cette figure rêvée et trouvée, Shakespeare a créé son drame... Shakespeare, portant Cordelia dans sa pensée, a créé cette tragédie comme un Dieu, qui ayant une aurore à placer, ferait tout exprès un monde pour l'y mettre."②

勃兰兑斯说:"在《李尔王》里,莎士比亚一览无遗地测量了恐怖的深渊。面对这种景象,他的心灵既没有感到战栗晕眩,也没有感到虚弱无力。站在这个悲剧面前,你会有一种近乎崇拜的情感,正像你站在装饰着米开朗琪罗的天顶画的西斯廷教堂门口所体验到的那种情感。区别只在于,在这里,情感要痛苦得多,哀号要响亮得多,美的和谐也更剧烈地为绝望的不和谐所破坏。"③

评论家们关于这部剧作的意见就是这样。因此,我认为,选取

---

① 引自斯温伯恩的《在莎士比亚的创作室里》。——俄文版编者注

② 法语:"在《李尔王》中主要的是考狄利娅。女儿对父亲的母性的爱——这是含义深刻的主题。这种母爱是最值得崇敬的。它在关于一个罗马少女的迷人传说中曾流传过。她在狱中以乳汁喂养老父。这个救活快要饿死的白发老人的少女的乳房是无比神圣的景象。考狄利娅就是这个少女的化身。

　　"当莎士比亚刚一找到他所萦思的形象时,他就创作了这部剧剧……莎士比亚构思了考狄利娅的形象,就写出了这个悲剧,正像上帝为了有地方让朝霞升起,特地创造了整个世界。"[引自雨果的《威廉·莎士比亚》(1864)一书。——俄文版编者注]

③ 引自勃兰兑斯的《莎士比亚,他的生平和作品》一书。——俄文版编者注

该剧作为莎士比亚的优秀剧作的范本,是不会错的。我将尽可能公允地叙述这部剧作的内容,然后指出,为什么这部剧作并不像学识渊博的评论家们所断言的那样,是尽美尽善的杰作,而完全是另一种东西。

<h2 style="text-align:center">二</h2>

《李尔王》一剧以肯特和葛罗斯特两位廷臣谈话的场面开始。肯特指着在场的那个年轻人问葛罗斯特,这是不是他的儿子。葛罗斯特说,他曾多次为承认他是自己的儿子而脸红,现在他不再脸红了。肯特说不明白他的意思。于是葛罗斯特就当着自己儿子的面说:"您不明白,这个儿子的母亲可明白,她肚子大了,在床上没有丈夫之前,在摇篮里却先有了儿子。""我还有一个合法的儿子,"葛罗斯特接着说,"这个畜生虽然过早地闯到世上,可他的母亲是个美人儿,there was good sport at his making,①因此,这孽种我不能不承认他。"②

这就是开场白。且不说葛罗斯特的这些话很下流,它们出诸这位应该显示其高尚品质的人之口也不恰当。不能赞同某些评论家的意见,他们认为葛罗斯特的这些话是为了道出使私生子爱德蒙深以为苦的那种人的蔑视。如果真是这样,那么,首先,人们的这种蔑视不必由当父亲的来说;其次,爱德蒙在自己的独白中诉说人们因他是私生子而蔑视他时,应该提到他父亲的这些话。但却

---

① 英语:我们在制造他时,曾经有过一场销魂的游戏。(据朱生豪译本)
② 莎士比亚的剧作有许多版本,虽无重大歧异,却也不无出入。托尔斯泰所据的《李尔王》等剧的版本,与我国朱生豪和卞之琳二位先生的译本(均人民文学出版社版)都有出入之处。为求译文忠于托尔斯泰的原著,对于其中涉及莎士比亚的剧本的引文及有关情节、道白、细节等,一概以托尔斯泰的论文为主,参照上述两个译本译出,有时直接借用两个译本的译文。除个别地方外,下文不再一一注明。

没有。因此,显然,葛罗斯特在剧本开头说的这些话,目的只是在于以插科打诨的方式告诉观众,葛罗斯特有一个合法的儿子,还有一个私生子。

在这之后,喇叭吹响了,李尔王同他的女儿和女婿们上场,李尔王说,他年老倦勤,要摆脱世务,把他的王国分给女儿们。为了要知道该给哪个女儿多少,他宣布,哪个女儿对他说爱他胜过别的女儿,他就给她最大的一份。大女儿高纳里尔说,没有语言能表达她的爱心,她爱父亲胜过自己的眼睛,胜过空间和自由,她爱他爱得呼吸都很困难。李尔王立即在地图上划给这个女儿她的一份带有田野、森林、河流和牧场的土地,再问第二个女儿。二女儿里根说,她的姐姐真实地表达了她自己的感情,却还不够充分。她里根是那样地爱父亲,以至除了这种爱,一切都使她厌恶。李尔王也赏赐了这个女儿,又问他心爱的小女儿,用他的话来说,这女儿很使法兰西的葡萄酒和勃艮第的乳酪发生兴趣,也就是说,法兰西国王和勃艮第公爵正在向她求婚。他问小女儿考狄利娅,她是怎样地爱他。考狄利娅是一切美德的化身,正如她的两个姐姐是万恶的化身一样。她完全不合时宜地、仿佛是故意要激怒她父亲似的,说她虽然爱他,尊敬他,感激他,但要是她出了嫁,她的爱就不会整个地属于父亲,她还要爱她丈夫。听了这些话,国王勃然大怒,立时用各种最可怕和最古怪的诅咒骂自己心爱的女儿,例如说,从此他将像爱他原先的小女儿一样地爱那啖食自己子女的生番。"The barbarous Scythian, or he that makes his generation messes to gorge his appetite, shall to my bosom be as well neighboured, pitied, and relieved as thou, my sometime daughter."①

廷臣肯特为考狄利娅辩护。为了使国王恢复理智,他责备

---

① 英语:啖食自己儿女的生番,比起你,我的旧日的女儿来,也不会更令我憎恨。(据朱生豪译本)

他不公正,并以合情合理的语言谴责阿谀奉承的危害。李尔王不听肯特的忠告,以死亡相威胁,把他赶走,并叫来那两位求婚者:法兰西国王和勃艮第公爵,先后请他们不要嫁奁娶走考狄利娅。勃艮第公爵直截了当地说,没有嫁奁就不娶考狄利娅。法兰西国王娶了没有嫁奁的考狄利娅,把她带走了。此后两个姐姐当场商量,准备欺负刚刚赐给她们疆土的父亲。第一场就此结束。

且不谈李尔王的语言和莎士比亚笔下所有国王说的一样,夸张而缺乏个性,读者或观众不会相信,国王再老再呆,竟会听信与他一起度过一生的两个狠毒的女儿的话,而不信他心爱的小女儿的话,反而诅咒她并把她撵走;因此,观众或读者不可能同这个不自然的场面里的人物的感情产生共鸣。

《李尔王》第二场开始时,葛罗斯特的私生子爱德蒙正在自言自语,议论人世间的不公平,把权益和尊敬都给了合法的孩子,而剥夺私生子的这一切,他决计害死爱德伽以取得他的地位。为此他伪造了一封爱德伽给他的信,在信中爱德伽似乎有意要杀害父亲。等父亲来到时,爱德蒙又仿佛是违背自己意愿,把信给他看,而父亲又马上相信他所钟爱的儿子爱德伽会想杀害他。父亲走后,来了爱德伽,爱德蒙向他暗示父亲由于某种原因要杀死他,爱德伽也马上信以为真,躲避着父亲。

葛罗斯特和他两个儿子间的关系以及这些人物的感情同李尔和他女儿们之间的关系一样不自然,甚至更不自然,因此,比起对李尔和他女儿们的关系,观众更难以设身处地去体会葛罗斯特和他儿子们的心境,更难与他们发生同感。

在第四场中,李尔已经住在高纳里尔府邸,见逐于他的肯特来见他。肯特乔装打扮,李尔竟认不得他。李尔问:"你是谁?"不知怎的肯特用全然不符合他身份的弄人的口吻回答说:"我是一个正直汉子,而且像国王一样穷。"李尔说,"要是你做臣民的也像做国王的一样穷,那么你也可算得是真穷了。"国王问:"你多大年纪了?"肯特答道:"说年轻也不算年轻,不会为了女人害相思;说年老也不算年老,不会听凭女人摆布。"对此国王说:"要是我在午饭以后还是这么喜欢你,那我就让你服侍我。"

这些道白既非源自李尔的处境,也非源自国王和肯特的关系,其所以让李尔和肯特说这些话,显然只是由于作家认为这些话既俏皮又好玩。

来了高纳里尔的管家,对李尔很不礼貌,于是肯特把他绊倒在地。国王始终未认出肯特,为此赏给他钱,还留下他侍候自己。这以后弄人来了,他和国王之间便开始了全然不符合当时情况、毫无意义、无非是玩笑逗乐的长时间的谈话。例如,弄人说:"给我一个蛋,我给你两顶冠(crowns)。"国王就问:"两顶什么冠(crowns)?"弄人说,"一个鸡蛋分两半。我把鸡蛋切开,吃掉蛋黄。你把自己的王冠(crown)从中间剖成两半,把两半全都送给人家,你这是背着驴子过泥潭;当你把自己的金冠(crown)送人时,你这光秃秃的脑盖(crown)里面就是没有一点脑子。我说的是自己的话,谁要是这么想,就让他挨一顿鞭子。"

如此这般地进行着长时间的对话,使得观众和读者在听到并不可笑的笑话时感到十分别扭。

这些对话因高纳里尔到来而打断了。她要求父亲减少自己的侍从,不要原来的一百名内侍而满足于五十名内侍。听了这建议后,李尔爆发了一阵古怪的、不自然的愤怒,他问:谁认得他?"这不是李尔,"他说,"难道李尔是这样走路,这样说话的? 他的眼睛在哪儿? 我是在睡梦中还是醒着? 谁能告诉我:我是什么人? 我是李尔的影子"等等。

同时,弄人不断地用他那并不可笑的笑话插嘴。来了高纳里尔的丈夫,想安慰李尔,而李尔则诅咒高纳里尔,呼吁神灵使她终生不育，或是让她生个忤逆的孩子，用冷笑和蔑视报答她当母亲的劬劳，让她看看忘恩负义的孩子所带来的全部凄惨和苦痛。

这些话表达了真实感情，假如只说这些，是很感动人的。可这些话被李尔说个不停的一长串全然不恰当的、夸张的言辞所淹没了。他不知道为什么一会儿呼唤云雾和风暴降落到他女儿头上，一会儿希望诅咒能穿透她的五官百窍，一会儿又对自己的眼睛说，要是它们流泪，他就要把它们挖出来用带咸味的泪水和泥土拌在一起等等。

此后李尔又派肯特——他依然没有认出他——去给另一个女儿送信，同时，尽管他刚刚表示那样的绝望，却还和弄人闲聊，逗引他说笑话。这些笑话仍然毫不可笑，除了使人因听见蹩脚的俏皮话而体验到近乎羞愧的不快之感外，还以其冗长而令人无聊。譬如，弄人问国王说：你知不知道，为什么一个人的鼻子长在脸的中间？李尔说不知道。"因为中间放了鼻子，两旁就可以安放眼睛；鼻子嗅不出来的，眼睛可以看个仔细。"

"你能说出来，牡蛎是怎样造它的壳吗？"弄人又问。

"不能。"

"我也不能，可我知道，牡蛎为什么背着一个屋子。"

"为什么？"

"为了藏它的头。当然不是为了把它的房子送给自己的女儿，害得自己连犄角都没地儿安顿。"

"我的马备好了没有？"李尔说。

"你的驴子正为它们奔忙呢。为什么北斗七星只有七颗？"

"因为它们不是八颗。"李尔说。

"你会成为一个出色的丑角。"弄人说，以及如此等等。

继这一冗长的场面之后来了一个侍臣，报告马已备好。弄人说：

"She that is a maid now, and laughs at my departure, shall not be a maid long, unless things be cut shorter."①说罢就下场了。

第二幕第二场②开始时,恶棍爱德蒙正劝说哥哥,要他当父亲来到时佯装和他用剑决斗。爱德伽答应了,虽然他丝毫不明白为什么非这么做不可。父亲来时发现两个儿子正在搏斗,爱德伽逃走,爱德蒙把自己的手臂划出血来,让父亲相信,爱德伽念咒语要咒死父亲,还劝说爱德蒙帮助他,而他爱德蒙拒绝了,于是爱德伽就向他扑了过来,刺伤了他的手。葛罗斯特全都信以为真,咒骂爱德伽,并把合法长子的所有权益都转给了私生子爱德蒙。公爵知道了此事也给爱德蒙奖赏。

在第二场里,在葛罗斯特堡邸前,李尔的新仆人肯特(仍然没被李尔认出来)毫无理由地辱骂奥斯华德(高纳里尔的管事),并对他说:"你是奴才、骗子、走狗;下贱的、傲慢的、浅薄的、叫化的,一年领三套衣服的③、全部家私不到一百镑的、卑鄙龌龊的、穿粗毛线袜子的奴才,一种杂种老母狗的崽子"等等,并拔出剑来,要奥斯华德同他搏斗,还扬言要把他制成 a sop o'the moonshine④,——这些词儿是任何注释者所无法解释的。当别人阻止他时,他继续骂出各种极其稀奇古怪的话,例如,说他奥斯华德是一个裁缝做出来的,因为无论石匠或是画匠都不会把他做得这么糟,即使这门手艺他们才干过两个钟头。还说,要是允许他的话,他要把奥斯华德这个流氓捣成一堆泥浆,用它来刷茅厕的墙。

---

① 这一段朱生豪译本译为:"哪一个姑娘笑我走这一遭,只要没有什么变化,她的贞操眼看就保不牢。"与此略有出入。

② 第二场当为第一场之误。

③ 仆人每年领三套衣服。(据卞之琳先生译本)

④ 朱生豪译《李尔王》把此句译为:"把他在月光底下剁得稀烂。"卞之琳译本为"搞成个月光泡'卧果儿'"。

就这样，这个谁也没有认出来的肯特（虽然国王、康华尔公爵和当时在场的葛罗斯特都应该跟他很熟）以李尔的新仆人的身份一直胡闹到被人抓住，套入足枷①为止。

第三场发生在森林中。爱德伽逃避父亲的迫害，躲藏在那里。他向观众诉说，有这样一些疯子、傻子，他们赤身裸体，到处行走，用刺用针往自己身上乱戳，怪喊怪叫，乞求布施；又说，为了躲避迫害，他要装成这么个疯子。对观众说罢这些话，他就下场了。

第四场的地点还是在葛罗斯特的城堡前。李尔和弄人上场。李尔见肯特锁在足枷上（依旧没有认出他是肯特），勃然大怒，因为他们胆敢这样侮辱他所派遣的人，他要公爵和里根出来见他。弄人在一旁说自己的俏皮话。李尔好不容易压下自己的怒气。公爵和里根来了。李尔诉说高纳里尔的不是，里根却为姐姐辩护，李尔咒骂高纳里尔。当里根对他说，他还是回到姐姐那里去为好时，他发怒说："什么话，我得求她饶恕吗？"于是跪到地上，表示如果他卑躬屈膝地恳求女儿赐给他衣食，那会是怎样有失体统。他又用各种极其稀奇古怪的诅咒咒骂高纳里尔，并且问，是谁敢把他所派遣的人锁进足枷？里根还没来得及答话，高纳里尔来了。李尔更加恼怒，重又咒骂高纳里尔。当他听说是公爵命令给肯特上的足枷时，他什么话也没说，因为就在这时里根告诉他，她现在不能接待他，要他回到高纳里尔那儿去，一个月以后她再接待他，不过他不能带一百名侍从，只能带五十名。李尔又咒骂高纳里尔，不愿意去她那儿，还是希望里根接纳他，让他带全部一百名侍从，但是里根说，要她接纳，只许带二十五名侍从。于是李尔决定回到高纳里尔那里去，因为她允许带五十名侍从。当高纳里尔说即使二十五名也多了的时候，李尔就发了一通议论，认为所谓多余、足够都

① 当时的足枷大约是很笨重的刑具，所以下之琳译本先是说"抬出"脚枷，随后说"纳入"脚枷；朱生豪译本则说"套入"足枷。

是相对的概念,人如果除了必需品之外什么也没有,他就和畜生没有区别了。这时的李尔,还不如说是那个扮演李尔的演员,就对观众中一位衣着华丽的太太说,她的盛装艳饰也并不是必需的,因为它们并不能让她温暖。接着他又大发雷霆,说他将要干出一些令人害怕的事情来向女儿们复仇,但他是不会哭泣的,于是就下场了。可以听见正在来临的暴风雨声。

第二幕就是这样,它充满了不自然的事件和更不自然的、并非本乎人物处境的道白,而以李尔和他女儿们的一场结束;这一场要不是夹杂了许多出自李尔之口的夸张到十分荒唐、极不自然,尤其是毫不相干的道白,那么也许会是感人至深的。李尔在傲慢、愤怒和希望女儿让步之间犹豫不决的情景本来是令人感动的,但却被下文他说的许多不合情理的话所破坏了。他说什么要是里根不高兴看见他,他就要跟她已故的母亲离婚,还说他要呼唤毒雾降临到他女儿头上,还说既然天神也是老人,他们就应该庇护老人,以及许多诸如此类的话。

第三幕一开场就是雷电、暴风雨,据出场人物说,这是一场从未有过的特大的暴风雨。在荒原上,一个侍臣对肯特说,被女儿们赶出家门的李尔一个人在荒原上奔跑,拽下自己的一丝丝白发往狂风里抛。只有弄人一路跟随着他。肯特则告诉侍臣,两个公爵之间发生了争吵,法兰西军队已从多佛登陆。说罢,他把这个侍臣派到多佛去见考狄利娅。

第三幕第二场也发生在荒原上,不过不是在肯特遇见侍臣的地方,而是在另一处。李尔在荒原上一面行走,一面说些应该是表示他的绝望心情的话。他要风猛烈地吹,吹裂自己的(风的)脸颊;他要雨倾注下来淹没一切,要闪电烧焦他白发的头颅,要霹雳劈碎大地,把繁殖忘恩负义的人类的全部种子消灭干净。弄人也在一旁推波助澜,说些更加荒唐的话。肯特来到了。李尔说,在这场暴风雨中会找到所有的罪人,并将揭露他们。依然没有被李尔认出来的肯特,劝李尔去茅屋避雨。这时弄人说了些对这境况很不合适的预言,于是他们一起下场。

第三场又转到了葛罗斯特的城堡里。葛罗斯特告诉爱德蒙,法兰西国王已经带着军队登陆,他自己要去帮助李尔。爱德蒙得知这一消息后,就决定控告自己的父亲阴谋叛变,为的是取得他的遗产。

第四场又是在荒原上,在茅屋前面。肯特请李尔进茅屋去,李尔却回答说,他用不着躲避暴风雨,他没有感觉到它,因为女儿们忘恩负义在他心中激起的暴风雨压倒了一切。这种又是以朴素的语言来表达的真实情感本来是能引起人们同情的,可是它掺杂在无休无止的夸张的胡话中间就难以为人注意,因此便失去了自己的意义。

要让李尔进去的茅屋,原来就是乔装疯子、赤身裸体的爱德伽在其中躲藏的那一座。爱德伽正从屋里出来,虽然所有人都认识他,却没有一个人认出他,正如人人都没有认出肯特一样。于是爱德伽、李尔和弄人开始说毫无意义的话,说说停停,占了六页。在这一场中间来了葛罗斯特,同样既没有认出肯特,也没有认出自己的儿子爱德伽,他向他们说,他儿子爱德伽想杀害他。

这个场面为葛罗斯特城堡里的另一场面打断了。爱德蒙正在告发自己的父亲,公爵则答应给葛罗斯特以惩罚。情节又转到了李尔那里。肯特、爱德伽、葛罗斯特、李尔和弄人正在农舍里交谈。爱德伽说:"弗拉特累多①在叫我,告诉我尼禄②在冥湖里钓鱼。"……弄人说:"伯伯,告诉我,谁是疯子,是贵族还是农民?"失去理智的李尔说,疯子是国王。弄人说:"不,疯子是农民,他让儿子成为贵族。"李尔喊道,"让一千支火热的矛头刺到她们身上。"

---

① 弗拉特累多是小鬼的名字。
② 尼禄(37—68),古罗马皇帝。

而爱德伽则嚷着,恶魔正在啃他的背。对此弄人却说着俏皮话,说什么不该相信豺狼的温驯,马儿的健康,孩子的爱情,娼妓的盟誓。随后,李尔在幻想着他审问两个女儿。"渊博的法官,"他对赤身裸体的爱德伽说,"请坐在这儿,而你、贤明的官长,坐在那边。来,你们两头母狐狸!"对此爱德伽说:"瞧,他站着,两只眼那样炯炯发光。夫人,难道您觉得这儿法庭上的眼睛还不够多吗。游到我这边来吧,蓓西,美人儿。"而弄人则唱着,"美人儿蓓西的船底有洞儿,她又不能说,为什么没法过来跟你在一起。"爱德伽又在说自己的话。肯特劝李尔睡下,而李尔却继续自己想象中的审判。

"带证人上来!"他喊,"坐在这边,"他(对爱德伽)说,"你这位披法衣的审判官请升座。还有你(对弄人)……要知道他和你都承担同样的司法的重任;请跟他一起坐到审判席上去。你是陪审官,你也坐下。"他对肯特说。

"噗儿,这是只灰猫!"爱德伽喊着。

"先带她,带她到庭上来。这是高纳里尔!"李尔大声喊着说,"在这儿,对着这尊严的法庭我起誓,她殴打过自己的父亲,那可怜的国王。"

"上前来,夫人,你名叫高纳里尔吗?"弄人朝着板凳说。

"这儿还有一个,"李尔喊道,"拦住她。拔出剑!点起火!举起兵器!这儿是营私舞弊,枉法的法官。为什么你放她走?"等等。

这场疯疯癫癫的话因李尔入睡而中止了。葛罗斯特劝肯特(仍然没有认出他)送国王到多佛去,于是肯特和弄人异着国王走了。

场面转到葛罗斯特的城堡里。大家要定葛罗斯特叛国罪,把他押上场绑起来。里根扯他的胡子。康瓦尔公爵挖出他的一颗眼珠踩在脚下。里根说他还有一只眼是完好的,这只好眼睛会取笑另一只,叫把它也挖掉。公爵正要这么做,可是一个仆人不知怎地突然站出来为葛罗斯特打抱不平,并且刺伤了公爵。里根杀死了仆人。濒死时仆人对葛罗斯特说,他还有一只眼睛,会看得见恶人怎样受惩罚。公爵说:"要让他看不见,我们把它也挖掉。"他随即挖出葛罗斯特的第二只眼珠,把它扔在地上。这时里根说是爱德蒙告发了父亲,于是葛罗斯特一下子明白他上了当,爱德伽并没有要谋害他。

第三幕就此结束。

第四幕又是在荒原上。爱德伽依然装疯卖傻,用矫揉造作的语言谈命运的无常和贱命的好处。接着,他的父亲、瞎了眼的葛罗斯特,由一个老人领着,来到了这荒原上,不知怎地刚好就是他所在的那个地方。葛罗斯特也谈论命运无常,他用的是莎士比亚的独特的语言,这种语言的主要特点是,思想是从字眼的协韵或对比而派生出来的。葛罗斯特叫老人离开他;老人说,没有眼睛是不能单身走路的,因为看不见路。葛罗斯特说他走投无路,因此用不着眼睛。他还说,当他有眼睛时,他摔了跤,缺陷往往是我们的救星。"啊! 亲爱的爱德伽,"他接着说,"你那受骗发怒的父亲的牺牲品,只要我能够摸到了你,我就要说,我又有眼睛了。"假装疯癫而赤身裸体的爱德伽听到这些话,却不把实情告诉父亲,而是接替了领路的老人,并跟父亲闲聊起来;他父亲不能从口音辨认出他,只当他是傻子。葛罗斯特乘机说俏皮话,说现在是疯子领着瞎子走路,同时竭力把老人打发走,显然,这并非出于这时葛罗斯特所应有的动机,而只是为了同爱德伽单独在一起,以便演出假想的从峭壁上跳下的一场罢了。爱德伽虽然刚刚遇见失明的父亲,又知道父亲因驱逐他而感到后悔,却说着全然多余的俏皮话,这些俏皮话莎士比亚固然会知道,因为他在赫列涅特①的书里读到过,而爱德伽却是无从知道的,重要的是,在他所处的那种境况下,是决不会

---

① 赫列涅特应为塞缪尔·赫斯涅特(生卒年不详),他的《揭露教皇主义者各种巧妙骗局》一书于一六〇三年在英国出版。

这么说的。他说：

"五个魔鬼一齐附在可怜的汤姆身上：一个是色鬼奥别狄克特，一个是哑鬼霍别狄丹斯，一个是窃贼玛呼，一个是杀人犯魔陀，还有装鬼脸和全身痉挛的弗力勃铁捷贝特。现在他们都附在丫头和各色各样的侍女身上。"

听见这些话后，葛罗斯特把一个钱包给了爱德伽，同时说：他葛罗斯特的不幸造就了这个穷汉的幸运。"天神向来是这样安排的，"他说，"如果执迷不悟和穷奢极侈的人因知觉麻木而不愿看见天神的威力，那就让他们马上感觉吧。因此，分配应该消灭过分的享受，人人都应有足够的一份。"

失明的葛罗斯特说了这些话后，要求爱德伽领他到他所知道的海滨悬崖上去，他们就下场了。

第四幕第二场在奥本尼公爵府邸前。高纳里尔不仅是个恶女人，而且是个荡妇。她藐视丈夫，并且公然表示自己爱上了那个承袭父亲葛罗斯特爵位的恶棍爱德蒙。爱德蒙离开后，高纳里尔跟丈夫进行了一场谈话。奥本尼公爵是唯一具有人的感情的人，以前他就不满于妻子对她父亲的态度，现在则坚决地为李尔鸣不平。可是，他用以表达自己感情的语言，却有碍于人们相信他的感情。他说：就是野熊也会对李尔俯首致敬；如果上天不差遣自己的有形的精灵下凡来遏止这些欺侮人的卑鄙勾当，那么人们将会像海怪那样互相吞食云云。

高纳里尔不听他的话，于是他开始詈骂她，"魔鬼，瞧瞧你自己吧，"他说，"恶魔的可怕嘴脸，还没有女人的那样可怕。""没有头脑的蠢货！"高纳里尔回嘴说。公爵接着说，"如果你自己要变成魔鬼，那么至少为了羞耻，不要让自己的嘴脸装出恶魔的怪相。啊，要是我认为得体的话，我会让我的双手完全自由，听凭我血管里沸腾的血液的指使，把你的躯体整个撕得粉碎，把你的骨头一根根折断。可你虽然是个魔鬼，外貌却是女人！"

此后，一个信使进来报告说，康瓦尔公爵在挖葛罗斯特的眼珠时被仆人刺伤，已经死去了。高纳里尔很高兴，可又担心里根（现在是寡妇）会从她那里夺走爱德蒙。第二场就此告终。

第四幕第三场呈现出法兰西的军营。从肯特和侍臣的谈话里读者或观众了解到，法兰西国王不在军中，考狄利娅收到肯特来信，因为获悉父亲的消息而异常悲伤。侍臣说，她的脸庞使人想起雨珠和阳光。Her smiles and tears were like a better day；those happy smiles that played on her ripe lip seemed not to know what guests were in her eyes；which parted thence as pearls from diamonds dropped.①侍臣说，考狄利娅希望见到父亲，但是肯特说，李尔羞于同女儿见面，因为他曾经那么欺侮过她。

在第四场里，考狄利娅在跟医生谈话。她说，有人见到李尔，他完全疯了，不知怎地头上戴着各种野草编成的草冠，在一个地方来回走着，她已派兵士去找他，她还说，让大地上医药的一切神效都在她的泪珠里奔涌到他身上，等等。

人们告诉她，两位公爵的军队向他们这里开过来了，但是她一心惦念父亲，就下场了。

在第四幕第五场里，里根在葛罗斯特的城堡里同高纳里尔的管事奥斯华德谈话，他是为了送高纳里尔给爱德蒙的信而来的。里根告诉他，她也爱上了爱德蒙，因为她是寡妇，她嫁他比高纳里尔更合适些，她要求奥斯华德向姐姐提醒这一点。她还对他说，把葛罗斯特弄瞎而又让他活下来是很不明智的，因此建议他万一遇

---

① 托尔斯泰所据的不知是什么版本，其中疑有错误。这段文字在牛津版中是这样的：her smiles and tears were like，a better way. Those happy smilets that play'd on her ripe lip seem'd not to know what guests were in her eyes，which parted thence as pearls from diamonds dropp'd.（"她的微笑和流泪正相似，只是更美些：自在的笑纹游戏在圆熟的小嘴上，似乎不知道眼里有什么过客正离开那里，就像珍珠从钻石上掉下来。"——据卞之琳译本）

见葛罗斯特就杀掉他,并答应为此给以重赏。

　　在第六场里,葛罗斯特同没有被他认出来的儿子爱德伽又出现了。爱德伽扮成一个农民,领着失明的父亲到峭壁上去。葛罗斯特在平地上走着,爱德伽却使他相信,他们正吃力地攀登陡险的山峰。葛罗斯特信以为真。爱德伽对父亲说,听见了海中的波涛声,葛罗斯特连这也相信了。爱德伽在平地站住,并且使他父亲相信自己已爬上峭壁,在他的脚下就是惊险的悬崖,并让他单独留了下来。葛罗斯特向天神祷告说:他要摆脱他的苦痛,因为他再也不能忍受下去而不怨尤他们天神,说完这些话,就在平地上跳起来,他摔倒了,却以为自己从峭壁上跳下来。这时,爱德伽自言自语,说出一段更加紊乱的话:I know not how conceit may rob the treasury of life, when life itself yields to the theft, Had he been where he thought, by this had thought been past.① 他又装作另一个人走近葛罗斯特,惊奇地说,他从这么可怕的高处摔下来,怎么会没有受伤。葛罗斯特相信自己是摔了下来,等待死去,可是感到自己还活着,就怀疑他没有从那么高的地方摔下来。于是爱德伽说服他,使他确信自己真的曾从那可怕的高处跳下来;爱德伽还告诉他,跟他一起站在峭壁上的是个魔鬼,因为他的眼睛像两轮满月,长着一百只鼻子和波涛般卷起的犄角。葛罗斯特相信这一切,而且深信不疑地认为,他的悲观失望是魔鬼唆使的,因此决定今后不再悲观失望,而且安然等待死亡了。这时李尔来了,不知为什么他全身缀满野花。他疯了,说的话比以前更加荒唐,他说到铸造钱币,说到弓,说要给谁一码尺②,随后喊着说,看见一只耗子,他要用一块乳酪

----

　　① 这段话卞之琳中译本为:"然而当生命自愿受劫的时候,幻觉不会把宝贵的生命劫走吗?如果他真到了他想要到的地方,现在该不能思想了。"与此略有出入,但似更符合剧中思想。
　　② 这三句话在剧中是这样的:"他们不能控告我私铸钱币","那个家伙弯弓的姿势","给我射一枝一码长的标准箭"。(据卞之琳译本)

引诱它,抓住它,接着又突然向走过的爱德伽问口令,而爱德伽也应声答道:香麦荞兰。李尔说:过去!而那个既没有认出儿子、又没有认出肯特的葛罗斯特却听出了国王的口音。

至于国王,则在自己没头没脑地说了一阵之后,突然说起讽刺话来。开头他说谄媚之徒像神学者,对一切都随声附和说是或不是,并使他确信,他是无所不能的,可是当他碰上暴风雨而无处容身时,他才感到这是假话;接着他说,因为万物淫乱,葛罗斯特的私生子对父亲比他女儿对他还孝顺些(虽然在戏剧发展中他根本无法得知爱德蒙对他父亲的所作所为),所以就让淫风炽盛吧,尤其是他作为一个国王,需要多制造出几个兵士来。此时他还对想象中的一位假正经的夫人说,她装作冷若冰霜,同时却像发情的畜生那样沉湎淫欲。所有女人只有腰带以上像天神,腰带以下却是魔鬼。在说这些话时,李尔因害怕喊了起来,并吐了几口唾沫。显然,这段独白是让演员对观众说的,它可能产生舞台效果,然而李尔说这些话是毫无来由的,正像葛罗斯特要吻他的手时,他擦着手说:it smells of mortality.①也是毫无来由的。接着话头转到葛罗斯特的瞎眼上来,这是为了有可能玩弄语言游戏,如关于视力,关于盲目的丘比特,以及李尔说的,他头上没有眼睛,钱袋里没有钱,所以眼睛沉重,而钱袋轻松。接着李尔自言自语地说到法官的不公正;这段话让发了疯的他来说是很不恰当的。这以后考狄利娅派来寻找李尔的侍臣和兵士到了。李尔依然发疯,并且跑开了。派来找李尔的侍臣并不去追赶,却长时间地向爱德伽叙说法兰西和不列颠的军情。

奥斯华德来了,瞧见了葛罗斯特,指望获得里根所许诺的杀他的奖赏,就扑向他,可是爱德伽用自己的棍子打死了奥斯华德。奥斯华德垂死时把高纳里尔给爱德蒙的信交给杀自己的凶手爱德

---

① 英语:它闻起来有死人的味道。

伽,为了让他受赏。在信里高纳里尔答应杀死丈夫而嫁给爱德蒙。爱德伽抓着奥斯华德的双脚把他的尸体拖开,回来带走了父亲。

第四幕第七场是在法国军营中一个小病房里进行的。李尔睡在床上,考狄利娅和仍然乔装的肯特进来了。大家用乐声唤醒李尔,他醒过来看见考狄利娅时,不相信她是活人,认为是在梦中,也不相信自己是醒着的。考狄利娅让他相信她是他女儿,还请求给她祝福。他向她跪下,求她原谅,承认自己年老糊涂,说自己甘愿喝下毒药,大概她已为他准备好了,因为他深信她痛恨他。如果他为之做过好事的两个姐姐都痛恨他,那么,他对她做过坏事,她怎能不痛恨他呢。随后他渐渐苏醒过来,不再胡说了。女儿请他到里边去。他同意了,并说:"请你宽厚些:请你忘怀和宽恕,我是个老迈糊涂的人。"他们下场了。留在舞台上的侍臣正在和爱德伽交谈,为了向观众说明,爱德蒙正统率着军队,李尔的捍卫者和敌人之间的战争马上要开始了。于是第四幕结束。

在这第四幕里,李尔和女儿的一场将是很令人感动的,如果在它之前的三幕里没有李尔的枯燥单调的胡话,再则如果这是表达他的情感的最后一场就好了;可这却不是最后的一场。

在第五幕里,李尔又重复以前说过的夸张、冷漠而又是随意想出来的胡话,以致破坏了前一场可能产生的那种印象。

第五幕第一场先是爱德蒙和里根出现,里根因爱德蒙爱上她姐姐而吃醋,并向他自媒。接着高纳里尔、她丈夫和兵士们上场。奥本尼公爵虽则怜悯李尔,却认为同入侵祖国的法兰西人作战是自己的义务,正在准备战斗。爱德伽来了,他仍然乔装,把一封信交给奥本尼公爵,并说,如果公爵得胜,那就吹起喇叭,那时候(在基督诞生八百年前)会有一个骑士出现,来证明这封信的内容是真实的。

在第二场里,爱德伽同父亲上场,他让父亲坐在树荫底下,自己走开了。传来了厮杀声,爱德伽跑来说,战争失败了,李尔和考狄利娅被俘。葛罗斯特又感到绝望。仍然没有让父亲认出自己的爱德伽告诉他，不应该悲观绝望，葛罗斯特也马上同意了。

第三场是以战胜者爱德蒙的凯旋开端的。李尔和考狄利娅成为俘虏。虽然李尔此时不再是疯人，说的话依然同样疯疯癫癫，文不对题，例如说他将在监牢里跟考狄利娅一起唱歌，她请他祝福时，他将要跪下（下跪重复了三次）请她宽恕。他还说，当他们待在监牢中时，将冷看大人物们的阴谋、党派活动和骚乱，说对他和她这样的牺牲，天神也要焚香致敬，说就是天火要烧他们，像从森林里把狐狸熏出去，那他也不会哭泣，说他与其迫使眼睛哭泣，宁愿让它们因麻风病而连皮带骨一并烂掉等等。

爱德蒙吩咐把李尔父女押到囚牢中去，委派一个队长对他们下毒手，问他能否照办？队长说，他不会拉大车，也不会吃干麦，但是别人能做的，他都干得了。奥本尼公爵、高纳里尔和里根来到。奥本尼公爵要庇护李尔，可是爱德蒙不允许。两姐妹也插了进来，彼此为爱德蒙争风吃醋，并且对骂起来。这儿的一切是那样的乱糟糟，以致难于注视情节的发展。奥本尼公爵要逮捕爱德蒙，并对里根说，爱德蒙早已同他妻子勾搭上了，所以里根必须放弃占有爱德蒙的野心，假如她要嫁人，那就嫁给他奥本尼公爵好了。

说完这些话后，奥本尼公爵向爱德蒙挑战，下令吹起喇叭，如果没有人出来，自己要跟他决斗。

这时，里根因疼痛而痉挛起来，显然是高纳里尔给她下了毒。喇叭吹响时，爱德伽带着蒙面的脸甲上来，并不通报姓名，向爱德蒙挑战。爱德伽斥骂爱德蒙，爱德蒙把他所有的詈骂扔回爱德伽头上。他们交锋，爱德蒙倒地，高纳里尔陷入了绝望。

奥本尼公爵把高纳里尔的信给她自己看，高纳里尔走开了。

爱德蒙垂死时才知道他的敌手是他的哥哥。爱德伽掀起脸甲，说起教来。他说，他父亲因为养了私生子爱德蒙而落得失明的下场。随后,爱德伽向奥本尼公爵叙说了自己的经历,说他只在刚才进行决斗前,才把一切告诉父亲,而父亲因为承受不住激动就死了。爱德蒙还没有死去,他问起过去发生过的别的事。

于是爱德伽讲,当他坐在父亲遗体旁边时,来了一个人,紧紧地抱住他,叫喊得几乎要冲破天穹,这人扑向父亲遗体,还告诉他关于李尔和他自己无比哀苦的故事。在陈述时,他的生命的弦索开始断了,但这时喇叭已经吹过二次,爱德伽便离开了他。此人就是肯特。爱德伽还没来得及讲完这故事,一个侍臣手持血刃跑来,口喊救命!人们问是谁被杀,侍臣回答说,死的是毒死妹妹的高纳里尔。她自己承认了这件事。肯特来了,高纳里尔和里根的尸体也同时抬到。这时爱德蒙说,两姐妹显然都十分爱他,因为一个被毒死,另一个跟着自杀,全都为了他,同时他还招认他曾下令在监牢中杀死李尔,并且缢死考狄利娅而说她是自尽的,但是现在想制止这件事,说完时已经奄奄一息,大家把他抬走了。

这以后,李尔抱着考狄利娅的尸体上场,虽然他年逾八旬,又是个病人。他又异常笨拙地胡言乱语,这些话听来,正像不能逗笑的俏皮话一样,是会令人感到不好意思的。李尔要大家齐声号哭,他忽而认为考狄利娅死了,忽而认为她还活着。"要是我有你们所有人的舌头和眼睛,"他说,"我将用眼泪和哭声震撼穹苍。"接着他讲,是他杀了那个勒死考狄利娅的奴才,接着又说,他的眼睛昏花了,可就在这时却认出了一直没有认出来的肯特。

奥本尼公爵说,当李尔尚健在时,他要让位,还将奖赏爱德伽、肯特和所有忠诚于他的人。这时传来了消息,说爱德蒙死了,李尔继续发疯,要求解开他的纽扣,他早在荒原上奔跑时曾这样要求过,他为此道谢,又叫大家瞧着某个地方,就在说话间死去了。最后,奥本尼公爵说:"我们应当顺从地承担悲惨时代的重负,应该说的是我们的感受而不是该说的话。最老的经受得最多;我们年轻人不会有如许阅历,如许长寿。"①全体在丧礼进行曲中下场。第五幕和全剧就此告终。

三

这部名剧就是这样。不管在我力求公允的转述里它显得如何荒唐,我敢说,原著还要荒唐得多。任何一个现代人,要是没有人提示说,这是尽美尽善的杰作,因而受到影响,那他只消从头至尾读它一遍(假定他对此有足够的耐心),就足以确信,这非但不是尽美尽善的杰作,而且是糟透了的粗制滥造之作,如果过去还能让某个人或者某些公众发生兴趣,那么在我们中间,除了厌恶和无聊,它再也不会唤起别的感觉了。任何一个不为别人的提示所影响的当代读者,从莎士比亚所有受人赞赏的其他戏剧里,会得到同样的印象,更无论戏剧化的荒唐故事《配力克里斯》《第十二夜》《暴风雨》《辛白林》《特洛伊罗斯与克瑞西达》了。

但是,在当代我们基督教社会里,再没有这么清醒的、不愿崇拜莎士比亚的人了。我们社会和我们时代的任何人,从他过自觉的生活之初,便听到人们提示说,莎士比亚是无比的天才诗人和剧作家,他的全部作品是尽美尽善的杰作。因此,不管我怎样感到这是多余的事,我将尽力以我选定的《李尔王》一剧为例,指出莎士比亚的所有其他戏剧②和喜剧也存在的所有缺点,由于这些缺点,它们非但不是戏剧艺术的典范,而且还不符合人们公认的艺术的起码要求。

---

① 这段话在卞之琳译本中是爱德伽说的,与这里说的"我们年轻人"是吻合的。在朱生豪译本中这段话虽然也是奥本尼说的,但没有"我们年轻人"等字样。托尔斯泰根据的当为另一版本。
② 戏剧(Драма),亦可译为正剧,或悲剧,但这里的"戏剧"是指喜剧以外的一切剧作。

根据称誉莎士比亚的评论家们自己制定的规则,任何戏剧的条件是:登场人物,由于他们的性格所特有的行为和事件的自然进程,要使他们处于这样一种环境,在这环境里,这些人物因为跟周围世界对立,与它斗争,并在这种斗争里表现出他们所禀赋的本性。

《李尔王》剧中的登场人物,表面看来真的被安排在跟周围世界的矛盾之中,并与周围世界做斗争。然而他们的斗争不是本乎事件的自然进程,不是本乎性格,而是出于作者十分任意的安排,因此不能让读者产生构成艺术主要条件的那种幻觉。李尔没有任何必要和理由要退位。同样地,他跟女儿们生活了一辈子,也没有理由听信两个大女儿的言辞而不相信幼女的真情实话。然而他的境遇的全部悲剧性却是由此造成的。

次要的开端——葛罗斯特与他两个儿子的关系,与这毫无二致,而又同样的不自然。葛罗斯特和爱德伽的境遇之所以造成是由于葛罗斯特像李尔一样,轻信最笨拙的骗局,甚至不想问一问被骗的儿子,所加于他的罪名是否真实,就诅咒他并驱逐了他。

李尔与女儿们的关系同葛罗斯特与儿子的关系全然雷同这一点,令人更强烈地感到,前者与后者都是特地臆造出来,而不是本乎性格和事件的自然进程。李尔在全剧里没有认出旧日随从肯特,这也同样牵强而显然出于臆造,因此,李尔和肯特的关系,也不能唤起读者或观众的同情。关于那个没有被人识破的爱德伽的境况,也是如此,甚至更有过之:他领着失明的父亲,当父亲在平地上跳跃时,他却能令他相信是从峭壁上跳下来。

登场人物被十分任意安排进去的处境是这样的不自然,以至读者或观众不仅不能同情他们的痛苦,甚至对于所读的和所见的都不能产生兴趣。这是第一点。

其次,不论这部戏剧也好,莎士比亚的所有其他戏剧也好,其中一切人物的生活方式、思想、言论和行为，同他们所生活的时间和地点全不符合。《李尔王》的情节发生于基督诞生前八百年，而登场人物却处于中世纪才可能有的条件下，在剧中活动的有国王、公爵、军队、私生子、侍臣、廷臣、医生、农夫、军官、士兵、带脸甲的骑士等等。

也许，在莎士比亚的全部戏剧里随处遇到的时代错误，在十六世纪和十七世纪初，并无损于产生幻觉的可能，而在现代，在作者所详尽描写的那些境况下不会发生的事件，要人怀着兴趣去注意它们的进程，已经是不可能的了。

不本乎自然进程和人物本性的情势之出于臆造，以及这些情势同时间和地点的不相符合，由于一些拙劣的点缀而更加突出了。在那些应该显得特别悲惨的地方，莎士比亚是经常使用这些点缀的。李尔奔驰于荒原时的罕有的暴风雨，他像《哈姆莱特》中的奥菲利娅一样，莫名其妙地披在头上的杂草，爱德伽的打扮，弄人的话，以及爱德伽以带脸甲的骑士出现——这一切效果不但没有加强印象，而且起了反作用。正如歌德说的：Man sieht die Absicht und man wird verstimmt.①其至常常是这样，面对着这些显然是故意制造出来的效果，例如莎士比亚一切戏剧都用以结尾的、被人拉着两腿拖下场的半打死人，人们感到的不是恐惧和怜悯，而是可笑。

四

然而，不仅莎士比亚笔下的人物所处的悲惨境况是不可能的，不以事件进程为依据并与时间和地点不相符合的，就是这些人物的行为也不合乎他们特定的性格，而是完全随心所欲的。

①　德语：如果看见意图，就会使你扫兴。

人们通常相信,莎士比亚剧里的性格塑造得特别出色,莎士比亚笔下的性格,鲜明突出,而又像活人性格那样丰富多姿,而且,它们既表现某个人的特性,又表现一般人的共性。人们喜欢说,莎士比亚笔下的性格是尽善尽美的。人们抱着极大信心肯定这一点,大家还把这当作无可争议的真理,交口称赞。然而,不管如何努力为此寻求证明,在莎士比亚的剧作里,我却总是发现相反的东西。

在读莎士比亚的任何一部剧作时,一开头我就立即毫无疑问地确信莎士比亚缺乏一种主要的(如果说不是唯一的)塑造性格的手段——"语言",亦即让每个人物用合乎他的性格的语言来说话。这是莎士比亚所没有的。莎士比亚笔下的所有人物,说的不是自己的语言,而常常是千篇一律的莎士比亚式的、刻意求工、矫揉造作的语言,而这些语言,不仅被塑造出的剧中人物,就是任何活人在任何时间和任何地点也都不可能说的。

现在也好,过去也好,任何活人都不会说李尔说的话,什么里根如不接待他,他要在泉下跟他妻子离婚,或是什么天穹因喊声而震裂,风吹裂了,或者什么风要把大地卷入海洋,或者像侍臣形容暴风雨时说的,鬈曲的波涛要淹没海岸,像爱德伽说的,当痛苦有人分担,而同病彼此相怜,那痛苦就易于忍受,而心灵也会跳越无限酸辛,以及李尔变成老而无子,我变成无父之人等等。而在莎士比亚所有剧中人物的道白中,却都充满了诸如此类的不自然的说法。

可是,不仅所有人物说的话是世上的活人从来不说的,也不可能说的,而且,这些人物还都犯了语言没有节制的通病。

情人和赴死的人,斗士和奄奄待毙者,都会出人意料地说上一大通风马牛不相关的话,他们这么说多半是根据其谐音协韵和语意双关,而不是思想。

所有人说的话都分毫不差。李尔说胡话,一如爱德伽佯装时说的胡话。肯特和弄人也这么说。一个人物的道白可以出于别个人物之口，不能由道白的特点来辨认出说话的是谁。假如说莎士比亚的人物说的话也有差别，那只是莎士比亚替人物说的各种不同的话，而不是人物所说的。

例如，莎士比亚替国王说的常常是千篇一律的浮夸空洞的话。在他笔下应该是富有诗意的女子——朱丽叶、苔丝狄蒙娜、考狄利娅、伊摩琴、玛丽娜说的也都是莎士比亚式的假感伤的语言。莎士比亚在替他笔下的恶汉——理查、爱德蒙、伊阿古、麦克白之流表达那些任何恶汉从来没有表达过的狠毒的情感时说的也只是些毫无差池的话。至于那些夹有怪诞言词的疯人的道白，夹有并不可笑的俏皮话的弄人的道白，则更是千篇一律了。

因此，那种活人的语言，那种在戏剧里是塑造性格的主要手段的语言在莎士比亚的作品里是缺乏的。（假如说，像在芭蕾舞里一样，手势也可以作为表现性格的手段，那也不过是辅助手段罢了）如果像在莎士比亚的戏剧中那样，人物碰到什么说什么，能怎么说就怎么说，说的又是一模一样的话，那就连手势也会失去作用了。所以，不管莎士比亚的盲目赞美者如何吹嘘，莎士比亚并没有塑造出性格来。

在莎士比亚的戏剧中，那些作为性格而卓然不群的人物，实际是从作为其戏剧的基础的前人作品里假借来的性格。而且，他这些人物的塑造，大都不是使用戏剧的方法，亦即让每个人物用自己的语言来说话，而是使用叙事诗的方法——由一些人物讲述另一些人的特性的方法。

人们之所以断言莎士比亚在塑造性格上臻于尽善尽美，多半是以李尔、考狄利娅、奥瑟罗、苔丝狄蒙娜、福斯塔夫和哈姆莱特等性格为依据的。可是，所有这些性格，正像其他一切性格，并不属于莎士比亚，而是他从他前辈的戏剧、历史剧与短篇小说中假借而来的。所有这些性格，不仅没有因他而增色，大部分还被削弱被糟蹋了。例如在我们所分析的《李尔王》一剧里，这一点表现得很惊人。这个剧取材于一个佚名作者的剧作 *King Leir*①。剧中的性格,包括李尔本人,尤其是考狄利娅,不但不是莎士比亚所塑造,较之原剧,它们还因他而大为逊色并失去个性。

在原剧里,李尔之所以退位,是由于他丧偶之后只求灵魂得救。他询问女儿们对他的孝心如何,为的是通过他安排好的计谋,把心爱的幼女留在自己的岛上。两个大女儿已经许婚,幼女却不愿意嫁给李尔提出而不为她所爱的任何一个附近的求婚者,李尔则生怕她嫁给远方的国王。

正如他告诉侍臣毕里路斯(莎士比亚剧里的肯特)的那样,他安排好的巧计是,假如考狄利娅说她爱他胜过任何人,或者也像两个姊姊那么说,那他就要她嫁给他所指定的本岛上的王子,借以证明她的孝心。

李尔这一行为的所有动机,在莎士比亚的剧中是没有的。此后,照原剧,当李尔询问女儿们怎样爱他时,考狄利娅并不像莎士比亚的剧中那样极不自然地说,如果她出嫁,那就不会全心全意地爱父亲,她还要爱丈夫,而只是说,她不能用言语来形容自己的孝心,但愿她的行为作证。两个姐姐谴责说,考狄利娅的回答不是回答,父亲不能坦然忍受这般冷心肠。因此,照原剧,李尔怒而不予幼女财产是有理由的,而莎士比亚的剧中却没有。李尔因自己的计谋失败而懊恼异常,两个大女儿的谗言更刺激了他。在原剧里,当两个大女儿平分王国之后,接下去是考狄利娅与卡雷国王的一场,这个场面刻画的不是莎士比亚笔下的那个没有个性的考狄利娅,而是这个小女儿极其鲜明动人的性格:真诚、温柔并勇于自我牺牲。

当考狄利娅并不悲叹失掉一份她可以继承的财产,却因失去父爱而含愁独坐,并希望以自己的劳动去挣取糊口之资时,卡雷国王来到了,他乔装为朝圣者,要在李尔的女儿中择偶。他问考狄利娅

---

① 英语:《李尔王》。

为什么而悲伤。考狄利娅把自己的愁苦告诉了他。乔装为朝圣者的卡雷国王迷恋上考狄利娅,说要替卡雷国王提亲,但是考狄利娅说,她只能嫁给她所爱恋的人。于是朝圣者向她求婚,考狄利娅也承认她爱上朝圣者,她不顾等待着她的是贫穷艰苦,答应嫁给他。于是朝圣者坦率地告诉她,自己就是卡雷国王,考狄利娅跟他结了婚。

在莎士比亚剧中,代替这一场面的是李尔建议两个求婚者娶没有嫁奁的考狄利娅。一位求婚者粗暴地拒绝了,另一位不知出于什么动机娶了她。

这以后,在原剧里,也像在莎士比亚的剧里一样,李尔迁到高纳里尔那儿,受到了她的侮辱,然而,与莎士比亚的剧中不同,他完全用另一种态度来忍受这些侮辱,他认为由于他对考狄利娅的作为,他应得此报,心平气和地屈从了。

正如莎士比亚的剧中一样,在原剧里,那个为考狄利娅申辩并因而见逐的廷臣毕里路斯-肯特,来到李尔那儿,但是他不是乔装者,而只是不以患难而遗弃国王的忠心的侍从,他使国王相信他的忠忱。李尔告诉他的,正是莎士比亚剧中最后一场里李尔对考狄利娅说的话。李尔说,如果他对之行好的女儿还痛恨他,那他没有对其行好的人,是不会爱他的。但是毕里路斯-肯特说服国王,使他相信他爱他,于是李尔安下心来,一起到里根那儿去。在原剧里没有任何的暴风雨,李尔也没有拉扯着白发,而他,一个不胜悲痛、衰弱而又温顺的老人,又被另一个女儿撵走,她甚至要杀害他。依原剧,李尔见逐于两个大女儿之后,他是作为最后的一条出路,带着毕里路斯去找考狄利娅的。在原剧里,没有不合情理地把李尔赶到暴风雨里,他也没有在荒原上奔跑,有的只是李尔和毕里路斯在赴法兰西的旅途中很自然地陷于极端贫困,卖掉自己的衣衫来支付渡海的船资。他穿着渔夫的衣服,在饥寒交迫下疲惫不堪地走近考狄利娅的府邸。

在原剧里,代替莎士比亚剧中李尔、弄人和爱德伽的不自然的一派胡话,出现了父女聚首的合情合理的场面。考狄利娅虽然幸福,总是为怀念父亲而忧伤,她还祈求上苍饶恕对她父亲干下许多坏事的两个姐姐。她接待了穷途末路的父亲,打算马上把真情明白地告诉他,可是丈夫劝她别这样,免得衰弱的老人激动。她同意了,于是不向父亲说明而把他留在家里,作为一个陌生人来服侍他。李尔的精神逐渐复原了,于是女儿询问他,他是谁,他以前又是怎样过活的。李尔说:

If from the first, I should relate the cause,

I would make a heart of adamant to weep.

And thou poor soul,

Kind-hearted as thou art,

考狄利娅说:

Dost weep already, ere I do begin.

For Gods love tell it and when you have done,

I'll, tell the reason, why I weep so soon.

李尔说:假如我从头陈诉,铁石心肠的人也要下泪。而你,可怜的女人,这般温存,我还没有开口,你就马上哭了。

考狄利娅说:"看在上帝面上,请你说吧!你说完时,我将告诉你,为什么在听你讲之前,我就哭了。"

于是李尔讲述他在两个大女儿那儿遭遇的一切,还说到他现在要乞助于另一个女儿,而如果她处死他,那也是做得对的。

他说:"假如她亲切地接待我,那只是上苍和她的事,而不是我份所应得的。"考狄利娅回答说:"啊!我确确实实知道,你的女儿将亲切地接待你。"李尔说:"这你怎能知道,你并不认识她?"考狄利娅说:"我知道,因为我在远方有一个父亲,他对待我也像你对待她那样的坏。然而只要我看到他的斑斑白发,我就会匍匐前去迎接他。"李尔说:"不,这不可能,人世间再没有比我的女儿更残忍的孩子了。""不要因一些人的过错而责备所有的人吧!"考狄利娅说着跪了下来,"你看吧,亲爱的父亲,看着我吧,这是我,爱你的女儿。"父亲认出了她,说道:"不是你,而是我应该下跪,为了我对你的一切过错而求你饶恕。"

在莎士比亚剧中,有类似这般迷人的场面吗?

原剧在一切方面都无可比拟地胜过莎士比亚的改写,虽则这种看法在莎士比亚的崇拜者看来是何等的荒唐。原剧较为出色之处是:第一,它没有那些只会分散注意力的全然多余的人物,如恶汉爱德蒙、毫无生气的葛罗斯特与爱德伽。第二,它没有十足虚假的效果,如李尔在荒原上的奔窜,跟弄人说的话,以及那一切不可能有的乔装改扮和互不相识,剧中人的大量死亡。最主要的是这个剧中有莎士比亚剧中所没有的单纯、自然和感人至深的李尔性格,以及更加感人的、明确而优美的考狄利娅性格。加之在原剧里李尔和考狄利娅团聚的一些场面没有像莎士比亚剧中那样因她的不必要的被害而给糟蹋了,却有李尔跟考狄利娅言归于好的令人赞叹的场面。在莎士比亚的全部戏剧里,没有一场可以与这样的场面媲美。

原剧的结局也比莎士比亚的更自然、更符合观众的道德要求。它是这样的:法兰西国王战胜了两个姐姐的丈夫,考狄利娅没有遇害,她使李尔复位。

我们所分析的、莎士比亚取材于 *King Leir* 一剧写成的戏剧就是这样。

取材于意大利一个短篇小说的《奥瑟罗》,以及著名的哈姆莱特情况也是如此。同样的还有安东尼、勃鲁托斯、克莉奥佩特拉①、夏洛克②、理查③,以及取材于任何前人作品的莎士比亚笔下

---

① 安东尼、勃鲁托斯和克莉奥佩特拉均为《安东尼和克莉奥佩特拉》剧中人物。
② 夏洛克为《威尼斯商人》剧中人物。
③ 理查指理查二世或理查三世,均为同各剧中人物。

的所有性格。莎士比亚在利用前人的戏剧或短篇小说、历史剧和普鲁塔克①的传记所塑造的性格时，不仅没有像他的赞美者所说的那样，把他们润色得更真实更鲜明，反而常常使他们减色，还经常把他们彻底糟蹋了，像在《李尔王》里一样，驱使自己的人物去完成不合乎他们本性的行为，主要是让自己的人物去说那些不合乎他们以至任何人的本性的话。例如《奥瑟罗》，虽然差不多可以说是莎士比亚写得最好的、缺点最少、浮夸的废话堆砌得不多的一部剧作，然而莎士比亚笔下的奥瑟罗、伊阿古、凯西奥和爱米利娅的性格，却远不及意大利短篇小说里那么自然和生动。在莎士比亚的剧中，奥瑟罗因患癫痫病而在舞台上昏厥过。苔丝狄蒙娜被杀之前，又有奥瑟罗和伊阿古跪着发出的古怪的誓言，而且奥瑟罗是黑人而不是摩尔人②。这些都非常浮夸，不自然，破坏了性格的完整性。而这一切是短篇小说里所没有的。短篇小说里奥瑟罗妒忌的原因也比莎士比亚剧中更为合乎情理。在短篇小说里，凯西奥认出手绢是谁的之后，去找苔丝狄蒙娜，想将它送还，但当他来到她住宅的后门时，瞧见走上前来的奥瑟罗，连忙躲开了。奥瑟罗瞥见了逃跑的凯西奥，这最有力地证实了他的疑窦。莎士比亚剧中没有这一情节，然而这一偶然的事故却最能说明奥瑟罗的妒忌心。莎士比亚剧中引起奥瑟罗妒忌心的只不过是他所盲目轻信的、常常得逞的伊阿古的诡计和他的蜚语罢了。奥瑟罗在熟睡的苔丝狄蒙娜床前的独白，说他希望她被杀之后还能像活着一样，即使她死了他还会爱她，而现在他要尽情呼吸她的芬芳云云，这是完全不可能的。一个人在准备杀死心爱的人时，不会讲这样的空话，尤其不会在杀死她之后说，现在日月应该昏黑，大地应该崩裂，而

---

① 普鲁塔克(约 46—126)，古希腊史学家，流传至今的有一百五十篇作品，其中五十篇为传记。

② 按莎士比亚剧中的奥瑟罗是摩尔人，而不是黑人，不知是托尔斯泰弄错了或别有依据。

且无论他是个什么样的黑人,也不会呼唤魔鬼,要魔鬼把他放到燃烧着的硫磺上熏烤等等。最后,尽管他的自杀(这情节是短篇小说所没有的)十分动人,却完全破坏了这个明确的性格。如果他真的为悲哀和忏悔所折磨,那么他在决意自杀时就不可能夸夸其谈地数说自己的功勋、珍珠、像阿拉伯树胶一样倾注的眼泪,尤其不可能谈到一个土耳其人怎样辱骂意大利人,而他又怎样因此这么一下子结果了他。所以,尽管当奥瑟罗受伊阿古的怂恿而妒火上升和后来他跟苔丝狄蒙娜反目时,在他身上强烈地表现出感情的变化,他的性格却总是为虚假的热情和他所说的不合本性的话所破坏。

这是就主要人物奥瑟罗而言。可是,跟莎士比亚所取材的短篇小说中的人物相比,这个人物虽受到弄巧成拙的篡改,仍不失为一个性格。其余一切人物则被莎士比亚彻底糟蹋了。

莎士比亚剧中的伊阿古,是彻头彻尾的恶棍、骗子、坏蛋,诈骗罗德利哥的自私自利的家伙,在一切坏透了的诡计中永远得逞的无赖,因此,这个人物是完全不真实的。他作恶的动机,依莎士比亚说,第一是因为奥瑟罗没有把他想要的职位给他而感到委屈,第二是怀疑奥瑟罗跟他妻子私通,第三,正如他所说的,是他感到一种对苔丝狄蒙娜的奇异的爱情。动机很多,但都不明确。而在短篇小说里,动机只有一个,简单而又明了,即对苔丝狄蒙娜的炽热的爱情。当她宁愿嫁给摩尔人而坚决地拒绝了他之后,这种爱情便转化为对她和奥瑟罗的痛恨。更不自然的是罗德利哥这个全然多余的人物,伊阿古欺蒙他,诈骗他,许诺使他赢得苔丝狄蒙娜的爱情,驱使他去完成吩咐他做的一切事情,如灌醉凯西奥,挪揄他,接着杀害他。爱米利娅说的话,也全是作者蓦地想起而放入她的嘴里的,她完全不像一个活人。

"可是,福斯塔夫①呢,多么惊人的福斯塔夫啊!"莎士比亚的

---

① 福斯塔夫是《亨利四世》和《温莎的风流娘儿们》等剧中人物。

赞美者说,"对这个形象可不能说不是活生生的了,也不能说根据一个佚名作家的喜剧写成的他比原作逊色了吧。"

像莎士比亚的一切人物一样,福斯塔夫取材于一位佚名作者的戏剧或是喜剧,这是以生活里有过的、某公爵的旧友奥德凯斯特尔先生为原型写成的。这位奥德凯斯特尔一度以叛教罪被控,赖其友人公爵援救而得免,后来又因与天主教相违背的宗教信仰而受审,被处以火刑。一位佚名的作者根据这个奥德凯斯特尔写成一部喜剧或正剧以取悦天主教公众。该剧嘲笑这个因信仰而蒙难的人,把他描写为一个败类、公爵的酒肉朋友。莎士比亚不仅从这部喜剧中借用了福斯塔夫这个人物,连同对待他的可笑的态度也照搬过来。在有这个人物出现的莎士比亚先前的一些剧本里,他也叫奥德凯斯特尔。以后,在伊丽莎白时代①,新教重新获胜时,以讽刺口吻描述同天主教做斗争的殉难者就不便了,奥德凯斯特尔的亲属也提出了抗议,于是莎士比亚把奥德凯斯特尔改名为福斯塔夫,这也是历史上的人物,他以从阿金柯战场脱逃而闻名。

福斯塔夫的确是十分自然而又具有特征的人物,然而,他几乎是莎士比亚笔底唯一自然而又具有特征的人物。这个人物之所以既自然又具特征,是因为在莎士比亚的人物里,只有他用合乎他的性格的语言来说话。而他之所以说合乎他的性格的语言,则是因他说的正是堆砌着毫不可笑的笑话和索然无味的双关语的莎士比亚的语言,这种不合乎莎士比亚其他一切人物的本性的语言,对自吹自擂、腐化堕落的酒徒福斯塔夫的性格却是十分合适的。仅仅因此,这个人物才真正成为明确的性格。遗憾的是,这个人物由于他贪馋、酗酒、淫荡、欺诈、虚伪、胆怯而可厌,令人难于分享作者对他所抱的轻松愉快的滑稽感,因此,这个性格的艺术性被破坏了。

---

① 伊丽莎白,英国女王(在位时间为 1588—1603),曾恢复新教,使其成为温和的英国国教。

就福斯塔夫来说就是这样。

　　再没有一个莎士比亚的人物像哈姆莱特那样惊人地显示出莎士比亚漠不关心于(我不说他不会)赋予人物以特征,也再没有一个他的剧本这样惊人地显示出人们对莎士比亚的盲目崇拜和毫不思考的催眠状态。人们甚至不允许设想莎士比亚竟会有某部作品不是天才之作,他的剧作里竟会有某个主要人物不是新的、完全可以理解的性格。

　　莎士比亚取材于一个从某些方面来说很不错的古老的故事:Avec quelle ruse Amleth qui depuis fut Roy de Dannemarch, vengea la mort de son père Horwendille, occis par Fengon, son frère et autre occurence de son histoire.①或是取材于早在十五年前就以这个题材写成的一部戏剧,用那部戏剧的情节写成自己的剧本,把他认为值得注意的自己的全部思想,极不适当地(他一贯这样做)放入主要人物的嘴里。当他让自己的人物说出他在第六十六首十四行诗(关于戏剧与妇女)里写过的关于浮生(掘墓人)、关于死(to be or not to be②)的见解时,丝毫不考虑这些话是在怎样的情况下说出的,因此,自然会产生这样的结果——说出这一切想法的人物变成了莎士比亚的传声筒,丧失了任何性格特征,而人物的语言和行动也就不相一致了。

　　在传说里,哈姆莱特的个性是完全可以理解的。他被叔父与母亲的所作所为激怒,要向他们报仇,但是怕叔父像谋害他父亲那样谋杀他,因此装成疯子,为的是等待时机并窥探宫廷中的动静。叔父与母亲也怕他,要打听出他是佯装的还是真的疯子,秘密地给他派来他所心爱的姑娘。他下定决心,后来在单独谒见母亲时,杀掉

----

①　法语:后来作丹麦国王的哈姆莱特以怎样的妙计报复了他叔父费贡杀害他父亲霍尔温蒂尔的血仇,以及这个故事的其他情况。

②　英语:活下去还是不活。(见《哈姆莱特》,第三幕,第一场)

了一个窃听的廷臣,并且揭露了母亲。以后他奉命出使英国,他偷换了信函,从英国归来,向自己的敌人报了仇,把他们一起烧死了。

这一切都可以理解,又是本乎哈姆莱特的性格和处境的。然而莎士比亚把自己要说的话放入哈姆莱特的嘴里,强迫他去做作者为了安排动人场面所必需的行为,因此,把传说中构成哈姆莱特性格的一切都毁掉了。在整出戏里,哈姆莱特所做的不是他可能要做的,而是作者所需要的,如面对父亲的阴魂忽而毛骨悚然,忽而嘲弄他是田鼠,忽而热爱奥菲利娅,忽而奚落她等等。要找到哈姆莱特的行为和言辞的任何解释是毫无可能的,因此,要把他说成任何的性格也是毫无可能的。

然而,因为大家认为天才的莎士比亚不会写出任何拙劣之作,所以博学之士竭其智力从显而易见、特别分明地表现在哈姆莱特身上的缺点(这个主要人物没有任何性格)里发掘特殊的美。于是深思熟虑的评论家们宣称,在这出戏里哈姆莱特这个人物非常有力地表现出一个崭新的、深刻的性格,这种性格就在于这个人物的没有性格,而性格的缺乏却正是创造含义深刻的性格的独创性所在。博学的评论家们这样作出结论以后,不断写出大部头的书,这些赞扬和阐释塑造没有性格的人的性格的伟大意义和重要性的论著,浩如烟海。的确,某些评论家偶尔也畏缩地说这个人物身上有某种奇特之处,说哈姆莱特是个猜不透的谜,然而谁也不敢说皇帝是光着身子的①,不敢说那皎如白昼的事实,不敢说莎士比亚不能,而且也不想赋与哈姆莱特以任何性格,他甚至不懂得这是必要的。博学的评论家们继续研究和赞赏这部谜一样的作品,它使我们想起了匹克威克在一座农舍门口发现的、著名的碑铭,这个碑铭使学者们分成两个敌对的阵营②。

---

① 这里引喻的是安徒生的故事《皇帝的新衣》。
② 见狄更斯的《匹克威克外传》第十二章。

所以，无论是李尔、奥瑟罗或福斯塔夫的性格尤其是哈姆莱特的性格，怎样也不能证实时下的看法，即所谓莎士比亚的力量在于塑造性格。

　　假如说在莎士比亚的戏剧里也可以遇到某些有性格特征的人物（大多是次要角色，例如《哈姆莱特》里的波洛涅斯，《威尼斯商人》里的鲍细娅），那么，在五百多个次要角色里只有这么寥寥几个活生生的性格，而主要人物却完全缺乏性格，这怎么也不能证明莎士比亚的戏剧的优点在于性格的塑造。

　　莎士比亚之所以被人认为具有塑造性格的伟大技巧，是因为他确实有其独到之处，如由优秀演员演出，又在肤浅的观看下，是可以被看作擅长塑造性格的。这种独到之处就在于莎士比亚擅长安排那些能够表现情感活动的场面。不管他给自己的人物所安排的处境是怎样的不自然，不管他迫使自己的人物说的那些话是怎样的不合乎他们本性，也不管他们如何缺乏个性，情感本身的活动——它的加强、变化和相互矛盾的百感交集，在莎士比亚的某些场面里常常得到正确而有力的表现，通过优秀演员的表演更会引起人们对登场人物的同情，虽然只是片刻的。

　　莎士比亚自己是演员，又很聪明，他不仅善于用语言，还善于用惊叹、手势、词句的重复来表现登场人物的心情和情感变化。例如在许多地方莎士比亚的人物不用语言，而只用惊叹或哭泣，或者在独白当中经常用手势来表示自己的心情如何沉重（例如李尔请求解开他的衣扣），或者像奥瑟罗、迈克杜夫、克莉奥佩特拉等所做的那样，在强烈激动的瞬间，不止一次地反复询问并让别人重复震撼他们的那个字眼。诸如此类表现情感活动的巧妙手法，使优秀演员有显示身手的可能，因而过去和现在常被许多评论家看成塑造性格的才能。然而，不管在某一个场面里情感的活动表现得如何有力，如果人物在表演了恰当的惊叹或手势之后，却没完没了地说些作者任意安排的、毫无必要而又不合乎他的性格的道白,而不是他自己的语言,那么,光是场面是不能塑造出人物性格的。

五

"那么,莎士比亚笔下人物所说的含义深刻的道白和名言呢?"莎士比亚的赞美者会问,"李尔关于刑罚的独白,肯特关于阿谀的道白,爱德伽关于自己过去的生活的道白,葛罗斯特关于命运多舛的道白,还有其他剧本里诸如哈姆莱特、安东尼所说的名言等等呢?"

我将回答说,见解与名言,在散文作品里,在论文和格言集中,是值得珍视的,但是在旨在唤起人们共鸣于演出的事物的艺术性戏剧作品中,就不是这样了。因此,莎士比亚的道白和名言,即使包含有许多深刻、新鲜的见解(其实并不存在),也不能构成艺术性的文学作品的优点。刚好相反,在不恰当的情况下,这些道白适足以损害艺术作品。

艺术的、文学的作品,特别是戏剧,首先要在读者或观众心中引起这样一种幻觉,也就是使他们本人感受和体验到登场人物所感受和体验的心情。为达到这一点,剧作家既要知道应该让自己的人物做什么和说什么,同样要知道不该让他们说什么和做什么,以免破坏读者或观众的幻觉。让登场人物说的话,不论如何娓娓动听、含意深刻,只要它们是多余的,与处境和性格不适合的,就会破坏戏剧作品的主要条件,即幻觉,而读者或观众正是在幻觉的作用下,才全神贯注于剧中人物的情感的。不破坏幻觉,那就不必把许多话说完,读者或观众自己会把话说完的,有时这反而会加强他的幻觉;而说多余的话则等于撞碎由碎块拼成的雕像,或者拿走幻灯里的灯,使读者或观众的注意力分散,读者看见了作家,观众看见了演员,幻觉消失了,而重新恢复幻觉有时已是不可能的了。因此,没有分寸感就不会有艺术家,尤其是剧作家。而莎士比亚却完全没有分寸感。

莎士比亚的人物所做的事、所说的话常常是既不合乎他们的性格,又毫无必要。我不再引用新的例子来说明,因为我认为,如果一个人在莎士比亚的全部作品里看不见这一惊人的缺点,那么任何例证也是无法使他信服的。只消读一遍《李尔王》,举凡其中的发疯、杀人、剜眼、葛罗斯特的跳崖、下毒、詈骂,就足以使人确信这一点,更不用说《配力克里斯》《辛白林》《冬天的故事》《暴风雨》(一切成熟期的作品)了。只有毫无分寸感和审美力的人,才会写出《泰特斯·安特洛尼格斯》《特洛伊罗斯与克瑞西达》,并如此残忍地败坏了古剧 *King Leir*。

格尔维努斯①力图证明莎士比亚具有美感,Schönheit's Sinn②,但是,格尔维努斯的全部证据只能证明他格尔维努斯本人完全缺乏美感。在莎士比亚的作品里一切都被夸张了,如行为被夸张了,行为的后果被夸张了,人物的道白也被夸张了,因此处处都破坏了产生艺术印象的可能性。

无论大家怎么说,无论莎士比亚的作品如何受到赞赏,也无论大家给他渲染上怎样的优点,无可怀疑的是,莎士比亚不是艺术家,他的作品也不是艺术品。正像没有节奏感就没有音乐家一样,没有分寸感从来没有、也不会有艺术家。

“但是,不应该忘掉莎士比亚撰写作品的时代,”他的赞美者说,“那是一个风习残酷而又粗野的时代,绮丽文体(亦即雕琢的表现法)风靡的时代,生活方式与我们迥然不同的时代。因此,要品评莎士比亚必须注意他从事写作的那个时代。就是在荷马作品

---

① 格尔维努斯(1805—1871),德国历史学家、政治活动家、文学史家,德国文艺学中文化史派的奠基者。他是德国的莎士比亚专家,著有《莎士比亚》(1849—1850)一书。

② 德语:美感。

里,也像在莎士比亚作品里一样,有许多同我们格格不入的东西,但是这并不妨碍我们推崇荷马作品的美。"这些赞美者说。然而,如果像格尔维努斯那样,以莎士比亚和荷马相比较,那么区分真文学和其仿制品之间的无限距离就会特别明白地显示出来。不管荷马离我们多么久远,我们可以毫不费力地神游于他所描写的生活之中。而我们之所以能够如此,主要是因为荷马所描写的事件不管同我们有怎样的距离,但他确信自己所说的,严肃地说他所说的,因此他任何时候都没有夸张,分寸感任何时候也没有离开他。正因如此,全篇《伊利昂纪》,特别是《奥德修纪》那么自然,那么与我们亲近,就像我们亲身在天神与英雄之间生活过而且正生活着似的,更不用谈阿喀琉斯、赫克托尔、普里阿摩斯、奥德修等惊人地鲜明、生动而优美的性格,以及赫克托尔的告别,普里阿摩斯的亲诣敌营,奥德修的还乡等等永远动人的场面了。莎士比亚的作品却不是这样。从开头几行就可以看出夸张,事件的夸张,情感的夸张,用语的夸张。一眼就可以看出他不相信自己所说的,他所说的是他并不需要的,他臆想出所描写的那些事件,他漠然对待自己的人物,他只是为了安排场面才想起他们,因此让他们做的事和说的话只是那些能够打动他的观众的东西,我们也因此既不相信他所写的事件,也不相信他的人物的行为和不幸。以莎士比亚同荷马作比较最清楚不过地表明莎士比亚完全缺乏审美感。那些被我们称之为荷马的作品的,是一位或好几位作者亲身体验过的、艺术的、诗意的、独出心裁的作品。

而莎士比亚的作品则是抄袭的,肤浅地、人为地七拼八凑而成、即兴臆想出来的文字,与艺术和诗毫无共同之处。

六

然而,也许莎士比亚的世界观达到了这样的高度,以至他即使没有满足美学的要求,却能向我们展示对人们说来如此新颖、如此重要的世界观,而由于他所展示的这种世界观的重要性,他作为艺术家的一切缺点就变得不显著了。莎士比亚的赞美者还这么说。格尔维努斯直截了当地说,除了莎士比亚在诗剧领域(依他看来,莎士比亚在这个领域一如荷马在史诗领域)的意义外,"作为一个千载难逢的人类心灵的行家,他还是无可争议的伦理学的权威的导师,世俗和生活中最杰出的指导者"。

这位世俗和生活中最杰出的导师,他的无可争议的伦理学的权威性何在呢? 格尔维努斯为了解释这一点花了第二卷末章近五十页的篇幅。

在格尔维努斯看来,这位最崇高的生活导师的伦理学的权威性有如下述。他说,莎士比亚的道德观的出发点是,人具有行动的能力和决定这种行动的能力。因此,依他看来,莎士比亚首先认为,对于人,好的和应该做的事是他要行动(仿佛人可以不行动似的)。Die thatkräftigen Männer:Fortinbras, Volingbrocke, Alciviades, Octavius spielen hier die gegensätzlichen Rollen gegen die verschiedenen Thatlosen;nicht ihre Charaktere verdienen ihnen Allen ihr Glück und Gedeihen etwa durch eine große Überlegenheit ihrer Natur, sondern trotz ihrer geringerer Anlage stellt sich ihre Thatkraft an sich über die Unthätigkeit der anderen hinaus,gleich viel aus wie schöner Quelle diese Passivität,aus wie schleicher jene Thätigkeit fliesse. 这就是说——格尔维努斯说——莎士比亚把积极活动的人,诸如福丁布拉斯①、波林勃洛克②、艾西巴第斯③和奥克泰维斯④跟没有表现出积极活动的各种人物相对照。同时,莎士比亚认为,具有这种

---

① 福丁布拉斯,《哈姆莱特》剧中人物,挪威王子。
② 波林勃洛克,《理查二世》剧中人物,他即位后称亨利四世。
③ 艾西巴第斯,《雅典的泰门》剧中人物,雅典政治家(通译亚尔西巴德)。
④ 奥克泰维斯,《裘力斯·凯撒》剧中人物,罗马三执政之一(通译渥大维)。

积极行动性格的人们之所以获得幸福和成功,全不依赖他们的较为优越的天资;刚好相反,尽管他们的才具较差,行动的能力本身使他们始终优于无所作为,至于一些人无所作为是否出于美好的动机,另一些人的行动是否出于不良的动机,则是完全无关紧要的。

"行动就是善,不行动就是恶。行动使恶变为善",据格尔维努斯看来,莎士比亚是这么说的。格尔维努斯说,莎士比亚宁要(马其顿的)亚历山大的原则,而不要狄奥根尼①的原则。换句话说,依格尔维努斯看来,莎士比亚宁可罔功名而死亡和杀人,却不愿克制和明哲。

依格尔维努斯的看法,莎士比亚认为人类无须为自己提出理想,需要的只是在各方面的正常活动和中庸之道。因此,用格尔维努斯的话来说,莎士比亚是那样的抱着明智的适中精神,以至他甚至敢于否定对人类天性要求过高的基督教道德。格尔维努斯说,莎士比亚不赞成责任的限度超出天性的意愿。他教导人们在多神教恨敌人和基督教爱敌人之间采取折中态度。(在 561 和 562 页上格尔维努斯说:"莎士比亚是怎样地抱着他明智的适中的基本原则,最明显地表现于他居然敢于表示反对基督教教规,因为基督教教规鼓舞人类天性去作过度的努力。他不许责任的范围超出天性的指示。因此,他宣传明智的、人所天赋的中庸之道——即折中于基督教和多神教的训诫之间[一方面是爱敌人,另一方面是恨敌人]的中庸之道。莎士比亚的言辞和事例令人信服地证实了行善是会过度的[超过了行善的合理的界限]。例如,过分的慷慨毁了泰门②,而适度的慷慨却为安东尼奥③树立了荣誉。正常的名利

---

① 狄奥根尼是公元前古希腊犬儒学派的哲学家。
② 泰门,《雅典的泰门》剧中人物。
③ 安东尼奥,《威尼斯商人》剧中人物。

心造就了亨利五世①的伟大,而过于膨胀的名利心却使潘西②因而死亡。过度的美德导致安哲鲁③毁灭,而且如果说在他们周围的人们中过分严厉显得有害,也不能防止罪恶,那么就是人身上的那种神性——慈悲心,如果过度的话,也会造成罪恶"。)

格尔维努斯认为,莎士比亚曾教导说,行善是会过分的。

莎士比亚教导说(依格尔维努斯的看法),道德跟政治一样是这样的一种东西,由于情况和动机的复杂性,不可能为其制定任何规则。(563页:"从莎士比亚的观点看来[在这一点上他跟培根和亚里士多德是一致的],没有任何良好的宗教的和道德的法则是可以为正当的道德行为制定适用于一切场合的训诫的。")

格尔维努斯最清楚不过地道破了莎士比亚的全部道德原理,即莎士比亚不是为那样一些阶级写作——对这些阶级,明确的宗教规矩和戒律是起作用的(这是千分之九百九十九的人),而是为有教养的人士写作,这些人掌握了健全的生活节律和这样的一种自我感觉,由于它,良心、理智和意志合而为一,向可尊敬的人生目标迈进。然而,格尔维努斯认为,即使对这些幸运儿说来,这种学说,如果只是部分接受,也可能是危险的,必须全盘接受。(564页:格尔维努斯说,"有一些阶级,他们的道德得到宗教和国法的良好训诫妥善的保护;莎士比亚的创作与他们是无缘的。能够理解并享受莎士比亚创作的只是有教养的人士,对他们是可以要求掌握健全的生活节律和这样的一种自我感觉,借助于它,天赋的、支配我们的良心和理智的力量,同我们的意志合而为一,引导我们明确地达到可尊敬的人生目标。可是,即使对这些有教养的人士说来,莎士比亚的学说也不总是安全的……只有把他的学说全部

---

① 亨利五世,同名历史剧中人物。
② 亨利·潘西,《理查二世》剧中人物。
③ 安哲鲁,《一报还一报》剧中人物。

完完全全、毫无例外地整个接受下来,这种学说才会了无害处。那时它不但没有危害,而且是一切道德学说中最最一清二楚、十全十美,从而是最最值得信任的。")

为了全盘接受,就应该明白,按照他的学说,个人起而反抗或力图破坏业已形成的宗教和国家的形式的界限,是极不理智和十分有害的。(566页:"对莎士比亚说来,一个独立自主的个人,如果他以坚毅的精神同政治和道德中的任何规则做斗争,并藐视千百年来社会赖以维系的宗教和国家的联盟,这种人是可怕的。依他看,人们的实践的智慧,除了使社会最大限度地顺应自然并获得自由外,别无更为崇高的目的。正因如此,应该神圣地、坚定地维护社会的正常法则,尊重现存的事物秩序,经常察看这种秩序,并扶植其合理的各个方面,不以文化而忘掉天性,也不以天性而忘掉文化。")财产、家庭、国家是神圣的。而承认人们平等的意图则是一种疯狂。这种意图一旦得逞,将会把人类导向最大的灾难。(571页及572页:"谁都比不上莎士比亚那样反对官阶和地位的优越性,然而,这个具有自由思想的人物,难道会容忍为了让位给贫穷无知的人,而消灭富裕和有教养的人士的特权吗?如此娓娓动听地引导人们爱慕荣誉的人,能让一切雄心壮志都随同地位和功勋的丧失而陷于消沉吗?或者随着所有等级的消灭而使'任何宏图大略的动机趋于泯灭吗?'如果窃取的荣誉和虚假的权力真的不再对人们产生影响,那么,诗人能够容忍所有暴力中最可怕的一种暴力——无知群氓的权力吗?他看到,由于现时所鼓吹的这种平等,一切都会变成暴力,而暴力会变成专横,专横则会变为不可抑止的情欲,这些情欲将像狼对猎物那样地撕碎世界,到头来世界将自我吞没。即使人类达到平等而没有发生这样的事,即使各民族间的爱和永久和平不像《暴风雨》中阿隆佐所说的是不可能的'子虚乌有',即使相反地,对于平等的追求真正可以达到的话,那么,诗人也会认为,世界已临风烛残年,因此积极有为之士已不值得为之生活了。")

莎士比亚的世界观,依照他的最卓越的专家和赞美者的解释,就是如此。

晚近另一位莎士比亚赞美者勃兰兑斯对此还作了如下的补充。

"当然,谁都不能终生持身如玉,从未陷于虚伪和欺骗,也不贼害他人。然而虚伪和欺骗并非总是恶行,甚至贼害他人也不一定是恶行,它往往只是一种必需,一种允许使用的手段,一种权利。其实,莎士比亚向来认为,没有无条件的禁止或无条件的责任。例如他不怀疑哈姆莱特杀死国王的权利,甚至也不怀疑他刺死波洛涅斯的权利。但是,直到现在,当他环顾周围而到处看到最最普通的道德法则如此不断遭到破坏时,他仍然不免有极其难堪的愤怒和厌恶之感。现在,他以前模糊地感觉到的一切在他心灵中形成了严严整整的一系列思想:如此绝对的戒条是不存在的;不用说性格,就是行为的价值和意义也不取决于是否遵守这些戒条;全部实质在于内容——一个人在下决心的时刻出于自己责任心用来充实这些法则规章的形式的内容。"(格奥尔格·勃兰兑斯:《莎士比亚及其作品》)

换句话说,莎士比亚现在看清楚,目的的道德才是唯一真正的道德,唯一可能的道德。因此,勃兰兑斯认为,莎士比亚的基本原则(他就是为此赞赏莎士比亚的)是,目的可以证明手段的正确。肆无忌惮地行动,不抱任何理想,凡事适可而止,保持既定的生活方式,而目的是会证明手段的正确的。

如果这里再加上全部历史剧中所灌输的那种沙文主义的英国爱国主义(由于这种爱国主义,英国的王位神圣而不可侵犯;英国人永远战胜法国人,歼敌数千而伤亡不过数十;圣女贞德是女巫,英国人所自出的赫克托和全部特洛伊人都是英雄,而希腊人则是懦夫和叛徒,等等),这也就是莎士比亚最卓越的赞美者们所说的、这位最明智的人生导师的世界观。而且谁要是认真阅读莎士比亚的作品,他就不能不承认莎士比亚的赞美者对他的世界观所作的这种推论是完全正确的。

任何文艺作品的优点取决于三个特性:

(一)取决于作品的内容,内容越是有意义,亦即对人生越是重要,作品就越是优秀;

(二)取决于通过适合这门艺术的技巧所达到的外在的美。例如,戏剧艺术的技巧是,适合于人物性格的确切的语言,既自然又很动人的开端,场面的正确安排,情感的表现和发展,以及所描写的一切的分寸感;

(三)取决于真诚,也就是作者本人对他所描写的事物要有逼真的感受。离开这一条件就不可能有任何艺术作品,因为艺术的实质在于让艺术作品的接受者为作者的情感所感染。如果作者对他所描绘的事物没有感受,那么接受者也就不会受作者的情感的感染,不会体验到任何情感,于是作品也就不能算作艺术品了。

莎士比亚剧作的内容,正像从他的几个最卓越的赞美者的解释中所看到的那样,是一种最低下最庸俗的世界观,这种世界观把权贵的外表的高尚看作人们真正的优越性,蔑视群氓,即劳动阶级,否定任何志在改变现存制度的意图,不仅宗教方面的,也包括人文方面的意图。

第二个条件也是莎士比亚的全部作品所全然阙如的,除了能安排表现情感进展的场面之外。在他那儿,没有合乎情理的情势,没有登场人物的语言,主要是没有分寸感,而离开分寸感,作品也就不能成为艺术品。

第三个、也是最重要的条件——真诚——在莎士比亚的全部作品里是一概阙如的。在所有这些作品里看到的都是刻意的矫揉造作,显然,他不是 in earnest①,他在玩弄文字游戏。

<h1 style="text-align:center">七</h1>

莎士比亚的作品不符合任何一种艺术的要求,而且它们的倾向还是极其低下、极不道德的。那么,这些作品一百多年来所享有的伟大的声望意味着什么呢?

这个问题之所以难以回答,尤其是因为,假如莎士比亚的作品真的还有些长处,那么由于某些被夸张到不适当程度的原因,这些作品使人着迷,那多少还是可以理解的。然而,这里却是两极相逢,一边是庸俗而不道德的作品,不值一评,毫无价值,另一边却是狂热的普遍赞扬,吹嘘这些作品高于任何时代的人类创造。

这应该如何解释呢?

我在一生中曾经多次同莎士比亚的赞美者讨论过,不仅同那些对诗歌比较隔膜的人士,我还同诸如屠格涅夫、费特等对诗歌富有审美感的人士讨论过,对于我不同意赞赏莎士比亚的看法,每次遇到的都是同一种态度。

当我指出莎士比亚的缺点时,他们并不反驳我,却只认为我不理解他而表示遗憾,劝导我必须承认莎士比亚那旷世难逢的异常伟大,也不向我说明,莎士比亚的作品究竟美在哪里,而只含糊而夸张地激赏莎士比亚的全部作品,赞美几个最心爱的地方,如李尔王解开衣扣,福斯塔夫撒谎,麦克白夫人的洗不掉的血迹,哈姆莱特同父亲阴魂的谈话,四万个弟兄,世上无罪人等等。

"打开莎士比亚的书吧,"我对这样的赞美者说,"随你们挑选哪个地方或信手翻到哪儿,你们会看到,任何时候也找不出人人能懂、十分自然、符合说话者的性格而又能产生艺术印象的连续十行

---

① 英语:认真。

（这种试验谁都可以做）。"于是，莎士比亚的赞美者随便碰巧或者按自己的挑选翻出莎士比亚戏剧的几个地方，毫不理睬我提出的为什么挑出来的十行不符合美学和健全思想的起码要求的意见，反而赞赏那些依我看来正好是很荒唐、难理解和反艺术的地方。

因此，当我试图得到莎士比亚之所以伟大的解释时，在他的崇拜者中间总是遇到这样一种了无二致的态度，那是我过去和现在在某些教条的维护者那儿经常遇到的，他们不是通过推理，而是通过信仰来接受这些教条。在所有稀里糊涂地激赏莎士比亚的论文里，在关于莎士比亚的谈话里所遇到的他的赞美者对自己议论的对象的态度，正好给我一把钥匙，使我能了解莎士比亚之所以享有巨大声望的秘密。这种惊人的声望只有一种解释，即它来自人们过去和现在常常遇到的一种流行性的蛊惑。这样的蛊惑在生活的各个领域里过去和现在都是存在的。就意义和规模说来如此重大的蛊惑的鲜明例子是，不仅有成年人而且有孩童参加的中世纪的十字军远征，以及无谓得惊人、层出不穷的流行性的蛊惑，如迷信巫术，相信酷刑有利于弄清真相，寻求长命水和点金石，还有风靡荷兰的酷爱那一茎价值数千盾的郁金香的狂热。这种缺乏理性的蛊惑，在人类生活的一切领域内——宗教的、哲学的、政治的、经济的、科学的、艺术的以至文学的领域内，过去和现在都是常有的；人们只有在摆脱这种蛊惑之后，才能洞察其疯狂性。而当人们仍然处于它的影响之下时，他们觉得这种蛊惑是如此无容置疑的真理，以至他们并不认为有必要、有可能加以议论。随着报刊的发展，这些流行病变得特别惊人。

在报刊发展的条件下发生了这样的事：任何现象由于偶然的情况，获得了哪怕只是稍为出众的意义，报社便马上把这种意义广为传播。而一旦报刊提出这种现象的意义，公众就给以更大的注意。公众的注意使报刊更认真更详细地去观察这种现象。公众的兴趣更浓厚了，报社则更竞相迎合公众的要求。

公众感到更大的兴趣,报刊又赋予更大的意义。于是事件的重要性就像雪球似的越滚越大,获得了与它的意义全然不相称的评价,而这种常常达到疯狂程度的夸大了的评价,在报刊和公众的领导人物的世界观依然如故时,会一直保持不衰。在当代,因为报刊和公众的交互影响而使极其微不足道的现象具有与它内容如此悬殊的意义,其事例是难以胜数的。公众和报刊如此交互影响的惊人例子是不久以前德雷福斯案件①引起的全球性的轰动。法国国防部的一个上尉有叛国罪的嫌疑。诸如此类的事件本是屡见不鲜、无人注意的,它不仅不能使全世界、甚至也不能使法国军界感到兴趣。可是,不知因为上尉是犹太人还是因为法国社会各党派的特殊的内部纠纷,这一事件被报刊加上了某些突出的意义。公众注意到它,报社彼此争先恐后地描述、分析和讨论这一事件,公众产生更大的兴趣,报刊则迎合公众的要求,雪球开始越滚越大,终于在我们眼前大到如此程度,以至没有一个家庭不在争论L'affair②。因此,卡朗·达什③的一幅漫画,十分忠实地描绘了几乎整个读者世界对德雷福斯问题的态度。它画的是一个开头和睦的家庭,决定不再谈论德雷福斯,后来这个家庭里竟出现了泼妇互殴的场面。别的民族的人,从任何方面来说对法国军官是否叛国问题不会感到兴趣,而且他们也不能知道这一案件的经过,可是所有的人都分裂为维护和反对德雷福斯的两个阵营,只要相遇,就会谈起德雷福斯,争论德雷福斯,一些人深信不疑地确认他有罪,另一些则深信不疑地加以否认。

---

① 阿尔弗雷德·德雷福斯(1859—1935),法国军官,犹太人。一八九四年调国防部工作,被指控出卖军事秘密,并被判处终身监禁。由于证据不足,激起政界和包括左拉在内的学术界人士的抗议,全国对这一案件持不同的看法,形成了两个对立的营垒。最后他被宣告无罪。

② 法语:这案件。

③ 卡朗·达什,祖籍俄国的法国漫画家埃马维埃尔·普瓦莱(1859—1909)的笔名。

只有几年之后,人们才开始从这种蛊惑中醒悟过来,开始明白他们怎么也不能知道他是否有罪,而且人人都有数以千计的事情,远比德雷福斯事件关系密切得多,有趣得多。在一切领域内都有这样莫名其妙的事,而在文学领域内尤其令人注目,自然,这是因为报刊对出版事业最感兴趣。在当代,印刷业获得这样反常的发展,文学领域内莫名其妙的事就更加厉害了。常有这样的情况:人们突然过甚其词地吹嘘某些不足挂齿的作品,尔后,如果这些作品不符合占统治地位的世界观时,大家对它们就突然十分冷漠,既忘掉这些作品,也忘掉自己先前对它们的态度。

　　譬如我记得,在四十年代,艺术界推崇和赞美欧仁·苏和乔治·桑,在社会学界是傅立叶,在哲学界是康德和黑格尔,在科学界是达尔文。

　　欧仁·苏已被人忘记得一干二净,乔治·桑正在被遗忘,为左拉和颓废派波德莱尔、魏尔兰和梅特林克等人的作品所取代。傅立叶及其法朗吉斯特①完全被人抛在脑后,并为马克思所取代。为现存制度辩护的黑格尔,否认人类宗教活动的必要性的康德,达尔文及其物竞天择的定律,都还保持不坠,却也开始被淡忘了,为尼采的学说所取代了,虽则这种学说就其内容来说十分荒谬、轻率、含糊和恶劣,但却更符合于当今的世界观。艺术的、科学的、哲学的,尤其是文学的莫名其妙的现象就是这样突然产生,而又迅速衰落并为人淡忘的。

　　但也常有这样的情况,这类莫名其妙的现象,由于特殊的、偶然有利于它们得到肯定的原因而产生后,与流行于社会、特别是文学界的世界观是那样吻合,以至异常长久地保持下来。早在古罗马时代就有人说过,书籍有它自己的、往往是非常奇特的命运,比

---

① 法朗吉斯特是傅立叶的空想社会中的法朗吉的住宅,"法朗吉"是他所设想的一千五百至二千人的基本生产消费单位。

如有的书虽则价值很高,却默默无闻;有的书虽则毫无价值,却获得不应有的巨大成功。人们也说过这样的名言:procapite lectoris habent sua fata libelli,亦即书籍的命运视其读者的观点而定。莎士比亚的作品就是像这样适合某些人的世界观,他的声望正是来自他们。这种声望之所以过去和现在都屹然无恙,是因为他的作品继续符合于这种声望的支持者们的世界观。

在十八世纪之前,莎士比亚在英国不但没有特殊的声望,他得到的评价还低于其他同时代的剧作家,如本·琼森、弗莱彻、鲍蒙特等人。这种声望肇始于德国,再从那儿转回英国。这件事就是这么发生的。

艺术,特别是要求有大量准备工作和耗费劳动的戏剧艺术,从来就是宗教的,也就是说它旨在唤起人们认清人对上帝的态度。这种态度是艺术在其间产生的那个社会的进步人士在某个时候所认识到的。

按事情的实质来说应该这样,而从我们知道的初民生活的那时起,在所有民族那里,在埃及人、印度人、中国人、希腊人那里从来也都是这样。还常常发生这样的事:随着宗教形式的粗俗化,艺术也越来越背离它原来的宗旨(根据这种宗旨艺术本来会被认为是重要的事业,几乎和礼拜一样),而且抛开为宗教服务的目的而抱定非宗教的、世俗的目的,以满足群氓或权贵的要求,亦即他们的娱乐和消遣的目的。

艺术如此背离它真正的、崇高的使命的情况到处都发生过,在基督教中也曾经有过。

基督教艺术的最初表现是教堂里的礼拜,如圣礼和最通常的弥撒。后来,当这种礼拜艺术的形式不再令人满意时,出现了神秘剧,它们描写按基督教的宗教世界观看来是最重要的事件。以后,从十三、十四世纪起,基督教学说的重心从拜基督为神渐渐转移到阐明并信奉他的学说,描写基督教外在现象的神秘剧的形式也不再令人满意,要求新的形式。作为这种意向的表现,寓意剧出现了,这是以基督教的美德和与之对立的恶行的体现者为剧中人物的一种戏剧表演。

但是,寓意剧就其所属类别说来是低级的艺术,不能代替以前的宗教剧,而适合于把基督教看作人生学说的观点的戏剧艺术的新形式还没有发现。戏剧艺术也因为没有宗教基础,在所有基督教国度里日益背离自己的崇高使命,不服务于上帝而服务于群氓(我所说的群氓不仅指老百姓,而且指大多数不道德的或不讲究道德、对人生头等问题漠不关心的人)。促进这种背离的还有一种情况,即在基督教世界迄今尚未为人所知的希腊的思想家、诗人和剧作家们正好在当时被人知悉并恢复了声望。因此,十五、十六世纪的作家,由于还没来得及创造与作为人生学说的新的基督教世界观相适应的、明确的戏剧艺术形式,同时又承认先前的神秘剧和寓意剧的形式不能令人满意,于是,在新形式的探求中,自然而然地开始模仿重新发现的、以其优美和新颖而颇具魅力的希腊的典范。在当时能够欣赏戏剧演出的主要是国王、王子、公爵、廷臣这样一些权贵,他们是些最最没有信仰的人,不仅对宗教问题漠不关心,大多还是些十分腐化堕落的人。因此,十五、十六及十七世纪的戏剧为了满足观众的要求,已经完全抛弃了任何的宗教内容。结果是以前负有崇高的宗教使命,而且只有在这种条件下才能在人类生活中占据重要位置的戏剧,就像在古罗马时代一样,变成了游艺、娱乐和消遣,差别只在于,古罗马的这种游艺是全民性的,而在十五、十六和十七世纪的基督教世界里,则多半是供荒淫无度的国王和上层阶级赏玩的。西班牙、英国、意大利和法国的戏剧就是这样。

这个时期所有这些国家的戏剧,大多依照古希腊的模式,从史诗、传说和传记取材,却很自然地反映了各民族的特性,比如在意大利产生了多半是有着可笑的情势和人物的喜剧。在西班牙盛极一时的是有着复杂的开端和古代历史上的英雄的世俗戏剧。英国戏剧的特点是在舞台上杀人、处决，打仗，以制造粗野的效果，并且以民间滑稽剧为幕间戏。无论是意大利的、西班牙的、英国的戏剧都没有驰誉全欧，它们都只在本国得到好评。只有因严格遵循希腊典范，尤其是三一律而与众不同的法国戏剧，由于语言的优美和作家的才华而享有普遍的声誉。

这种情况一直持续到十八世纪垂末。而在这个世纪末年发生了下述的情况。在那个连中等水平的剧作家都未曾有过的德国（有过才具平庸、名气很小的作家汉斯·萨克斯①），全部有教养的人士，同腓特烈大帝一起，都崇拜法国伪古典主义的戏剧。然而就在此时，德国出现了一个小团体，由有教养有才华的作家和诗人们组成，他们感到法国戏剧的虚假和平淡无味，开始探索新的、更为自由的戏剧形式。该团体的人士，像当时基督教世界所有上层人物一样，陶醉于古希腊经典作品并受其影响，而且由于完全漠视宗教问题，认为，如果说描写主人公们的灾难、痛苦和斗争的希腊戏剧是至高无上的典范，那么，对于基督教世界的戏剧说来，像这样去描写主人公的痛苦和斗争也会成为充实的内容，只要抛开伪古典主义的狭隘要求就行了。这些人士不了解，对希腊人说来，他们的主人公的痛苦和斗争是有宗教意义的，居然以为，只消抛弃过于拘束的三一律，即使不在作品里加入任何宗教的、适合于时代的内容，光是描写历史活动家的各个生活时期和一般的人的强烈情欲，戏剧就有充分的基础了。当时存在于和德国人有血统关系的英国人那儿的正好是这种戏剧，德国人得知以后便断言，现代的戏剧正好应该是这样的。

他们从英国所有的戏剧中选中了莎士比亚的戏剧，而英国其他作家的戏剧，就其安排场面的技巧（这是莎士比亚的特长）来

---

① 汉斯·萨克斯（1494—1576），德国诗人，写过六千多篇作品，主要描写日常生活。

说，丝毫不亚于莎士比亚的戏剧，甚至还超过它。

这个小团体的领袖是歌德，在审美问题上曾是当时舆论的独裁者。部分地由于要破除法国伪艺术的魅力，部分地由于要给自己的戏剧活动以广阔天地，更重要的是由于自己的世界观同莎士比亚的世界观适相吻合，他宣称莎士比亚为伟大的诗人。而那些不懂艺术的美学评论家们，在卓有声望的歌德宣扬这种谎言时，就像乌鸦攫食兽尸那样，争相附和，开始在莎士比亚的作品中寻找本不存在的美，并且大加赞扬。这些德国的美学评论家，大多毫无审美感，不懂得那种朴素而直接的艺术印象（富于艺术感的人是能够把这种印象跟别的一切印象区别开来的），只因相信那位断言莎士比亚为伟大诗人的权威的话，就开始接连不断地颂扬莎士比亚的全部作品，他们特别挑出那些以效果打动他们或者所表现的思想吻合于他们的世界观的地方，自以为正是这些效果和这些思想构成了所谓的艺术的实质。

这些人的做法无异于在自己反复翻过的石子堆里竭力摸索着寻找钻石的盲人。正如盲人长时间多次地翻弄小石子，到头来除了说所有石子都是珍贵的，而特别珍贵的是那些光滑无比的石子之外，不能得出任何别的结论，那些没有艺术感受的美学评论家对于莎士比亚也只能得出这样的结论。为了使自己对全部莎士比亚作品的赞美之词具有说服力，他们编出美学理论，根据这些理论又得出结论说，明确的宗教的世界观对于所有艺术作品，尤其是戏剧是毫无必要的。对于戏剧的内在内容说来，描写人的情欲和性格就足够了，不仅不需要对所描写的事物从宗教的观点加以阐明，艺术还应该是客观的，亦即描写事件时完全不加善与恶的评价。因为这些理论是依照莎士比亚的作品而编制的，结果很自然，莎士比亚的作品完全符合于这些理论，因而是尽美尽善的杰作。

这些人也正是造成莎士比亚声望的始作俑者。

多半由于他们的文字，作家在读者间发生了相互影响，这种影响在过去和现在都表现为没有任何合理根据而狂热地赞美莎士比亚。正是这些美学评论家们写出思想深刻的论莎士比亚的论文（写出关于他的论著一万一千册，构成了整整的一门学科——莎士比亚学）。读者的兴趣越来越浓，博学的评论家的解释也越来越多，亦即越来越使人糊涂，越来越加以赞赏。

因此，莎士比亚获得声望的第一个原因是，德国人必须以更有生气和更为自由的戏剧来对抗他们所厌弃的、确实既枯燥又平淡的法国戏剧。第二个原因是，年轻的德国作家为了写作自己的戏剧需要典范。第三个也是最重要的原因是，没有审美感的博学而热心的德国美学评论家的活动，他们编造了客观艺术的理论，也就是自觉地否定了戏剧应有宗教内容的理论。

"然而，"人们对我说，"您听说的戏剧的宗教内容是指什么而言？您所要求于戏剧的，莫非是宗教的训诫和教育意义，亦即和真艺术水火不容的所谓倾向性？"我回答说，我所说的宗教内容不是指通过艺术形式外在地教导某些宗教的真理，也不是指以寓意的方式描写这些真理，而是指明确的、符合于当时最崇高的宗教观点的世界观，这种世界观将作为戏剧创作的动机，在作者不自觉的状态下渗入他的全部作品。真正的艺术家向来都是这样，剧作家尤其如此。因此，当戏剧曾是严肃的事业的时候是这样，根据事物的实质说来也应该是这样。能够写戏剧的只有这样的人，他有话要对人说，说的是对人们至关重要的事，亦即人对上帝、对世界、对永恒和无穷的一切所应持的态度。

这样，由于德国人的客观艺术的理论形成了一种观念，认为这是戏剧所完全不需要的，于是，像莎士比亚那样的作家，心中没有形成符合于时代的宗教信念，甚至没有任何信念，只在自己的戏剧里堆满形形色色的事件、灾祸、插科打诨、各种各样的议论和效果，——像这样的一位作家，显然就被看成最有天才的剧作家了。

不过，这一切还是莎士比亚获得声望的外在原因，而基本的、内在的原因是,他的戏剧正好 pro capite lectoris,也就是说,正好符合于我们社会里上层阶级那种非宗教的和不道德的情绪。

八

一系列偶然事件使得上世纪初一度是哲学思想和美学法则的独裁者的歌德赞美莎士比亚,美学评论家们就随声附和,写出他们的冗长、含糊、貌似渊博的文章,欧洲的广大公众就开始激赏莎士比亚。评论家们为了迎合公众的兴趣,争先恐后地竭力抢写新而又新的关于莎士比亚的论文,读者和观众则进一步确信自己的激赏是正确的,于是,莎士比亚的声望就像雪球似的越滚越大,以至发展成当代这种疯狂的赞扬,这种赞扬,除了受到鼓惑之外,显然是别无任何根据的。

"无论在过去的或现代的作家中,莎士比亚都难找到差堪媲美的敌手。""诗的真实是莎士比亚的功勋的王冠上灿烂无比的花朵。""莎士比亚是有史以来最伟大的道德家。""莎士比亚显示出如此多才多艺,并且显示出使他超越时代和民族界限的客观性。""莎士比亚是古往今来绝无仅有的最最伟大的天才。""无论就创作悲剧、喜剧、故事、田园诗、田园诗情调的喜剧、历史田园诗,或是就完美无瑕的描写或一挥而就的诗歌来说,他都是举世无双的。他不仅拥有无限的权力,能支配我们的喜怒哀乐,支配各种情欲、机智、思想和观察的方式,不仅控制充满幻想的虚构的无限天地,能够塑造各种可怕和可笑的性格,而且还具有洞察虚构世界和现实世界的能力,而统帅这一切的是人物性格与大自然的同样真实性,和同样的人道精神。"

"伟大这个称号对于莎士比亚自然是适合的。如果再补充说,除了伟大之外,他还是整个文学的革新者,而且,在自己作品里不仅表现了他同时代的生活现象,还从当时只以萌芽状态闪现的思想和观点里预测到社会精神在未来采取的倾向（这一点我们在《哈姆莱特》里看到惊人的例子），那么，可以确切地说，莎士比亚不止是伟大的诗人，而且是古往今来所有诗人中最最伟大的一个，在文艺创作的舞台上，堪与媲美的对手只有他在作品里描写得如此完美的生活本身。"

这种显然是夸大了的评价很有说服力地表明，它不是出自健全的判断，而是受到蛊惑的结果。一种现象，只要成了蛊惑的对象，那么它越是渺不足道，越是低劣空洞，就越会被人妄加以超自然的、夸大了的意义。教皇不只是神圣的，而且是最神圣的等等——莎士比亚不只是优秀作家，而且是伟大无比的天才，人类的永恒导师。

蛊惑从来就是欺罔，而任何欺罔都是恶。的确，把莎士比亚的作品说成是体现了美学上和伦理上完美境界的伟大的、天才作品的这种蛊惑过去和现在都给人带来极大的害处。

这种害处表现在两个方面。第一，表现为戏剧的堕落以及这种重要的进步手段为空虚和不道德的娱乐所取代。第二，向人们提供效尤的坏榜样，以此直接腐蚀他们。

人类生活只有在透彻地了解宗教意识（这是使人们相互牢牢地团结起来的唯一基础）之后才能臻于完善。而人们要透彻地了解宗教意识则有赖于人类各方面的精神活动。这种活动的一个方面是艺术，而艺术的一个分支，几乎是影响最大的一个分支则是戏剧。

因此，戏剧为了负起人们赋予它的使命，就应该为阐明宗教意识而努力。戏剧向来如此，它在基督教世界里也曾经是这样。但是，当最广义的新教，亦即把基督教当作人生学说的新观点出现时，戏剧艺术却没有找到适合于基督教新观点的形式，于是文艺复兴时代的人士就醉心于模仿古典艺术。这种现象在过去是极其自然的，然而这种迷恋应该停止，艺术也应该找到新的形式，正如现在开始找到的那样，找到与基督教观点所发生的变化相适合的新形式。

可是，十八世纪末和十九世纪初产生于德国作家间的所谓客观艺术（亦即漠视善恶之分的一种艺术）的学说，阻碍了这种新形式的发现。这种客观艺术同对莎士比亚戏剧的过分赞赏有关，而这种赞赏则部分地由于和德国人的审美学说相符合，部分地由于被用作为这种学说服务的材料。如果不是过分地赞赏莎士比亚戏剧，说它们是最完美的典范，那么，十八、十九世纪和本世纪的人士该会懂得，戏剧为了有存在的权利，为了成为严肃的事业，正如往常那样，而且也不能不是那样，应该为阐明宗教意识而努力。只要明白这一点，他们就会去寻求符合于宗教观点的新的戏剧形式了。

可是由于确认莎士比亚戏剧是尽美尽善的杰作，并且应该像他那样写作，不仅不要任何宗教内容，而且不要道德内容，于是所有剧作家便都去模仿他，开始编写出内容空洞的戏剧，如歌德、席勒、雨果和我们的普希金的戏剧，奥斯特罗夫斯基和阿列克谢·托尔斯泰的历史剧，以及充斥于一切剧院的、由那些凡是萌生写剧本的思想和愿望的人接二连三地制造出来的、难以胜数的多少有点名气的剧作。

只是由于如此庸俗和浅薄地理解戏剧的意义，在我们中间，才会出现无数这样的剧作，它们描写人们的行为、环境、性格和情绪，非但没有任何内在的内容，而且往往没有任何人道的含义①。

因此，艺术的一个最重要的分支——戏剧，在当代仅仅成为庸俗而不道德的群氓的庸俗而又不道德的娱乐。最糟的是，这种堕落到不能再堕落的程度的戏剧艺术，仍然被人妄自加以崇高的和非它固有的意义。

剧作家，演员、导演和以最严肃的语气发表有关戏剧和歌剧等

① 请读者不要认为，我把自己偶然写出的剧本排除在我对当代戏剧这一评价之外，我承认它们一如所有其他戏剧，也缺乏应作为未来戏剧之基础的宗教内容。——作者注

报导的报刊,全都充分相信他们做的是某种异常可敬的重要工作。

当代戏剧是一位业已走上穷途末路,却仍以荡然无存的往昔荣华富贵而自豪的失势的大人物。当代的公众则好比那些无情地拿这个穷途末路的失势的大人物来开心的人。

这也就是赞美莎士比亚伟大的流行性蛊惑的有害影响之一。这种赞美的另一有害影响则是向人们提供可资效尤的坏榜样。

要知道,假如关于莎士比亚的文章只是说,当时他曾经是一位优秀的作者,颇为擅长诗歌,是一个聪明的演员和出色的导演,那么即使这评价并不确实,略有溢美,却也还不过分,世世代代的年轻人就会免受莎士比亚狂的影响了。假如当代每一个步入生活的青年心目中的道德上的完美典范,不是人类的宗教导师和道德导师,而首先是莎士比亚(博学之士确认他是人世间最伟大的诗人和最伟大的导师,并以此作为无可争辩的真理代代相传),那么青年人是无法不受这种有害的影响的。

在人们阅读或者听人朗诵莎士比亚作品时,对于他们问题已经不在于作出评价,评价已经作出了。问题不在于莎士比亚是好是差,问题只在于那种审美和伦理上的非凡之美何在,这种美是他所敬仰的博学人士给他提示的,而他自己却既未看见又未感到。于是他勉强自己,并扭曲自己的审美感和伦理情感,力求赞同靡然成风的见解。他已经不再相信自己,而只信任他所敬仰的博学人士的言论(这一切我都体验过)。在阅读戏剧评论和附有注释的戏剧摘要时,他似乎开始感到他体味着某种类似艺术印象的东西。越是这样继续下去,他的审美感和伦理情感也就越被扭曲。他再也不会直接和清晰地区分真艺术品和矫揉造作的艺术仿制品了。

重要的是,当他接受了渗透于莎士比亚全部作品的不道德的世界观之后,他就丧失了明辨善恶的能力。而这种谎言,吹嘘渺不足道的、非艺术的、不仅是非道德的,而且简直是不道德的作家,则是做了害人的事。

因此我才想，对于莎士比亚的不合实际的赞美，人们摆脱得越快越好。首先，摆脱这种谎言后，人们一定会懂得，不以宗教原则为基础的戏剧，不仅不像如今大家所想象的那样，是重要和美好的事业，而且是最庸俗最可鄙夷的。懂得这一点以后，人们一定会去寻求并创造一种用以阐明并确立人们心中高度宗教意识的当代戏剧的新形式。其次，人们摆脱这种催眠状态之后便会懂得，专以供观众娱乐消遣为宗旨的莎士比亚及其效颦者的渺小而不道德的作品，怎么也不能成为人生的指南，而当真正的宗教戏剧仍然阙如时，就必须从其他源泉寻求人生学说。

（1903）

陈　桑译

〔据《列·尼·托尔斯泰论文学》，1955年，莫斯科版。〕

契诃夫的短篇小说《宝贝儿》跋

　　在《民数记》①中有一段意味深长的故事,讲摩押王巴勒去邀请巴兰,要他为他诅咒逼近边境的以色列人。巴勒许诺给他许多礼物作为酬劳。巴兰心动,来见巴勒,途中为天使所阻。巴兰的驴看见了天使,巴兰却看不见。虽然途中受阻,巴兰还是来见巴勒,和他一同上山。山上已准备好诅咒用的祭坛和宰好的牛羊。巴勒等候他为他诅咒,岂知巴兰非但不诅咒,反而为以色列人祝福。

　　第二十三章第十一节:"巴勒对巴兰说,你向我做的是什么事呢? 我领你来诅咒我的仇敌,不料你竟为他们祝福。"

　　第十二节:"他回答说,耶和华传给我的话,我能不谨慎传说么?"

　　第十三节:"巴勒说,求你同我往别处去……在那里要为我诅咒他们。"

　　于是他又带领巴兰到另一个地方,那里也设有祭品。

　　但是巴兰又不是诅咒,而是祝福。

　　到第三个地方,还是这样。

　　第二十四章第十节:"巴勒向巴兰生气,就拍起手来,对巴兰说,我召你来为我诅咒仇敌,不料,你这三次竟为他们祝福。"

　　第十一节:"如今你快回本地去罢。我想使你得大尊荣,耶和华却阻止你不得尊荣。"

　　于是巴兰没有得到礼品,空手而返,因为他不是诅咒,反而祝

---

　　① 《圣经·旧约》的一卷书,引文均据中译"上帝版"。

福了巴勒的敌人。

像巴兰所遇到的事,真正的诗人-艺术家们也时常遇到。也许是被巴勒的许愿,即名望所诱惑,也许是由于自己错误的、受蛊惑的观点,诗人甚至看不见他的驴所看到的那位阻拦他前进的天使,想要去诅咒,结果却反而去祝福。

契诃夫这位真正的诗人-艺术家在写作迷人的短篇小说《宝贝儿》时所遇到的正是这种情况。

作者显然是想嘲笑凭他的推理(而不是凭他的感情)认为是个可怜虫的"宝贝儿",她一会儿和库金一起操心他剧院的事,一会儿专心致志于木材生意的利润,一会儿受兽医的影响把跟家畜的结核病做斗争看作头等大事,最后又全心全意地埋头于那个戴大制帽的中学生的各种语法问题和他所感兴趣的事。库金的姓氏可笑,甚至连他生的病和关于他的讣电也可笑,那个老成持重的木材商人可笑,兽医可笑,男孩子也可笑,但是"宝贝儿"的心灵并不可笑,而是圣洁和异常优美的,她能为心爱的人献出自己的整个身心。

我认为,作者写《宝贝儿》时是根据推理,而不是在感情上对新妇女抱有一种模模糊糊的观念,认为她和男子有平等的权利,认为她有修养,有学识,有独立精神,能够为造福社会工作,即使不胜过男人却也不亚于他。他心目中的妇女正是提出并支持妇女问题的妇女。而他在开始写《宝贝儿》时,就想表现妇女不应该是怎样的。社会舆论这位巴勒请契诃夫去诅咒禀性软弱、百依百顺、忠实于男子的没有文化修养的女性,于是契诃夫来到山上,山上摆好了供祭祀用的牛犊和羊羔,可是诗人一开口,却祝福了原来想诅咒的。尽管整个作品里贯穿着妙不可言、令人解颐的喜剧性,可当我读到这个绝妙的短篇的某些段落时,却不禁为之泪下,至少我是这样。使我感动的还有,小说里写到,她以毫无保留的自我牺牲精神去爱库金和他所爱的一切,同样地去爱做木材生意的商人,同样地去爱兽医,而使我尤为感动的是,后来只剩下她一个人而无人可爱的时候,她是那么痛苦,最后她又倾注自己的全部女性和母亲的感情的力量(这种感情她是没有直接体验到的)以无限的爱去爱未来的人,即那个戴大制帽的中学生。

作者使她爱上滑稽可笑的库金、渺不足道的木材商人和讨人厌恶的兽医,但是爱情总是同样神圣的,不管它的对象是库金还是斯宾诺莎①或帕斯卡、席勒,也不管爱的对象像"宝贝儿"的那样迅速变化,或是终生不渝。

很久以前,我偶然在《新时报》上读到阿特②先生的一篇论妇女的出色的小品文。作者在文中发表了他关于妇女的异常聪明和深刻的思想。他说:"妇女们力图向我们证明,我们男人能做的一切,她们同样能做。""对此我不仅不争论,"作者说,"而且欣然同意,妇女能做男人所做的一切,甚至也许能做得更好,糟糕的是,妇女能做的事,男人却不能做得稍为像样一些。"

是的,无疑是这样,这里涉及的不仅仅是生男育女、哺养孩子及其早期教育,而是男人不能做那种最崇高、最美好、最使人亲近上帝的事,即爱情,为所爱的人献出自己的一切,这件事优秀的妇女们过去、现在和将来都做得那么出色,那么自然。如果妇女们不具有这一特性,如果她们没有表现出这一特性,世界会怎么样,我们男人又会怎么样呢? 如果没有女医生、女电报员、女律师、女学者和女作家,我们是无所谓的;但如果没有母亲,没有内助、女友,没有那些爱男人身上一切美好品质,而且以不知不觉的暗示去唤醒并鼓励他身上这一切美好品质的女性安慰者——没有上述的这种妇女,活在世上会是很糟糕的。要是耶稣没有马利亚和抹大拉

---

① 斯宾诺莎(1632—1677),荷兰哲学家。
② 阿特系弗·卡·彼得松(1842—1906)的笔名,他是俄国军事工程师,曾为《新时报》撰稿。

的马利亚,方济各没有克拉拉,十二月党人服苦役时没有他们的妻子,反正教仪式派教徒①没有他们的妻子(她们不是阻碍丈夫,却是支持他们为真理而受苦受难),那些酒鬼、懦夫或好色之徒(这些人比任何人更需要爱的抚慰)没有那千千万万默默无闻的、最最优秀的(一切默默无闻的都是这样)使他们得到安慰的女性,那又将会是怎样?无论是对库金还是对耶稣的爱,妇女主要的、伟大的、无可代替的力量就在于这种爱。

整个儿所谓妇女问题,像任何庸俗事情必然会发生的那样,把大多数妇女以致男人都卷了进去,其实是多么惊人的谬误呀!

"妇女想使自己臻于完美。"——有什么能比这更合理、更正当的事情呢?

须知按自己的天职,妇女的事业有别于男人的事业。因此,妇女要臻于完美的理想也不可能和男人的理想一模一样。即使我们还不知道这个理想是什么,无可怀疑的是,它无论如何不可能是男子要臻于完美的理想。然而,目前使妇女们步入迷途的时髦的妇女运动,这种可笑而糟糕的全部活动,却正是为了达到这种男人的理想。

恐怕契诃夫写《宝贝儿》的时候就是受了这种错误见解的影响吧。

他像巴兰一样,原来是想诅咒的,但是诗神不允许,命令他祝福,于是他就祝福了,不由自主地使这个可爱的人焕发如此奇妙的光辉,并且永远成为一个典范,指出妇女为了使自己幸福,也使和她共命运的人幸福能够怎样做。

这个短篇正因为是无意中写出来的,所以才如此出色。

我曾在通常举行阅兵式的练习场上学骑自行车。练马场的另

---

① 俄国反正教仪式派教徒受官方教会迫害,一八九八年托尔斯泰得到沙俄政府许可,曾以《复活》全部稿费资助这些教徒移居加拿大。

一头,有一位太太也在那儿学骑自行车。我想,我可别妨碍这位太太,于是就盯着她看。而因为望着她,我不由自主地越来越靠近她。结果,虽然她看到有危险,赶紧躲开我,我还是撞到了她的身上,把她撞倒了。这就是说,我做了和我的想法全然相反的事,仅仅是由于我太注意她。

同样的情况发生在契诃夫身上,不过正好相反:他想推倒宝贝儿,以诗人的目光紧盯住她,结果反倒抬高了她。

(1905)

邵殿生 译

〔据《列夫·托尔斯泰文集》二十卷集,莫斯科版。〕

亚·伊·埃尔杰利的长篇小说
《加尔杰宁一家》序

在出版已故的亚历山大·伊万诺维奇·埃尔杰利的作品全集时,人们请我写几句话谈谈他的作品。

我很高兴有这个机会重读《加尔杰宁一家》。虽则我身体欠佳,事务繁冗,但一开始读这部作品,我竟不能释卷,直到读完全书,并对其中几处一读再读为止。

除了对事物的严肃态度,除了我从任何别的作家那里都看不到的那样丰富的民间生活的知识,除了作者本人似乎常常没有意识到的对人民的热爱(对人民他有时是要用阴暗色彩加以描写的),这部长篇小说的主要优点,也是独一无二、举世难逢的优点,就是从准确、优美、多样化和生动有力这几方面说来是异常出色的民间语言。

这样的语言无论在老作家或新作家那里都难以找到。他的这种民间语言不仅准确、有力、优美,而且是无穷地多样化。老仆人说一种语言,工匠说另一种,年轻小伙子说第三种,老婆子说第四种,村姑们说的又是一种。有人曾计算过某位作家所使用的词汇量。我想,埃尔杰利的词汇量,特别是其中民间用语的数量,在所有俄国作家中要算是最多的,而且这些词汇还那么准确、优美、有力,除了民间外,任何地方都没有使用过。这些词汇在任何地方都没有被使用得过分突出,它们的独特性没有被夸大,也没有让人感到作者想利用偶尔听到的字眼向人炫示,使人惊奇,而这种事是常有的。看来,埃尔杰利用民间语言来说话,较之使用文学语言更为自然。

读埃尔杰利描写的民间场面,你会忘记你在读文人的作品,而仿佛是同人民生活在一起。你不仅看到人民的一切弱点,而且还看到超过这些弱点无数倍的优点,主要是,迄今仍然纯真未凿的、不是革命的而是宗教的力量,这是目前俄国唯一可以寄托自己希望的一种力量。

因此,对于热爱人民的人说来,读埃尔杰利的作品就是很大的快乐。对于没有同人民生活在一起而想了解他们的人来说,读他的作品也是最好的手段。谁想熟悉民间语言(不是现在谁也不说的古语,也不是民间幸而还没有多少人使用的新词儿,而是那真正的、有力的语言,需要温柔、动人就温柔、动人,需要严厉、严肃就严厉、严肃,需要热情就热情,需要活泼、生动就活泼、生动的民间语言——这种语言,谢天谢地,还为绝大多数人民,特别是妇女、老年妇女所使用),谁就不仅要阅读埃尔杰利的民间语言,而且要加以研究。

(1908)

陈 燊 译

〔据《列夫·托尔斯泰文集》二十卷集,莫斯科版。〕

谈 果 戈 理

果戈理拥有巨大的才华,美好的心灵和不够豁达、缺乏勇气、谨小慎微的头脑。

当他听命于自己的才华的时候,他就写出了绝妙的文学作品,如《旧式地主》、《死魂灵》第一部、《钦差大臣》,特别是《四轮马车》——就某方面来说这是一部至善至美的杰作。当他听命于自己的心灵和宗教感情的时候,他就写出了诸如他的《论病的意义》《什么是文字》①以及其他许多书简中表述的扣人心弦、常常是深刻而富有教益的思想。然而,一旦他想以道德和宗教作为主题来写艺术作品,或者给已经写好的作品增添一些与它们格格不入的道德和宗教的教诲意义的时候,就出现很恶劣很可厌的胡言乱语,像在《死魂灵》第二部、《钦差大臣》最后一场以及许多书信中所表现的那样。

其所以如此,是由于果戈理一方面赋予艺术以不符合它本性的崇高意义,另一方面还赋予它以更不符合宗教本性的低劣的教会意义,并想用这种教会的信念来解释自己的作品具有的这种臆想的崇高意义。假如果戈理一方面只不过单纯地爱写小说和喜剧,并不给写作加上特殊的、黑格尔式的、神职人员的意义,而另一方面只是简单地把教会的教义和国家的制度看作某种他无须与之争论也没有理由为之辩护的东西,那他就会继续写出十分出色的短篇小说和喜剧,有时还会在他的书简中,甚至个别作品中说出一

---

① 二文见《与友人书简选》。

些往往是很深刻的、出自内心的道德的、宗教的思想。遗憾的是，当果戈理跨进文学领域的时候，尤其是在既有巨大才华，而又朝气蓬勃、明哲通达的普希金逝世之后，对艺术的看法占统治地位的是那种愚蠢到了难以置信的（我不能有别的说法）黑格尔的学说，依据这种学说，连盖房子、唱歌、作画、写小说、喜剧和诗都成了某种宗教仪式，成了仅次于宗教的"为美服务"。那时候，和这种理论同时还传播着另一种同样荒唐、同样混乱而又自命不凡的斯拉夫派学说，认为俄罗斯人，亦即论者所属的那个民族有其特殊意义，并认为那个歪曲基督教的所谓的东正教有其特殊意义。

果戈理虽然是不大自觉但却兼收并蓄了这两种学说。关于艺术的特殊意义的学说，他自然是会接受的，因为这种学说赋予他的事业以十分重要的性质。至于斯拉夫派学说，也同样不能不吸引他，因为它为现存的一切辩护，使他的自尊心得到安慰和满足。

于是果戈理就兼收并蓄这两种学说，竭力把它们融合在一起，应用于自己的创作之中。这种尝试的结果便是他的后期文字中那些如此令人惊异的胡说八道。

（1909）

陈 燊 译

〔据《列夫·托尔斯泰文集》二十卷集，莫斯科版。〕

题　解

《童年》第二稿（片断）

《童年》第二稿写于一八五一年八月下旬至一八五二年一月之间。这个片断是一段插话，前后都有括号。初次发表于《列·尼·托尔斯泰全集》第一卷（莫斯科，1928年，第177—179页）。

《童年》第二稿《致读者》（片断）

原为《童年》第二稿的第三十四章，初次发表于《列·尼·托尔斯泰全集》第一卷（莫斯科，1928年，第207—209页）。《列·尼·托尔斯泰论文学》（莫斯科，1955年）收入此文时，删去最后两段，现据《论文学》译出。在删去的两段中谈道：他每当用脑写作时就让自己停下来，竭力只是用心来写。他认为，作者的个性是违反诗意的。他是在写自传，并希望他的人物能更吸引人，所以不让人物身上留下作者的痕迹。

《在俄国文学爱好者协会上的讲话》

本文是托尔斯泰于一八五九年二月四日在俄国文学爱好者协会会议上的讲话，当时他被选为该会会员。这个协会在长期中断后于当时重新恢复活动，主持者阿·斯·霍米亚科夫、孔·谢·阿克萨科夫等人是斯拉夫派文学家，持温和以至保守的观点。在讲话中托尔斯泰反对揭露倾向，与他在一八五七至一八五八年间一系列书信、日记一样，明显带有"纯艺术"思想的痕迹。至晚年他激烈否定这篇讲话,在致鲁沙诺夫的信(1888)中说,《讲话》中"说的是为艺术而艺术的蠢话"。

本文在作者生前没有正式发表。首次作为遗著刊于《列夫·托尔斯泰未发表的艺术作品集》(联盟出版社,莫斯科,1928年)。

《〈战争与和平〉序》(草稿与初稿)

两篇序言稿分别载《列·尼·托尔斯泰全集》第十三卷(莫斯科,1952年,第53、54、55页)。《列·尼·托尔斯泰论文学》(莫斯科,1955年)收入两文时,删去第二篇的最后一段,我们是根据《论文学》译的。据《全集》编者注,托尔斯泰在原稿上曾删掉第二篇序言的另一段文字,其中谈到:"我们俄国人不善于在欧洲(英国)所理解的长篇小说的意义上写这种作品"。"俄国(文学)的艺术思想不能放入这个框架,它为自己寻找新的框架。"

《就〈战争与和平〉一书说几句话》

本文写于一八六八年,在《战争与和平》写完之前。托尔斯泰曾建议把本文作为《战争与和平》第五卷的前言(《战争与和平》现为四卷,它的第一、二版均分为六卷),后来改变了主意,把它发表在《俄国档案》杂志上(1868年第3期)。文中一些论点被加以发挥,写入这部小说中有关历史哲学的议论里。

《战争与和平》尾声(初稿片断)

本文为《战争与和平》尾声初稿的结尾部分,原载《列·尼·托尔斯泰全集》第十五卷(莫斯科,1955年,第202—204页)。《列·尼·托尔斯泰论文学》(莫斯科,1955年)收入此文时,删去最后四段。我们是根据《论文学》译的。在被删去的四段中托尔斯泰谈到,他的历史观与史学家不同,"我是疯了或是发现了新的真理,〈但我不承认是前者,因为〉我相信我发现了新的真理。""如果我真的发现真理,这真理又破坏了世世代代存在的科学,因此显然,这真理不仅得不到承认,为过去的科学服务的一切人必定会反对它"。

《关于民间出版物的讲话》

一八八三年十二月,托尔斯泰曾拟组织出版民间读物的协会。他制订"为了俄国人的教育"书籍的出版计划,好几次邀请出版家、作家、艺术家和莫斯科大学教授等人在家中讨论这个计划。在一八八四年四月的一次讨论会上托尔斯泰宣读了这篇讲话。它的直接后果是创办于一八八四年底的媒介出版社,后来他经常参与这个出版社的活动。在《讲话》中他批评当时民间广泛流传的教会-修道院和各个教派的出版物,以及当时流行的普列斯诺夫出版社的所谓"通俗"文学。

本文首次发表于《列夫·托尔斯泰未发表的文稿》(学院出版社,1933 年)。

《那么我们应该怎么办?》

本文共分四十章,其中三十三章为政论文字。本文收入的是第二十七、三十二、三十三、三十四、三十五、三十六、三十七章等七章,多为有关文学艺术以至科学的文字,据《列·尼·托尔斯泰论文学》(莫斯科,1955 年)译出。

《〈劝善故事集〉序》

这篇序言与故事集首次于一八八六年在基辅出版。在此后出版的这个故事集的其他版本里,托尔斯泰的序言都被审查机关删掉。在序言校样上托尔斯泰曾写上一个标题:《论什么是艺术中的真实》。

集子收入写真实的故事,也收入其他故事、传说、传奇、寓言和童话。这类出版物的首创者是著名的民间教育活动家阿·卡尔梅科娃。但这个集子则是媒介出版社同人按照托尔斯泰的意见编成的。正如托尔斯泰在序言中指出的,集子只收入编者认为是"符合基督教训"的作品。

《谈艺术》

一八八九年三月,托尔斯泰应《俄国思想》主编维·戈利采夫(1850—1906)的要求,为他的讲义《论艺术中的美》给艺术下一个定义,特别是回答"艺术创作中的意识因素"问题。托尔斯泰先是口授给他,后来自己写了一个关于艺术的提纲。十来天后,托尔斯泰修改这个提纲,并加以扩充,随即寄给《俄国财富》杂志,让它发表。过了两天他收到校样,兴致勃勃地加以增改。可是,几天之后他感到,这篇文章不可能很快写成并付印,因为涉及艺术和科学的很多重要问题,决定暂时搁置。他又开始写新的文章:《论什么是艺术,什么不是艺术,并论什么时候艺术是重要的事业,什么时候艺术是无聊的工作》。这两篇文章都没有定稿,像一八八二至一八九二年间其他一些文章一样,都是他的专著《什么是艺术?》的准备阶段。不过,本文包含有托尔斯泰美学中许多原则性的论点,是《什么是艺术?》所完全没有触及,或者只是顺便简单地谈到的。

首次发表于论文集《托尔斯泰和关于托尔斯泰》第三册(莫斯科,1927年)。当时附有一个副标题:《致维·戈利采夫的信》。

《〈莫泊桑文集〉序》

一八八一年,莫泊桑的中篇小说集《戴家楼》在巴黎出版,其上有题词:献给屠格涅夫。同年夏天,屠格涅夫来亚斯纳亚波利亚纳时,把此书介绍给托尔斯泰。托尔斯泰是第一次接触莫泊桑的作品,他读后深信这位法国作家的才能。两年后,他又读了刚出版的莫泊桑的《一生》,深为赞赏,认为它几乎是雨果《悲惨世界》之后"最佳的法国小说"。从此以后,托尔斯泰成了莫泊桑的热心的读者,他把莫泊桑的好几个作品译成俄文。一八九三年,他积极地促进了莫泊桑文集在俄国出版,文集中的选目也是他确定的。次年五月,这个文集的第一卷(收有莫泊桑的小说《温泉》)由媒介出版社出版,托尔斯泰为它写了这篇序言。这篇序言花了他很大劳动,他于一八九三年秋动手,一直到一八九四年四月才付印;按照他的习惯,在校样上还作了多处修改和补充。他的手稿的誊写者E·波波夫在致切尔特科夫的信(1894 年 3 月 5 日)里说:"在这里,莫泊桑只是一个由头,而这大概会写成期待已久的论艺术的论文。"莫泊桑文集序并没有成为这样的一篇论文,但它无疑为托尔斯泰此后写专著《什么是艺术?》一文作了准备。他的一个同时代人说,在写这篇关于莫泊桑的论文时,托尔斯泰整个埋在艺术理论的著作之中,而且认为,"应该读美学史"。

《谢·杰·谢苗诺夫〈农民故事〉序》

本文写于一八九四年三月,首次发表于当年编成并出版的谢苗诺夫的《农民故事》。至一九一二年《农民故事》由媒介出版社出版了六卷集本,其中也收入托尔斯泰的序言,曾得到俄国科学院的奖金。

谢苗诺夫(1868—1922)于一八八六年底第一次见托尔斯泰,留下自己的第一个短篇小说《两兄弟》请作家指正。当时他是一个十八岁的青年农民,在莫斯科郊区某工厂干粗活。听从托尔斯泰的劝告,他离开城市,定居自己的乡村。他与托尔斯泰始终保持来往。一九二二年这位作家兼社会活动家为富农所杀害。

托尔斯泰重视谢苗诺夫写农民生活的中短篇小说,不止一次帮他的忙,介绍他的作品发表。

《论所谓的艺术》

一八九四年夏天,托尔斯泰与一个友人谈到颓废派诗人。他说:他读过波德莱尔和梅特林克。他认为,"他们的某些作品不无兴趣和独特的美",但总的说来,"这一运动是病态的"。他因这些作品当时尚未在俄国流行而感到欣慰。他说:"要是向我国的农民读这类作品,并对他说,这是聪明人认真写出来的,他会哈哈大笑:难道聪明人会写这样的东西?"不久,颓废派艺术传入俄国,这引起托尔斯泰的不安,促使他继续从理论上研究艺术问题。一八九六年十一月二日他在日记中写道:"今天考虑过艺术问题。艺术是游戏。它属于勤劳、正常的人们时是好的,属于浪荡的寄生虫时则是坏的……"三天以后他在日记中说:"昨晚写了十八页关于艺术一文的开头部分。"同年十一月二十二日他又在日记里写道:"在关于艺术的文章里思路紊乱,写不下去。"本文始终没有写完,但是它导致作家认真地去写他的美学专著《什么是艺术?》。

这份手稿首次发表于《文学遗产》(第 37—38 期,莫斯科,1939 年)。

《什么是艺术?》

八十和九十年代托尔斯泰写了一系列有关美学问题的文章,其中大都没有定稿,在他生前没有发表过。这些文章的第一篇采用书信方式(致《艺术杂志》发行人和主编 H. A. 亚历山德罗夫),但没有写完。后来相继写了《论艺术》(1899)、《论什么是艺术,什么不是艺术,并论什么时候艺术是重要的事业,什么时候艺术是无聊的工作》(1889—1990)。他感到观察艺术问题不能离开科学,于是又写了《科学和艺术》(1890—1891)、《论科学和艺术》(1891)。此后五年间他没有再写这方面的论文,但却研究了大量美学的理论著作,并反复思考现代艺术发展的道路问题。至一八九六年又写了《论所谓的艺术》。上述各篇文章他都不满意,因此写到中途都停下来。最后,从一八九七年一月起他开始写《什么是艺术?》一文。

这篇论文,据他说,花了十五年的紧张劳动,指的就是从一八八二年以来的一系列探讨和著述的工作。从论文的初稿看来,托尔斯泰准备分为四十多章,只是在最后阶段才定为二十章。在写作过程中他一直继续研读艺术问题的著作。论文经过多次删改。他于一个半月写出初稿,至一八九七年三月接近脱稿,但又感到怀疑,对有些章节完全作了改写。当时在日记中他说到,他已经能够知道要说些什么,却还表述得很差,还有许多空白和不确切之处。这时《什么是艺术?》一文已明确地显出两个重点:一部分章节批评各种艺术理论,另一部分章节则力图以自己的看法确定艺术的实质和意义,并说出自己的美学纲领。一八九七年六七月间他几乎要结束这篇论文,但还像他夫人说的,她今天为他誊清,他明天又涂掉重写。至八月间才基本写成,但是,在发表之前又经过半年的琢磨,其中第十章(批评颓废派文学的一章)作了重大补充,对结尾部分也有很多修改。

本文最早发表于《哲学和心理学问题》杂志(第1—5章发表于1897年11—12月号,第6—20章发表于1898年1—2月号)。它的第一个版本(载《列·尼·托尔斯泰文集》,第15卷,莫斯科,1898年),像杂志上刊出的文本一样,是经过审查机构删节的。当时媒介出版社以及其他出版社的《什么是艺术?》单行本同样是经过删节的。只有由莫德译成英文、于一八九八年在伦敦出版的版本才是第一个未经删节的足本,它附有托尔斯泰写的序言。在序文中作者谈到被删节的情况,谈到他所以违心地作出让步和不能提出抗议的原因,以及他的妥协带来的害处。

《威·封·波伦茨的长篇小说〈农民〉序》

德国作家威廉·封·波伦茨的长篇小说《农民》俄译本于一九〇二年初由媒介出版社出版,托尔斯泰于一九〇一年写这篇序。

波伦茨这个长篇小说写于一八九五年，它描写在资本主义冲击下德国农村中宗法制的经济、道德和家庭的基础趋于崩溃。作品也写到工人的境况，写到受社会民主主义影响的失业工人的抗议、他们的集会及团结、他们对美好未来的信念。但作者对工人的社会民主主义思想并不同情，他的同情主要在于资本主义条件下的宗法制农民的境遇，小说的这些思想内容受到托尔斯泰的赞赏。

托尔斯泰最早从《欧罗巴通报》读到此书，他在致切尔特科夫的信中称它为"出色的小说"。托尔斯泰引以自豪的是，他不仅为俄国读者，而且为德国读者"发现"波伦茨。波伦茨因得到这位俄国大作家的很高评价而十分庆幸，并给托尔斯泰寄赠自己的长篇小说《地主》《乡村神父》等书。

《论莎士比亚和戏剧》

托尔斯泰开始写这篇文章时，是拟作为美国诗人、政论家和社会活动家欧内斯特·克罗斯比的《莎士比亚和工人阶级》一文俄译本的前言的，在写作过程中文章扩充成为托尔斯泰多年来关于莎士比亚的思考的总结。从五十年代起托尔斯泰就对莎士比亚的剧作很感兴趣，多次阅读、研究莎士比亚的剧本，并观看演出。但是多次都强烈地加以否定。最初是由于他以非历史主义态度对待莎士比亚，不能接受他的艺术风格；也由于他不同意当时的莎士比亚热，批评人们的"盲目崇拜"。在他晚年写这篇文章的时候，作为道德家的他强烈指责莎士比亚剧作没有宗教信念；同时也由于资产阶级评论界掩盖莎士比亚创作的民主性，而托尔斯泰则错误地把这些见解当作莎士比亚本人的观点而加以反对。文章的粗暴和过火是显然的。不过，文中有关戏剧、戏剧中的冲突、性格、情节开展和人物语言等见解都很深刻，都表达了他的现实主义的见解。此外，文中也肯定莎士比亚刻画心灵活动的才能和他的剧作的适宜于演出。其实，从他的夫人的日记以及他的友人回忆录中，都可以看到,他对莎士比亚也曾有过好评。他还曾以莎士比亚的剧作来反对颓废派剧作。他对一位演员说过:"为什么您不对人民演出莎士比亚?也许您以为人民不懂得莎士比亚?别担心。人民不懂的更多的是以不同于他们的风习写成的现代戏剧,而莎士比亚人民是看得懂的。一切真正伟大的东西,人民是懂得的。"

本文完成于一九〇四年一月,因它有强烈的论争性质,托尔斯泰本拟不在生前发表。后来因友人和志同道合者的敦促,他改变了主意,于一九〇六年发表在《俄国言论报》上。这篇文章自发表以来,引起许多争论。

《契诃夫的短篇小说〈宝贝儿〉跋》

托尔斯泰十分欣赏契诃夫的《宝贝儿》。一八九九年一月他读到刚刚在《家》杂志发表的这篇小说时说:"这简直是珍珠,女性爱的全部本性被理解和刻画得多么细致!语言又多么出色!我们之间,无论是陀思妥耶夫斯基、屠格涅夫、冈察洛夫还是我都不能写得这么好。"托尔斯泰的长女写给契诃夫的信里也说道:她的爸爸"接连四个晚上朗读这个短篇,并且说,他读了这篇东西变得聪明多了。"

本文首次发表于《阅读园地》(第 1 册,莫斯科,1906 年)。

《亚·伊·埃尔杰利的〈加尔杰宁一家〉序》

亚历山大·伊万诺维奇·埃尔杰利(1855—1908)是俄国民主主义作家。他的《加尔杰宁一家》于一八八九年问世。它描写上世纪七八十年代中叶的俄国生活,注意力主要集中于俄国农奴制改革后形成的地主庄园和农村的关系。

在埃尔杰利逝世后他的文集出新版时,托尔斯泰应他的夫人的请求写这篇序言。当时托尔斯泰读了埃尔杰利的全部作品,而只着重评析《加尔杰宁一家》一书。

本文写于一九〇八年初,于一九〇九年首次发表于《埃尔杰利文集》第五卷。

《谈果戈理》

托尔斯泰对果戈理的评价,有过几次变化。青年时代,当斯拉夫派断言果戈理在从事创作之初,就具有后来在《与友人书简选》中宣扬宗教观念、劝人服从沙皇、地主和教会的那些思想时,他激烈反对这些歪曲。一八八七年他在致切尔特科夫的信里说自己一生中读过果戈理的《与友人书简选》三次,每次都得到强烈的印象。他认为果戈理就其意义来说堪与法国十八世纪思想家帕斯卡并列。一八八八年元月他要为阿·伊·奥尔洛夫的小册子《作为生活导师的果戈理》作序,没有写完,据说是因为不愿同别林斯基争论(别林斯基在致果戈理的一封信里严厉地批评过他)。两年以后,他在《当代的奴隶制度》里批评果戈理维护农奴制,因为果戈理只是劝说农奴主稍稍关心农奴,而不是要求解放农奴。

《谈果戈理》一文是为纪念果戈理诞生一百周年而作,首次发表于一九〇九年三月《俄国言论报》。在这里他推崇果戈理及其优秀作品,而严厉批评他屈服于现存的俄国教会的教义和当时的政治制度。

邵　殿　生

"外国文艺理论丛书"书目

第 一 辑

第 二 辑

书 名	作 者	译 者
雨果论文学	〔法〕雨果	柳鸣九
德国的文学与艺术	〔法〕德·斯太尔夫人	丁世中
萨特文论选	〔法〕让-保尔·萨特	施康强
论浪漫派	〔德〕海涅	张玉书
新科学	〔意〕维柯	朱光潜
美学原理 美学纲要	〔意〕克罗齐	朱光潜 等
托尔斯泰论文艺	〔俄〕列夫·托尔斯泰	陈 燊 等
别林斯基文学论文选	〔俄〕别林斯基	满 涛